国家出版基金资助项目

国家出版基金项目
NATIONAL PUBLICATION FOUNDATION

全　乐　府

（二）

主　编　彭黎明　彭　勃
副主编　罗　姗　笑　雪

上海交通大學出版社

第二册目录

第五卷　南朝乐府(一)

相和歌辞

相和曲

吟叹曲

平调曲

清调曲

瑟调曲

楚调曲

清商曲辞

吴声歌曲

西曲歌

江南弄

杂歌谣辞

歌辞

散乐府

横吹曲辞

鼓吹曲辞

郊庙歌辞

第六卷　南朝乐府(二)

燕射歌辞

第七卷　南朝乐府(三)

相和歌辞

相和六引

相和曲

吟叹曲

四弦曲

平调曲

清调曲

西曲歌

江南弄

第八卷　南朝乐府(四)

杂歌谣辞

歌辞

谣辞

史歌谣辞

谣辞

杂曲歌辞

横吹曲辞

汉横吹曲

梁鼓角横吹曲（六十七首）

梁鼓角横吹曲

舞曲歌辞

雅舞

杂舞

白纻舞辞

郊庙歌辞

燕射歌辞

第五卷　南朝乐府（一）

相和歌辞

相和者，汉旧曲也，丝竹更相和，执节者歌。平调、清调、瑟调，汉世谓之三调。又有楚调、侧调。凡古辞存者，魏晋文人多有仿作。

南朝宋之相和歌辞，沿袭了魏晋传统，即文人取乐府旧题而拟作。主要作者为谢灵运、谢惠连、鲍照、颜延之、吴迈远等。

相和曲

日出东南隅行[①]

谢灵运[②]

柏梁冠南山，桂宫耀北泉。晨风拂檐幌，朝日照闺轩。美人卧屏席，怀兰秀瑶璠。皎洁秋松气，淑德春景暄。

① 此首录自《乐府诗集》卷二八。今按：题同《陌上桑》、《艳歌行》。《陌上桑》曰："日出东南隅，照我秦氏楼"，该题即出于此。 ② 谢灵运（385—433）：南朝宋诗人。祖籍陈郡阳夏（今河南太康），移籍会稽（今浙江绍兴）。谢玄之孙。晋时袭封康乐公，故称"谢康乐"。入宋后，曾任永嘉太守、侍中、临川内史等职。其诗善于刻画自然景物。原有集，已散佚。明人辑有《谢康乐集》。

蒿　里[①]

鲍　照[②]

同尽无贵贱，殊愿有穷伸。驰波催永夜，零露逼短晨[③]。结我幽山驾，去此满堂亲。虚容遗剑佩，美[④]貌戢衣巾。斗酒安可酹，尺书谁复陈。年代稍推远，怀抱日幽沦。人生良自剧，天道与何人。赍我长恨意，归为狐兔尘。

① 此首录自《乐府诗集》卷二七。今按：崔豹《古今注》曰："《薤露》、《蒿里》，泣丧歌也。" ② 鲍照(约414—466?)：南朝宋文学家。字明远，东海(今属山东苍山县)人。曾任秣陵令、中书舍人等职。后为临海王刘子项前军参军，子项兵败，照为乱军所杀。其诗长于乐府，擅七言歌行，风格俊逸。有《鲍参军集》。③ "驰波"二句：《乐府诗集》注"一作漏驰催永夜，露宿逼短晨"。 ④ 美：《乐府诗集》注"一作实"。

挽　歌[①]

鲍　照

独处重冥下，忆昔登高台。傲岸平生中，不为物所裁。埏门[②]只复闭，白蚁相将来。生时芳兰体，小虫今为灾。玄鬓无复根，枯髅依青苔。忆昔好饮酒，素盘进青梅。彭、韩[③]及廉、蔺，畴昔已成灰。壮士皆死尽，余人安在哉。

① 此首录自《乐府诗集》卷二七。今按：崔豹《古今注》曰："《薤露》、《蒿里》……使挽柩者歌之，亦谓之挽歌。" ② 埏门：犹"埏闼"，墓道的门。埏，墓道。 ③ 彭、韩：指汉代名将淮阴侯韩信与建成侯彭越。

采　桑[①]

鲍　照

季春梅始落，工女事蚕作[②]。采桑淇澳[③]间，还戏上宫阁。早蒲时结阴，晚篁[④]初结箨。霭霭雾满闺，融融景盈幕。乳燕逐草虫，巢蜂拾花药。是节最喧妍，佳服又新烁。钦[⑤]叹对回涂，扬歌弄场藿。抽琴[⑥]试纡思，荐佩果成托。承君郢中美，服义久心诺。卫风古愉艳，郑俗旧浮薄。灵[7]愿悲渡湘，宓赋[8]笑瀌[9]洛。盛明难重来，渊意为谁涸？君其且调弦，桂酒妾行酌。

① 此首录自《乐府诗集》卷二八。今按：此属《陌上桑》一脉。《陌上桑》曰："罗敷喜蚕桑，采桑城南隅。"题本出于此也。 ②"工女"句：《鲍参军集》卷五于此句下有注云："一本下有'明镜净分桂，光颜毕苔萼'二句。" ③ 淇澳：淇水弯曲处。《诗·卫风·淇奥》："瞻彼淇奥，绿竹猗猗。"毛传："奥，隈也。"隈，弯曲的地方。澳，毛刻本作"洧"。 ④ 篁：《乐府诗集》注"一作竹"。 ⑤ 钦：《鲍参军集》作"绵"，《玉台新咏》卷四作"敛"。 ⑥ 抽琴：《乐府诗集》作"琴抽"，据《鲍参军集》改。 ⑦ 灵：《玉台新咏》作"虚"。 ⑧ 宓赋：指曹植《洛神赋》。宓，指宓妃，传说中的洛水女神，即洛神。宓，《玉台新咏》作"空"。 ⑨ 瀌：《乐府诗集》注"一作景"。

江南思[1]

汤惠休[2]

幽客[3]海阴路，留戍淮阳津。垂情向春草，知是故乡人。

① 此首录自《乐府诗集》卷二六。今按：此题为张永《元嘉正声技录》相和十五曲之三。 ② 汤惠休(生卒年不详)：南朝宋诗人。字茂远。里籍无考。初为僧人，孝武帝令还俗。官至扬州从事史。与鲍照成就相近，有"休鲍"之称。有文集，已佚，今存诗仅十一首。 ③ 幽客：兰之别名。宋姚宽《西溪丛语》卷上："牡丹为贵客，梅为清客，兰为幽客……棠梨为鬼客。"又喻指隐士。

吟叹曲

王昭君[1]

鲍　照

既事转蓬远，心随雁路绝。霜鞞[2]旦夕惊，边笳中夜咽。

① 此首录自《乐府诗集》卷二九。今按：题同《王明君》，张永《元嘉正声技录》吟叹四曲之二。　② 霜鞞：寒天的鞞鼓声。鞞鼓为古代军中所用乐鼓。汉蔡琰《胡笳十八拍》："鞞鼓喧兮从夜达明，胡风浩浩兮暗寒营。"

楚妃叹[①]

袁伯文[②]

玉墀滴凄露，罗幌已依霜。逢春每先绝，争秋欲几芳。

① 此首录自《乐府诗集》卷二九。今按：此题为张永《元嘉正声技录》吟叹四曲之三。　② 袁伯文（生卒年不详）：《乐府诗集》作"宋袁伯文"。其生平里籍无考。

平调曲

长歌行[①]

谢灵运

倏烁夕星流，昱奕朝露团。粲粲乌有停，泫泫岂暂安。徂龄速飞电，颓节骛惊湍。览物起悲绪，顾已识忧端。朽貌改鲜色，悴容变柔颜。变改苟催促，容色乌盘桓。亹亹衰期迫，靡靡壮志阑，既惭臧孙慨，复愧杨子叹。寸阴果有逝，尺素竟无观。幸赊道念戚，且取长歌欢。

① 此首录自《乐府诗集》卷三〇。今按：此题为王僧虔《大明三年宴乐技录》平调七曲之一。

燕歌行[①]

谢灵运

孟冬初寒节气成，悲风入闺霜依庭。秋蝉噪柳燕栖[②]楹，念君行役怨边城。君何崎岖久徂征，岂无膏沐感鹳鸣。对酒不乐泪沾缨，辟窗开幌[③]弄秦筝。调弦促柱[④]多哀声，遥夜明月鉴帷屏。谁知河汉浅且清，展转思服悲明星。

① 此首录自《乐府诗集》卷三二。　② 栖：《宋书·乐志》及《诗纪》卷四九均作“辞”。　③ 幌：《乐府诗集》“幌”下有“恍”字，据《宋书·乐志》、《诗纪》卷四九删。　④ 促柱：急弦。支弦的柱移近则弦紧，故称。汉马融《长笛赋》：“若絙瑟促柱，号钟高调。”

鞠歌行[①]

谢灵运

德不孤兮必有邻，唱和之契冥相因。譬如虬虎[②]兮来风云，亦如形声影响陈。心欢赏兮岁易沦，隐玉藏彩畴识真。叔牙显，夷吾亲。郢既殁，匠寝斤。览古籍，信伊人。永言知己感良辰。

① 此首录自《乐府诗集》卷三三。今按：此题为王僧虔《大明三年宴乐技录》平调七曲之七。　② 虬虎：犹龙虎。比喻君臣或贤人。

猛虎行[①]

谢惠连[②]

贫不攻九疑玉，倦不憩三危峰，九疑有惑[③]号，三危无安容。美物标贵用，志士厉奇踪。如何抵[④]远役，王命宜肃恭。伐鼓功未著，振旅何时从？

① 此首录自《乐府诗集》卷三一。今按：此题为王僧虔《大明三年宴乐技录》

平调七曲之三。古辞曰:“饥不从猛虎食,暮不从野雀栖。”题本出于此。 ② 谢惠连(407—433):南朝宋文学家。陈郡阳夏(今河南太康)人。谢灵运族弟。幼年能文。因在为父守丧期间作诗赠人,长期不得官职。后为彭城王刘义康法曹参军。其《雪赋》较有名。与族兄谢灵运并称“大小谢”。明人辑有《谢法曹集》,存诗三十余首。 ③ 惑:《乐府诗集》作“或”,据《诗纪》卷四九改。 ④ 抵:《乐府诗集》作“衹”,据《艺文类聚》卷四一改。

猛虎行[①]

谢惠连[②]

猛虎潜深山,长啸自生风。人谓客行乐,客行苦心伤。

① 此首录自《乐府诗集》卷三一。 ② 谢惠连:《乐府诗集》阙,据毛刻本目录及《汉魏六朝百三名家集》补。

燕歌行[①]

谢惠连[②]

四时推迁迅不停,三秋萧瑟叶辞茎[③],飞霜被野雁南征。念君客游羁思盈,何为淹留无归声。爱而不见伤心情,朝日潜辉华灯明。林鹊同栖渚鸿并,接翩偶羽依蓬瀛。仇[④]依旅类相和鸣,余独何为志无成,忧缘物感泪沾缨。

① 此首录自《乐府诗集》卷三二。 ② 谢惠连:《乐府诗选》作“谢灵运”,据《艺文类聚》卷四二及《诗纪》卷四九改。 ③ 辞茎:《乐府诗集》作“解轻”,据《艺文类聚》改。 ④ 仇:配偶。《礼记·缁衣》引《诗》:“君子好仇。”郑玄注:“仇,匹也。”

鞠歌行[①]

谢惠连

翔驰骑，千里姿[②]，伯乐不举谁能知。南荆璧，万金赀，卞和不斫与石离。年难留，时易陨，厉志莫赏徒劳疲。沮齐音，溺赵吹[③]，匠石善运郢不危。古绵眇，理参差，单心慷慨双泪垂。

① 此首录自《乐府诗集》卷三三。　② 千里姿：《乐府诗集》卷三三阙。据《诗纪》卷四九补。　③ 沮、溺：《论语·微子》："长沮、桀溺耦而耕，孔子过之，使子路问津焉。"钱穆解曰："（长沮、桀溺）两隐者，姓名不传。沮，沮洳。溺，淖溺。以其在水边，故取以名之。"后诗文中常以"沮溺"借指避世隐士。

从军行[①]

颜延之[②]

苦哉远征人，毕力干时艰。秦初略扬越，汉世争阴山。地广旁无界，岩阿上亏天。峤雾下高鸟，冰沙固流川。秋飙冬未至，春液夏不涓。闽烽指荆吴，胡埃属幽燕。横海咸飞骊，绝漠皆控弦。驰檄发章表，军书交塞边。接镝[③]赴阵首，卷甲起行前。羽驿驰无绝[④]，旌旗昼夜悬。卧伺金柝响，起候亭燧烟[⑤]。悲[⑥]矣远征人，苦[⑦]哉私自怜！

① 此首录自《乐府诗集》卷三二。今按：此首作者《乐府诗集》作"颜延年"，据《艺文类聚》及《诗纪》改。　② 颜延之（384—456）：南朝宋诗人。字延年，琅邪临沂（今属山东）人。官至金紫光禄大夫。少孤贫，好读书。入仕途，每犯权要。与谢灵运齐名，世称"颜谢"。原有集，已散佚。明人辑有《颜光禄集》。③ 镝：箭镞，也指箭。　④ "羽驿"句：《艺文类聚》卷四一作"羽檄旦暮绝"。⑤ 烟：《艺文类聚》作"燃"。　⑥ 悲：《乐府诗集》作"逖"，据《艺文类聚》改。⑦ 苦：《乐府诗集》作"惜"，据《艺文类聚》改。

置酒高堂上[1]

孔 欣[2]

置酒宴友生，高会临疏棂。芳俎列佳肴，山罍满春青。广乐充堂宇，丝竹横两楹。邯郸有名倡，承间奏新声。八音何寥亮，四座同欢情。举觞发《湛露》[3]，衔杯咏《鹿鸣》。觞谣可相娱，扬觯意何荣。顾欢来义[4]士，畅哉矫天诚。朝日不夕盛，川流常宵征。生犹悬水溜，死若波澜停。当年贵得意，何能竞虚名。

① 此首录自《乐府诗集》卷三一。 ② 孔欣(生卒年不详)：里籍无考。据《宋书·诸叔度传》载，孔欣曾参军事，又曾官国子博士。《隋书·经籍志》录"国子博士《孔欣集》九卷"，佚。今存文《七诲》残句，见《全上古三代秦汉三国六朝文》；诗四首，见《先秦汉魏晋南北朝诗》。 ③《湛露》：《诗·小雅》篇名。《左传·文公四年》："昔诸侯朝正于王，王宴乐之，于是乎赋《湛露》，则天子当阳，诸侯用命也。"后因喻君主之恩泽。 ④ 义：疑当作"仪"。

清调曲

苦寒行[1]

谢灵运

岁岁[2]曾冰合[3]，纷纷霰雪落。浮阳灭[4]清晖，寒禽叫悲壑，饥爨烟不兴，渴汲水枯涸[5]。

① 此首录自《乐府诗集》卷三三。 ② 岁岁：疑误，当作"峨峨"。 ③ 合：《乐府诗集》作"食"，据《艺文类聚》卷四一及《诗纪》卷四七改。 ④ 灭：《艺文类聚》及《诗纪》作"减"。 ⑤《诗纪》注："《初学记》又载四句云：'樵苏无凤饮，蒙冰煮朝餐。悲矣采薇唱，苦哉有余酸。'"

豫章行[1]

谢灵运

短生旅长世，恒觉白日欹。览镜睨颓容，华颜岂久期？苟无回戈术，坐观落崦嵫[2]。

① 此首录自《乐府诗集》卷三四。今按：此题为王僧虔《大明三年宴乐技录》清调六曲之二。其内容或伤离别，或言容华不久或叹华落见弃者。 ② 崦嵫：山名，在甘肃天水县西境，古人常以指日没之处。《离骚》："吾令羲和弭节兮，望崦嵫而勿迫。"

豫章行[1]

谢惠连

轩帆溯遥路，薄送瞰遐江。舟车理殊缅，密友将远从。九里乐同润，二华[2]念分峰。集欢岂今发，离叹自古钟。促生靡缓期，迅景无迟踪。缁发迫多素，憔悴谢华茸。婉娩寡留晷，窈窕闭淹龙。如何阻行止，愤愠结心胸。既微达者度，欢戚谁能封。愿子保淑慎，良讯代徽容。

① 此首录自《乐府诗集》卷三四。 ② 二华：指太华、少华二山。《山海经》："太华之西，少华之山。"

相逢行[1]

谢惠连

行行即长道，道长息班草。解逅赏心人，与我倾怀抱。夷世信难值，忧来伤人，平生不可保。阳华与春渥，阴柯长秋槁。心慨荣去速，情苦忧来早。日华难久居，忧来伤人，谆谆亦至老。亲党近恤庇，昵君不常好。九族悲素霰，三良怨黄鸟。迩朱[2]白即赪，忧来伤人，近缟洁必造。水流理就湿，火炎同归燥。赏契少能谐，断金断[3]可宝。千计莫适从，忧来伤人[4]，万端信纷绕。巢林宜择木，结友使心晓。心晓形迹略，略迩谁能了。相逢既若旧，忧来伤人，片言代纻缟。

① 此首录自《乐府诗集》卷三四。今按：此题同《相逢狭路间行》、《长安有狭斜行》。古辞文意与《鸡鸣曲》同。此诗作者《艺文类聚》卷四一作"谢灵运"。《诗纪》卷四七注："今从《艺文》作灵运。"《乐府诗集》作"谢惠连"。 ② 迩朱：近赤。迩，近也。朱，《乐府诗集》作"来"，据《诗纪》改。 ③ 断：疑当作"斯"。 ④ 忧来伤人：《乐府诗集》阙，据《诗纪》注补。

长安有狭斜行[1]

谢惠连

纪郢有通逵，通逵并轩车。帟帟[2]雕轮驰，轩轩翠盖舒。撰策之五尹，振辔从三闾[3]。推剑凭前轼，鸣佩专后舆。

① 此首录自《乐府诗集》卷三五。 ② 帟帟：《艺文类聚》卷四一作"奕奕"。华彩的样子。 ③ 三闾：指战国楚屈原，因曾任三闾大夫，故称。

塘 上 行[1]

谢惠连

芳萱秀陵阿，菲质不足营。幸有忘忧用，移根托君庭。垂颖临清池，擢彩仰华甍[2]。沾渥云雨润，葳蕤吐芳馨。愿君春倾叶，留景惠余明。

① 此首录自《乐府诗集》卷三五。今按：此题为王僧虔《大明三年宴乐技录》清调六曲之五。 ② 华甍：华丽的屋脊。甍，屋脊。《释名·释宫室》："屋脊曰甍。"

秋胡行[①]（二首）

谢惠连

其一

春日迟迟，桑何萋萋。红桃含妖[②]，绿柳舒荑。邂逅粲者[③]，游[④]渚戏蹊。华颜易改，良愿难谐。

① 此二首录自《乐府诗集》卷三六。今按：此题为王僧虔《大明三年宴乐技录》清调六曲之六。 ② 妖：《诗纪》卷四九作"夭"，疑作"笑"。 ③ 粲者：指美丽的女子。《诗·唐风·绸缪》："今夕何夕，见此粲者。" ④ 游：《汉魏六朝百三名家集》作"遵"。

其二

系风捕影，诚知不得。念彼奔波，意虑回惑。汉女[①]倏忽，洛神飘扬。空勤交甫[②]，徒劳陈王[③]。

① 汉女：传说中的汉水女神。《后汉书·马融传》："湘灵下，汉女游。"李贤注："汉女，汉水之神女。" ② 交甫：即郑交甫，相传他曾于汉皋台下遇到两位神女。 ③ 陈王：即三国魏曹植，封陈王，谥思，世称"陈思王"。

长安有狭斜行[①]

荀昶[②]

朝发邯郸邑，暮宿井陉间。井陉一何狭，车马不得旋。邂逅相逢值，崎岖交一言。一言不容多，伏轼问君家。君家诚易知[③]，易知[④]复易博。南面平原居，北趣相如阁。飞楼临夕都，通门枕华郭。入门无所见，但见双栖鹤。栖鹤数十双，鸳鸯群相追。大兄珥金珰，中兄振缨緌[⑤]。伏腊[⑥]一来归，邻里生光辉。小弟无所为，斗鸡东陌逵。大妇织纨绮，中妇缝罗衣。小妇无所作，挟瑟弄音徽。丈人且却坐，梁尘将欲飞。

① 此首录自《乐府诗集》卷三五。今按：此题属《相逢狭路间行》一脉，为王僧虔《大明三年宴乐技录》清调六曲之四。 ② 荀昶（生卒年不详）：南朝宋诗

人。字茂祖，原籍颍川颍阴（今河南许昌）。元嘉初，以文义官中书郎。有集十五卷，已佚。《玉台新咏》录其诗二首，列其人于陶潜后、谢惠连前，其卒或在元嘉前期。《乐府诗集》录其《长安有狭斜行》，列谢惠连后、梁武帝前，其生活时代，大体如此。 ③ 易知：《玉台新咏》作“难知”。 ④ 易知：《玉台新咏》作“难知”。 ⑤“中兄”句：《乐府诗集》注“一作中兄缨玉蕤”。缨绥，本指冠带与冠饰，这里借指官位或士大夫。 ⑥ 伏腊：古代两种祭祀的名称，“伏”在夏季伏日，“腊”在农历十二月。

秋胡行[①]（九首）

颜延之

其一

椅梧倾高凤，寒谷待鸣律。影响岂不怀，自远每相匹。婉彼幽闲女，作嫔君子室。峻节贯秋霜，明艳侔[②]朝日。嘉运既我从，欣愿自此毕。

① 此九首录自《乐府诗集》卷三六。今按：此题为王僧虔《大明三年宴乐技录》清调六曲之六。又，《诗纪》卷四六此诗题作《秋胡诗》。 ② 侔：齐等。

其二

燕居未及欢[①]，良人[②]顾有违。脱巾千里外，结绶登王畿。戒徒在昧旦，左右相来[③]依。驱车出郊郭，行路正威迟。存为久离别，没为长不归。

① 欢：《玉台新咏》作“好”。 ② 良人：古时女子对丈夫的称呼。《孟子·离娄下》：“齐人有一妻一妾而处室者，其良人出，必餍酒肉而后反。”赵岐注：“良人，夫也。” ③ 相来：《文选》卷二一作“来相”。

其三

嗟余怨行役，三陟[①]穷晨暮。严驾越风寒，解鞍犯霜露。原隰多悲凉，回飙卷高树。离兽起荒蹊，惊鸟纵横去。悲哉游宦子，劳此山川路。

① 三陟：形容旅途辛苦。语出《诗·周南·卷耳》：“陟彼崔嵬，我马虺隤”、

"陟彼高岗，我马玄黄"、"陟彼砠矣，我马瘏矣"，后人合称"三陟"。

其　四

超遥[①]行人远，宛转年运徂。良人[②]为此别，日月方向除。孰知寒暑积，僶俛见荣枯。岁暮临空房，凉风起坐隅。寝兴日已寒，白露生庭芜。

① 超遥：《玉台新咏》卷四作"迢遥"。　② 人：《乐府诗集》注"一作时"。《文选》作"时"。

其　五

勤役从归愿，反路遵山河。昔辞秋未素，今也岁载华。蚕月观时暇，桑野多经过。佳人从所务，窈窕援高柯。倾城谁不顾，弭节停中阿。

其　六

年往诚思劳，路远[①]阔音形。虽为五载别，相与昧平生。舍车遵往路，凫藻驰目成。南金岂不重，聊自意所轻。义心多苦调，密此[②]金玉声。

① 路远：《文选》作"事远"。　② 密此：《文选》作"密比"。

其　七

高节难久淹，朅来[①]空复辞。迟迟前途尽，依依造门基。上堂拜嘉庆[②]，入室问何之。日暮行采归，物色桑榆时。美人望昏至，惭叹前相持。

① 朅：通"曷"。　② 嘉庆：外出归家拜见父母。

其　八

有怀谁能已，聊用申苦难。离居殊年载，一别阻河关。春来无时豫，秋至恒[①]早寒。明发动愁心，闺中夜[②]长叹。惨凄岁方晏，日落游子颜。

① 恒：《玉台新咏》作"应"。　② 夜：《玉台新咏》作"起"。

其　九

高张生绝弦，声急由调起。自昔枉光尘，结言固终始。如何久为别，百行愆诸己。君子失明义，谁与偕没齿。愧彼《行露》[①]诗，甘之长川汜。

①《行露》：《诗·召南》有《行露篇》，叙述一女子坚决拒绝逼婚，不为强暴所污。后因以为女子守贞自誓的典实。

相逢狭路间[①]

孔 欣

相逢狭路间，道狭正踟蹰。如何不群士，行吟戏路衢。辍步相与言，君行欲焉如？淳朴久已凋，荣利迭相驱。流落尚风波，人情多迁渝。势集堂必满，运去庭亦虚。竞趋尝[②]不暇，谁肯眷桑枢。无为肆独往，只将困沦胥[③]。未若及初九，携手归田庐。躬耕东山畔，乐道咏玄书。狭路安足游，方外可寄娱。

① 此首录自《乐府诗集》卷三四。今按：题同《长安有狭斜行》。 ② 尝：疑当作"尚"。 ③ 沦胥：相率牵连。《诗·小雅·雨无正》："若此无罪，沦胥以铺。"毛传："沦，率也。"郑玄笺："胥，相铺遍也。"

三妇艳诗[①]

刘 铄[②]

大妇裁雾縠，中妇牒冰练。小妇端清景，含歌登玉殿。丈人且徘徊，临风伤流霰[③]。

① 此首录自《乐府诗集》卷三五。今按：此题亦称"三妇艳"、"三妇"。《相逢行》、《长安有狭斜行》的后段，都有大妇、中妇、小妇等辞。《三妇艳诗》即专取此后六句为式。 ② 刘铄(431－453)：字休玄。南朝宋文帝四子。少好学，有文才，通音乐，今存诗十首。 ③ 流霰：飞降的雪粒，常用来形容流泪。南朝齐谢朓《晚登三山还望京邑》诗："佳期怅何许，泪下如流霰。"

瑟调曲

善哉行[①]

谢灵运

阳谷[②]跃升，虞渊[③]引落。景曜[④]东隅，畹晚西薄。三春燠叙[⑤]，九秋萧索。凉来温谢，寒往暑却。居德斯颐，积善嬉谑。阴灌阳丛，凋华堕萼。欢去易惨，悲至难铄。激涕[⑥]当歌，对酒当酌。鄙哉愚人，戚戚怀瘼。善哉达士，滔滔处乐。

① 此首录自《乐府诗集》卷三六。今按：此题王僧虔《大明三年宴乐技录》列为瑟调曲之一。郭茂倩云，魏明帝曹叡《步出夏门行》曰："善哉殊复善，弦歌乐我情。"然则"善哉"者，盖叹美之辞也。　② 阳谷：即旸谷。古代神话传说日出日浴的地方。　③ 虞渊：亦称"虞泉"。传说日没之处。《淮南子·天文训》："日至于虞渊，是谓黄昏。"　④ 曜：同"耀"。《乐府诗集》作"跃"，据《诗纪》卷四七改。　⑤ 叙：《诗纪》作"敷"。　⑥ 激涕：《诗纪》作"击节"。

陇西行[①]

谢灵运

昔在老子，志[②]理成篇。柱小倾大，绠短绝泉。鸟之栖游，林坛是闲。韶乐牢膳[③]，岂伊攸便。胡为乖枉，从表方圆。耿耿僚志，慊慊丘园。善歌以咏，言理成篇。

① 此首录自《乐府诗集》卷三七。今按：此题一曰《步出夏门行》，为王僧虔《大明三年宴乐技录》瑟调曲之二。　② 志：《乐府诗集》注"一作至"。　③ 牢膳：以太牢为膳食。古代祭祀，牛羊豕三牲具备，谓之太牢。

折杨柳行[①](二首)

谢灵运

其一

郁郁河边树,青青野田草,合[②]我故乡客,将适万里道。妻妾牵衣袂,抆泪[③]沾怀抱。还拊幼童子,顾托兄与嫂。辞诀未及终,严驾一何早。负笮引文舟,饥渴常不饱。谁令尔贫贱,咨嗟何所道。

① 此二首录自《乐府诗集》卷三七。今按:此题为王僧虔《大明三年宴乐技录》瑟调曲之三。 ② 合:《诗纪》卷四七作"舍"。 ③ 抆泪:擦眼泪。抆,《乐府诗集》作"收",据《诗纪》改。

其二

骚屑[①]出穴风,挥霍见日雪。飕飕无久摇,皎皎几时洁。未觉泮春冰,已复谢秋节。空对尺素[②]迁,独视寸阴灭。否桑未易系,泰茅难重拔。桑茅[③]迭生运,语默寄前哲。

① 骚屑:风声。汉刘向《九叹·思古》:"风骚屑以摇木兮。" ② 素:疑当作"景"。 ③ 茅:《乐府诗集》作"苎",据《诗纪》改。

顺东西门行[①]

谢灵运

出西门,眺云间,挥斤扶木坠虞泉[②]。信道人,鉴徂川,思乐暂舍誓不旋。闵九九,伤牛山,宿心载违徒昔言。竞落运,务颓年,招命侪好相追牵。酌芳酤,奏繁弦,惜寸阴,情固然。

① 此首录自《乐府诗集》卷三七。今按:此题为王僧虔《大明三年宴乐技录》瑟调曲之八。又,《古今乐录》曰:"王僧虔《技录》云:《顺东西门行》,今不歌。" ② 虞泉:即虞渊。传说为日没处。

上留田行[①]

谢灵运

薄游出彼东道，上留田。薄游出彼东道，上留田。循听一何矗矗，上留田。澄川一何皎皎，上留田。悠哉逷矣征夫，上留田。悠哉逷矣征夫，上留田。两服上阪电逝[②]，上留田。舫舟下游飙驱，上留田。此别既久无适，上留田。此别既久无适，上留田。寸心系在万里，上留田。尺素遵此千夕，上留田。秋冬迭相去就，上留田。秋冬迭相去就，上留田。素雪纷纷鹤委，上留田。清风飙飙入袖，上留田。岁云暮矣增忧，上留田。岁云暮矣增忧，上留田。诚知运来讵抑，上留田。熟视年往莫留，上留田。

① 此首录自《乐府诗集》卷三八。今按：此题为王僧虔《大明三年宴乐技录》瑟调曲之十。崔豹《古今注》曰："上留田，地名也。人有父母死不字其孤弟者，邻人为其弟作悲歌以风其兄，故曰《上留田》。" ② 逝：《乐府诗集》作"游"，《诗纪》卷四七注"汇作电逝"，据改。

陇西行[①]

谢惠连

运有荣枯，道有舒屈。潜保黄裳[②]，显服朱黻[③]。谁能守静，弃华辞荣。穷谷是处，考槃是营。千金不回，百代传名。厥包者柚，忘忧者萱。何为有用，自乖中原。实摘柯摧，叶殒条烦。

① 此首录自《乐府诗集》卷三七。 ② 黄裳：黄色的下衣。《易·坤》："六五，黄裳，元吉。"高亨注："元，大也。裳，裙也，裤也。周人认为黄裳是尊贵吉祥之物，代表吉祥之征，故筮遇此爻大吉……黄裳黄裙内服之美，比喻人内德之美，故大吉。"此处黄裳指内德之美。 ③ 朱黻：同"朱绂"。古代礼服上的红色蔽膝。后多借指官服。《易·困》程颐传："朱绂，王者之服，蔽膝也。"

却东西门行[①]

谢惠连

慷慨发相思，惆怅恋音徽。四节竞阑候，六龙[②]引颓机。人生随时变，迁化焉可祈。百年难必保，千虑盈怀之。

① 此首录自《乐府诗集》卷三七。今按：此题为王僧虔《大明三年宴乐技录》瑟调曲之七。　② 六龙：指太阳。明薛蕙《郊阮公咏怀》："六龙匿西山，蒙汜扬颓波。"

顺东西门行[①]

谢惠连

哀朝菌，闵颓力，迁化常然焉肯息。及壮齿，遇世直，酌酪[②]华堂集亲识。舒情尽欢遣凄恻。

① 此首录自《乐府诗集》卷三七。　② 酪：《乐府诗集》作"酪"，据《艺文类聚》卷四一改。

青青河畔草[①]

荀　昶

荧荧山上火，苕苕隔陇左。陇左不可至，精爽通寤寐。寤寐衾帱同，忽觉在他邦。他邦各异邑，相逐不相及。迷墟在望烟，木落知冰坚。升朝各自进，谁肯相攀牵。客从北方来，遗我端弋绨[②]。命仆开弋绨，中有隐起珪。长跪读隐珪，辞苦声亦凄。上言各努力，下言长相怀。

① 此首录自《乐府诗集》卷三八。今按：此首作者荀昶，南朝宋诗人。《乐府诗集》将其列在梁武帝之后、梁简文帝之前，有误。　② 弋绨：黑色粗厚的丝织物。弋，通"黓"。《汉书·文帝纪赞》颜师古注："弋，黑色也。绨，厚缯。"

东门行[①]

鲍　照

伤禽恶弦惊，倦客恶离声。离声断客情，宾御皆涕零。涕零心断绝，将去复还诀。一息不相知，何况异乡别。遥遥征驾远，杳杳落[②]日晚。居人掩闺卧，行子夜中饭。野风吹草[③]木，行子心肠断。食梅常苦酸，衣葛常苦寒。丝竹徒满座，忧人不解颜。长歌欲自慰，弥起长恨端。

① 此首录自《乐府诗集》卷三七。今按：此题为王僧虔《大明三年宴乐技录》瑟调曲之五。　② 落：《乐府诗集》作"白"，并注"一作落"。《文选》卷二八作"落"，据改。　③ 草：《文选》作"秋"。

放歌行[①]

鲍　照

蓼虫避葵堇，习苦不言非[②]。小人自龌龊，安知旷士怀。鸡鸣洛城里，禁门平旦开。冠盖纵横至，车骑四方来。素带曳长飙，华缨结远埃。日中安能止，钟鸣犹未归。夷世不可逢，贤君信爱才。明虑自天断，不受外嫌猜。一言分珪爵，片善辞蒿[③]莱。岂伊白璧赐，将起黄金台。今君有何疾，临路独迟回。

① 此首录自《乐府诗集》卷三八。今按：此题为王僧虔《大明三年宴乐技录》瑟调曲之十四。　② 不言非：《艺文类聚》卷四二作"良可哀"。非，《乐府诗集》注"一作排"。　③ 蒿：《乐府诗集》作"草"，据《艺文类聚》改。

煌煌京洛行[①]

鲍　照

凤楼十二重，四户八绮窗。绣桷金莲花，桂柱玉盘龙。珠帘无隔露[2]，罗幌不胜风。宝帐三千所[3]，为尔一朝容。扬芬紫烟上，垂彩绿云中。春吹回白日，霜歌落塞鸿。但惧秋尘起，盛爱逐衰蓬。坐视青苔满，卧对锦筵空。琴瑟[4]纵横散，舞衣不复缝。古来兵[5]歇薄，君意岂独浓。惟见双黄鹄，千里一相从。

① 此首录自《乐府诗集》卷三九。今按：《乐府诗集》此题下作“二首”，其第二首《诗纪》署为梁简文帝所作。此题《鲍参军集》卷三作《代陈思王京洛篇》，只一首。今从《诗纪》将第二首列于梁简文帝萧纲名下。　② 露：《乐府诗集》作“路”，据《玉台新咏》卷四及《艺文类聚》卷四二改。　③ 三千所：《玉台新咏》作“三千万”。　④ 瑟：《玉台新咏》作“筑”。　⑤ 兵：《玉台新咏》作“皆”，疑为“共”。

门有车马客行[1]

鲍　照

门有车马客，问君何乡士。捷步往相讯，果得[2]旧邻里。凄凄声中情，慊慊增下俚。语昔有故悲，论今无新喜。清晨相访慰，日暮不能已。欢戚竞寻绪[3]，谈调何终止。辞端竟未究，忽唱分涂始。前悲尚未弭，后戚方复起。嘶声盈我口，谈言在君耳[4]。手迹可传心，愿尔笃行李。

① 此首录自《乐府诗集》卷四〇。　② 得：《乐府诗集》注“一作遇”。　③ 绪：《乐府诗集》作“诸”，并注“一作叙”。据《汉魏六朝百三名家集》改。　④ 君耳：《乐府诗集》作“我耳”，据《汉魏六朝百三名家集》改。

棹歌行[1]

鲍　照

羁客离婴时，飘飖无定所。昔秋寓江介[2]，兹[3]春客河浒。往戢于役身，愿言永怀楚[④]。泠泠倏疏潭，邕邕雁循渚。飕戾长风振，遥曳[⑤]高帆举。惊波无留连，舟人不踌伫。

① 此首录自《乐府诗集》卷四〇。今按：此首《诗纪》卷五〇作《代櫂歌行》。 ② 江介：江岸；沿江一带。 ③ 兹：《乐府诗集》注"一作今"。 ④ "愿言"句：《乐府诗集》作"愿令怀水楚"，据《诗纪》改。 ⑤ 遥曳：《乐府诗集》注"一作飘遥"。

飞来双白鹄[①]

吴迈远[②]

可怜双白鹄，双双绝尘氛。连翩弄光景，交颈游青云。逢罗复逢缴，雌雄一旦分。哀声流海曲，孤叫出[③]江渍。岂不慕前侣，为尔不及群。步步一零泪，千里犹待君。乐哉新相知，悲来生别离。持此百年命，共逐寸阴移。譬如空山草，零落心自知。

① 此首录自《乐府诗集》卷三九。今按：以古辞《艳歌何尝行》首句"飞来双白鹄"为题。 ② 吴迈远（？—474）：南朝宋诗人。曾入刺史桂阳王刘休范幕，为江州从事史。废帝时，随休范起兵反。休范兵败被杀，迈远被族诛。 ③ 出：《乐府诗集》作"去"，据《玉台新咏》卷四改。

棹歌行[①]

吴迈远

十三为汉使，孤剑出皋兰。西南穷天险，东北毕地关。岷山高以峻，燕水清且寒。一去千里孤，边马何时还？遥望烟嶂外，瘴气郁云端。始知身死处，平生从此残。

① 此首录自《乐府诗集》卷四〇。今按：此题为王僧虔《大明三年宴乐技录》

瑟调曲之三十一。

艳歌行[①]

刘义恭[②]

江南游湘妃，窈窕汉滨女。淑问[③]流古今，兰音媚邓楚。瑶颜映长川，善服照通浒。求思望襄滋，叹息对衡渚。中情未相感，搔首增企予[④]。悲鸿失良匹，俯仰恋俦侣。徘徊忘寝食，羽翼不能举。倾首伫春燕，为我津辞语。

① 此首录自《乐府诗集》卷三九。 ② 刘义恭(413—465)：南朝宋文学家。彭城绥舆里(今属江苏徐州)人。宋武帝第五子，封江夏王。曾任荆州刺史、太傅、太宰等职，通晓音律。刘骏即位，义恭曲意附会，废帝即位，义恭被杀。今存诗十三首，多残句。 ③ 淑问：美名。《汉书·匡衡传》颜师古注："淑，善也；问，名也。" ④ 企予：三国魏曹丕《秋胡行》诗："企予望之，步立踌躕。"后以"企予"表示伫立。

棹歌行[①]

孔宁子[②]

君子乐和节，品物待阳时。上祖[③]降繁祉，元巳[④]命水嬉。仓武戒桥梁，旌人树羽旗。高樯抗飞帆，羽盖翳华枝。佽飞[⑤]激逸响，娟娥吐清辞。溯洄缅无分，欣流怆有思。仰瞻翳云缴，俯引沈泉丝。委羽漫通渚，鲜染中填坻。鹢鸟威江使，扬波骇冯夷。夕影虽已西，□□[⑥]终无期。

① 此首录自《乐府诗集》卷四〇。今按：此题为王僧虔《大明三年宴乐技录》瑟调曲之三十一。 ② 孔宁子(？—425)：南朝宋文人。会稽(今浙江绍兴)人。曾为刘裕太尉主簿。入宋，为宜都王刘义隆镇西咨议参军，以文义见赏。刘义隆

继位,以宁子为黄门侍郎,迁侍中。今存诗二首,文四篇。 ③ 上祖:《诗纪》卷五三作“上位”。 ④ 已:当为“巳”。 ⑤ 佽飞:即佽非。相传为春秋时楚国勇士。后亦以佽飞泛指勇士。 ⑥ □□:《乐府诗集》注“阙二字”。

楚调曲

泰山吟[①]

谢灵运

岱宗秀维岳,崔崒刺云天。岞崿既崄巇,触石辄千眠[②]。登封瘗崇坛,降禅藏肃然。石闾[③]何晻蔼,明堂秘灵篇。

① 此首录自《乐府诗集》卷四一。今按:此题为王僧虔《大明三年宴乐技录》楚调五曲之二。 ② 千眠:《诗纪》卷四七作“芊绵”。 ③ 石闾:山名,在山东泰安南,汉武帝东巡封泰山,禅石闾,即此山。

白头吟[①]

鲍 照

直如朱丝绳,清如玉壶冰。何惭宿昔意,猜恨坐相仍。人情贱恩旧,世路逐衰兴。毫发一为瑕,丘山不可胜。食苗实硕鼠,点白信苍蝇。凫鹄远成美,薪刍前见凌。申黜褒女进,班去赵姬升。周王日沦惑,汉帝益嗟称。心赏固[②]难恃,貌恭岂易凭。古来共如此,非君独抚膺。

① 此首录自《乐府诗集》卷四一。今按:题同《白头吟行》,为王僧虔《大明三年宴乐技录》楚调五曲之一。 ② 固:《玉台新咏》卷四作“犹”。

东武吟行[①]

鲍 照

主人且勿喧,贱子歌一言。仆本寒乡士,出身蒙汉恩。始随[②]张校尉,召[③]募到河源。后逐李轻车,追虏出[④]塞垣。密途亘万里,宁岁犹七奔[⑤]。肌力尽鞍甲,心思历凉温。将军既下世,部曲亦罕存。时事一朝异,孤绩谁复论。少壮辞家去,穷老还入门。腰镰刈葵藿,倚杖牧鸡豚。昔如鞲上鹰,今似槛中猿。徒结千载恨,空负百年怨。弃席思君幄,疲马恋君轩。愿垂晋主惠,不愧田子魂。

① 此首录自《乐府诗集》卷四一。今按:题同《东武琵琶吟行》,为王僧虔《大明三年宴乐技录》楚调五曲之四。 ② 随:《乐府诗集》注"一作逢"。 ③ 召:《昭明文选》卷二八作"占"。 ④ 出:《艺文类聚》卷四一作"穷"。 ⑤ 七奔:一岁中七次奔走应命。语出《左传·成公七年》:"子重子反于是乎一岁七奔命。"此谓一再奔波。

怨 诗 行[①]

汤惠休[②]

明月照高楼,含君千里光。巷中情思满,断绝孤妾肠。悲风荡帷帐,瑶翠坐自伤。妾心依天末,思与浮云长。啸歌视秋草,幽叶岂再扬。暮兰不待岁,离华能几芳。愿作张女引[③],流悲绕君堂。君堂严且秘,绝调徒飞扬。

① 此首录自《乐府诗集》卷四一。今按:题为王僧虔《大明三年宴乐技录》楚调五曲之五。 ② 汤惠休:《乐府诗集》作"宋僧惠休",当即汤惠休,曾为僧,后还俗。 ③ 张女引:张女,乐府曲名,《张女弹》的省称。《文选·潘岳〈笙赋〉》张铣注:"(张女)曲名也,其声哀。"引,乐曲体裁名,有序奏之意。

清商曲辞

清商乐，一曰清乐。清乐者，九代之遗声也。其始于相和三调，并汉魏已来旧曲。自晋播迁，其音分散，苻坚灭凉得之，传之前后二秦。宋武定关中，因而入南，不复存于内地。南朝文物最盛，亦世有新声。

南朝宋之清商曲辞，《乐府诗集》收入者有三类：一为吴声歌曲，二为西曲歌，三为江南弄。

吴声歌曲

郭茂倩引《晋书·乐志》曰："吴歌杂曲，并出江南。东晋已来，稍有增广。其始皆徒歌，既而被之管弦。盖自永嘉渡江之后，下及梁、陈，咸都建业，吴声歌曲起于此也。"

南朝宋之吴声歌曲，有宋武帝刘裕及鲍照所制，然无名氏之《读曲歌》八十九首，当为大宗也。

丁督护歌[①]（六首）

刘　骏[②]

其　一

督护北征去，前锋无不平。朱门垂高盖，永世扬功名。

① 此六首录自《乐府诗集》卷四五。郭茂倩解云，一曰《阿督护》。《宋书·乐志》曰："《督护歌》者，彭城内史徐逵之为鲁轨所杀，宋高祖使府内直督护丁旿收敛殡埋之。逵之妻，高祖长女也。呼旿至阁下，自问敛送之事。每问辄叹息曰：'丁督护！'其声哀切，后人因其声广其曲焉。"《唐书·乐志》曰："《丁督护》，晋宋间曲也。今歌是宋武帝所制"云。今按：《乐府诗集》此首作者署宋武帝，有误，

应为宋孝武帝。据逯钦立《先秦汉魏晋南北朝诗》，将此诗收录为宋孝武帝刘骏名下，并改五首为六首，其中“黄河流无极”一首，《乐府诗集》作王金珠辞，亦有误，应为宋孝武帝刘骏辞，兹依逯钦立辑本校改。 ② 刘骏（430—464）：字休龙，小字道民，文帝第三子。元嘉十二年（435）封武陵王。曾任雍州刺史、徐州刺史、江州刺史等。太子刘劭杀父自立，骏合几州兵力，东下讨劭，即皇帝位。在位十一年，三十五岁卒，谥号孝武皇帝。有集三十一卷，佚。《诗品》列骏诗为下品，称“孝武诗，雕文织采，过为精密”。其《丁督护歌》六首明白婉转，甚具风致。

其　二

洛阳数千里，孟津流无极。辛苦戎马间，别易会难得。

其　三

督护北征去，相送落星墟。帆樯如芒柽，督护今何渠。

其　四

督护初征时[①]，侬亦恶[②]闻许。愿作石尤风[③]，四面断行旅。

① 初征时：《玉台新咏》卷一〇作“上征去”。 ② 恶：《玉台新咏》作“思”。 ③ 石尤风：顶头风，逆风。《江湖纪闻》曰：“石尤风者，传闻为石氏女嫁为尤郎妇，情好甚笃，为商远行，妻阻之，不从。尤出不归，妻忆之，病亡。临亡，长叹曰：‘吾恨不能阻其行，以至于此。今凡有商旅远行，吾当作大风，为天下妇人阻之。’自后商旅发船，值打头逆风，则曰石尤风也，遂止不行。”

其　五

闻欢[①]去北征，相送直渎浦。只有泪可出，无复情可吐。

① 欢：古时男女相爱，对情人的称呼。《通典》云：江南皆谓情人为“欢”。

其　六[①]

黄河流无极，洛阳数千里。坎坷戎旅[②]间，何由见欢子。

① 此首《乐府诗集》作王金珠辞,《玉台新咏》卷一〇、《诗纪》卷四五、逯钦立辑本皆作刘骏辞,据改。　② 戎旅:《玉台新咏》作"我途"。

吴　歌[①](三首)

鲍　照

其　一

夏口樊城岸,曹公却月戍。但观流水还,识是侬流下。

① 此三首录自《乐府诗集》卷四四。

其　二

夏口樊城岸,曹公却月楼。观见流水还,识是侬泪流。

其　三

人言荆江狭,荆江定自阔。五两[①]了无闻,风声[②]那得达。

① 五两:古代测风器。用鸡毛五两(或八两)结在高竿顶上,测风力、风向。
② 风声:双关语,既指自然界的风(承上"五两"而言),又指消息、音讯。

华山畿[①](二十五首)

其　一

华山畿,君既为侬死,独生[②]为谁施。欢若见怜时,棺木为侬开。

① 此二十五首录自《乐府诗集》卷四六。郭茂倩解引《古今乐录》曰:"《华山畿》者,宋少帝时懊恼一曲,亦变曲也。少帝时,南徐一士子,从华山畿往云阳,见客舍有女子年十八九,悦之无因,遂感心疾。母问其故,具以启母。母为至华山寻访,见女具说闻感之因。脱蔽膝令母密置其席下卧之,当已。少日果差。忽举席见蔽膝而抱持,遂吞食而死。气欲绝,谓母曰:'葬时车载,从华山度。'母从其

意。比至女门，牛不肯前，打拍不动。女曰：'且待须臾。'妆点沐浴，既而出。歌曰：'华山畿，君既为侬死，独活为谁施？欢若见怜时，棺木为侬开。'棺应声开，女透入棺，家人叩打，无如之何，乃合葬，呼曰神女冢。"今按：《乐府正义》曰："南徐州，刘宋时淮南地也。云阳，曲阿也。华山当是丰县之小华山。《乐录》之说甚诞，未足信。"然此篇仍当为宋辞。 ② 生：《诗纪》卷五五作"活"，《古今乐录》引亦作"活"。

其 二

闻欢大养蚕，定得几许丝①。所得何足言，奈何黑瘦为？

① 几许丝：语义双关。丝，谐相思的"思"。

其 三

夜相思，投壶不停箭①，忆欢作娇时。

① 不停箭：王运熙认为，"不停"应为"不得"（见《六朝乐府与民歌·论吴声西曲考谐声双关语》），联系通篇诗意，颇有道理。箭，谐"见"，"不停箭"实为"不得见"。

其 四

开门枕水渚，三刀治一鱼，历乱伤杀汝。

其 五

未敢便相许，夜闻侬家论，不持侬与汝①。

① "不持"句：谓家人不许自己嫁给情人。

其 六

懊恼不堪止，上床解要①绳，自经②屏风里。

① 要：同"腰"。 ② 自经：自缢。

其 七

啼著曙①，泪落枕将浮，身沉被流去。

① 啼著曙：哭到天亮。

其 八

将懊恼，石阙①昼夜题②，碑泪③常不燥。

① 石阙：古人墓道外两旁所立的石头标志，上面刻着死者姓名和官职，这里用作下句"碑"的同义词。 ② 题：指往石阙上书写，谐啼哭的"啼"。 ③ 碑泪：谐"悲泪"，泪承上句，本指墨汁。

其 九

别后常相思，顿书千丈阙，题碑无罢时[1]。

① "题碑"句：双关隐语。题碑，往碑上书写，又谐"啼悲"。

其 十

奈何许，所欢不在间，娇笑向谁绪[1]。

① 绪：叙述。

其十一

隔津叹，牵牛语织女，离泪溢河汉。

其十二

啼相忆，泪如漏刻水，昼夜流不息。

其十三

著处多遇罗[1]，的的[2]往年少，艳情何能多。

① 罗：本指质地轻软的丝织品，此处又暗指罗网的"罗"。 ② 的的：昭著，明显。

其十四

无故相然我，路绝行人断，夜夜故望汝。

其十五

一坐复一起，黄昏人定后，许时不来已。

其十六

摩可侬，巷巷相罗截，终当不置汝。

其十七

不能久长离，中夜忆欢时，抱被空中啼。

其十八

腹中如汤灌，肝肠寸寸断，教侬底聊赖。

其十九

相送劳劳渚[1]，长江不应满，是侬泪成许。

① 劳劳渚：地名，可能指劳劳亭下的小渚。《景定建康志》：“劳劳亭在（建康）城南十五里，古送别之所，吴置亭在劳劳山上。”（见王运熙《六朝乐府与民歌》）

其二十

奈何许，天下人何限，慊慊只为汝。

其二十一

郎情难可道，欢行豆挟心，见荻多欲绕[1]。

① 多欲绕：茎蔓生的豆类有缠绕其他植物的本性，这里用作比喻，说情人常常想同别的女子纠缠。

其二十二

松上萝[1]，愿君如行云，时时见经过。

① 萝：植物名，即女萝、松萝，常攀援缠绕树干而生，情诗中女子多用以自喻。

其二十三

夜相思，风吹窗帘动，言是所欢来。

其二十四

长鸣鸡，谁知侬念汝，独向空中啼[1]。

① 啼：隐谐啼哭。

其二十五

腹中如乱丝，愦愦适得去，愁毒已复来。

读曲歌[1]（八十九首）

其一

花钗芙蓉髻，双鬓如浮云。春风不知著，好来动罗裙。

① 此八十九首录自《乐府诗集》卷四六。郭茂倩解引《宋书·乐志》曰："《读曲歌》者，民间为彭城王义康所作也。其歌云'死罪刘领军，误杀刘第四'是也。"《古今乐录》曰："《读曲歌》者，元嘉十七年袁后崩，百官不敢作声歌，或因酒讌，止窃声读曲细吟而已，以此为名。"按义康被徙，亦是十七年。南齐时，朱硕仙善歌吴声《读曲》，武帝出游钟山，幸何美人墓，硕仙歌曰："一忆所欢时，缘山破芿荏。山神感侬意，盘石锐锋动。"帝神色不悦，曰："小人不逊，弄我。"时朱子尚亦善歌，复为一曲云："暖暖日欲冥，观骑立踟蹰。太阳犹尚可，且愿停须臾。"于是俱蒙厚赉。今按：据《宋书·乐志》及《古今乐录》此篇当为宋辞。

其　二

念子情难有，已恶动罗裙，听侬入怀不？

其　三

红蓝[①]与芙蓉[②]，我色与欢敌。莫案石榴花，历乱听侬摘。

① 红蓝：草名，又名红花、黄蓝。其花红色，叶片似蓝(靛青)。　② 芙蓉：语义双关。女子以红蓝自比，此芙蓉又谐"夫容"。

其　四

千叶红芙蓉，照灼绿水边。余花任郎摘，慎莫罢[①]侬莲[②]。

① 罢：疑当作"摆"，动摇意。　② 莲：语义双关，谐"怜"。

其　五

思欢久，不爱独枝莲[①]，只惜同心藕[②]。

① 独枝莲：犹言没有回应的单恋。　② 藕：谐"偶"。

其　六

打坏木栖床，谁能坐相思。三更书石阙，忆子夜啼碑。

其　七

奈何不可言，朝看莫[①]牛迹，知是宿[②]蹄痕[③]。

① 莫：通"暮"。　② 宿：前一天晚上。　③ 蹄痕：谐"啼痕"。

其　八

娑拖何处归，道逢播掿郎[1]。口朱脱去尽，花钗复低昂。

① 播掿郎：跳播掿词舞的少年。播掿，即“播掿词”，舞曲名，又称“掘柘词”、“掘柘枝”。

其　九

所欢子，莲从胸上度，刺忆[1]庭[2]欲死。

① 刺忆：疑当作“刺臆”，与上“胸”字相应。　② 庭：此字疑误。

其　十

揽裳踱[1]，跣把丝织履，故交白足露。

① 踱：当作“渡”，指涉水渡河。

其十一

上知所，所欢不见怜，憎状从前度。

其十二

思难忍，络罂语酒壶，倒写[1]依顿尽。

① 倒写：语义双关，以水之“倒写”谐情之“倒写”。写，同“泻”。

其十三

上树摘桐花，何悟枝枯燥。迢迢空中落，遂为梧子道[1]。

① “遂为”句：双关隐语。梧子道，承上句“迢迢空中落”。梧子，谐“吾子”。道，道路，又借作动词，说，告诉。

其十四

桐花特可怜，愿天无霜雪，梧子[1]解千年。

① 梧子：谐“吾子”。

其十五

柳树得春风，一低复一昂。谁能空相忆，独眠度三阳。

其十六

折杨柳，百鸟园林啼，道欢不离口。

其十七

縠衫两袖裂，花钗鬓边低。何处分别归，西上古余啼。

其十八

所欢子，不与他人别，啼是忆郎耳。

其十九

披被树明灯，独思谁能忍。欲知长寒夜[①]，兰灯倾壶尽。

① 夜：《乐府诗集》作“衣”，据《诗纪》卷五五改。

其二十

坐起叹，汝好愿他甘，丛香倾筐入怀抱。

其二十一

逋发[①]不可料，憔悴为谁睹？欲知相忆时，但看裙带缓几许。

① 逋发：余冠英认为：“‘逋’字和‘蓬’字声音形状都相近，蓬发连文是常见的，从《诗经》‘首如飞蓬’来。”（见《乐府诗选》）据此，“逋”疑为“蓬”之误，是说头发蓬乱如草。又《诗纪》卷五五及《古乐府》作“通发”，亦误。

其二十二

忆欢不能食，徘徊三路间，因风觅消息。

其二十三

朝日光景开，从君良谦游。愿如卜者策，长与千岁龟。

其二十四

所欢子，问春花，可怜，摘插裲裆[①]里。

① 裲裆：古代一种长度仅至于腰而不及于下，且只蔽胸背的上衣，形似今之背心。

其二十五

芳萱初生时，知是无忧草。双眉画未成，那能就郎抱。

其二十六

百花鲜，谁能怀春日，独入罗帐眠。

其二十七

闻欢得新侬①，四支懊如垂。乌散放行路井中，百翅不能飞。

① 新侬：新欢。

其二十八

怜欢敢①唤名，念欢不呼字。连唤欢复欢，两誓不相弃。

① 敢：犹言岂敢、不敢。

其二十九

奈何许，石阙生口中，衔碑不得语①。

① "衔碑"句：双关隐语。"衔碑"承上句，又谐"衔悲"。

其三十

白门①前，乌帽白帽来。白帽郎，是侬良②，不知乌帽郎是谁？

① 白门：南朝刘宋都城建康（今江苏南京市）城门宣阳门的俗称。白门后又成为南京的别称。 ② 良：良人。古时夫妻互称良人，后多用于女子称丈夫。

其三十一

初阳正二月，草木郁青青。蹑履步前园，时物感人情。

其三十二

青幡起御路，绿柳荫驰道。欢赠玉树筝①，侬送千金宝。

① 玉树筝：用槐木做的筝。《三辅黄图·汉宫》云："甘泉谷北岸有槐树，今

谓玉树。”

其三十三

桃花落已尽，愁思犹未央。春风难期信，托情明月光。

其三十四

计约黄昏后，人断犹未来。闻欢开方局[①]，已复将谁期[②]。

① 开方局：摆下棋盘。 ②“已复”句：双关隐语。期，承上句，此用作动词，下棋。末二句意谓：听说你铺开了棋盘，不知要同谁下棋。实际是说：不知道你又要同谁约会。

其三十五

自从别郎后，卧宿头不举。飞龙落药店，骨出[①]只为汝。

① 骨出：语义双关。表面是说飞龙的“骨出”，实际是说自己因思念情郎而消瘦露骨。

其三十六

日光没已尽，宿鸟纵横飞。徙倚[①]望行云，躞蹀待郎归。

① 徙倚：叠韵联绵词，流连不去的样子。

其三十七

百度不一回，千书信不归。春风吹杨柳，华艳空徘徊[①]。

①“春风”二句：语义双关，“华艳”明指杨柳，因春风吹而“空徘徊”，暗指女子自己。

其三十八

音信阔弦朔[①]，方悟千里遥。朝霜语白日，知我为欢消[②]。

① 弦朔：指农历每月的初七、八、二十二、二十三（弦日）和初一（朔日）。此

句谓有很长时间未通音讯了。 ② 消:语义双关。早晨的霜因太阳而消融,实际是说我为欢而消瘦。

其三十九

合冥过藩来,向晓开门去。欢取身上好,不为侬作虑。

其四十

五鼓起开门,正见欢子度①。何处宿行还,衣被有霜露。

① 度:通"踱"。

其四十一

本自无此意,谁交郎举前。视侬转迈迈①,不复来时言?

① 迈迈:轻慢的样子。

其四十二

自我别欢后,叹音不绝响。茱萸持捻泥,龛有杀子像①。

① 杀子像:双关隐语,本当为"沙子响",承上句"持捻泥",谐"杀子像"。

其四十三

家贫近店肆,出入引长事。郎君不浮华,谁能呈实意。

其四十四

念日行不遇,道逢播掿郎。查灭衣服坏,白肉亦黯疮。

其四十五

歔欷暗中啼,斜日照帐里。无油①何所苦,但使天明尔②。

① 无油:指灯无油,与"暗中啼"照应。又谐"无由",没有缘由、原因。 ②"但使"句:语义双关,表面是说灯无油,只有靠"斜日"来照明。实际是说自己

内心痛苦无法说清，只有老天才能明鉴。

其四十六

黄丝咡素琴，泛弹弦不断。百弄任郎作，唯莫《广陵散》。

其四十七

思欢不得来，抱被空中语。月没星不亮①，持底明侬绪②。

① 星不亮：语义双关，谐"心不谅"。　② "持底"句：月亮隐没，星星不亮，拿什么来照亮我的心呢？实际是说：情人不谅解我，我拿什么来表明心迹呢？

其四十八

诈我不出门，冥就他侬①宿。鹿转方相头，丁倒②欺人目。

① 他侬：指男子的新欢。　② 丁倒：即颠倒。

其四十九

欢但且还去，遣信相参伺。契儿向高店，须臾侬自来。

其 五 十

欲行一过心，谁我道相怜①。摘菊持饮酒，浮华著口边②。

① 相怜：双关。相怜惜，又隐寓相连结。　② "摘菊"二句：双关隐语。"浮华"即"浮花"，本承上句指菊花，又暗指虚浮不实的言词。

其五十一

语我不游行，常常走巷路。败桥语方相，欺侬那得度。

其五十二

阔面行负情，诈我言端的。画背作天图，子将负①星历②。

① 负：双关语，既是背负的"负"，也是辜负的"负"。　② 星历：即"天图"，代

指“老天”。此表面是说你将用背驮着天图，实际是说你将辜负老天，受到老天的惩罚。

其五十三

君行负怜事，那得厚相于。麻纸语三葛，我薄汝粗疏①。

① “我薄”句：语义双关，以纸薄葛粗比君疏侬薄。

其五十四

黄天不灭解，甲夜曙星出。漏刻无心肠，复令五更毕。

其五十五

打杀长鸣鸡，弹去乌臼鸟①。愿得连冥不复曙，一年都②一晓。

① 乌臼鸟：又名鸦舅，候鸟名，形似老鸦而小，北方俗名黎雀，天明时比鸡叫得还早。杀鸡弹鸟是恨其惊醒好梦，又怪它催送天明。 ② 都：犹“只”。

其五十六

空中人住在，高墙深阁里。书信了不通，故使风往尔。

其五十七

侬心常慊慊，欢行由预①情。雾露隐芙蓉，见莲②讵分明。

① 由预：即犹豫。 ② 莲：双关语，谐“怜”。

其五十八

非欢独慊慊，侬意亦驱驱。双灯俱时尽，奈许两无由①。

① 两无由：双关隐语。本作“两无油”，承上句。隐谐“两无由”。

其五十九

谁交强缠绵，常持罢作虑。作生隐藕叶，莲侬在何处。

其六十

相怜两乐事，黄作无趣怒。合散[1]无黄连，此事复何苦[2]！

① 合散：配制药散。 ② 苦：双关，承上句，本指药苦，借喻内心痛苦。两句谓：配方时并没有放黄连，这药不知怎么会苦！实际是说，自己并没有做什么错事，不知怎么招惹了闲气，带来了痛苦。

其六十一

谁交强缠绵，常持罢作意。走马织悬帘，薄情奈当驶。

其六十二

执手与欢别，合会在何时？明灯照空局，悠然未有期。

其六十三

百忆却欲噫，两眼常不燥[1]。蕃师五鼓行，离侬何太早！

① 不燥：指泪流不停。

其六十四

合笑来向侬，一抱不能置。领后千里带，那顿谁多[1]媚。

① 谁多：疑当作“许多”。

其六十五

欢相怜，今去何时来？裲裆别去年，不忍见分题[1]。

① 分题：语义双关。“题”本指物体的一端，“裲裆别”即是“分题”，又谐“分啼”。

其六十六

欢相怜，题心共饮血。梳头入黄泉，分作两死计[1]。

① “梳头”二句：双关隐语。“两死计”本作“两死髻”，承上“梳头入黄泉”而言，又谐“两死计”，意谓男女相约殉情。

其六十七

娇笑来笑侬，一抱不能已。湖燥芙蓉萎，莲汝藕欲死。

其六十八

欢心不相怜，慊苦竟何已？芙蓉腹里萎，莲汝从心死。

其六十九

下帷掩灯烛，明月照帐中。无油[1]何所苦，但使天明侬。

① 无油：双关，既照应“灯烛”，又谐“无由”。

其七十

执手与欢别，欲去情不忍。余光照己藩，坐见离日尽[1]。

① “坐见”句：双关隐语。离，承上句，本作“篱”，借作“离”。离日，照在篱笆上的阳光，又指分离的时刻。尽，谐“近”，指分别的时刻越来越近。

其七十一

种莲长江边，藕[1]生黄蘗[2]浦。必得莲子时，流离经辛苦[3]。

① 藕：双关，谐“偶”。 ② 黄蘗：也作“黄柏”。落叶乔木，木质坚硬，茎可制染料。又可入药，味苦。 ③ “必得”二句：双关隐语。莲子谐音“怜子”，辛苦，谐音“心苦”。

其七十二

人传我不虚，实情明把纳。芙蓉万层生，莲子信重沓。

其七十三

闻乖事难怀，况复临别离。伏龟语石板，方作千岁碑[①]。

① 千岁碑：语义双关。千岁，承上句“伏龟”，旧时石碑下常有石龟驮负，龟旧时被认为是长寿能活千岁的动物。碑，承上句“石板”。“千岁碑”又谐“千岁悲”。

其七十四

铃荡与时竞，不得寻倾虑。春风扇芳条，常念花落去。

其七十五

坐倚无精魂，使我生百虑。方局十七道[①]，期会[②]是何处。

① “方局”句：指围棋盘。古围棋盘纵横各十七条直线，与今纵横各十九道不同。　② 期会：语义双关。本作“棋会”，借作“期会”，指相见。

其七十六

暂出白门前，杨柳可藏乌。欢作沈水香[①]，侬作博山炉。

① 沈水香：即沉香，放在炉里燃烧，其烟极香。

其七十七

十期九不果，常抱怀恨生。然灯不下炷，有油那得明[①]。

① “有油”句：双关隐语。油谐“由”，原因，缘由。明，既指明亮的“明”，又指明白的“明”。

其七十八

自从近日来，了不相寻博。竹帘裲裆题，知子心情薄。

其七十九

下帷灯火尽，朗月照怀里。无油何所苦，但令天明尔。

其八十

近日莲①违期，不复寻博子②。六筹翻双鱼③，都成罢去已。

① 莲：谐“怜”，指情人。　② 博子：即博戏。隐指“棋”，谐“期”，承上句“违期”。　③ “六筹”句：此句当与博戏术语有关，其详已难考。

其八十一

一夕就郎宿，通夜语不息。黄蘗万里路，道苦①真无极②。

① 道苦：语义双关，隐指“黄蘗路”，又指“说”，即倾诉苦衷。　② 无极：语义双关，一指“万里路”漫长，一指苦衷多，说个没完。

其八十二

登店卖三葛，郎来买丈余。合匹与郎去，谁解断粗疏①。

① 粗疏：指葛布（葛布布纹粗疏）。郎来买葛布，叫人联想到“疏”，已觉不吉利，偏又只买丈余，要把“匹”从中剪断（据《汉书·食货志》，一匹布长四丈），又让人联想到他们结不成配偶（断则不成“匹”），所以女主人公将整匹给他。末句表面是说不能截断葛布，实际是说爱情不能断也不能疏。

其八十三

侬亦粗经风，罢①顿葛帐里，败许粗疏中②。

① 罢：通“疲”。　② “败许”句：双关隐语。败承上句“罢顿”，指极度疲乏，又谐失败的“败”，指遭受挫折。粗疏，承上句“葛帐”，又指自己做事的粗心大意、不细致。

其八十四

紫草生湖边，误落芙蓉里。色分都未获，空中染莲子。

其八十五

闺阁断信使，的的两相忆。譬如水上影，分明不可得。

其八十六

逍遥待晓分，转侧听更鼓。明月不应停，特为相思[①]苦。

① 相思：《古乐府》卷六作“思君”。

其八十七

罢去四五年，相见论故情。杀荷不断藕[①]，莲心已复生。

① “杀荷”句：语义双关。荷被割去，但藕还在，比喻两人虽然分离，但旧情未断。藕，谐“偶”。

其八十八

辛苦一朝欢，须臾情易厌。行膝点芙蓉，深莲[①]非骨念。

① 深莲：双关，谐“深怜”。

其八十九

慊苦忆侬欢，书作后非是。五果[①]林中度，见花多忆子。

① 五果：疑当作“五更”。

西曲歌

郭茂倩云：“《西曲歌》出于荆、郢、樊、邓之间。而其声节送和，与吴歌亦异，故依（今按：《乐府诗集》阙“依”字，据句意补）其方俗而谓之西曲。”

萧涤非《汉魏六朝乐府文学史》称《西曲歌》凡三十五种，其中十六种为《舞曲》，二十一种为《倚歌》，重两种。《古今乐录》云：“凡《倚歌》悉用铃鼓，无弦有吹。”而《吴声歌》乐器则有箜篌、琵琶之属，故其声节与吴歌有异。然其内容风调则与吴歌无别也。

关于西曲歌名目，郭茂倩已有解说。郭茂倩解引《古今乐录》曰：“西曲歌有《石城乐》、《乌夜啼》、《莫愁乐》、《估客乐》、《襄阳乐》、《三洲》、《襄阳蹋铜蹄》、《采桑度》、《江陵乐》、《青阳度》、《青骢白马》、《共戏乐》、《安东平》、《女儿子》、《来罗》、《那呵滩》、《孟珠》、《翳乐》、《夜度娘》、《长松标》、《双行缠》、《黄督》、《黄缨》、《平西乐》、《攀杨枝》、《寻阳乐》、《白附鸠》、《拔蒲》(今按:《乐府诗集》作《枝蒲》,据其卷四十九改)、《寿阳乐》、《作蚕丝》、《杨叛儿》、《西乌夜飞》、《月节折杨柳歌》三十四曲(今按:上列共三十三曲,漏《夜黄》一曲,见下列倚歌中)。《石城乐》、《乌夜啼》、《莫愁乐》、《估客乐》、《襄阳乐》、《三洲》、《襄阳蹋铜蹄》、《采桑度》、《江陵乐》、《青骢白马》、《共戏乐》、《安东平》、《那呵滩》、《孟珠》、《翳乐》、《寿阳乐》并舞曲。《青阳度》、《女儿子》、《来罗》、《夜黄》、《夜度娘》、《长松标》、《双行缠》、《黄督》、《黄缨》、《平西乐》、《攀杨枝》、《寻阳乐》、《白附鸠》、《拔蒲》(今按:《乐府诗集》作《枝蒲》,据其卷四十九改)、《作蚕丝》并倚歌。《孟珠》、《翳乐》亦倚歌。”

石城乐[①](五首)

其一

生长石城下,开窗[②]对城楼。城中诸少年[③],出入见依投。

① 此五首录自《乐府诗集》卷四七。郭茂倩解引《唐书·乐志》曰:“《石城乐》者,宋臧质所作也。石城在竟陵,质尝为竟陵郡,于城上眺瞩,见群少年歌谣通畅,因作此曲。”《古今乐录》曰:“《石城乐》,旧舞十六人。” ② 窗:《旧唐书·乐志》作“门”。《玉台新咏》卷一〇作“门”。 ③ 诸少年:《旧唐书·乐志》、《玉台新咏》作“美年少”。

其二

阳春百花生,摘插环髻前。捥[①]指蹋[②]忘愁,相与及盛年。

① 捥:扭结。 ② 蹋:同“踏”。此指以足踏地作节拍而歌舞。

其三

布帆百余幅,环环在江津。执手双泪落,何时见欢还。

其　四

大艑载三千，渐水丈五余。水高不得渡，与欢合生居。

其　五

闻欢远行去，相送方山亭。风吹黄蘗藩，恶闻苦离声[①]。

① "风吹"二句：双关隐语。"苦离"，本当作"苦篱"，承上句"黄蘗藩"，谐"苦离"。又，《全宋诗》卷一五作"苦篱"。

乌夜啼[①]（八首）

其　一

歌舞诸少年[②]，娉婷[③]无种[④]迹。菖蒲花可怜，闻名不曾[⑤]识。

① 此八首录自《乐府诗集》卷四七。郭茂倩解引《唐书·乐志》曰："《乌夜啼》者，宋临川王义庆所作也（今按：《诗纪》卷五五注'临川王义庆当作彭城王义康'）。元嘉十七年，徙彭城王义康于豫章。义庆时为江州，至镇，相见而哭。文帝闻而怪之，征还庆（今按：庆《乐府诗集》作'宅'，据《诗纪》卷五五注改）大惧，伎妾夜闻乌夜啼声，扣斋阁云：'明日应有赦。'其年更为南兖州刺史，因此作歌（今按：《旧唐书》作"作此歌"）。故其和云：'夜夜望郎来，笼窗窗不开。'今所传歌辞，似非义庆本旨。"《教坊记》曰："《乌夜啼》者，元嘉二十八年，彭城王义康有罪放逐，行次浔阳；江州刺史衡阳王义季，留连饮宴，历旬不去。帝闻而怒，皆囚之。会稽公主，姊也，尝与帝宴洽，中席起拜。帝未达其旨，躬止之。主流涕曰：'车子岁暮，恐不为陛下所容！'车子，义康小字也。帝指蒋山曰：'必无此，不尔，便负初宁陵。'武帝葬于蒋山，故指先帝陵为誓。因封余酒寄义康，且（今按：且，《乐府诗集》作'旦日'，据任半塘《教坊记笺订》改）曰：'昨与会稽姊饮，乐，忆弟，故附所饮酒往，遂宥之。'使未达浔阳，衡阳家人扣二王所囚院曰：'昨夜乌夜啼，官当有赦。'少顷使至，二王得释，故有此曲。"按史书称临川王义康为江州，而云衡阳王

义季，传之误也。《古今乐录》曰："《乌夜啼》，旧舞十六人。"《乐府解题》曰："亦有《乌栖曲》，不知与此同否。"今按：此辞《古乐府》卷七作"古辞"，逯钦立《先秦汉魏晋南北朝诗》收为宋乐府。兹依逯氏录入宋。 ② 少年：《玉台新咏》卷一〇作"年少"。 ③ 娉婷：《乐府诗集》作"娉停"，据《旧唐书》及《古乐府》改。《玉台新咏》亦作"娉婷"。 ④ 种：《玉台新咏》作"穜"。 ⑤ 曾：《旧唐书》及《古乐府》作"相"。

其　二[①]

长樯铁鹿子，布帆阿那起。诧侬安在间，一去数千里。

① 今按：此首与东晋卷《懊侬歌十四首》之八除"数"彼作"三"外，余全同。《古今乐录》曰："《懊侬歌》者，晋石崇绿珠所作，惟'丝布涩难缝'一曲而已，后皆隆安初民间讹谣之曲。"故疑此首采于民间也。

其　三

辞家远行去，侬欢独离居。此日无啼音，裂帛作还书。

其　四

可怜乌臼鸟，强言知天曙。无故三更啼，欢子冒暗去。

其　五

乌生如欲飞，二飞[①]各自去。生离无安心，夜啼至天曙。

① 二飞：应是"飞飞"之误。

其　六

笼窗窗不开，荡户户不动。欢下葳蕤籥，交侬那得往。

其　七

远望千里烟，隐当在欢家。欲飞无两翅，当奈独思何。

其　八

巴陵三江口，芦荻齐如麻。执手与欢别，痛切当奈何。

莫愁乐[①]（二首）

其　一

莫愁在何处，莫愁石城西。艇子打两桨，催送莫愁来。

① 此二首录自《乐府诗集》卷四八。郭茂倩解引《唐书·乐志》："《莫愁乐》者，出于石城乐。石城有女子名莫愁，善歌谣。石城乐和中复有忘愁声，因有此歌。"《古今乐录》曰："《莫愁乐》亦云蛮乐，旧舞十六人，梁八人。"《乐府题解》："古歌亦有《莫愁》，《洛阳女》，与此不同。"今按：此辞《乐府诗集》未署作者，逯钦立《先秦汉魏晋南北朝诗》收为宋乐府，兹依逯氏录入宋。

其　二

闻欢下扬州，相送楚山头。探手抱腰看，江水断不流。

襄阳乐[①]（九首）

其　一

朝发襄阳城，暮至大堤宿。大堤诸女儿，花艳惊郎目。

① 此九首录自《乐府诗集》卷四八。郭茂倩解引《古今乐录》曰："《襄阳乐》者，宋随王诞之所作也。诞始为襄阳郡，元嘉二十六年仍为雍州刺史，夜闻诸女歌谣，因而作之，所以歌和中有'襄阳来夜乐'之语也。"旧舞十六人，梁八人。又有《大堤曲》，亦出于此。简文帝雍州十曲，有《大堤》、《南湖》、《北渚》等曲。今按：此辞《乐府诗集》未署作者，逯钦立《先秦汉魏晋南北朝诗》收为宋乐府，兹依

逯氏收入宋。

其 二

上水郎担篙，下水摇双橹。四角龙子幡，环环江当柱。

其 三

江陵三千三，西塞陌中央。但问相随否，何计道里长。

其 四

人言襄阳乐，乐作非侬处。乘星冒风流，还侬扬州去。

其 五

烂漫女萝草，结曲绕长松。三春虽同色，岁寒非处侬。

其 六

黄鹄参天飞，中道郁徘徊。腹中车轮转，欢今定怜谁。

其 七

扬州蒲锻环，百钱两三丛。不能买将还，空手揽抱侬。

其 八

女萝自微薄，寄托长松表。何惜负霜死，贵得相缠绕。

其 九

恶见多情欢，罢侬不相语。莫作鸟集林，忽如提侬去。

采 桑 度[①]（七首）

其 一

蚕生春三月，春桑正含绿。女儿采春桑，歌吹当春曲。

① 此七首录自《乐府诗集》卷四八。郭茂倩解云，《采桑度》一曰《采桑》。《唐书·乐志》曰："《采桑》因三洲曲而生，此声苑也(今按：苑，左克明《古乐府》卷七作'调')。《采桑度》，梁时作。"《水经》曰："河水过屈县西南为采桑津。《春秋》僖公八年，晋里克败狄于采桑是也。"梁简文帝《乌栖曲》曰："采桑渡头碍黄河，郎今欲渡畏风波。"《古今乐录》曰："《采桑度》旧舞十六人，梁八人，即非梁时作矣。"今按：据此疑为宋齐辞，待考。

其 二

冶游采桑女，尽有芳春色。姿容应春媚，粉黛不加饰。

其 三

系条采春桑，采叶何纷纷。采桑不装钩，牵坏紫罗裙。

其 四

语欢稍养蚕，一头养百坻。奈当黑瘦尽，桑叶常不周。

其 五

春月采桑时，林下与欢俱。养蚕不满百，那得罗绣襦。

其 六

采桑盛阳月，绿叶何翩翩。攀条上树表，牵坏紫罗裙。

其 七

伪蚕化作茧，烂熳不成丝。徒劳无所获，养蚕持底为。

江陵乐[①]（四首）

其　一

不复蹋踶人，踶地地欲穿。盆隘欢绳断，蹋坏绛罗裙。

① 此四首录自《乐府诗集》卷四九。郭茂倩解引《古今乐录》曰："《江陵乐》，旧舞十六人，梁八人。"《通典》曰："江陵，古荆州之域，春秋时楚之郢地，秦置南郡，晋为荆州，东晋、宋、齐以为重镇。梁元帝都之有纪南城，楚渚宫在焉。"今按：此辞《乐府诗集》未署作者，疑为宋齐辞，收录待考。

其　二

不复出场戏，踶场生青草。试作两三回，踶场方就好。

其　三

阳春二三月，相将蹋百草。逢人驻步看，扬声皆言好。

其　四

暂出后园看，见花多忆子。乌鸟双双飞，侬欢今何在。

青阳度[①]（三首）

其　一

隐机倚不织，寻得烂漫丝。成匹郎莫断，忆侬经绞时。

① 此三首录自《乐府诗集》卷四九。郭茂倩解引《古今乐录》曰："《青阳度》，倚歌。凡倚歌悉用铃鼓，无弦有吹。"今按：此辞《乐府诗集》未署作者，疑为宋齐辞，待考。

其　二

碧玉捣衣砧，七宝金莲杵。高举徐徐下，轻捣只为汝。

其　三[①]

青荷盖绿水，芙蓉披[②]红鲜。下有并根藕，上生[③]并目莲[④]。

① 此首《玉台新咏》卷一〇作《青阳歌曲》。　② 披：《玉台新咏》作"发"。③ 生：《诗纪》卷二二注"一作有"。　④ 并目莲：《玉台新咏》作"同心莲"。《古乐府》卷七作"并头莲"。

青骢白马[①]（八首）

其　一

青骢白马紫丝缰，可怜石桥根柏梁。

① 此八首录自《乐府诗集》卷四九。郭茂倩解引《古今乐录》曰："《青骢白马》，旧舞十六人。"今按：疑当为宋齐辞，录入待考。

其　二

汝忽千里去无常，愿得到头还故乡。

其　三

系马可怜著长松，游戏徘徊五湖中。

其　四

借问湖中采菱妇，莲子青荷可得否？

其　五

可怜白马高缠鬃，著地踯躅多徘徊。

其　六

问君可怜六萌车[①]，迎取窈窕西曲娘。

① 六萌车：古代妇女所乘的一种车。

其　七

问君可怜下都去，何得见君复西归。

其 八

齐唱可怜使人惑,昼夜怀欢何时忘。

安 东 平[①](五首)

其 一

凄凄烈烈,北风为雪。船道不通,步道断绝。

① 此五首录自《乐府诗集》卷四九。郭茂倩解引《古今乐录》曰:"《安东平》,旧舞十六人,梁八人。"今按:疑当为宋齐辞,录入待考。

其 二

吴中细布,阔幅长度。我有一端[①],与郎作袴。

① 端:帛类的长度单位。绢曰匹,布曰端,古绢以四丈为一匹,布以六丈为一端。

其 三

微物虽轻,拙手所作。余有三丈,为郎别厝。

其 四

制为轻巾,以奉故人。不持作好,与郎拭尘。

其 五

东平刘生,复感人情。与郎相知,当解千龄[①]。

① 解千龄:结千年之好。解,明白;双关,谐音"结"。

女 儿 子[①](二首)

其 一

巴东三峡猿鸣悲,夜鸣三声泪沾衣。

① 此二首录自《乐府诗集》卷四九。郭茂倩解引《古今乐录》:"女儿子,倚歌也。"今按:疑当为宋齐辞,待考。

其 二

我欲上蜀蜀水难，蹋蹀珂头腰环环。

来 罗[①]（四首）

其 一

郁金黄花标，下有同心草。草生日已长，人生日就老。

① 此四首录自《乐府诗集》卷四九。郭茂倩解引《古今乐录》曰："来罗，倚歌也。"今按：疑当为宋齐辞，待考。

其 二

君子防未然，莫近嫌疑边。瓜田不蹑履，李下不正冠。

其 三

故人何怨新，切少必求多。此事何足道，听我歌来罗。

其 四

白头不忍死，心愁皆敖然[①]。游戏泰始[②]世，一日当千年。

① 敖：通"熬"。 ② 泰始：宋明帝刘彧年号。

那呵滩[①]（六首）

其 一

我去只如还，终不在道边。我若在道边，良信寄书还。

① 此六首录自《乐府诗集》卷四九。郭茂倩解引《古今乐录》曰："《那呵滩》，旧舞十六人，梁八人。其和云'郎去何当还'，多叙江陵及扬州事。那呵，盖滩名

也。"今按：疑当为宋齐辞，录入待考。

其　二

沿江引百丈，一濡多一艇。上水郎担篙，何时至江陵。

其　三

江陵三千三，何足持作远。书疏数知闻，莫令信使断。

其　四

闻欢下扬州，相送江津弯。愿得篙橹折，交郎到头还。

其　五

篙折当更觅，橹折当更安。各自是官人，那得到头还。

其　六

百思缠中心，憔悴为所欢。与子结终始，折约在金兰。

孟　珠[1]（二首）

其　一

人言孟珠富，信实金满堂。龙头衔九花，玉钗明月珰。

① 此二首录自《乐府诗集》卷四九。郭茂倩云，一曰《丹阳孟珠歌》。《古今乐录》曰："《孟珠》十曲，二曲，倚歌八曲。旧舞十六人，梁八人。"此题《玉台新咏》卷一〇作《丹阳孟珠歌》。今按：疑当为宋齐辞，待考。

其　二

阳春二三月，草与水同色。攀条摘香花，言是欢气息。

孟　珠[1]（八首）

其　一

人言春复著，我言未渠央。暂出后湖看，蒲菰如许长。

① 此八首录自《乐府诗集》卷四九。

其　二

扬州石榴花，摘插双襟中。葳蕤当忆我，莫持艳他侬。

其　三

阳春二三月，草与水同色。道逢游冶郎，恨不早相识。

其　四

望欢四五年，实情将懊恼。愿得无人处，回身与郎抱。

其　五

阳春二三月，正是养蚕时。那得不相怨，其再许[1]侬来。

① 许：《乐府诗集》阙，据《全晋诗》补。

其　六

将欢期三更，合冥欢如何。走马放苍鹰，飞驰赴郎期。

其　七

适闻梅作花，花落已成子。杜鹃绕林啼，思从心下[1]起。

① 下：《全晋诗》作"上"。

其　八

可怜景阳山，茗茗百尺楼。上有明天子，麟凤戏中游[1]。

① 游：《诗纪》卷二二作“州”。

翳　乐[1]

人生欢爱时，少年新得意。一旦不相见，辄作烦冤思。

① 此首录自《乐府诗集》卷四九。郭茂倩解引《古今乐录》曰：“《翳乐》一曲，倚歌二曲。旧（今按：《乐府诗集》阙‘旧’字，据《诗纪》卷二二补）舞十六人，梁八人。”今按：疑当为宋齐辞，待考。

翳　乐[1]（二首）

其　一

阳春二三月，相将舞翳乐。曲曲随时变，持许艳郎目。

① 此二首录自《乐府诗集》卷四九。今按：疑当为宋齐辞，待考。

其　二

人言扬州乐，扬州信自乐。总角诸少年，歌舞自相逐。

夜　黄[1]

湖中百种鸟，半雌半是雄，鸳鸯逐野鸭，恐畏不成双。

① 此首录自《乐府诗集》卷四九。郭茂倩解引《古今乐录》曰：“《夜黄》，倚歌也。”又曰：“凡倚歌，悉用铃鼓，无弦有吹。”也就是用弦乐器以外的箫管铃鼓等伴奏的民歌。今按：疑当为宋齐辞，待考。

夜度娘[1]

夜来冒霜雪，晨去履风波。虽得叙微情，奈侬身苦何。

① 此首录自《乐府诗集》卷四九。郭茂倩解引《古今乐录》曰："《夜度娘》，倚歌也。"今按：疑当为宋齐辞，待考。

长松标[1]

落落千丈松，昼夜对长风。岁暮霜雪时，寒苦与谁双。

① 此首录自《乐府诗集》卷四九。郭茂倩解引《古今乐录》曰："《长松标》，倚歌也。"今按：疑当为宋齐辞，待考。

双行缠[1]（二首）

其一

朱丝系腕绳，真如白雪凝。非但我言好，众情共所称。

① 此二首录自《乐府诗集》卷四九。郭茂倩解引《古今乐录》曰："《双行缠》，倚歌也。"今按：疑当为宋齐辞，待考。

其二

新罗绣行缠，足趺如春妍。他人不言好，独我知可怜。

黄督[1]（二首）

其一

乔客他乡人，三春不得归。愿[2]看杨柳树，已复藏班骓。

① 此二首录自《乐府诗集》卷四九。郭茂倩解引《古今乐录》曰："《黄督》，倚歌也。"今按：疑当为宋齐辞，待考。 ② 愿：疑当为"顾"。

其　二

笼车度蹋衍[1]，故人求寄载。催牛闭后户，无预故人事。

① 蹋衍：指斜平的下坡路。

平西乐[1]

我情与欢情，二情感苍天。形虽胡越[2]隔，神交中夜间。

① 此首录自《乐府诗集》卷四九。郭茂倩解引《古今乐录》曰："《平西乐》，倚歌也。"今按：疑当为宋齐辞，待考。 ② 胡越：比喻空间距离遥远。语出汉代无名氏《行行重行行》诗："胡马依北风，越鸟巢南枝。"后以"胡"指北地，"越"指南方。

寿阳乐[1]（九首）

刘　铄[2]

其　一

可怜八公山，在寿阳，别后莫相忘。

① 此九首录自《乐府诗集》卷四九。郭茂倩解引《古今乐录》曰："《寿阳乐》者，宋南平穆王为豫州所作也。旧舞十六人，梁八人。"按其歌辞，盖叙伤别望归之思。南平穆王即刘铄也。 ② 刘铄：《乐府诗集》未署名，今据《诗纪》卷五五补。

其　二

东台百余尺，凌风云，别后不忘君。

其　三

梁长曲水流，明如镜，双林与郎照。

其　四

辞家远行去，空为君，明知岁月驶。

其　五

笼窗取凉风，弹素琴，一叹复一吟。

其　六

夜相思，望不来，人乐我独愁。

其　七

长淮何烂漫，路悠悠，得当乐忘忧。

其　八

上我长濑桥，望归路，秋风停欲度。

其　九

衔泪出伤门，寿阳去，必还当几载。

作蚕丝[①]（四首）

其　一

柔桑感阳风，阿娜婴兰妇。垂条付绿叶，委体看女手。

① 此四首录自《乐府诗集》卷四九。郭茂倩解引《古今乐录》："《作蚕丝》，倚歌也。"今按：《乐府诗集》将此首列在齐《杨叛儿》之前，疑当为宋齐辞，待考。

其　二

春蚕不应老，昼夜常怀丝。何惜微躯尽，缠绵自有时。

其　三[①]

绩蚕初成茧，相思条女密。投身汤水中，贵得共成匹。

①《玉台新咏》卷一〇此首作《蚕丝歌》。

其　四

素丝非常质，屈折成绮罗。敢辞机杼劳，但恐花色多。

西乌夜飞[①]（五首）

其　一

日从东方出，团团鸡子黄。夫归[②]恩情重，怜欢故在傍。

① 此五首录自《乐府诗集》卷四九。郭茂倩解引《古今乐录》曰："《西乌夜飞》者，宋元徽五年，荆州刺史沈攸之所作也。攸之举兵发荆州，东下，未败之前，思归京师，所以歌。和云：'白日落西山，还去来。'送声云：'折翅乌，飞何处，被弹归。'"　② 夫归：《诗纪》卷五五作"夫妇"。

其　二

暂请半日给，徙倚[①]娘店前。目作宴瑱饱，腹作宛恼饥。

① 徙倚：流连徘徊。

其　三

我昨忆欢时，揽刀持自刺。自刺分应死，刀作离楼僻。

其　四

阳春二三月，诸花尽芳盛。持底唤欢来，花笑莺歌咏。

其　五

感郎崎岖情，不复自顾虑。臂绳双入结，遂成同心去。

月节折杨柳歌[①]（十三首）

正月歌

春风尚萧条，去故来入[②]新。苦心非一朝，折杨柳，愁思满腹中，历乱不可数。

① 此十三首录自《乐府诗集》卷四九。今按：月节，指旧历一个月，因月相变化的节律而名之。一月一歌，加一首闰歌，共十三首，《乐府诗集》将其列入清商西曲。疑当为宋齐辞，待考。 ② 入：《诗纪》卷二二作"如"。

二月歌

翩翩乌入乡，道逢双燕飞。劳君看三阳，折杨柳，寄言[①]语侬欢，寻还不复久。

① 言：《古乐府》卷七作"昔"。

三月歌

泛舟临曲池，仰头看春花。杜鹃纬林啼。折杨柳，双下俱徘徊，我与欢共取。

四月歌

芙蓉[①]始怀莲[②]，何处觅同心。俱生世尊前。折杨柳，捻香散名花，志得长相取。

① 芙蓉：双关，谐"夫容"。 ② 莲：双关，谐"怜"。

五月歌

菰生四五尺，素身为谁珍。盛年将可惜。折杨柳，作得九子粽，思想劳欢手。

六月歌

三伏热如火，笼窗开北牖。与郎对榻[①]坐。折杨柳，铜[②]堰贮蜜浆，不用水洗溴。

① 榻：《古乐府》及《诗纪》作"蹋"。 ② 铜：《古乐府》及《诗纪》作"同"。

七月歌

织女游河边，牵牛顾自叹。一会复周年。折杨柳，揽结长命草，同心不相负。

八 月 歌

迎欢裁衣裳，日月流如水[1]。白露凝庭霜。折杨柳，夜闻捣衣声，窈窕谁家妇。

① 流如水:《诗纪》卷二二作“如流水”。

九 月 歌

甘菊吐黄花，非无杯觞用。当奈许寒何。折杨柳，授欢罗衣裳，含笑言不取。

十 月 歌

大树转萧索，天阴不作雨。严霜半夜落。折杨柳，林中与松柏，岁寒不相负。

十一月歌

素雪任风流，树木转枯悴，松柏无所忧。折杨柳，寒衣履薄冰，欢讵知侬否?

十二月歌

天寒岁欲暮，春秋及冬夏。苦心停欲度。折杨柳，沉乱枕席间，缠绵不觉久。

闰 月 歌

成闰暑与寒，春秋补小月。念子无时闲[1]。折杨柳，阴阳推我去，那得有定主?

① 无时闲:《诗纪》作“时无闲”。

江南弄

清商曲辞之《江南弄》一类，系南朝梁武帝改《西曲》而制之。据《古今乐录》载，有《江南弄》七曲:一曰《江南弄》，二曰《龙笛曲》，三曰《采莲曲》，四曰《凤笛曲》，五曰《采菱曲》，六曰《游女曲》，七曰《朝云曲》。又沈约作四曲:一曰《赵瑟曲》，二曰《秦筝曲》，三曰《阳春曲》，四曰《朝云曲》，亦谓之《江南弄》。

南朝宋早有类似以上曲辞者，《乐府诗集》一并收入《江南弄》名下，作者有鲍照、吴迈远等。

采菱歌[①]（七首）

鲍　照

其　一

鹜舲驰桂浦，息棹偃椒潭。箫弄澄湘北，菱歌清汉南[②]。

① 此七首录自《乐府诗集》卷五一。今按：此题又称《采菱曲》。晋郭璞《江赋》："忽忘夕而宵归，咏《采菱》以叩舷。"南朝梁武帝制《江南弄》，中有《采菱曲》一首。　② "箫弄"二句：《乐府诗集》注"一作弄弦潇湘北，歌菱清汉南"。

其　二

弭榜搴蕙荑，停唱纳[①]薰若[②]。含伤拾[③]泉花，萦[④]念采云萼。

① 纳：《鲍参军集》卷二作"纫"。　② 薰若：薰，香草名，又名蕙草。若，亦香草名，杜若。　③ 拾：《鲍参军集》作"舍"。　④ 萦：《鲍参军集》卷二作"营"。黄节《鲍参军诗注》同此。

其　三

睽阔逢暄新，凄怨值妍华。秋心殊不那[①]，春思乱如麻。

① "秋心"句：《乐府诗集》注"一作秋心不可荡"。

其　四

要艳双屿里，望美两洲间。袅袅风出浦，沉沉[①]日向山。

① 沉沉：《鲍参军集》作"容容"。

其　五

烟噎越嶂深，箭迅楚江急。空抱琴心[①]悲，徒望弦开[②]泣。

① 心：《鲍参军集》作"中"。　② 弦开：《鲍参军集》作"近关"。中华书局本

《乐府诗集》校记:“疑作复关”。

其　六

缄叹凌珠渊,收慨上金堤。春芳行歇落,是人方未齐。

其　七

思今怀近忆,望古怀远识。怀古复怀今,长怀无终极。

箫史曲[①]

鲍　照

箫史[②]爱少年[③],嬴女忝[④]童颜。火粒愿排弃,霞好忽[⑤]登攀。龙飞逸天路,凤起出秦关。身去长不返,箫声时往还。

① 此首录自《乐府诗集》卷五一。今按:题“箫史曲”之“箫”,《全宋诗》及《乐府诗集》目录作“萧”。　② 箫史:即萧史。传说其善吹箫,秦穆公以女弄玉妻之,并筑凤台,使萧史夫妇居其上,数年后,皆随凤凰飞去。　③ 少年:《鲍参军集》卷二作“长年”。　④ 忝:同“吝”。　⑤ 霞好忽:《鲍参军集》作“霞雾好”。

阳春歌[①]

吴迈远

百里望咸阳,知是帝京域[②]。绿树摇云光,春城起风色。佳人爱华景[③],流靡园塘侧。妍姿艳月映,罗衣飘婵翼。宋玉歌阳春,巴人长叹息。雅郑[④]不同赏,那令君怆侧。生重受惠轻[⑤],私自怜何极。

① 此首录自《乐府诗集》卷五一。　② 域:《古乐苑》卷二六作“邑”。③ 华景:日光。《文选·陆机〈长安有狭邪行〉》:“轻盖承华景,腾步蹑飞尘。”吕延济注:“华景,日光也。”华景,《玉台新咏》卷四及《全宋诗》作“景华”。　④ 雅

郑：雅乐和郑声。古代儒家以郑声为淫邪之音，以雅乐为正声，因以雅郑指正声和淫邪之音。这里是指高雅与低劣的音乐。 ⑤“生重”句：《玉台新咏》作“生平重爱惠”。《全宋诗》注：“此句《英华》作生重爱惠轻。”又注：“爱，一作‘受’。”

朝云引①

郎大家宋氏②

巴西巫峡指巴东，朝云触石上朝空。巫山巫峡高何已，行雨行云一时起。一时起，三春暮，若言来，且就阳台③路。

① 此首录自《乐府诗集》卷五一。 ② 郎大家宋氏：生卒事迹不详。《乐府诗集》将其作品列在梁武帝《上云乐》之前。据此本编且列入宋齐待考。 ③ 阳台：语自宋玉《高唐赋序》，说楚怀王游高唐，遇巫山神女，自言“妾在巫山之阳，高丘之岨，旦为朝云，暮为行雨，朝朝暮暮，阳台之下。”后因指男女欢会之处为“阳台”。

方诸曲①

谢　燮②

望仙室，仰云光，绳河里，扇月傍。井公③能六著，玉女善投壶。琼醴和金液，还将天地俱。

① 此首录自《乐府诗集》卷五一。今按：此首《乐府诗集》列在《梁雅歌》之前，据此收为宋齐辞待考。 ② 谢燮（生卒年不详）：生平里籍无考。 ③ 井公：传说中的古代隐士。《穆天子传》卷五：“是日也，天子北入于邴，与井公博，三日而决。”郭璞注：“井公贤人而隐祊，故穆王就之游戏也。”

杂歌谣辞

歌辞

扶风歌[①]

鲍　照

昨辞金华殿，今次雁门县。寝卧握秦戈，栖息抱越箭。忍悲别亲知，行泣随征传。寒烟空徘徊，朝日乍舒卷。

① 此首录自《乐府诗集》卷八四。

中兴歌[①](十首)

鲍　照

其　一

千冬逢[②]一春，万夜视朝日。生年[③]值中兴，欢起百忧[④]毕。

① 此十首录自《乐府诗集》卷八六。　② 逢：《鲍参军集》卷七作“见”，《汉魏六朝百三名家集》作“迟”。　③ 年：《鲍参军集》作“平”。　④ 忧：《乐府诗集》作“年”，据《鲍参军集》改。

其　二

中兴太平运，化清四海乐。祥景照玉台，紫烟游凤阁。

其　三

碧楼含夜月，紫殿争朝光。彩墀散兰麝，风起自生芳。

其 四

白日照前窗，玲珑绮罗中。美人掩轻扇，含思歌春风。

其 五

三五容色满[①]，四五妙华歇[②]。已输春日欢，分随秋光没。

① "三五"句：双关，谓十五月圆皎好，又隐喻女子十五岁容貌美好。
② "四五"句：双关，谓二十日月亮的美丽就要消失，又隐喻女子过了二十岁，容华就会消减。

其 六

北出湖边戏，前还苑中游。飞縠绕长松，驰管逐波流。

其 七

九月秋水清，三月春花滋。千金逐良日，皆竞中兴时。

其 八

穷泰已有分，寿夭复属天。既见中兴乐，莫持忧自煎。

其 九

襄阳是小地，寿阳非帝城。今日中兴乐，遥冶[①]在上京。

① 冶：《乐府诗集》作"治"，据诗意改。

其 十

梅花一时艳，竹叶千年色。愿君松柏心，采照无穷极。

劳　歌[①]（二首）

伍辑之[②]

其　一

幼童轻岁月，谓言可久长。一朝见零悴，叹息向秋霜。迍邅[③]已穷极，疢疴复不康。每恐先朝露，不见白日光。庶及盛年时，暂遂情所望。吉辰既乖越，来期眇未央。促促岁月尽，穷年空怨伤。

① 此二首录自《乐府诗集》卷八六。郭茂倩解引《庄子》曰："劳我以生，佚我以老，息我以死。"《韩诗》曰："饥者歌食，劳者歌事。"若伍缉（今按：当为辑）之云"迍邅已穷极"，又云"居身苦且危"，则劳生可知矣。今按：《乐府诗集》此辞作者署"伍缉之"，缉字当为"辑"。　② 伍辑之（生卒年不详）：南朝宋文人，生平里籍无考。《隋书·经籍志》录有"宋奉朝请伍辑之集十二卷"，知其在宋入仕仅止奉朝请，有集十二卷，又有《从征记》若干卷。　③ 迍邅：处境不利，困顿。

其　二

女萝依附松，终已冠高枝；浮萍生托水，至死不枯萎。伤哉抱关[①]士，独无松与期。月[②]色似冬草，居身苦且危。幽生重泉下，穷年冰与澌。多谢负郭生，无所事六奇[③]。劳为社下宰，时无魏无知[④]。

① 抱关：监门，守门的小吏，借指职位卑微。《史记·魏公子列传》："嬴乃夷门抱关者也，而公子亲枉车骑，自迎嬴于众人广坐之中。"　② 月：疑当作"颜"。③ 六奇："六出奇计"的略称，指汉陈平为高祖刘邦所出的六奇计。　④ 魏无知：秦末人，楚汉战争时，曾向刘邦推荐陈平。

谣辞

宋元嘉中魏地童谣[①]

轺车北来如穿雉，不意虏马饮江水。虏主北归石济死，虏欲渡江天不徙。

① 此首录自《乐府诗集》卷八九。郭茂倩解引《南史》曰:"宋元嘉二十七年,魏太武帝围汝南戍,文帝遣臧质比救至盱眙。太武已过淮,自广陵返攻盱眙,就质求酒。质封溲便与之,且报书云:'不闻童谣言邪? 虏马饮江水,佛狸死卯年。冥期使然,非复人事。尔智识及众,岂能胜苻坚邪? 顷年展尔陆梁者,是尔未饮江,太岁未卯耳。'时魏地有童谣,故质引之云。"今按:宋文帝刘义隆元嘉二十七年(450),岁在庚寅,即北魏太武帝拓跋焘太平真君十一年。盱眙,在今江苏洪泽湖以南,广陵(今扬州)之西北。臧质以守盱眙有功,迁雍州刺史。"陆梁",传说中善跳怪兽,此处指嚣张、猖獗。佛狸,北魏拓跋焘小字也。

宋大明中谣①

宁得建康压额,不能受奚度柏。

① 此首录自《乐府诗集》卷八七。郭茂倩解引《南史》曰:"大明中,有奚显度者,为员外散骑侍郎。孝武尝使主领人功,而苛虐无道,动加捶挞。暑雨寒雪,不听暂休,人不堪命,或自经死。时建康县考囚,或用方材压额及踝胫,故民间有此谣。又相戏曰:'勿反顾,付奚度。'其暴酷如此。"今按:大明,南朝宋孝武帝刘骏年号。

宋时谣①

上车不落为著作,体中何如作秘书。

① 此首录自《乐府诗集》卷八七。郭茂倩解引《南史》曰:"宋时用人乖实,有谣云。"

史歌谣辞

歌辞

军 士 歌[①]

宁作五年徒,不逢王玄谟。玄谟犹自可,宗越[②]更杀我。

① 此首录自《宋书·王玄谟传》:明帝即位,礼遇甚优。时四方反叛,以玄谟为大统,领水军南讨,以脚疾,听乘舆出入。寻除车骑将军、江北刺史……顷之,为左光禄大夫、开府仪同三司,领护军。……玄谟性严克少恩,而将军宗越御下更苛酷,军士谓之语曰:"宁作……" ② 宗越:《宋书·宗越传》云,宗越善立营阵,而御众严酷,好行刑诛,睚眦之间,动用军法。

石头城歌[①]

可怜石头城,宁为袁粲[②]死,不作彦回[③]生。

① 此首录自《南史·褚彦回传》:(宋)明帝崩,遗诏以为中书令、护军将军,与尚书令袁粲受顾命,辅幼主。粲等虽同见托,而意在彦回。……然竟不能贞固。……世颇以名节讥之,于时百姓语曰:"可怜……" ② 袁粲:萧道成迫宋帝退位而自称帝后,袁粲据石头城不降,最后为道成部将戴僧静杀害。 ③ 彦回:褚彦回暗中和蓄谋篡位的齐王萧道成勾结,迫使宋帝退位,因此受到百姓的贬斥、讥讽。

石城歌[①]

生长石城下，开门对城楼。城中美年少，出入见依投。

① 此首录自《旧唐书·音乐志二》：《石城》，宋臧质所作也。石城在竟陵，质尝为竟陵郡，于城上眺瞩，见群少年歌谣通畅，因作此曲。歌云："生长石城下……"今按：此歌为南朝刘宋时臧质所作。歌辞清新流畅，趣味似民歌。

琴曲歌辞

雉朝飞操[①]

鲍　照

雉朝飞，振羽翼，专场挟雌恃强力。媒已惊，翳又逼，蒿间潜彀[②]卢矢[③]直。刎绣颈，碎锦臆，绝命君前无怨色。握君手，执杯酒，意气相倾死何有。

① 此首录自《乐府诗集》卷五七。今按：此题一曰《雉朝雊操》。　② 彀：张满的弓。　③ 卢矢：黑色的箭。

幽　兰[①]（五首）

鲍　照

其　一

倾晖引暮色，孤景流恩[②]颜。梅歇春欲罢，期渡[③]往不还。

① 此五首录自《乐府诗集》卷五八。　② 恩：《鲍参军集》作“思”。　③ 渡：当作“度”。

其　二

帘委兰蕙露，帐含桃李风。揽带昔何道，坐令芳节终。

其　三

结佩徒分明，抱梁辄乖互[①]。华落知不[②]终，空愁坐相误。

① 互：《鲍参军集》作“忤”。　② 知不：《鲍参军集》作“不知”。

其　四

眇眇蛸挂网，漠漠蚕弄丝。空惭不自信，怯与君尽[①]期。

① 尽：《乐府诗集》注"一作划"。《鲍参军集》作"画"。

其　五

陈国郑东门，古来[①]共所知。长袖暂徘徊，驷马停路歧。

① 来：《鲍参军集》作"今"。

别鹤操[①]

鲍　照

双鹤俱[②]起时，徘徊沧海间。长弄若天汉，轻躯似云悬。幽客时结侣，提携游[③]三山。青缴[④]凌瑶台，丹萝[⑤]笼紫烟。海上疾[⑥]风急，三山多云雾。散乱一相失，惊孤不得住。缅然日月驰，远[⑦]矣绝音仪。有愿而不遂，无怨以生离。鹿鸣在[⑧]深草，蝉鸣隐高枝。心自有所怀[⑨]，旁人那得知？

① 此首录自《乐府诗集》卷五八。今按：《汉魏六朝百三名家集》题作《代别鹤操》。　② 俱：钱仲联《鲍参军集注》作"始"。　③ 游：《乐府诗集》注"一作到"。　④ 青缴：系在箭上的青丝绳。　⑤ 丹萝：《鲍参军诗注》作"丹罗"。⑥ 疾：《鲍参军集注》作"悲"。　⑦ 远：《乐府诗集》注"一作已"。　⑧ 在：宋本《鲍参军集》作"隐"。　⑨ 怀：《乐府诗集》注"一作存"。

楚朝曲[①]

吴迈远

白云萦蔼荆山阿，洞庭纵横日生波[②]。幽芳远客悲如何？绣被掩口越人歌。壮年流瞻襄成和，清贞空情感电过。初同末异忧愁多，穷巷恻怆沉汨罗。延思万里挂长河，翻惊汉阴动湘娥。

① 此首录自《乐府诗集》卷五八。 ② 日生波：《诗纪》卷五三作“生白波”。

胡笳曲[①]

吴迈远

轻命重意气，古来岂但今。缓颊[②]献一说，扬眉受千金。边风落寒草，鸣笳坠飞禽。越情结楚思，汉耳听胡音。既怀离俗伤，复悲朝光侵。日当故乡没，遥见浮云阴。

① 此首录自《乐府诗集》卷五九。 ② 缓颊：婉言。

秋　风[①]

吴迈远

寒乡无异服，衣毡[②]代文练。月月望君归，年年不解线[③]。荆扬早春[④]和，幽冀犹霜霰。地[⑤]寒妾已知，南心君不见[⑥]。

① 此首录自《乐府诗集》卷六〇。今按：此题《玉台新咏》卷四作《古意赠今人》。其作者《玉台新咏》以为鲍令晖，《艺文类聚》卷四二、《乐府诗集》均作吴迈远。 ② 衣毡：《玉台新咏》注“一作毡褐”。《诗纪》卷五三作“毡褐”。 ③ 线：《玉台新咏》及《诗纪》并作“綖”。 ④ 早春：《玉台新咏》及《诗纪》并作“春早”。 ⑤ 地：《玉台新咏》及《诗纪》并作“北”。 ⑥ “南心”句：《玉台新咏》及《诗纪》此句之下有“谁为道辛苦，寄情双飞燕，形迫杼煎（《玉台新咏》注‘旧作前’）丝，颜落风催电。容（一作‘客’）华一朝尽（《玉台新咏》注‘一作改’；《诗纪》作‘改’），惟（一作‘唯’）余心不变”。

楚明妃曲[①]

汤惠休

琼台彩楹，桂寝雕甍。金闺流耀，玉牖含英。香芬幽蔼，珠彩珍荣。文罗秋翠，纨绮春轻。骖驾鸾鹤，往来仙灵。含姿绵视，微笑相迎。结兰枝，送目成，当年为君荣。

① 此首录自《乐府诗集》卷五八。

秋　风[①]

汤惠休

秋风袅袅入曲房，罗帐含月思心伤。蟋蟀夜鸣断人肠，长夜思君心飞扬。他人相思君相忘，锦衾瑶席为谁芳。

① 此首录自《乐府诗集》卷六〇。

杂曲歌辞

君子有所思行[①]

谢灵运

总驾越钟陵，还顾望京畿。踯躅周名都，游目倦[②]忘归。市廛无阨[③]室，世族有高闱。密亲丽华苑，轩甍饰[④]通逵。孰是金、张[⑤]乐，谅由燕、赵诗。长夜恣酣饮，穷年弄音徽。盛往速露坠，衰来疾风飞。余生不欢娱，何以竟暮归。寂寥曲肱子，瓢饮疗朝饥。所秉自天性，贫富岂相讥。

① 此首录自《乐府诗集》卷六一。今按：此题属《君子行》一脉。 ② 倦：《乐府诗集》注"一作卷"。《诗纪》卷四七作"眷"。 ③ 阨：《乐府诗集》注"一作夹"。 ④ 饰：《诗纪》作"饬"。 ⑤ 金、张：汉时金日磾、张安世二人的并称。二氏子孙相继，七世荣显。后用为显宦的代称。

悲哉行[①]

谢灵运

萋萋春草生，王孙游有情。差池燕始飞，夭袅柳[②]始荣。灼灼桃悦色，飞飞燕弄声。檐上云结阴，涧下风吹清。幽树虽改观，终始在初生。松茑欢蔓延，樛葛欣虆萦。眇然游宦子，晤言时未并。鼻感改朔气，眼[③]伤变节荣。侘傺岂徒然，澶[④]漫绝音形。风来不可托，鸟去岂为听。

① 此首录自《乐府诗集》卷六二。今按：魏明帝曹叡、晋陆机、宋谢惠连均有此题，皆为客游感物忧思而作也。 ② 柳：《诗纪》卷四七作"桃"，并注"一作柳，

非也”。《乐府诗集》注“一作桃”。　③ 眼:《乐府诗集》注“一作心”。　④ 澶:《乐府诗集》注“一作缅”。

会吟行[①]

谢灵运

六引[②]缓清唱,三调[③]伫繁音。列筵皆静寂,咸共聆会吟。会吟自有初,请从文命[④]敷。敷绩壶冀始,刊木至江汜。列宿炳天文,负海横地理。连峰竞千仞,背流各百里。滮地溉粳稻,轻云暧松杞。两京愧佳丽,三都[⑤]岂能似。层台指中天,高墉积崇雉。飞燕跃广途,鹢首[⑥]戏清沚。肆呈窈窕容,路曜便娟子。自来弥世[⑦]代,贤达不可纪。句践善废兴,越叟识行止。范蠡出江湖,梅福入城市。东方就旅逸,梁鸿去桑梓。牵缀书土风,辞殚意未已。

① 此诗录自《乐府诗集》卷六四。郭茂倩解引《乐府解题》曰:“《会吟行》,其致与《吴趋》同。会谓会稽,谢灵运《会吟行》曰:‘咸共聆会吟。’”　② 六引:古乐曲名。　③ 三调:汉代乐府相和歌的平调、清调、瑟调的合称,也叫清商三调。　④ 文命:相传为禹的名字。　⑤ 三都:三国时,刘备建都成都(今四川成都),孙权建都建业(今江苏南京市),曹操建都邺(今河南安阳市北),称三都。⑥ 鹢首:古代画鹢鸟首于船头,因将船或船头叫鹢首。　⑦ 世:《文选》卷二八作“年”。

缓歌行[①]

谢灵运

飞客结灵友[②],凌空萃丹丘。习习和风起,采采[③]彤云浮[④]。娥皇发湘浦,霄明[⑤]出河洲。宛宛连螭辔,裔裔振龙旒[⑥]。

① 此首录自《乐府诗集》卷六五。 ② 飞客、灵友：均指仙人。 ③ 采采：疑当为“彩彩”。 ④ 浮：《诗纪》卷四七注“一作流”。 ⑤ 霄明：亦作“宵明”，舜的女儿。《山海经·海内北经》：“舜妻登比氏，生宵明、烛光。”《艺文类聚》卷四二作“宵明”。 ⑥ 旒：《诗纪》注“一作轴”。

悲哉行[①]

谢惠连

羁人感淑节，缘感欲回泬[②]。我行讵几时，华实骤舒结。睹实情有悲，瞻华意无悦。览物怀同志，如何复乖别。翩翩翔禽罗，关关鸣鸟列。翔鸣[③]常畴偶，所叹独乖绝。

① 此首录自《乐府诗集》卷六二。今按：此题《诗纪》卷四九作《代悲哉行》，谢惠连下注：“《乐府》作惠连，《鲍照集》亦载此。” ② 泬：水名，陕西渭河支流。《诗纪》作“辙”。 ③ 翔鸣：《乐府诗集》作“翔禽”，据《诗纪》改。

前缓声歌[①]

谢惠连

羲和纡阿去嵯峨，睹物知命，使余转欲悲歌，忧戚人[②]心胸。处山勿居峰，在行勿为公。居峰大阻锐，为公遇谗蔽。雅琴自疏越，雅[③]韵能扬扬。滑滑相混同，终始福禄丰。

① 此首录自《乐府诗集》卷六五。今按：《乐府诗集》此首前有晋陆机同题，言将前慕仙游，冀命长缓，故流声于歌曲也。此首虽同题，大略戒居高位而为谗谄所蔽，与陆词之意异矣。缓，言歌声之缓，非言命也。 ② 人：《汉魏六朝百三名家集》作“入”。 ③ 雅：《乐府诗集》作“邪”，据《汉魏六朝百三名家集》及《诗纪》卷四九改。

君子有所思行[①]

鲍　照

西上登雀台，东下望云阙。层关[②]肃天居，驰道直如发。绣甍结飞霞，璇题纳明[③]月。筑山拟蓬壶，穿池类溟渤。选色遍齐代，征声匝邛、越。陈钟陪夕宴，笙歌待明发。年貌不可留[④]，身意会盈歇。蚁壤漏山河[⑤]，丝泪毁金骨。器恶含满欹，物忌厚生没。智哉众多士，服理辨昭晰[⑥]。

① 此首录自《乐府诗集》卷六一。今按：此题《鲍参军集》卷一作《代陆平原君子有所思行》。　② 关：《鲍参军集》及《文选》卷三一均作“阁”。　③ 明：《鲍参军集》作“行”。《乐府诗集》注：“一作行”。　④ 留：《鲍参军集》及《文选》均作“还”。　⑤ 河：《鲍参军集》作“阿”。　⑥ 晰：《鲍参军集》作“昧”。

出自蓟北门行[①]

鲍　照

羽檄起边亭，烽火入咸阳。征师[②]屯广武，分兵救朔方。严秋筋竿[③]劲，虏阵精且强。天子按剑怒，使者遥相望。雁行缘石径，鱼贯度飞梁。箫鼓流汉思，旌甲被胡霜。疾风冲塞起，沙砾自飘扬。马毛缩如猬，角弓不可张。时危见臣节，世乱识忠良。投躯报明主，身死为国殇。

① 此首录自《乐府诗集》卷六一。郭茂倩解引魏曹植《艳歌行》曰：“出自蓟北门，遥望胡地桑。枝枝自相值，叶叶自相当。”《乐府解题》曰：“《出自蓟北门行》，其致与《从军行》同，而兼言燕蓟风物，及突骑勇悍之状。若鲍照云‘羽檄起边亭’，备叙征战苦辛之意。”《通典》曰：“燕本秦上谷郡，蓟即渔阳郡，皆在辽西。”《汉书》曰：“蓟，故燕国也。”　② 师：《文选》卷二八及《艺文类聚》卷四一均作“骑”。　③ 筋竿：泛指弓箭。

白马篇[①]

鲍　照

白马骍角弓，鸣鞭乘北风。要途问边急，杂虏入云中[②]。闭壁自往夏，清野逐[③]还冬。侨装多阙绝，旅服少裁缝。埋身守汉境[④]，沉命对胡封。薄暮塞[⑤]云起，飞沙被远松。含悲忘两都，楚歌登四墉。丈夫设计误，怀恨逐边戎。弃[⑥]别中国爱，要冀胡马功。去来今何道，单[⑦]贱生所钟。但令塞上儿，知我独为雄。

① 此首录自《乐府诗集》卷六三。今按：此题《艺文类聚》卷四二、《鲍参军集》卷三作《代陈思王白马篇》。　② 云中：郡县名。战国时赵置郡，址在今内蒙古托克托东北。此处泛指北方边关。　③ 逐：《鲍参军集》作“径”。　④ 境：《乐府诗集》注“一作节”。　⑤ 塞：《乐府诗集》注“一作雪”。　⑥ 弃：《乐府诗集》注“一作罢”。　⑦ 单：《鲍参军集》作“卑”。

升天行[①]

鲍　照

家世宅关辅[②]，胜带宦王城。备闻十帝事，委曲两都情。倦见物兴衰，骤睹俗屯平。翩翻[③]类[④]回掌，恍惚[⑤]似朝荣。穷涂[⑥]悔短计，晚志爱[⑦]长生。从师入远岳，结友事仙灵。五芝[⑧]发金记，九籥隐丹经。风餐委松宿，云卧恣天行。冠霞金[⑨]彩阁，解玉饮椒庭[⑩]。暂游越万里，近[⑪]别数千龄。凤台无还驾，箫管有遗声。何时[⑫]与尔曹，啄腐共吞腥。

① 此首录自《乐府诗集》卷六三。今按：此题与《上仙箓》、《神游》、《五游》、《龙欲升天》同脉，皆伤人世不永，俗情险艰，当求神仙，翱翔六合之外，与《飞龙》、《仙人》、《远游篇》等同意也。　② 关辅：指关中及三辅地区。　③ 翩翻：《乐府诗集》注“一作翩翩”。　④ 类：《诗纪》卷四九作“若”。　⑤ 恍惚：《诗纪》作“恍惚”。　⑥ 涂：疑当作“途”。　⑦ 爱：《诗纪》作“重”。　⑧ 芝：《诗纪》及《文选》

卷二八作"图"。 ⑨ 金:《诗纪》作"登"。 ⑩ 饮椒庭:饮,《乐府诗集》注"一作隐"。椒庭,亦称"椒房",汉代有椒房殿,颜师古曰:"皇后所居也。"后泛指后妃所住的宫殿。 ⑪ 近:《诗纪》作"少"。 ⑫ 时:《乐府诗集》注"一作当"。

松柏篇[①]

鲍照

松柏受命独,历代长不衰。人生浮且脆,鴥若晨风悲。东海迸逝川,西山道[②]落晖。南郭[③]悦籍短,蒿里收永归。谅无畴昔时,百病起尽期。志士惜牛刀,忍勉自疗治。倾家行药事,颠沛去迎医。徒备火石苦,奄至不得辞。龟龄安可获,岱宗[④]限已迫。睿圣不得留,为善何所益。舍此赤县居,就彼黄垆[⑤]宅。永离九原亲,长与三辰隔。属纩生望尽,阖棺世业埋。事痛存人心,恨结亡者怀。祖葬既云及,圹隧亦已开。室族内外哭,亲疏同共哀。外姻远近至,名列通夜台。扶舆出殡宫,低回恋庭室。天地有尽期,我去无还日。居者今已尽,人事从此毕。火歇烟既没,形销声亦灭。鬼神来依我,生人永辞诀。大暮杳悠悠,长夜无时节。郁湮[⑥]重冥下[⑦],烦冤难具说。安寝委沉寞,恋恋念平生。事业有余绪,刊[⑧]述未及成。资储无担石,儿女皆孩婴。一朝放舍去,万恨缠我情。追忆世上事,束教以自拘。明发靡怡愉[⑨],夕归多忧虞。辙[⑩]闲晨径荒[⑪],辍[⑫]宴式酒儒[⑬]。知今瞑目苦,恨失尔时娱。遥遥远民居,独埋深壤中。墓前人迹灭,冢上草日丰。空林[⑭]响鸣蜩,高松结悲风。长寐无觉期,谁知逝者穷。生存处交广,连榻舒华裀。已没一何苦,梏[⑮]哉不容身。昔日平居时,晨夕对六亲。今日掩奈何,一见无谐因。礼席有降杀,三龄速过隙。几筵就收撤,室宇改畴昔。

行女游归途,仕子复王役。家世本平常,独有亡者剧。时祀望归来,四节静茔丘。孝子抚坟号,父兮[16]知来不。欲还心依恋,欲见绝无由。烦冤荒陇侧,肝心尽崩抽。

① 此首录自《乐府诗集》卷六四。郭茂倩解云:"《松柏篇》,鲍照拟傅玄乐府《龟鹤篇》而作也。"今按:《鲍参军集》卷一《松柏篇》序云:"余患脚上气四十余日,知旧先借《傅玄集》,以余疠剧,遂见还。开帙,适见乐府诗《龟鹤篇》,于危疠中见长逝词,恻然酸怀。抱如此重病,弥时不差,呼吸乏喘,举目悲矣。火药间缺而拟之。" ② 道:《鲍参军集》作"导"。 ③ 郭:《鲍参军集》注"一作郊"。 ④ 岱宗:指泰山。旧时迷信谓泰岱为人死后鬼魂所归之地,故以"岱宗之限"为死的代称。 ⑤ 黄垆:犹坟墓。 ⑥ 湮:《乐府诗集》作"煙",据《鲍参军集》改。 ⑦ 下:《鲍参军集》作"中"。 ⑧ 刊:《乐府诗集》作"形",据《鲍参军集》改。 ⑨ 愉:《乐府诗集》作"悆",据《鲍参军集》改。 ⑩ 辙:《乐府诗集》作"撤",据《鲍参军集》改。 ⑪ 荒:《乐府诗集》作"流",据《鲍参军集》改。 ⑫ 辍:《鲍参军集》作"撤"。 ⑬ 儒:《鲍参军集》作"濡"。 ⑭ 林:《乐府诗集》作"床",据《鲍参军集》改。 ⑮ 棓:《乐府诗集》作"楛",据《鲍参军集》改。 ⑯ 兮:《乐府诗集》作"子",据《鲍参军集》改。

北风行[1]

鲍 照

北风凉,雨雪雱。京洛女儿多妍[2]妆。遥艳帷中自悲伤,沉吟不语若为[3]忘。问君何行何当归,苦使妾坐自伤悲。虑年至[4],虑颜衰。情易复[5],恨难追。

① 此首录自《乐府诗集》卷六五。郭茂倩解云,《北风》,本卫诗也。《北风》诗曰:"北风其凉,雨雪其雱。"传云:"北风寒凉,病害万物,以喻君政暴虐,百亲不亲也。"若鲍照"北风凉"、李白"烛龙栖寒门",皆伤北风雨雪,而行人不归,与卫诗异矣。今按:此题《鲍参军集》作《代北风凉行》。 ② 妍:《乐府诗集》作"严",据《鲍参军集》改。 ③ 为:《乐府诗集》注"一作有"。《鲍参军集》作"有"。

④ 至:《乐府诗集》注“一作去”。　⑤ 复:《鲍参军集》作“远”。

苦热行[①]

鲍　照

赤坂[②]横西阻,火山赫南威。身热头且痛,鸟堕魂未[③]归。汤泉发云潭,焦烟起石矶[④]。日月有恒[⑤]昏,雨露未尝晞。丹蛇逾百尺,玄蜂盈十围。含沙射流影,吹蛊病[⑥]行晖。瘴气昼熏体,菵露夜沾衣。饥猿莫下食,晨禽不敢飞。毒泾尚多死,渡泸宁具腓。生躯蹈死地,昌志登[⑦]祸机。戈船荣既薄,伏波赏亦微。爵[⑧]轻君尚惜,士重安可希。

① 此首录自《乐府诗集》卷六五。郭茂倩解引魏曹植《苦热行》曰:“行游到日南,经历交阯(今按:《鲍参军集》作“趾”)乡。苦热但曝露,越夷水中藏。”《乐府解题》曰:“《苦热行》备言流金烁石、火山炎海之艰难也。若鲍照云:‘赤阪横西阻,火山赫南威。’言南方瘴疠之地,尽节征伐,而赏之太薄也。”今按:此题《鲍参军集》作《代苦热行》。　② 赤坂:西域地名,以酷热著称。　③ 未:《鲍参军集》及《文选》卷二八作“来”。　④ 矶:《文选》作“圻”。　⑤ 恒:《古乐府》卷一〇作“同”。　⑥ 病:《文选》作“痛”。　⑦ 登:《乐府诗集》注“一作高”。　⑧ 爵:《文选》作“财”。

春日行[①]

鲍　照

献岁发,吾[②]将行。春山茂,春日明。园中鸟,多嘉声。梅始发,柳始青。泛舟舻,齐棹惊。奏《采菱》[③],歌《鹿鸣》[④]。风微起,波微生[⑤]。弦亦发,酒亦倾。入莲池,折桂枝。芳袖动,芬叶披。两相思,两不知。

① 此首录自《乐府诗集》卷六五。今按：此题《鲍参军集》作《代春日行》。②《乐府诗集》"吾"字前有"春"字，据《鲍参军集》删。 ③《采菱》：即《采菱曲》，乐府曲名。 ④《鹿鸣》：《诗·小雅》中的篇名。 ⑤ 波微生：《乐府诗集》注"一作微波起"。

朗月行[①]

鲍照

朗月出东山，照我绮窗前。窗中多佳人，被服妖且妍。靓妆坐帷里，当户弄清弦。鬓夺卫女[②]迅，体绝飞燕先。为君歌一曲，当作《朗月篇》[③]。酒至颜自解，声和心亦宣。千金何足重，所存意气间。

① 此首录自《乐府诗集》卷六五。今按：此题《鲍参军集》作《代朗月行》。② 卫女：亦作"卫娘"，汉武帝皇后卫子夫，以发美而得宠。 ③"当作"句：《乐府诗集》注"一作堂上《朗月篇》"。《朗月篇》，乐府曲名。

堂上歌行[①]

鲍照

四坐且莫[②]喧，听我堂上歌。昔仕京洛时，高门临长河。出入重宫里，结友曹与何。车马相驰逐，宾朋好容华。阳春孟春月，朝光散流霞。轻步逐芳风，言笑弄丹葩。晖晖朱颜酡，纷纷织女梭。满堂皆美人，目成对湘娥。虽谢侍[③]君闲，明妆带绮罗。筝笛更弹吹，高唱好相和[④]。万曲不关情[⑤]，一曲动情多。欲知情厚薄，更听此声过。

① 此首录自《乐府诗集》卷六五。今按：此题黄节《鲍参军诗注》卷一作《代堂上歌行》。 ② 莫：《乐府诗集》注"一作勿"。 ③ 侍：《乐府诗集》作"诗"，据《鲍参军诗注》及《诗纪》卷五〇改。 ④ 好相和：《鲍参军诗注》作"相追和"。

⑤ 情:《鲍参军诗注》及《诗纪》作"心"。

白马篇[①]

袁 淑[②]

剑骑何翩翩,长安五陵[③]间。秦地天下枢,八方凑才贤。荆、魏多壮士,宛、洛富少年。意气深自负,肯事郡邑权。籍籍关外来,车徒倾国廛。五侯竞书币,群公亟为言。义分明于霜,信行直如弦。交欢池阳下,留宴汾阴西。一朝许人诺,何能坐相捐。彯节去函谷,投珮出甘泉。嗟此务远图,心为四海悬。但营身意遂,岂校耳目前。侠烈良有闻,古来共知然。

① 此首录自《乐府诗集》卷六三。今按:此题《诗纪》卷五三作《效子建白马篇》。 ② 袁淑(408—453):南朝宋文学家。字阳源,陈郡阳夏(今为河南太康)人。官太子左卫率,刘劭作乱时,为劭所杀。袁淑有才辩,能诗赋。明人辑有《袁阳源集》。 ③ 五陵:汉朝五个皇帝的陵墓,长陵、安陵、阳陵、茂陵、平陵。当时四方富家豪族和外戚都迁至五陵附近居住,后来诗文中常以"五陵"谓豪门贵族聚居之地。

前缓声歌[①]

孔宁子

供帐设玄宫,众仙胥□[②]亚。炤炤二仪旷,雍容风云暇。北伐太行鼓,南整九疑驾。笙歌兴洛川,鸣箫起秦榭。钧天异三代,广乐非《韶》、《夏》。满堂皆人灵,列筵必羽化。乌可循日留,兔自延月夜。弱水时一濯,扶桑聊暂舍。兆旬方履端,千龄□[③]八蜡[④]。

① 此首录自《乐府诗集》卷六五。 ② □:《乐府诗集》为阙字。 ③ □:《乐府诗集》中阙字。 ④ 八蜡:周代有关农事的祭祀名。

自君之出矣[①]

刘 骏

自君之出矣，金[②]翠暗无精。思君如日月，回还昼夜生。

① 此首录自《乐府诗集》卷六九。郭茂倩解云，汉徐干有《室思诗》五章，其第三章曰："自君之出矣，明镜暗不治。思君如流水，无有穷已时。"《自君之出矣》，盖起于此。齐虞羲亦谓之《思君去时行》。今按:《诗纪》卷四五此首题下注"一云《拟室思》"。《乐府诗集》此首署"宋孝武帝"。逯钦立《先秦汉魏晋南北朝诗》辑录于刘骏名下。 ② 金:《全宋诗》注"或作珠"。

自君之出矣[①]

刘义恭[②]

自君之出矣，笥锦废不开。思君如清风，晓夜常徘徊。

① 此首录自《乐府诗集》卷六九。

自君之出矣[①]

颜师伯[②]

自君之出矣，芳帷低不举。思君如回雪，流乱无端绪。

① 此首录自《乐府诗集》卷六九。 ② 颜师伯(419—465):南朝宋诗人。字长渊，原籍临沂(今属山东)人。少孤贫，涉猎书传，颇解声乐。孝武帝镇徐州，以师伯为主簿。孝武即位，师伯累迁尚书右仆射。孝武崩，师伯受遗诏辅幼主，任尚书侍中事。居权日久，骄奢淫逸。废帝临朝，师伯惧，乃谋废立，事泄被诛。

游子移[①]

刘义恭

三河游荡子，丽颜迈荆宝。携持玉柱筝，怀挟忘忧草。绸缪甘泉中，驰逐邯郸道。春服候时制，秋纨迎凉造。珍魄晖素腕，玉迹满襟抱。常叹乐日晏，恒悲欢不早。挥吹传旧美，趋谣尽新好。仲尼为辍餐，秦王足倾倒。

① 此首录自《乐府诗集》卷六七。

结客少年场行[①]

鲍 照

骢马金络头，锦带佩吴钩[②]。失意杯酒间，白刃起相仇。追兵一旦至，负剑远行游。去乡三十载，复得还旧丘。升高临四关[③]，表里望皇州。九衢[④]平若水，双阙似云浮。扶宫罗将相，夹道列王侯。日中市朝满，车马若川流。击钟陈鼎食，方驾自相求。今我独何为，辖轗怀百忧。

① 此首录自《乐府诗集》卷六六。郭茂倩解引《后汉书》曰："祭遵尝为部吏所侵，结客杀人。"曹植《结客篇》曰："结客少年场，报怨洛北邙。"《乐府解题》曰："《结客少年场行》，言轻生重义，慷慨以立功名也。"《广题》曰："汉长安少年杀吏，受财报仇，相与探丸为弹，探得赤丸斫武吏，探得黑丸杀文吏。尹赏为长安令，尽捕之。长安中为之歌曰：'何处求子死，桓东少年场。生时谅不谨，枯骨复何葬。'按《结客少年场》，言少年时结任侠之客，为游乐之场，终而无成，故作此曲也。"今按：《诗纪》卷五〇此题作《代结客少年场行》。 ② 吴钩：原指古代吴地所造的一种弯形的刀，后泛指锋利的刀剑。 ③ 关：《艺文类聚》卷四一作"野"。关，《乐府诗集》注"一作塞"。 ④ 衢：《文选》卷二八作"途"。

鸣雁行[①]

鲍 照

雝雝鸣雁鸣正旦[②],齐行命侣[③]入云汉。中夜相失群离乱,留连徘徊不忍散。憔悴容仪君不知,辛苦霜雪[④]亦何为。

① 此首录自《乐府诗集》卷六八。郭茂倩解引卫《匏有苦叶》诗曰:"雝雝鸣雁,旭日始旦。"郑康成云:"雁者随阳而处,似妇人从夫,故昏礼用焉。雝雝,声和也。"《鸣雁行》盖出于此。今按:《诗纪》卷五〇此题作《代鸣雁行》。 ② 正旦:《诗纪》卷五〇作"始旦"。 ③ 侣:《鲍参军集》卷二作"旅"。 ④ 霜雪:《乐府诗集》注"一作风霜"。

空城雀[①]

鲍 照

雀乳四鷇,空城之阿。朝食[②]野粟,夕饮冰阿。高飞畏鸱鸢,下飞畏网罗。辛伤伊何言,怵迫良已多。诚不及青鸟,远食玉山禾。犹胜吴宫燕,无罪得焚窠。赋命有厚薄,长叹欲如何。

① 此首录自《乐府诗集》卷六八。郭茂倩解引《乐府解题》曰:"鲍照《空城雀》云'雀乳四鷇,空城之阿',言轻飞近集,茹腹辛伤,免网罗而已。" ② 食:《乐府诗集》作"拾",据《鲍参军集》改。

行路难[①](十八首)

鲍 照

其 一

奉君金卮[②]之美酒[③],玳瑁玉匣之雕琴,七彩芙蓉之羽帐,九华蒲萄之锦衾。红颜零落岁将暮,寒光[④]宛转时欲沉。愿君裁悲且减[⑤]思,听我抵节行路吟。不见柏梁铜雀上，宁闻古时清吹音。

① 此十八首录自《乐府诗集》卷七〇。郭茂倩解引《乐府解题》曰："《行路难》，备言世路艰难及离别悲伤之意，多以君不见为首。"按，《陈武别传》曰："武常牧羊，诸家牧竖有知歌谣者，武遂学《行路难》。"则所起亦远矣。唐王昌龄又有《变行路难》。今按：此题《诗纪》卷五〇作《拟行路难》十八首。《乐府诗集》作十九首，分"春禽喈喈旦暮鸣"一首为两首，把"亦云朝悲泣闲房"以下六句作另一首，今将其合为一首。 ② 卮：古代盛酒器。《乐府诗集》注"一作匜"。 ③ 美酒：《玉台新咏》卷九作"酒碗"。 ④ 光：《玉台新咏》作"花"。 ⑤ 减：《玉台新咏》作"灭"。

其　二

洛阳名工铸为金博山，千斫复[①]万镂，上刻秦女携手仙。承君清夜之欢娱[②]，列置帏里明烛前。外发龙鳞之丹彩，内含兰芬[③]之紫烟。如今君心一朝异，对此长叹终百年。

① 复：《乐府诗集》阙，据《玉台新咏》补。 ② 欢娱：《乐府诗集》注"一作娱乐"。 ③ 兰芬：《鲍参军集》卷二作"麝芬"。

其　三

璇闺玉墀上椒阁，文窗绣户垂绮[①]幕。中有一人字金兰，被服纤罗蕴[②]芳藿。春燕差池[③]风散梅，开帏对景弄禽[④]爵。含歌揽涕恒抱愁[⑤]，人生几时得为乐。宁作野中之双凫[⑥]，不愿云间之别鹤[⑦]。

① 绮：《鲍参军集》卷二作"罗"。 ② 蕴：《诗纪》作"采"。《乐府诗集》注"一作采"。 ③ 差池：《鲍参军集》作"参差"。 ④ 禽：《鲍参军集》作"春"。 ⑤ 揽涕恒抱愁：《玉台新咏》作"揽泪不能言"。 ⑥ 之双凫：《玉台新咏》作"双飞凫"。 ⑦ 之别鹤：《玉台新咏》作"别翅鹤"。鹤，《乐府诗集》注"一作鹄"。

其　四

泻水置平地，各自东西南北流。人[①]生亦有命，安能行叹复坐愁。酌酒以[②]自宽，举杯断绝歌路难。心非木石岂无感，吞声踯躅不敢言。

① 人：《艺文类聚》卷三〇作“民”。 ② 以：《艺文类聚》卷三〇作“小”。

其 五

君不见河边草，冬时枯死春满道。君不见城上日，今暝没山去[①]，明朝复更出。今我何时当得然[②]，一去永灭入[③]黄泉。人生苦多欢乐少，意气敷腴在盛年。且愿得志数相就，床头恒有酤酒钱。功名竹帛非我事，存亡贵贱委[④]皇天。

① 没山去：《艺文类聚》作“没西山”。《诗纪》作“没尽去”。 ② 当得然：《艺文类聚》作“得自然”。 ③ 一去永灭入：《艺文类聚》作“一灭永罢归”。 ④ 委：《鲍参军集》作“付”。

其 六

对案不能食，拔剑击柱长叹息。丈夫生世能[①]几时，安能叠燮[②]垂羽翼。弃檄[③]罢官去，还家自休息。朝出与亲辞，暮还在亲侧。弄儿床前戏，看妇机中织。自古圣贤皆贫贱，何况我辈孤且直。

① 能：《诗纪》作“会”。 ② 叠燮：《鲍参军集》作“蹀躞”。 ③ 檄：《鲍参军集》作“置”。

其 七

愁思忽而至，跨马出北门。举头四顾望，但见松柏园，荆棘郁蹲蹲[①]。中有一鸟名杜鹃，言是古时蜀帝魂。声音哀苦鸣不息，羽毛憔悴似人髡。飞走树间啄[②]虫蚁，岂忆往日天子尊。念此死生变化非常理，中心恻怆不能言。

① 蹲蹲：《鲍参军集》注“一作撙撙”。撙撙，聚集在一起的样子。 ② 啄：《鲍参军集》注“一作逐”。

其 八

中庭五株桃，一株先作花。阳春沃若[①]二三月[②]，从风簸荡落西家。西家思妇见悲[③]惋，零泪沾衣抚心叹。初我送君出户时，何言淹留节回换。床席生尘明镜垢，纤腰瘦削发蓬乱。人生不得恒[④]称意，惆怅徙倚至夜半。

① 沃若：《玉台新咏》作"妖冶"。《乐府诗集》注"一作妖冶"。 ② 二三月：《乐府诗集》注"一作二月中"。 ③ 悲：《玉台新咏》作"之"。《乐府诗集》注"一作之"。 ④ 恒：《玉台新咏》作"常"。

其 九

剉蘖染黄丝，黄丝历乱不可治。我昔[①]与君始相值，尔时自谓可君意。结带与我言，死生好恶不相置[②]。今日见我颜色衰，意中索寞[③]与先异。还君金[④]钗玳瑁簪，不忍见之益愁[⑤]思。

① 我昔：《玉台新咏》作"昔我"。 ② "结带"二句：《乐府诗集》注"一作结带与君同（今按：注文作'何'，据《诗纪》改）生死，好恶不拟相弃置"。与我言，《鲍参军集》作"与君言"。 ③ 索寞：《玉台新咏》作"错漠"。《乐府诗集》注"一作错漠"。索寞，亦作"索莫"，冷落淡漠的样子。 ④ 金：《玉台新咏》作"玉"。 ⑤ 愁：《玉台新咏》作"悲"。

其 十

君不见蕣华不终朝，须臾淹冉零落销。盛年妖艳浮华辈，不久亦当诣冢头。一去无还期，千秋万岁无音词。孤魂茕茕空陇间，独魄徘徊绕坟基。但闻风声野鸟吟，岂忆平生盛年时。为此令人多悲悒，君当纵意自熙怡。

其 十 一

君不见枯箨走阶庭，何时复青著故茎。君不见亡灵蒙享祀，何时倾杯竭壶罂。君当见此起忧思，宁及得与时人争。生人① 倏忽如绝电，华年盛德几时见。但令纵意存高尚，旨酒佳肴相胥𬷕。持此从朝竟夕暮，差得亡忧消愁怖。胡为惆怅不能已，难尽此曲令君忤。

① 生人：《诗纪》作“人生”。

其十二

今年阳初花满林，明年冬末雪盈岑。推移代谢纷交转，我君边戍独① 稽沉。执袂分别已三载，迩来淹寂② 无分音。朝悲惨惨遂成滴，暮思绕绕最伤心。膏沐芳余久不御，蓬首乱鬓不设簪。徒飞轻埃舞空帷，粉筐黛器靡复遗。自生留世苦不幸，心中惕惕恒怀悲。

① 独：《鲍参军集》作“犹”。 ② 淹寂：久无音讯。《鲍参军集》作“寂淹”。

其十三

春禽喈喈旦暮鸣，最伤君子忧思情。我初辞家从军侨，荣志溢气干云霄。流浪渐冉经三龄，忽有白发素髭生。今暮临水拔已尽，明日对镜复已盈。但恐羁死为鬼客①，客思寄灭生空精。每怀旧乡野，念我旧人多悲声。忽见过客问何② 我，宁知我家在南城。答云我曾居君乡，知君游宦在此城。我行离邑已万里，今方羁役去远征。来时闻君妇，闺中孀居独宿有贞名。亦云朝悲泣闲房，又闻暮思泪沾裳。形容憔悴非昔悦，蓬鬓衰颜不复妆。见此令人有余悲，当愿君怀不暂忘。

① “但恐”句：《乐府诗集》缺“但”、“鬼客”，据《鲍参军集》补。 ② 何：《鲍参军集》注“疑当作向”。

其十四

君不见少壮从军去，白首流离不得还。故乡窅窅日夜隔，音尘断绝阻河关。朔风萧条白云飞，胡笳哀急边气寒。听此愁人兮奈何，登山远望得留颜。将死胡马迹，宁[1]见妻子难。男儿生世轗轲欲何道，绵忧摧抑起长叹。

① 宁：《汉魏六朝百三名家集》作“能”。

其十五

君不见柏梁台，今日丘墟生草莱。君不见阿房宫，寒云泽雉栖其中。歌妓舞女今谁在，高坟垒垒满山隅。长袖纷纷徒竞世，非我昔时千金躯。随酒逐乐任意去，莫令含叹下黄垆。

其十六

君不见冰[1]上霜，表里阴且寒。虽蒙朝日照，信得几时安。民生故如此，谁令摧折强相看。年去年来自如削，白发零落不胜冠。

① 冰：《乐府诗集》作“水”，据《诗纪》改。

其十七

君不见春鸟初至时，百草含青俱作花。寒风萧索一旦至，竟得几时保光华。日月流迈不相饶，令我愁思怨恨多。

其十八

诸君莫叹贫，富贵不由人。丈夫四十强而仕，余当二十弱冠辰。莫言草木委大[1]雪，会应苏息遇阳春。对酒叙长篇，穷途运命委皇天。但愿樽中九酝[2]满，莫惜床头百个钱。直须[3]优游卒一岁，何劳辛苦事百年。

① 大：《诗纪》作“冬”。 ② 九酝：一种经过重酿的美酒。 ③ 须：《诗纪》作“得”。

长相思[①]

吴迈远

晨有行路[②]客，依依造门端。人马风尘色，知从河[③]塞还。时我有同栖，结宦游邯郸。将不异客子，分饥复共寒。烦君尺帛[④]书，寸心从此殚[⑤]。遣[⑥]妾长憔悴，岂复歌笑颜。檐隐千霜树，庭枯十载[⑦]兰。经春不举袖，秋落宁复看。一见愿道意，君门已九关。虞卿弃相印，担簦为同欢。闺阴欲早霜，何事空盘桓。

① 此首录自《乐府诗集》卷六九。郭茂倩解云，古诗曰："客从远方来，遗我一书札。上言长相思，下言久离别。"李陵诗曰："行人难久留，各言长相思。"苏武诗曰："生当复来归，死当长相思。"长者久远之辞，言行人久戍，寄书以遗所思也。古诗又曰："客从远方来，遗我一端绮。文彩双鸳鸯，裁为合欢被。著以长相思，缘以结不解。"谓被中著锦以致相思绵绵之意，故曰长相思也。又有《千里思》，与此相类。 ② 行路：《艺文类聚》卷四二作"远道"。 ③ 河：《艺文类聚》作"关"。 ④ 帛：《艺文类聚》作"锦"。 ⑤ 殚：《玉台新咏》卷四作"单"。 ⑥ 遣：《艺文类聚》作"道"。 ⑦ 载：《艺文类聚》作"年"。

长别离[①]

吴迈远

生离不可闻，况复长相思。如何与君别，当我少[②]年时。蕙华每摇荡，妾心长[③]自持。荣乏草木欢，悴极[④]霜露悲。富贵貌难变[⑤]，贫贱颜[⑥]易衰。持此断君肠，君亦宜自疑。淮阴有逸将，折羽不曾飞[⑦]。楚有扛鼎士[⑧]，出门不得归。正为隆准公[⑨]，仗剑入紫微。君才定何如，白日下争晖。

① 此首录自《乐府诗集》卷七二。 ② 少：《玉台新咏》卷四及《艺文类聚》卷四二作"盛"。 ③ 长：《玉台新咏》及《艺文类聚》作"空"。 ④ 极：《文苑英华》卷二〇二作"剧"。 ⑤ 貌难变：《玉台新咏》作"身难老"。变，《文苑英华》作

"老"。　⑥ 颜:《玉台新咏》作"年"。　⑦ "析羽"句:《玉台新咏》作"折翮谢翻飞"。　⑧ "楚有"句:指楚霸王项羽力能扛鼎,却在楚汉相争中失败,在乌江自刎。　⑨ 隆准公:指汉高祖刘邦。隆准,高鼻。《史纪·高祖纪》:"高祖为人,隆准而龙颜。"

自君之出矣[①]

鲍令晖[②]

自君之出矣,临轩不解颜。砧杵夜不发,高门昼恒[③]关。帷中流[④]熠耀,庭前华紫兰。杨[⑤]枯识节异,鸿归知客寒。游取暮春尽,余思待君还[⑥]。

① 此首录自《乐府诗集》卷六九。今按:此题《玉台新咏》卷四作《题书后寄行人》。　② 鲍令晖(生卒年不详):南朝宋女诗人。东海(今山东郯城)人。鲍照之妹。诗才出众。今存其诗七首,为人所传诵的是拟古诗,锺嵘称其诗"往往崭绝清巧,拟古尤胜"。其写相思之情的诗哀婉感人。　③ 恒:《文苑英华》卷二〇二作"常"。　④ 帷中流:《文苑英华》作"帏中浮"。帷,《诗纪》卷五四作"帐"。　⑤ 杨:《乐府诗集》作"物",据《诗纪》改。　⑥ "游取"二句:《文苑英华》作"近取暮秋尽,余思待春还"。《诗纪》作"游用暮冬尽,除春待君还"。

淫思古意[①]

颜　竣[②]

春风飞远方,纪转流思堂。贞节寄君子,穷闺妾所藏。裁书露微疑,千里问新知。君行过三稔,故心久当移。

① 此首录自《乐府诗集》卷七四。　② 颜竣(421?—459):字士逊,南朝宋文人。颜延之长子,原籍临沂(今属山东)。孝武帝时历任吏部尚书、丹阳尹。每极陈谏争,多不见从,乃求出为扬州刺史。后受竟陵王诞谋反牵连,被赐死。有集十四卷,今存诗二首,文九篇。

夜坐吟[1]

鲍照

冬夜沉沉夜坐吟,含情[2]未发已知心。霜入幕,风度林。朱灯灭,朱颜寻。体君歌,逐君音。不贵声,贵意深。

① 此首录自《乐府诗集》卷七六。郭茂倩解云,《夜坐吟》,鲍照所作也。其辞曰"冬夜沉沉夜坐吟",言听歌逐音,因音托意也。宗夬又有《遥夜吟》,则言永夜独吟,忧思未歇,与此不同。今按:此题《诗纪》卷五〇作《代夜坐吟》。

② 情:《乐府诗集》注"一作声"。《汉魏六朝百三名家集》作"声"。

杨花曲[1]

汤惠休

葳蕤华结情,宛转风含思。掩涕守春心,折兰还自遗。江南相思引,多叹不成音。黄鹤西北去,衔我千里心。深堤下生草,高城上入云。春人心生思,思心长[2]为君。

① 此首录自《乐府诗集》卷七七。今按:《玉台新咏》卷一〇有《杨花曲》一首四句,即"深堤下生草"以下四句。吴兆宜注称,一有"葳蕤华结情"八句。

② 长:《玉台新咏》作"常"。

杞梁妻[1]

吴迈远

灯竭从初明,兰凋犹[2]早薰。扼腕非一代,千载炳遗文。贞夫沦莒役,杜[3]吊结齐君。惊心眩白日,长洲崩秋云。精微贯穹旻,高城为隤坟。行人既迷径,飞鸟亦失群。壮哉金石躯,出门形影分。一随尘壤消,声誉谁共论。

①此首录自《乐府诗集》卷七三。郭茂倩解引崔豹《古今注》曰:“《杞梁妻》者,杞殖妻妹朝日之所作也。殖战死,妻曰:‘上则无父,中则无夫,下则无子,人生之苦至矣。’乃抗声长哭,杞都城感之而颓,遂投水而死。其妹悲姊之贞,乃作歌,名曰《杞梁妻》焉。梁,殖之字也。”《列女传》曰:“齐庄公袭莒,殖战而死。其妻无所归,乃就其夫之尸于城下而哭,十日而城为之崩。既葬,遂赴淄水而死。”《琴操》曰:“《杞梁妻叹》,齐杞梁殒,其妻之所作也。” ②犹:中华书局本《乐府诗集》校记“疑当作由”。 ③杜:中华书局本《乐府诗集》校记“疑当作枉”。

冉冉孤生竹[①]

何 偃[②]

流萍依清源,孤鸟宿深沚[③]。荫干相经荣[④],风波能终始。草生有日月,婚年行及纪。思欲侍衣裳,关山分万里。徒作春夏期,空望良人轨。芳色宿昔事,谁见过时美。凉鸟临[⑤]秋竟,欢愿亦云已。岂意倚君恩,坐守零落耳。

①此首录自《乐府诗集》卷七四。 ②何偃(413—458):南朝宋文人。字仲弘,庐江(今属安徽)人。其好老庄玄学,有《毛诗释》八卷,又注《庄子·逍遥游》,均佚。今存诗一首。 ③宿深沚:《乐府诗集》作“亲宿止”,据《诗经》卷五四改。 ④荣:《诗纪》作“萦”。 ⑤临:《乐府诗集》注“一作散”。

舞曲歌辞

舞曲分雅舞和杂舞。雅舞用之郊庙、朝飨,杂舞用之宴会。

南朝宋舞曲歌辞传承前朝,重在歌舞升平,然而亦有个别抒情处,如描写音乐和谐之致,舞者姿韵之美,宴飨金玉之盛,足可想见当时贵族享乐之风气和情景。

雅舞

宋前后舞歌[①](二首)

王韶之[②]

前舞歌

於赫景明[③],天监是临。乐来伊阳,礼作惟阴。歌自德富,舞由功深。庭列宫县,陛罗瑟琴。翿籥繁会,笙磬谐音。《箫韶》虽古,九成[④]在今。导志和声,德音孔宣。光我帝基,协灵配乾。仪刑六合,化穆自然。如彼云汉,为章于天。熙熙万类,陶和当年。击辕中《韶》,永世弗骞。

① 此二首录自《乐府诗集》卷五二。郭茂倩解引《宋书·乐志》曰:"武帝永初元年,改晋《正德舞》曰《前舞》,《大豫舞》曰《后舞》,并蕤宾厢作。孝武孝建二年九月,建平王宏议,以为舞不更名,直为前后二舞。依据昔代,义舛事乖,宜厘改权称,以'凯容'为《韶舞》,'宣烈'为《武舞》。祖宗庙乐,总以德为名。若庙非不毁,则乐无(今按:《乐府诗集》作'舞',据《宋书》改)别称,犹汉高、文、武,咸有嘉号,惠、景二主,乐无余名。章皇太后庙唯奏文乐,明妇人无武事也。郊祀之乐,无复别名,仍同宗庙而已。诏如宏议。" ② 王韶之(380—435):南朝宋史学家。字休泰,琅琊临沂(今属山东)人。博学多闻,长于文辞。宋初庙堂乐府,其

作今存者凡十五首。 ③ 景明:《南齐书·乐志》作“景命”。 ④ 九成:《南齐书·乐志》作“九奏”。九成,犹九阕。乐曲终止曰成。《书·益稷》:“《箫韶》九成,凤凰来仪。”孔颖达疏:“成犹终也。每曲一终,必变更奏。故《经》言九成,《传》言九奏,《周礼》谓之九变,其实一也。”

后舞歌

假乐①圣后,实天诞德。积美自中,王猷四塞。龙飞在天,仪刑②万国。钦明惟神,临朝渊默。不言之化,品物咸德③。告成于天,铭勋是勒。翼翼厥猷,亹亹④其仁。顺命创制,因定和神。海外有截,九围无尘。冕旒司契,垂拱临民。乃舞《大豫》⑤,钦若天人。纯嘏孔休,万载弥新。

① 假乐:即嘉乐。美好快乐。《诗·大雅·假乐》:“假乐君子,显显令德。”孔颖达疏:“言上天嘉美而爱乐此君子成王也。”陆德明《释文》:“(假)音暇,嘉也。” ② 仪刑:成为楷模。 ③ 德:《南齐书》作“得”。 ④ 亹亹:《南齐书》作“娓娓”。 ⑤《大豫》:《南齐书》作“《凯容》”。

杂舞

拂舞歌

淮南王①

鲍照

淮南王,好长生,服食炼气读仙经。琉璃药碗②牙作盘,金鼎玉匕合神丹。合神丹,戏③紫房,紫房彩女弄明珰,鸾歌凤舞断君肠。朱门九重门九闺④,愿逐明月入君怀。入君怀,结君佩,怨君恨君恃君爱。筑城思坚剑思利,同盛同衰莫相弃。

① 此首录自《乐府诗集》卷五五。今按:《乐府诗集》此题作《淮南王二首》,诗正文却是一首,疑是二首连排未分也。今依此录之。 ② 碗:《乐府诗集》作

"椀",《鲍参军集》作"碗",据改。 ③ 戏:《乐府诗集》作"赐",据《玉台新咏》卷九改。 ④ "朱门"句:《玉台新咏》卷九作"朱城九门门九开"。朱门九重,《乐府诗集》注"一作朱城九门"。

宋白纻舞歌诗[①]

高举两手白鹄翔,轻躯徐起何洋洋。凝停善睐客仪光,宛若龙转乍低昂。随世而变诚无方,如推若引留且行。宋世方昌乐未央,舞以尽神安可忘。爱之遗谁赠佳人,质如轻云色如银。袍以光躯巾拂尘,制以为袍余作巾。四坐欢乐胡可陈[②],清歌徐舞降祇神。

① 此首录自《乐府诗集》卷五五。郭茂倩解引《宋书·乐志》曰:"《白纻舞歌诗》,旧新合三篇,二篇与晋辞同,其一篇异。"今按:《乐府诗集》目录作《宋白纻舞歌》。 ② 中华书局本《乐府诗集》校记:"'四坐'句上较晋诗少'严服在御会佳宾,醪醴盈樽美且淳'二句。"

白纻舞辞(九首)

白纻曲[①]

刘铄

仙仙徐动何盈盈,玉腕俱凝若云行。佳人举袖耀青蛾,掺掺擢手映鲜罗。状似明月泛云河,体如轻风动流波。

① 此首录自《乐府诗集》卷五五。

白纻歌[①](六首)

鲍照

其一

吴刀楚制为佩袆,纤罗雾縠垂羽衣。含商咀徵歌露晞,珠屣[②]飒沓纨袖飞。凄风夏起素云回,车怠马烦客忘归，兰膏明烛承夜晖。

① 此六首录自《乐府诗集》卷五五。今按：《鲍参军诗注》卷二作《代白纻舞歌词》四首、《代白纻曲》二首。又鲍照有《奉始兴王白纻舞曲启》，是为始兴王濬作。　② 屣：《鲍参军诗注》作“履”。《乐府诗集》注“一作履”。

其　二

桂宫柏寝[①]拟天居，朱爵文窗韬绮疏。象床瑶席镇犀渠，雕屏铪[②]匝组帷舒。秦筝赵瑟挟笙竽，垂珰散珮[③]盈玉除，停觞不语[④]欲谁须。

① 寝：《乐府诗集》注“一作梁”。　② 铪：《鲍参军诗注》卷二作“匼”。《乐府诗集》注“一作匼”。　③ 珮：《乐府诗集》注“一作绶”。　④ 语：《鲍参军诗注》卷二作“御”。

其　三

三星参差露沾湿，弦悲管清月将入。寒光萧条候虫急，荆王流叹楚妃泣。红颜难长时易戢，凝华结藻[①]久延立，非君之故岂安集。

① 藻：《乐府诗集》注“一作彩”。

其　四

池中赤鲤庖所捐，琴高乘云[①]腾[②]上天。命逢福世丁溢恩[③]，簪金藉绮升曲筵。思君厚德委如山，洁诚洗志期暮年，乌白马角宁足言。

① 云：《汉魏六朝百三名家集》作“去”。　② 腾：《乐府诗集》注“一作飞”。③“命逢”句：《乐府诗集》注“一作徼命逢福丁溢恩”。丁，遭逢。

其　五

朱唇动，素腕[①]举，洛阳少童邯郸女。古称《渌水》[②]今《白纻》，催弦急管为君舞。穷秋九月荷叶黄，北风驱雁天雨霜，夜长酒多乐未央。

① 腕：《乐府诗集》注“一作袖”。　②《渌水》：古曲名。

其　六

春风澹荡侠思多，天色净绿[①]气妍和。桃含[②]红萼兰[③]紫牙，朝日灼烁发园花[④]。卷幌结帷罗玉筵，齐讴秦吹卢女弦，千金顾笑买芳年。

① 绿：《汉魏六朝百三名家集》卷二作“渌”。　② 桃含：《汉魏六朝百三名家集》作“含桃”。　③ 兰：《乐府诗集》注“一作莲”。　④ 花：《汉魏六朝百三名家集》作“华”。

白纻歌[①]（二首）

汤惠休

其　一

琴瑟未调心已悲，任罗胜绮强自持。忍思一舞望所思，将转未转恒如疑。桃花水上春风出，舞袖逶迤鸾照日。徘徊鹤转情艳逸，君为迎歌心如一。

① 此二首录自《乐府诗集》卷五五。

其　二

少年窈窕舞君前，容华艳艳将欲然。为君娇凝复迁延，流目送笑不敢言。长袖拂面心自煎，愿君流光及盛年。

宋泰始歌舞曲辞[①]（十二首）

皇业颂

刘　彧[②]

皇业沿德建，帝运资勋庸[③]。胤唐重盛轨，胄楚载休风。尧帝兆深祥，元王衍遐庆。积善传上业，祚福启英圣。衰数随金禄，登历昌水[④]命。维宋垂光烈，世美流舞咏。

① 此十二首录自《乐府诗集》卷五六。郭茂倩解引《古今乐录》曰：“《宋泰始

歌舞》十二曲，一曰《皇业颂》，歌自尧至楚元王、高祖，世载圣德，二曰《圣祖颂》，三曰《明君大雅》，四曰《通国风》，五曰《天符颂》，六曰《明德颂》，七曰《帝图颂》，八曰《龙跃大雅》，九曰《淮祥风》，十曰《宋世大雅》，十一曰《治兵大雅》，十二曰《白纻篇大雅》。” ② 刘彧(439—472)：即南朝宋明帝。字休炳，小字荣期。文帝第十一子。 ③ 庸：《乐府诗集》作“融”，据《全宋诗》卷一改。 ④ 水：《宋书》作“永”。疑是“水”字，与上句“金”相应。

圣祖颂

圣祖[①]惟高德，积勋代晋历。永建享鸿基，万古盛音册。睿文缵宸驭，广运崇帝声。衍德被仁祉，留化洽民灵。孝建缔孝业，允协天人谋。宇内齐政轨，宙表烛威流。钟管腾列圣，彝铭贲重猷。

① 圣祖：指宋武帝刘裕。

明君大雅

虞　和[①]

明君应乾数，拨乱纽[②]颓基。民庆来苏日，国颂薰风诗。天步或暂艰，列蕃煽迷慝。庙胜敷九伐[③]，神谟洞七德。文教洗昏俗，武谊清祲埏。英勋冠帝则，万寿永齐[④]天。

① 虞和(生卒年不详)：南朝宋文学家。会稽余姚(今属浙江)人。宋孝武帝时，为国子博士，屡预议社。明帝时，尝兼仪曹郎。明帝改舞曲歌辞，尝诏和并作。明帝末，官至廷尉。 ② 纽：《全宋诗》作“绍”。 ③ 伐：《全宋诗》作“代”。④ 齐：《乐府诗集》注“一作衍”。

通国风

刘　彧

开宝业，资贤昌。谟明盛，弼谐光。烈武惟略，景王勋，南康华容变政文。猛绩爰著有左军，三王到氏文武赞。丞相作辅属伊旦[①]，沈柳宗侯皆殄乱。泰始开运超百王，司徒骠骑[②]勋德康。江安谟效殷诚彰，刘沈承规功名扬，庆归我后祚无疆。

①伊旦：伊尹、周公旦。商伊尹和西周周公旦都曾摄政，后常被并称。②司徒骠骑：文官、武将的泛称。

天符颂

刘彧

天符革运，世诞英皇，在馆神炫，既壮龙骧。六钟集表，四纬骈光。於穆配天，永休厥祥。

明德颂

刘彧

明德孚教，幽符丽纪。山鼎见奇，醴液涵祉。鸩雏耀仪，驺虞游趾。福延亿祚，庆流万祀。

帝图颂

帝图凝远，瑞美昭宣。济流月镜，鹿毳霜鲜。甘露降和，花雪表年。孝德载衍，芳风永传。

龙跃大雅

龙跃戎府[①]，玉耀蕃宫。岁淹豫野，玺属嫔中。江波澈映，石柏开文。观毓花蕊，楼凝景云。白乌[②]三获，甘液再呈。嘉穟表沃，连理协成。德充动物，道积通神。宋业允大，灵瑞方臻。

①戎府：《宋书》作"式符"。　②乌：《乐府诗集》作"鸟"，据《宋书》改。

淮祥风

淮祥应，贤彦生。翼赞中兴致太平。

宋世大雅

虞和

宋世宁，在泰始[①]。醉酒欢，饱德喜。万国朝，上寿酒。帝同天，惟长久。

①泰始：南朝宋明帝（刘彧）年号（465—471）。

治兵大雅

刘彧

王命治兵，有征无战。巾拂以净，丑类革面。王仪振旅，载戢在辰。中虚巾拂，四表静尘。

白纻篇大雅

在心曰志发言诗，声成于文被管丝。手舞足蹈欣泰时，移风易俗王化基。琴角挥韵白云舒，《箫韶》协音神凤来。拊击和节咏在初，章曲乍毕情有余。文同轨一道德行，国靖民和礼乐成。四县庭响美勋英，八列陛唱贵人声。舞饰丽华乐容工，罗裳映[1]日袂随风。金翠列辉蕙麝丰，淑姿秀[2]体允帝衷。

① 映：《乐府诗集》注“一作皎”。　② 秀：《乐府诗集》注“一作委”。

散乐府

郭茂倩解引《周礼》曰：“旄人教舞散乐。”郑康成云：“散乐，野人为乐之善者，若今黄门倡。”即《汉书》所谓黄门名倡丙强、景武之属是也。汉有黄门鼓吹，天子所以宴群臣。然则雅乐之外，又有宴私之乐焉。《唐书·乐志》曰：“散乐者，非部伍之声，俳优歌舞杂奏。”秦汉已来，又有杂伎，其变非一，名为百戏，亦总谓之散乐。自是历代相承有之。

宋凤皇衔书伎辞[1]

大宋兴隆膺灵符，凤鸟感和衔素书。嘉乐之美通玄虚，惟新济济迈唐虞。巍巍荡荡道有余。

① 此首录自《乐府诗集》卷五六。郭茂倩解引《隋书·乐志》曰：“凤皇衔书伎，自宋齐已来有之。三朝用之。”《南齐书·乐志》曰：“盖鱼龙之流也。元会日，侍中于殿前跪取其书以授舍人，舍人受书，升殿跪奏，宋世有辞。齐初诏江淹改造，至梁武帝普通中，下诏罢之。”

横吹曲辞

汉魏晋横吹曲辞已佚,《乐府诗集》仅收有南北朝及隋唐横吹曲辞。南朝横吹曲辞最早见于宋鲍照《梅花落》一首。

横吹曲,其始亦谓之鼓吹,马上奏之,盖军中之乐也。北狄诸国,皆马上作乐,故自汉已来,北狄乐总归鼓吹署。其后分为二部,有箫笳者为鼓吹,用之朝会、道路,亦以给赐。汉武帝时,南越七郡,皆给鼓吹是也。有鼓角者为横吹,用之军中,马上所奏者是也。《晋书·乐志》曰:"横吹有鼓角,又有胡角。按《周礼》云:'以鼖鼓鼓军事'。旧说云,蚩尤氏帅魑魅,与黄帝战于涿鹿,帝乃始命吹角为龙鸣以御之。其后魏武北征乌丸,越沙漠而军士思归,于是减为中鸣(今按:《乐府诗集》作'半鸣',据《晋书》改),尤更悲矣。横吹有双角,即胡乐也。汉博望侯张骞入西域,传其法于西京,唯得《摩诃兜勒》一曲。李延年因胡曲更造新声二十八解,乘舆以为武乐,后汉以给边将,和帝时万人将军得用之。魏、晋以来,二十八解不复具存,而世所用者有《黄鹄》等十曲。"其辞后亡。又有《关山月》等八曲,后世之所加也。后魏之世,有《簸逻回歌》,其曲多可汗之辞,皆燕魏之际鲜卑歌。歌辞虏音,不可晓解,盖大角曲也。又《古今乐录》有《梁鼓角横吹曲》,多叙慕容垂及姚泓时战阵之事,其曲有《企喻》等歌三十六曲,乐府胡吹旧曲又有《隔谷》等歌三十曲,总六十六曲,未详时用何篇也。

梅花落[①]

鲍 照

中庭杂树多,偏为梅咨嗟。问君何独然?念其霜中能作花,露中能作实。摇荡春风媚春日,念尔零落逐风飙[②],徒有霜华无霜质。

① 此首录自《乐府诗集》卷二四。郭茂倩解云,《梅花落》,本笛中曲也。按唐大角曲亦有《大单于》、《小单于》、《大梅花》、《小梅花》等曲,今其声犹有存者。

② 风飙:《鲍参军集》卷七及《诗纪》卷五〇作"寒风"。

鼓吹曲辞

鼓吹曲是用短箫铙鼓的军乐。

南朝宋鼓吹曲辞，《乐府诗集》辑录有《宋鼓吹铙歌》三首和何承天私造《宋鼓吹铙歌》十五首。

宋鼓吹铙歌（三首）

郭茂倩解引《宋书·乐志》曰："鼓吹铙歌四篇，今唯有《上邪》等三篇。其一篇阙。"《古今乐录》曰："《上邪曲》四解，《晚芝曲》九解，汉曲有《远期》，疑是也。《艾如张》三解，沈约云：'乐人以音声相传，训诂不可复解。凡古乐录，皆大字是辞，细字是声，声辞合写，故致然尔。'"

今按：《乐府诗集》卷一九收录三首：《上邪曲》、《晚芝曲》、《艾如张》。此乃声辞合写，未可标点，兹照录之。

上邪曲[①]

大竭夜乌自云何来堂吾来声乌奚姑悟姑尊卢圣子黄尊来餭清婴乌白曰为随来郭吾微令吾

应龙夜乌由道何来直子为乌奚如悟姑尊卢鸡子听乌虎行为来明吾微令吾

诗则夜乌道禄何来黑洛道乌奚悟如尊尔尊卢起黄华乌伯辽为国日忠雨令吾

伯辽夜乌若国何来日忠雨乌奚如悟姑尊卢面道康尊录龙永乌赫赫福祚[②]夜音微令吾

① 《乐府诗集》注云，此曲"四解"。 ② 祚：《宋书》作"胙"。

晚芝曲[①]

几令吾几令诸韩乱发正令吾

几令吾诸韩从听心令吾若里洛何来韩微令吾

尊卢忌卢文卢子路子路为路鸡如文卢炯乌诸祚[②]

微令吾

几令诸韩或公随令吾

几令吾几诸或言随令吾黑洛何来诸韩微令吾

尊卢安成随来免路路子为吾路奚如文卢炯乌诸祚[③]微令吾

几令吾几诸或言随令吾

几令吾诸或言几苦黑洛何来诸韩微令吾

尊卢公洴随来免路子子路子为路奚姑文卢炯乌诸祚微令吾[④]

①《乐府诗集》注云,此曲“九解”。 ② 祚:《宋书》作“胙”。 ③ 祚:《宋书》作“胙”。 ④《宋书》缺第七至第九解。

艾如张曲[①]

几令吾呼历舍居执来随咄武子邪令乌衔针相风其右其右

几令吾呼群议破葫执来随吾咄武子邪令乌今乌今膔入海相风及后

几令吾呼无公赫吾执来随吾咄武子邪令乌无公赫吾娓立诸布始布

①《乐府诗集》注云,此曲“三解”。

宋鼓吹铙歌[①](十五首)

何承天[②]

朱 路 篇[③]

朱路扬和鸾,翠盖耀金华。玄牡饰樊缨,流旌拂飞霞。雄戟辟旷涂,班剑翼高车。三军且莫喧,听我奏铙歌。清鞞惊短箫,朗鼓节鸣笳。人心惟恺豫,兹音亮且和。轻风起红尘,渟澜发微波。逸韵腾天路,颓响结城阿。仁声被八表,威震振九遐。嗟嗟介胄士，勖哉念皇家。

① 此十五首录自《乐府诗集》卷一九。郭茂倩解引《宋书·乐志》曰："鼓吹铙歌十五篇，何承天晋义熙末私造，一曰《朱路》，二曰《思悲公》，三曰《雍离》，四曰《战城南》，五曰《巫山高》，六曰《上陵者》，七曰《将进酒》，八曰《君马》，九曰《芳树》，十曰《有所思》，十一曰《雉子游原泽》，十二曰《上邪》，十三曰《临高台》，十四曰《远期》，十五曰《石流》。"按此诸曲皆承天私作，疑未尝被于歌也。虽有汉曲旧名，大抵别增新意，故其义与古辞考之多不合云。 ② 何承天(370—447)：南朝宋思想家、天文学家。东海郯(今山东郯城)人。历官衡阳内史、御史中丞等，世称"何衡阳"。博通经史，精历算，兼善弹筝和音律。曾奉命修篡《宋书》，未成而卒。 ③ 朱路篇：取自汉乐府鼓吹曲，旧名《朱鹭》。

思悲公篇

思悲公，怀衮衣①。东国何悲，公西归。公西归，流二叔。幼主既悟，偃禾复。偃禾复，圣志申。营都新邑，从斯民。从斯民，德惟明。制礼作乐，兴颂声。兴颂声，致嘉祥。鸣凤爰集，万国康。万国康，犹弗已。握发吐餐，下群士。惟我君，继伊、周。亲睹盛世，复何求。

① 衮衣：古时帝王及上公穿的绘有卷龙的礼服。

雍离篇

雍士多离心，荆民怀怨情。二凶不量德，构难称其兵。王人衔朝命，正辞纠不庭。上宰宣九伐，万里举长旌。楼船掩江濆，驷介飞重英。归德戒后夫，贾勇尚先鸣。逆徒既不济，愚智亦相倾。霜锋未及染，鄢郢忽已清。西川无潜鳞，北渚有奔鲸。凌①威致天府，一战夷三城。江汉被美化，宇宙歌太平。惟我东郡民，曾是深推诚。

① 凌：中华书局本《乐府诗集》校记"疑当作稜"。

战城南篇

战城南，冲黄尘。丹旌电烻，鼓雷震。勍敌猛，戎马殷。横阵亘野，若屯云。仗大顺，应三灵。义之所感，士忘生。长剑击，繁弱[1]鸣。飞镝炫晃，乱奔星。虎骑跃，华旄旋。朱火延起，腾飞烟。骁雄斩，高旗搴。长角浮叫，响清天。夷群寇，殪逆徒。余黎沾惠，咏来苏。奏恺乐，归皇都。班爵献俘，邦国娱。

① 繁弱：亦作“蕃弱”，古代良弓名。《荀子·性恶》：“繁弱、巨黍，古之良弓也。”

巫山高篇

巫山高，三峡峻。青壁千寻，深谷万仞。崇岩冠灵，林冥冥。山禽夜响，晨猿相和鸣。洪波迅澓[1]，载逝载停。凄凄商旅之客，怀苦情。在昔阳九，皇纲微。李氏窃命，宣武耀灵威。蠢尔逆纵，复践乱机。王旅薄伐，传首来至京师。古之为国，惟德是贵。力战而虐民，鲜不颠坠。矧乃叛戾，伊胡能遂。咨尔巴子，无放肆。

① 迅澓：迅急的旋流。郭璞《江赋》：“迅澓增浇。”

上陵者篇

上陵者，相追攀。被服纤丽，振绮纨。携童幼，升崇峦。南望城阙，郁盘桓。王公第，通衢端。高甍华屋，列朱轩。临浚谷，掇秋兰。士女悠奕，映隰原。指营丘，感牛山。爽鸠既没，景君叹。嗟岁聿，逝不还。志气衰沮，玄鬓斑。野莽宿，坟土干。顾此累累，中心酸。生必死，亦何怨。取乐今日，展情欢。

将进酒篇

将进酒，庆三朝。备繁礼，荐佳肴。荣枯换，霜雾交。缓春带，命明僚。车等旗，马齐镳。怀温克，乐林濠。士失志，愠情劳。思旨酒，寄游遨。败德人，甘醇醪。耽长夜，或[1]淫妖。兴屡舞，厉哇谣。形傞傞[2]，声号呶。首既濡，志亦荒。性命夭，国家亡。嗟后生，节酣觞。匪酒辜，孰为殃。

① 或：疑当作“惑。” ② 傞傞：醉舞失态的样子。《诗·小雅·宾之初筵》：“侧弁之俄，屡舞傞傞。”

君马篇

君马丽且闲，扬镳腾逸姿。骏足蹑流景，高步追轻飞。冉冉六辔柔，奕奕金华晖。轻霄翼羽盖，长风靡淑旂。愿为范氏[1]驱，雍容步中畿。岂效诡遇子[2]，驰骋趋危机。金陵策良驷，造父为之悲。不怨吴坂峻，但恨伯乐稀。赦彼岐山盗，实济韩原师。奈何汉魏主，纵情营所私。疲民甘藜藿，厩马患盈肥。人畜貿厥养，苍生将焉归。

① 范氏：指范冉。字史云。东汉陈留（今属河南）人。曾师事马融，通五经。桓帝时为莱芜长，遭母忧而不就。性涓急，常佩韦以自缓。罹党锢之祸，遁迹梁沛间，卖卜为生，清贫自守，时或粮绝，穷居自若。闾里有歌曰：“甑中生尘范史云，釜中生鱼范莱芜。”冉，一作“丹”。后以范冉指代清贫而有操守的贤士。② 诡遇子：谓图谋不轨的人。诡遇，指违背礼法而驱车横射禽兽。《孟子·滕文公下》：“吾为之范我驰驱，终日不获一；为之诡遇，一朝而获十。”赵岐注：“横而射之，曰诡遇，非礼之射，则能获十。”

芳树篇

芳树生北庭，丰隆正徘徊。翠颖陵冬秀，红葩迎春开。佳人闲幽室，惠心婉以谐。兰房掩绮幌，绿草被长阶。日夕游云际，归禽命同栖。皓月盈素景，凉风拂中闺。哀弦理虚堂，要妙清且凄。啸歌流激楚，伤此硕人怀。梁尘集丹帷，微飙扬罗袿。岂怨嘉时暮，徒惜良愿乖。

有所思篇

有所思，思昔人。曾闵[1]二子，善养亲。和颜色，奉昏晨。至诚烝烝，通明神。邹孟轲，为齐卿。称身受禄，不贪荣。道不用，独拥楹。三徒既谇，礼义明。飞鸟集，猛兽附。功成事毕，乃更娶。哀我生，遘凶旻。幼罹荼酷[②]，备艰辛。慈颜绝，见无因。长怀永思，托丘坟。

① 曾闵：曾子和闵子骞。曾子，名参，字子舆。春秋末鲁国南武城（今属山东）人。孔子的学生，以孝著称。闵子骞，名损，春秋时鲁国人。孔子的学生，以德行著称。　② 酷：《宋书》作“毒”。

雉子游原泽篇

雉子游原泽，幼怀耿介心。饮啄虽勤苦，不愿栖园林。古有避世士，抗志清霄岑。浩然寄卜肆，挥棹通川阴。逍遥风尘外，散发抚鸣琴。卿相非所眄，何况于千金。功名岂不美，宠辱亦相寻。冰炭结六府，忧虞缠胸襟。当世须大度，量己不克任。三复泉流诫，自惊良已深。

上邪篇

上邪下难正，众枉不可矫。音和响必清，端影缘直表。大化扬仁风，齐人犹偃草。圣王既已没，谁能弘至道。开春湛柔露，代终肃严霜。承平贵孔孟，政弊侯申商[①]。孝公明赏罚，六世犹克昌。李斯肆滥刑，秦民所以亡。汉宣隆中兴，魏祖[②]宁三方。譬彼针与石，效疾而[③]称良。《行苇》非不厚，悠悠何讵央。琴瑟时未调，改弦当更张。矧乃治天下，此要安可忘。

① 申商：申不害与商鞅。　② 魏祖：指曹操。　③ 而：《晋书》作“故”。

临高台篇

临高台，望天衢。飘然轻举，陵太虚。携列子，超帝乡。云衣雨带，乘风翔。肃龙驾，会瑶台。清晖浮景，溢蓬莱。济西海，濯洧盘[①]。伫立云岳，结幽兰。驰迅风，游炎州。愿言桑梓，思旧游。倾霄盖，靡电旌。降彼天涂，颓窈冥。辞仙族，归人群。怀忠抱义，奉明君。任穷达，随所遭。何为远想，令心劳。

① 洧盘：古代神话中的水名。《楚辞·离骚》："夕归次于穷石兮，朝濯发乎洧盘。"

远期篇

远期千里客，肃驾候良辰。近命城郭友，具尔惟懿亲。高门启双闱，长筵列嘉宾。中唐舞六佾[①]，三厢罗乐人。箫管激悲音，羽毛扬华文。金石响高宇，弦歌动梁尘。修标多巧捷，丸剑亦入神。迁善自雅调，成化由清均。主人垂隆庆，群士乐亡身。愿我圣明君，迩期保万春。

① 六佾：周代诸侯所用乐舞格局。《左传·隐公五年》云，天子八佾，诸侯六佾。佾，古代乐舞的行列。

石流篇

石上流水，湔湔其波。发源幽岫，永归长河。瞻被逝者，岁月其偕。子在川上，惟以增怀。嗟我殷忧，载劳寤寐。遘此百罹，有志不遂。行年倏忽，长勤是婴。永言没世，悼兹无成。幸遇开泰，沐浴嘉运。缓带安寝，亦又何愠。古之为仁，自求诸己。虚情遥慕，终于徒已。

郊庙歌辞

南朝宋之郊庙歌辞,《乐府诗集》辑录的主要是颜延之、谢庄、王韶之等奉诏所制,名目繁多,但内容千篇一律,不外乎歌功颂德。

宋南郊登歌[①](三首)

颜延之

夕牲歌

夤威宝命,严恭帝祖。表海炳岱[②],系唐胄楚。灵鉴浚文,民属睿武。奄受敷锡[③],宅中拓宇。亘地称皇,罄天作主。月窟来宾,日际奉土。开元首正,礼交乐举。六典联事,九官列序。有牷在涤,有洁在俎。以荐王衷,以答神祐。

① 此三首录自《乐府诗集》卷一。郭茂倩解引《宋书·乐志》曰:“文帝元嘉二十二年,诏颜延之造《天地郊夕牲》、《迎送神》、《飨神》雅乐登歌三(今按:《乐府诗集》作‘二’,据《宋书》‘宋南郊雅乐登歌三篇’改)篇。” ②“表海”句:《文选》卷二七作“炳海表岱”。 ③ 敷锡:施赐。

迎送神歌

维圣飨帝,维孝养[①]亲。皇乎备矣,有事上春。礼行宗祀,敬达郊禋[②]。金枝中树,广乐四陈。陟配在京,降德在民。奔精照夜,高燎炀晨。阴明浮烁,沈禜[③]深沦。告成大报,受釐元神。月御案节,星驱扶轮。遥兴远驾,曜曜振振。

① 养:《宋书》作“飨”。 ② 郊禋:古代帝王升烟祭天地的大礼。 ③ 沈禜:祭祀名。祭水以禳灾。

飨神歌

营泰畤[①]，定天衷。思心睿，谋筮从。建表蕝[②]，设郊宫。田烛置，权火通。历元旬，律首吉。饰紫坛，坎列室。中星兆，六宗秩。乾宇宴，地区谧。大孝昭，祭礼供。牲日展，盛自躬。具陈器，备礼容。形舞缀，被歌钟。望帝阍，耸神跸。灵之来，辰光溢。洁粢酌，娱太一。明辉夜，华晳日。祼既始，献又终。烟芗啓，报清穹。飨宋德，祚王功。休命永，福履充。

① 泰畤：古代天子祭天神之处。畤，古时祭天地五帝的固定处所。 ② 表蕝：古代祭祀时，用以表位之茅蕝。

宋明堂歌[①]（九首）

谢　庄[②]

迎神歌

地纽谧，乾枢回。华盖动，紫微开。旌蔽日，车若云。驾六气，乘絪缊。晔帝京，辉天邑。圣祖降，五灵[③]集。构瑶戺，耸珠帘。汉拂幌，月栖檐。舞缀畅，钟石融。驻飞景，郁行风。懋粢盛，洁牲牷。百礼肃，群司虔。皇德远，大孝昌。贯九幽，洞三光。神之安，解玉銮。景福至，万宇欢。

① 此九首录自《乐府诗集》卷二。郭茂倩解引《南齐书·乐志》曰："明堂祠五帝。汉郊祀歌皆四言。宋孝武使谢庄造辞。庄依五行数，木数用三，火数用七，土数用五，金数用九，水数用六。案《鸿范》五行，一曰水，二曰火，三曰木，四曰金，五曰土。《月令》木数八，火数七，土数五，金数九，水数六。蔡邕云：'东方有木三土五，故数八；南方有火二土五，故数七；西方有金四土五，故数九；北方有水一土五，故数六。'又纳音数，一言得土，三言得火，五言得水，七言得金，九言得木。若依《鸿范》木数用三，则应水一火二金四也。若依《月令》金九水六，则应木八火七也。当以《鸿范》一二之数，言不成文，故有取舍，而使两义并违，未详以数

立文(今按:《南齐书·乐志》作'言')为何依据也。《周颂·我将》祀文王,言皆四,其一句五,一句七。庄歌太祖也无定句。"《宋书·乐志》曰:"迎送神歌依汉郊祀,三言,四句一转韵。" ② 谢庄(421—466):南朝宋文学家。字希逸,陈郡阳夏(今河南太康)人。曾任吏部尚书,明帝时官金紫光禄大夫。能文善诗赋,名作有《怀园引》、《月赋》。有《谢光禄集》。 ③ 五灵:指麟、凤、神龟、龙、白虎,古代传说中五种灵异鸟兽。

登歌

雍台[①]辨朔,泽宫练辰[②]。洁火夕照,明水朝陈。六瑚贲室,八羽[③]华庭。昭事先圣,怀濡上灵。《肆夏》[④]式[⑤]敬,升歌发德。永固鸿基,以绥万国。

① 雍台:即辟雍,古代天子设立的大学。 ② 辰:《乐府诗集》卷二作"服",据《宋书·乐志》改。 ③ 八羽:又作"八佾",古代天子用的一种乐舞。 ④《肆夏》:古乐章名。《周礼·春官·大司乐》:"王出入则令奏《王夏》,尸出入则令奏《肆夏》,牲出入则令奏《昭夏》。" ⑤ 式:《乐府诗集》作"戒",据《宋书·乐志》改。

歌太祖文皇帝

维天为大,维圣祖是则。辰居万宇,缀旒[①]下国。内灵八辅,外光四瀛。蒿宫仰盖,日馆希旌。复殿留景,重檐结风。刮楹接纬,达响承虹。设业设虡[②]在王庭。肇禋祀,克配乎灵。我将我享,维孟之春。以孝以敬,以立我烝民。

① 缀旒:亦作"缀游",犹表率。 ② 虡:古代悬挂钟、磬的木架,其两侧的立柱叫虡。

歌青帝[①]

参映夕,驷照晨。灵乘震,司青春。雁将向,桐始蕤。柔风舞,暄光迟。萌动达,万品新。润无际,泽无垠。

① 青帝:神话中的五天帝之一,又称"苍帝"、"木帝",位于东方的司春之神。

歌赤帝[①]

龙精初见大火中，朱光北至圭景同。帝在在离实司衡，水雨[②]方降木槿荣。庶物盛长咸殷阜，恩覃四冥被九有[③]。

① 赤帝：神话中五天帝之一。《后汉书·祭祀志中》："立夏之日，迎夏于南郊，祭赤帝祝融。" ② 水雨：《南齐书·乐志》作"雨水"。 ③ 九有：九州。《诗·商颂·玄鸟》："方命厥后，奄有九有。"毛传："九有，九州也。"

歌黄帝[①]

履建[②]宅中宇，司绳御四方。裁化遍寒燠，布政周炎凉。景丽条可结，霜明冰[③]可折。凯风扇朱辰，白云流素节。分至乘结晷，启闭集恒度。帝运缉万有，皇灵澄国步。

① 黄帝：神话中的五天帝之一，中央之神。《史记·天官书》张守节正义："黄帝，中央含枢纽之帝。" ② 建：《艺文类聚》卷四三、《南齐书·乐志》作"艮"。③ 冰：《乐府诗集》卷二作"水"，据《宋书·乐志》及《艺文类聚》改。

歌白帝[①]

百川如镜，天地爽且明。云冲气举，德盛在素精。木叶初下，洞庭始扬波。夜光彻地，翻霜照悬河。庶类收成，岁功行欲宁。浃地奉渥，罄宇承秋灵。

① 白帝：神话中五天帝之一，主西方之神。《周礼·天官·大宰》"祀五帝"唐贾公彦疏："五帝者，东方青帝灵威仰，南方赤帝赤熛怒，中央黄帝含枢纽，西方白帝白招拒，北方黑帝汁光纪。"

歌黑帝[①]

岁既晏，日方驰[②]。灵乘坎，德司规。玄云合，晦鸟归[③]。白云繁，亘天涯。雷在地，时未光。饬国典，闭关梁。四节遍，万物殿。福九域，祚八乡。晨晷促，夕漏延。太阴极，微阳宣。鹊将巢，冰已解。气濡水，风动泉。

① 黑帝：神话中五天帝之一，主北方之神。 ②“岁既”句：《乐府诗集》卷二作“岁月既晏方驰”，据《宋书·乐志》及《艺文类聚》卷四三删补。《艺文类聚》作“岁既暮，日既驰”。 ③ 归：《乐府诗集》作“路”，据《艺文类聚》改。

送神歌

蕴礼容，余乐度。灵方留，景欲暮。开九重[1]，肃五达。凤参差，龙已沫。云既动，河既梁。万里照，四空香。神之车，归清都。璇庭寂，玉殿虚。睿化凝，孝风炽。顾灵心，结皇思。

① 九重：指天门，亦指天。

宋宗庙登歌[1]（八首）

王韶之

北平府君歌

绵绵遐绪，昭明[2]载融。汉德未远，尧有遗风。於穆皇祖，永世克隆。本枝惟庆，贻厥靡穷。

① 此八首录自《乐府诗集》卷八。郭茂倩解引《宋书·乐志》曰：“武帝永初中，诏庙乐用王韶之所造七庙登歌辞七首。又有七庙享神登歌一首，并以歌章太后，其辞亦韶之造。” ② 昭明：《乐府诗集》作“明昭”，据《宋书·乐志》改。

相国掾府君歌

乃立清庙，清庙肃肃。乃备礼容，礼容穆穆。显允皇祖，昭是嗣服。锡兹繁祉，聿怀多福。

开封府君歌

四县既序，箫管既举。堂献六瑚，庭万八羽。先王有典，克禋皇祖。丕显洪烈，永介休祜。

武原府君歌

钟鼓喤喤，威仪将将。温恭礼乐，致[1]享曾皇。迈德垂仁，系轨重光。天命纯嘏，惠我无疆。

① 致:《宋书·乐志》作"敬"。

东安府君歌

铄矣皇祖,帝度其心。永言配命,播兹徽音。思我茂猷,如玉如金。骏奔在陛,是鉴是歆。

孝皇帝歌

蒸哉孝皇,齐圣广渊。发祥诞庆,景祚自天。德敷金石,道被管弦。有命既集,徽风永宣。

高祖武皇帝歌

惟天有命,眷求上哲。赫矣圣武,抚运桓拨。功并敷土,道均汝坟。止戈曰武,经纬称文。鸟龙失纪,云火代名。受终改物,作我宋京。至道惟王,大业有劭。降德兆民,升歌清庙。

七庙享神歌

奕奕寝庙,奉璋在庭。笙籥既列,牺象既盈。黍稷匪芳,明祀惟馨。乐具礼充,洁羞荐诚。神之格思,介以休祯。济济群辟[①],永观厥成。

① 群辟:指公卿百官,亦指四方诸侯。

宋世祖庙歌[①](二首)

谢　庄

孝武皇帝歌

帝锡二祖,长世多祜。於穆睿考,袭[②]圣承矩。玄极弛驭,乾纽坠绪。辟我皇维,缔我宋宇。刷[③]定四海,肇构神京。复礼辑乐,散马堕城。泽牣九有,化浮八瀛。庆云承掖,甘露飞甍。肃肃清庙,徽徽闷宫。舞蹈象德,笙磬陈风。黍稷非盛,明德惟崇。神其歆止,降福无穷。

① 此二首录自《乐府诗集》卷八。 ② 袭:《乐府诗集》作"龚",据《宋书·乐志》改。 ③ 刷:《宋书·乐志》作"刊"。

宣太后歌

禀祥月辉,毓德轩光。嗣徽妫汭,思媚周姜。母临万宇,训蔼紫房。朱弦[1]玉籥,式载琼芳。

① 弦:《乐府诗集》作"玄",据《宋书·乐志》改。

宋章庙乐舞歌[1](十五首)

肃咸乐[2](二首)

殷 淡[3]

其 一

彝承孝典,恭事严圣。泱天奉贶,罄壤齐庆。司仪俱序,羽容夙彰。芬枝扬烈,黼构周张。助宝奠轩,酎珍充庭。璆县凝会,琄朱伫声。先期选礼,肃若有承。祇对灵祉,皇庆昭膺。

① 此十五首录自《乐府诗集》卷八。郭茂倩解引《宋书·乐志》曰:"章庙乐舞杂歌,悉同用太庙辞,唯三后别撰。夕牲、宾出入奏《肃咸乐》,牲出入奏《引牲乐》,荐豆呈毛血奏《嘉荐乐》,迎神奏《昭夏乐》,皇帝入庙北门奏《永至乐》,太祝祼地奏登歌,章太后室奏《章德凯容之乐》,昭太后室奏《昭德凯容之乐》,宣太后室奏《宣德凯容之乐》,皇帝还东壁受福酒奏《嘉胙之乐》,送神奏《昭夏之乐》,皇帝诣便殿奏《休成之乐》。" ②《乐府诗集》目录此题下注:"宾出入。" ③ 殷淡(生卒年不详):南朝宋文人。字夷远,原籍陈郡长平(今属河南)。殷淳弟。宋大明(457—464)间,历官殿中郎、尚书左丞、黄门吏部郎、太子中庶子,领步兵校尉。以文章见知,为当时才士。时文帝章太后庙未有乐章,乃使殷淡造新歌《肃咸乐》、《引牲乐》等。

其 二

尊事威仪,辉容昭叙。迅恭神明,粢盛牲俎。肃肃严宫,蔼蔼崇基。皇灵降祉,百祇具司。戒诚望夜,端列承朝。依微昭旦，物色轻霄[①]。鸿庆遐鬯，嘉荐令芳。翊帝明德，永祚流光。

① 霄：《乐府诗集》作“宵”，据《南齐书》改。

引牲乐[①]

维诚洁飨，维孝奠灵。敬芬黍稷，敬涤牺牲。骍茧[②]在豢，载溢载丰。以承宗祀，以肃皇衷。萧芳四举，华火周传。神监孔昭，嘉是柔牷[③]。

①《乐府诗集》目录此题下注：“牲出入。” ② 骍茧：祭祀用的赤色小牛。③ 柔牷：古代祭祀所用毛色纯一的幼畜。

嘉荐乐[①]

肇禋戒祀，礼容咸举。六典饰文，九司昭序。牲柔既昭，牺刚既陈。恭涤惟清，敬事惟神。加笾再御，兼俎重荐。节动轩越，声流金县[②]。奕奕闳幄，亹亹严闱。洁诚夕鉴，端服晨晖。圣灵戾止，翊我皇则。上绥四宇，下洋万国。永言孝飨，孝飨有容。傧僚赞列，肃肃雍雍。

①《乐府诗集》目录此题下注：“荐豆呈毛血。” ② 金县：即“金悬”。指金鼓之乐。《文选·颜延之〈皇太子释奠会作〉诗》张铣注：“金县，谓金鼓之乐也。”

昭夏乐[①]

闳宫黝黝，复殿微微。琼除肃照，钉壁彤辉。黼帟神凝，玉堂严馨。圆火夕耀，方水朝清。金枝委树，翠镫伫县。渟波澄宿，华汉浮天。恭事既夙，虔心有慕。仰降皇灵，俯宁休祚。

①《乐府诗集》目录此题下注：“迎神。”

永至乐[①]

皇明[②]鬯矣，孝容以昭。銮华羽迾，拂汉涵霄[③]。申申嘉夜，翊翊休朝。行金景送，步玉风《韶》。师承祀则，肃对禋祧。

① 郭茂倩解引《汉书·礼乐志》曰："皇帝入庙门奏《永至》，以为行步之节，犹古《采齐》、《肆夏》也。"《乐府诗集》目录此题下注："皇帝入庙门。" ② 明：《乐府诗集》作"朝"，据《宋书·乐志》改。 ③ 濇：《宋书·乐志》作"滈"，疑当作"膏"。

登　歌[①]（二首）

其　一

帝容承祀，练时涓日。九重彻关，四灵宾室。肃唱函音，庶旄委佾。休灵告飨，嘉荐尚芬。玉瑚饰列，桂簋昭陈。具司选礼，翼翼振振。

①《乐府诗集》目录此题下注："太祝祼"。

其　二

祼崇祀典，酎恭孝时。礼无爽物，信靡愧辞。精华孚鬯，诚监昭通。升歌翊节，下管调风。皇心履变，敬明尊亲。大哉孝德，至矣交神。

章德凯容乐[①]

幽瑞浚灵，表彰嫔圣。翊载徽文，敷光[②]崇庆。上纬缠祥，中维饰咏。永属辉猷，联昌景命。

①《乐府诗集》目录此题下注："章太后室"。 ② 敷光：犹普照。

昭德凯容乐[①]

刘　彧

表灵躔象，缵仪纬风。膺华丹耀，登瑞紫穹。训形霄宇，武彰宸宫。腾芬金会，写德声容。

①《乐府诗集》目录此题下注："昭太后室"。

宣德凯容乐[①]

天枢凝耀，地纽俪辉。联光腾世，炳庆翔机。薰蔼中宇，景缠上微。玉颂镂德，金籥传徽。

①《乐府诗集》目录此题下注："宣太后室"。

嘉　胙　乐[①]

殷　淡

礼荐洽，福时昌。皇圣膺嘉祐，帝业凝休祥。居极乘景运，宅德瑞中王。澄明临四表，精华延八乡。洞海周声惠，彻宇丽乾光。灵庆缠世祉，鸿烈永无疆。

①《乐府诗集》目录此题下注："受福酒"。

昭夏乐[①]（二首）

其一

大孝备，盛礼丰。神安留，嘉乐充。旋驾耸，泛青穹。延八虚，辟四空。蔼流景，肃行风。

①《乐府诗集》目录此题下注："送神"。

其二

昭融[①]教，缉风度。恋皇灵，结深慕。解羽县，辍华树。偕琼除，端玉辂。流汪涉[②]，庆国步。

① 昭融：谓光大发扬。　② 汪涉：《汉书·司马相如传下》颜师古注："汪涉，深广也。"

休成乐[①]

酾醴具登，嘉俎咸荐。飨洽诚陈，礼周乐遍。祝辞罢祼，序容辍县。跸动端庭，銮回严殿。神仪驻景，华汉亭虚。八灵案卫，三祇解途。翠盖耀澄，毕奕凝宸。玉镳息节，金辂怀音。式诚达[②]孝，底心肃感。追凭皇鉴，思承渊范。神锡懋祉，四纬昭明。仰福帝徽，俯齐庶生。

① 郭茂倩解引《汉书·礼乐志》曰："登歌再终下奏《休成之乐》，美神明既飨也。"《乐府诗集》目录此题下注："诣便殿。"　② 达：《乐府诗集》作"远"，据《宋书》改。

燕射歌辞

宋四厢乐歌[①](二十首)

王韶之

肆夏乐歌(四首)

其 一[②]

於铄我皇,体仁包元。齐明日月,比量乾坤。陶甄百王,稽则黄轩。讦谟定命,辰告四蕃。

① 此二十首录自《乐府诗集》卷一四。郭茂倩解引《宋书·乐志》曰:"王韶之造四厢乐歌五篇,一曰《肆夏乐歌》四章,客入,四厢振作《於铄曲》,皇帝当阳,四厢振作《将将曲》,皇帝入变服,四厢振作《於铄》、《将将》二曲,又黄钟、太蔟二厢作《法章》、《九功》二曲;二曰大会行礼歌二章,沽洗厢作;三曰王公上寿歌一章,黄钟厢作;四曰殿前登歌三章,别用金石;五曰食举歌十章,黄钟、太蔟二厢更作,黄钟作《晨羲》、《体至和》、《王道》、《开元辰》、《礼有容》五曲,太蔟作《五玉》、《怀荒裔》、《皇猷缉》、《惟永初》、《王道纯》五曲。"《古今乐录》曰:"按《周礼》云:'王出入奏《王夏》,宾出入奏《肆夏》。'《肆夏》本施之于宾,帝王出入则不应奏《肆夏》也。"今按:《乐府诗集》此题下有《肆夏乐歌》四章,《大会行礼歌》二章,《王公上寿歌》一章,《殿前登歌》三章,《食举歌》十章,共二十章,亦即二十首。 ②《乐府诗集》目录此题为"於铄"。

其 二[①]

将将蕃后,翼翼群僚。盛服待晨,明发来朝。飨以八珍,乐以《九韶》。仰祗天颜,厥猷孔昭。

①《乐府诗集》目录此题为"将将"。

其 三[①]

《法章》既设,初筵长舒。济济列辟,端委皇除。饮和无盈,威仪有余。温恭在位,敬终如初。

①《乐府诗集》目录此题为“法章”。

其　四[①]

九功既歌，六代惟时。被德在乐，宣道以诗。穆矣《太和》，品物咸熙。庆积自远，告成在兹。

①《乐府诗集》目录此题为“九功”。

大会行礼歌（二首）

其　一

大哉皇宋，长发其祥。纂系在汉，统源伊唐。德之克明，休有烈光。配天作极，辰居四方。

其　二

皇矣我后，圣德通灵。有命自天，诞受休祯。龙飞紫极，造我宋京。光宅宇宙，赫赫明明。

王公上寿歌

献寿爵，庆圣皇。灵祚穷二仪，休明等三光。

殿前登歌（三首）

其　一

明明大宋，缉熙皇道。则天垂化，光定天保。天保既定，肆觐万方。礼繁乐富，穆穆皇皇。

其　二

沔彼流水，朝宗天池。洋洋贡职，抑抑威仪。既习威仪，亦闲礼容。一人有则，作孚万邦。

其　三

烝哉我皇，固天诞圣。履端惟始，对越休庆。如天斯久，如日斯盛。介兹景福，永固骏命。

食举歌（十首）

其　一[①]

晨羲载曜，万物咸睹。嘉庆三朝，礼乐备举。元正肇始，典章晖明。万方毕来贺，华裔充皇庭。多士盈九位,俯仰观玉声。恂恂俯仰,载烂其辉。鼓钟震天区,礼容塞皇闱。思乐穷休庆,福履同所归。

①《乐府诗集》目录此题为"晨羲"。

其 二[①]

五玉[②]既献,三帛[③]是荐。尔公尔侯,鸣玉华殿。皇皇圣后,降礼南面。元首纳嘉礼,万邦同欢愿。休哉,君臣嘉燕。建五旗,列四县。乐有文,礼无倦。融皇风,穷一变。

①《乐府诗集》目录此题为"五玉"。 ② 五玉:古代诸侯作符信用的五种玉,即璜、璧、璋、珪、琮。 ③ 三帛:指纁帛、玄帛、黄帛,一说指赤缯、黑缯、白缯。

其 三[①]

体至和,感阴阳。德无不柔,繁休祥。瑞徽璧,应嘉钟。舞灵凤,跃潜龙。景星见,甘露坠。木连理,禾同穗。玄化洽,仁泽敷。极祯瑞,穷灵符。

①《乐府诗集》目录此题为"体至和"。

其 四[①]

怀荒裔,绥齐民。荷天祐,靡不宾。靡不宾,长世弘盛。昭明有融繁嘉庆。繁嘉庆,熙帝载。合气咸和[②],苍生欣戴。三灵协瑞,惟新皇代。

①《乐府诗集》目录此题为"怀荒裔"。 ② 合气咸和:《南齐书》作"含气感和"。

其 五[①]

王道四达,流仁布德。穷理咏乾元,垂训顺帝则。灵化侔四时,幽诚通玄默。德泽被八纮,乾宁轨万国。

①《乐府诗集》目录此题为"王道"。

其 六[①]

皇猷缉,咸熙泰。礼仪焕帝庭,要荒服遐外。被发袭缨冕，左衽回衿带。天覆地载，流泽汪涉。声教布濩德光大。

①《乐府诗集》目录此题为“皇猷缉”。

其　七[①]

开元辰，毕来王。奉贡职，朝后皇。鸣珩佩，观典章。乐王度，悦徽芳。陶盛化，游太康。丕昭明，永克昌。

①《乐府诗集》目录此题为“开元辰”。

其　八[①]

惟永初，德丕显。齐七政，敷五典。彝伦序，洪化阐。王泽流，太平始。树声教，明皇纪。和灵祇，恭明祀。衍景祚，膺嘉祉。

①《乐府诗集》目录此题为“惟永初”。

其　九[①]

礼有容，乐有仪。金石陈，干羽[②]施。迈《武》[③]《濩》[④]，均《咸池》[⑤]。歌《南风》[⑥]，舞德称。文武焕，颂声兴。

①《乐府诗集》目录此题为“礼有容”。　②干羽：古代舞者所执的舞具。文舞执羽，武舞执干。　③《武》：周代贵族用于祭祀的“六舞”之一。　④《濩》：商汤乐名。　⑤《咸池》：古乐名，亦称《大咸》，用以祭祀地神。相传为尧乐，一说为黄帝之乐，尧增修沿用。　⑥《南风》：古乐名，相传为虞舜所作。

其　十[①]

王道纯，德弥淑。宁八表，康九服。道礼让，移风俗。移风俗，永克融。歌盛美，告[②]成功。咏徽烈，邈无穷。

①《乐府诗集》目录此题为“王道纯”。　②告：《乐府诗集》作“造”，据《南齐书》改。

第六卷　南朝乐府（二）

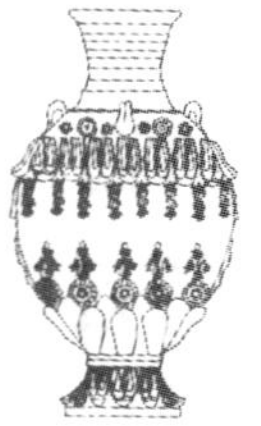

相和歌辞

平调曲

铜雀妓[①]

谢 朓[②]

繐帷飘井干，樽酒若平生。郁郁西陵树，讵闻歌吹声。芳襟染泪迹，婵娟空复情。玉座犹寂寞，况乃妾身轻。

① 此首录自《乐府诗集》卷三一。今按：此题《诗纪》卷五八、《谢宣城诗集》卷二均作《同谢咨议咏铜爵台》。 ② 谢朓（464—499）：南朝齐诗人。字玄晖，陈郡阳夏（今河南太康）人。曾任宣城太守、尚书吏部郎等职，后被萧遥光陷害，下狱死。其诗写自然景色，风格清俊，后世将其与谢灵运对举，亦称小谢。后人辑有《谢宣城集》。

清调曲

蒲生行[①]

谢 朓

蒲生广湖边，托身洪波侧。春露惠我泽，秋霜缛我色。根叶从风浪，常恐不永植。摄生各有命，岂云智与力。安得游云上，与尔同羽翼。

① 此首录自《乐府诗集》卷三五。

三妇艳诗[1]

王　融[2]

大妇织绮罗[3]，中妇织流黄。小妇独无事，挟瑟[4]上高堂。丈夫[5]且安坐，调弦讵未央[6]。

① 此首录自《乐府诗集》卷三五。　② 王融(467—493)：南朝齐文学家。字元长，琅琊临沂(今属山东)人。其诗讲究声律，与沈约等同为永明体代表作家。明人辑有《王宁朔集》。　③ 绮罗：《乐府诗集》注"一作缣绮"。　④ 瑟：《乐府诗集》注"一作琴"。　⑤ 夫：《乐府诗集》注"一作人"。　⑥ 讵未央：《乐府诗集》注"一作未渠央"。

秋胡行[1]（七首）

王　融

其　一

日月共为照，松筠俱以贞。佩分甘自远，结镜待君明。且协金兰好，方愉琴瑟情。佳人忽千里，空闺[2]积思生。

① 此七首录自《乐府诗集》卷三六。今按：此题《诗纪》卷五二作《和南海王殿下咏秋胡妻》。　② 空闺：《诗纪》作"幽闺"。

其　二

景落中轩坐，悠悠望城阙。高树升夕烟，曾楼满初月。光阴非或异，山川屡难越。辍泣掩铅姿，搔首乱云发。

其　三

倾魂[1]属徂火，摇念待方秋。凉气承宇结，明熠傃阶流。三星亦虚映，四屋惨多愁。思君如萱草，一见乃忘忧。

① 魂：《诗纪》作"魄"。

其　四

杼轴[1]郁不谐，契阔迷新故。朔风栏上发，寒鸟林间度。客远乏衣裘，岁晏饶霜露。参差兴别绪，依迟[2]起离慕。

① 杼轴：《乐府诗集》注“一作衿袖”。　② 迟：《乐府诗集》注“一作违”。

其　五

愿言如可信[1]，行迈亦云[2]反。睇景不告劳，瞻途宁遽远。何以淹归辙，蚕妾事春晚。送目乱前华，驰心迷旧婉。

① 信：《乐府诗集》作“阙”，据《诗纪》补。　② 云：《乐府诗集》作“亡”，据《诗纪》改。

其　六

椒佩容有结，振芳歧路隅。黄金徒以赋，白珪终不渝。明心良自皎，安用久踟蹰。遄车反枌巷，流目下西虞[1]。

① 西虞：古国名。在今山西省平陆县，周武王封虞仲于此，春秋时为晋所灭。

其　七

披帷惕[1]有望，出门迟所欲。彼美复来仪，惭颜变欣瞩。兰艾隔芳莸[2]，泾渭分清浊。去去夫人子，请徇川之曲。

① 惕：《乐府诗集》注“一作怅”。　② 莸：《诗纪》作“臭”。

瑟调曲

青青河畔草[1]

王　融

容容寒烟起，翘翘望行子。行子殊未归，寤寐君[2]

容辉。夜中心爱促，觉后阻河曲。河曲万里余，情交襟袖疏。珠露春华返，璇霜秋照晚。入室怨蛾眉，情归为谁婉。

① 此首录自《乐府诗集》卷三八。 ② 君：《乐府诗集》作“若”，据《诗纪》卷五七改。

蒲坂行[①]

陆 厥[②]

江南风已春，河间柳已把。雁返无南书，寸心何由写。流泊祁连山，飘飖高阙下。

① 此首录自《乐府诗集》卷四〇。郭茂倩解引《古今乐录》曰：“王僧虔《技录》有《蒲坂行》，今不歌。”《通典》曰：“河东，唐虞所都蒲坂也。汉为蒲坂县。春秋时秦晋战于河曲，即其地也。” ② 陆厥(472—499)：南朝齐诗人。字韩卿，吴郡(今江苏苏州)人。曾为太子少傅王晏主簿，迁后将军邵陵王子贞行参军。少有风概，好属文，尝与沈约论四声。永元初，其父闲被诛，其弟绛抱颈求代死，并见杀。厥坐系遇赦，感痛而卒。有集十卷，今佚。有诗十首，逯钦立辑入《先秦汉魏晋南北朝诗》。

楚调曲

玉阶怨[①]

谢 朓

夕殿下珠帘，流萤飞复息。长夜缝罗衣，思君此何极。

① 此首录自《乐府诗集》卷四三。

玉阶怨[①]

虞　炎[②]

紫藤拂花树，黄鸟度青枝。思君一叹息，苦泪应言垂。

① 此首录自《乐府诗集》卷四三。今按：此题《玉台新咏》卷一〇作《有所思》。　② 虞炎（？—约499）：南朝齐文人。会稽（今浙江绍兴）人。齐武帝永明时，官至骁骑将军。曾编定《鲍照集》，并作序，与谢朓友善，今存其诗四首，一首见《玉台新咏》卷四，余三首并附见《谢宣城集》，逯钦立辑入《先秦汉魏晋南北朝诗》。

清商曲辞

估客乐[①]

萧　赜[②]

昔经樊邓[③]役，阻潮[④]梅根渚。感忆追往事，意满辞不叙。

① 此首录自《乐府诗集》卷四八。郭茂倩解引《古今乐录》曰："《估客乐》者，齐武帝之所制也。帝布衣时，尝游樊、邓。登祚以后，追忆往事而作歌。使乐府令刘瑶管弦被之教习，卒遂无成。有人启释宝月善解音律，帝使奏之，旬日之中，便就谐合。敕歌者常重为感忆之声，犹行于世。宝月又上两曲，帝数乘龙舟，游五城江中放观，以红越布为帆，绿丝为帆牵，鍮石为篙足。篙榜者悉著郁林布，作淡黄袴，列开，使江中衣出。五城殿犹在。齐舞十六人，梁八人。"《唐书·乐志》："梁改其名为《商旅行》。"　② 萧赜(440—493)：南齐武帝，字宣远。其父萧道成，即齐高帝。赜即位后留心政事，百姓丰乐，盗贼屏息。晚年好游宴华靡之风。在位十一年，谥号武帝。《估客乐》是其诗唯一存世者。　③ 樊邓：古地名，在今湖北襄樊及河南邓县一带。　④ 阻潮：《全齐诗》卷一作"假楫"。

杨叛儿[①](八首)

其　一

截玉作手钩，七宝光平天。绣沓织成带，严帐信可怜。

① 此八首录自《乐府诗集》卷四九。郭茂倩解引《唐书·乐志》曰："《杨伴儿》，本童谣歌也。齐隆昌时，女巫之子曰杨旻，少时随母入内，及长为何后宠。童谣云：'杨婆儿，共戏来所欢。'语讹，遂成杨伴儿。"《古今乐录》曰："《杨叛儿》送声云：'叛儿教侬不复相思。'"今按：《乐府诗集》此八首作者为无名氏，列在梁武

帝之前，当为齐辞。逯钦立《先秦汉魏晋南北朝诗》录其为齐辞。

其　二

暂出白门前，杨柳可藏乌。欢作沉水香，侬作博山炉。

其　三

送郎乘艇子，不作遭风虑。横篙掷去桨，愿倒逐流去。

其　四

七宝珠络鼓，教郎拍复拍。黄牛细犊儿，杨柳映松柏。

其　五

欢欲见莲时，移湖安屋里。芙蓉绕床生，眠卧抱莲子。

其　六

闻欢远行去，送欢至新亭。津逻无侬名。

其　七

落秦中庭生，诚知非好草。龙头相钩连，见枝如欲绕。

其　八

杨叛西随曲，柳花经东阴。风流随远近，飘扬闷侬心。

阳春歌①

檀　约②

青春献初岁，白云映雕梁。兰萌犹自短，柳叶未③能长。已见红花④发，复闻绿草香。乘⑤此试游衍，谁知心独伤。

① 此首录自《乐府诗集》卷五一。 ② 檀约(生卒年不详):里籍生平无考。《全齐诗》作“檀秀才约”。 ③ 未:《全齐诗》注“一作本”。 ④ 红花:《全齐诗》作“花蕊”。 ⑤ 乘:《全齐诗》注“一作乐”。

箫史曲[①]

张融[②]

引响犹天外,吟声似地中。戴胜[③]噪落景,龙歕清霄风。

① 此首录自《乐府诗集》卷五一。 ② 张融(444—497):南朝齐文人、佛学家。字思光,吴郡吴(今为江苏苏州)人。张畅之子。历任封溪令、太子中庶子、司徒左长史。有《张融集》、《玉海集》、《大泽集》等,俱佚。今存文十余篇,诗五首。 ③ 戴胜:《乐府诗集》无“胜”字,据《全齐诗》补。戴胜,鸟名,状似雀,头有冠,五色如方胜,故称。

估客乐[①](二首)

释宝月[②]

其一

郎作十里行,侬作九里送。拔侬头上钗,与郎资路用。

① 此二首录自《乐府诗集》卷四八。今按:此二首是释宝月献给齐武帝的曲辞。 ② 释宝月(生卒年不详):南朝齐诗僧。今存诗五首,《估客乐》四首,又《行路难》一首,见《玉台新咏》卷九。

其二[①]

有信数寄书,无信心相忆。莫作瓶落井,一去无消息。

① 中华书局本《乐府诗集》校记:《玉台新咏》卷一〇此首无作者名,作《近代西曲歌》五首之二。

估客乐[①](二首)

释宝月[②]

其一

大艑珂峨头,何处发扬州。借问艑上郎,见侬所欢不。

① 此二首录自《乐府诗集》卷四八。 ②《乐府诗集》此二首未署名,据《古乐府》卷七及《诗纪》卷六二补。

其二

初发扬州时,船出平津泊。五两如竹林,何处相寻博。

共戏乐[①](四首)

其一

齐世方昌书轨同,万宇献乐列国风。

① 此四首录自《乐府诗集》卷四九。郭茂倩解引《古今乐录》曰:"《共戏乐》,旧舞十六人,梁八人。"今按:此四首《乐府诗集》未署作者,据首句可知为齐辞。

其二

时泰民康人物盛,腰鼓铃柈各相竞。

其三

长袖翩翩若鸿惊,纤腰袅袅会人情。

其四

观风采乐德化昌,圣皇万寿乐未央。

杂歌谣辞

歌辞

京兆歌[①]

陆 厥

兔园[②]夹池水,修竹复檀栾。不如黄山苑,储胥与露寒。逦迤傍无界,岑崟郁上干。上干入翠微,下趾连长薄。芳露浸紫茎,秋风摇素萼。雁起宵未央,云间月将落。照梁桂兮影徘徊,承露盘兮光照灼。寿陵之街走狐兔,金卮玉碗会销铄。愿奉蒲萄花,为君实羽爵。

① 此首录自《乐府诗集》卷八四。郭茂倩解引《通典》曰:"京兆、冯翊、扶风,皆古雍州之域。秦始皇以为内史。汉景帝二年分置左右内史。武帝改左内史为左冯翊,右内史为右扶风,后与京兆号三辅。"故赵广汉云:"乱吾治者,常二辅是也。" ② 兔园:园名。汉梁孝王所筑,后称"梁苑",亦称"梁园"。故址在今河南商丘县东。《西京杂记》卷二:"梁孝王好营宫室苑囿之乐,作曜华之宫,筑兔园。"

左冯翊歌[①]

陆 厥

上林潏紫泉,离宫赫千户。飞鸣乱凫雁,参差杂兰杜。比翼独未群,连叶谁为伍。一物或难致,无云泣易睹。

① 此首录自《乐府诗集》卷八四。

李夫人及贵人歌[①]

陆　厥

属车桂席尘，豹尾[②]香烟灭。彤殿向蘼芜，青蒲复萎绝。坐萎绝，对蘼芜。临丹阶，泣椒涂[③]。寡鹤羁雌飞且止，雕梁翠壁网蜘蛛。洞房明月夜，对此泪如珠。

① 此首录自《乐府诗集》卷八四。　② 豹尾：豹尾车的省称，用豹尾装饰的车子，帝王属车。③ 椒涂：犹言椒房。

中山王孺子妾歌（二首）[①]

陆　厥

其　一

未央才人，中山孺子，一笑倾城，一顾倾市。倾城不自美，倾市复为容。愿把陵阳[②]袖，披云望九重。

① 此二首录自《乐府诗集》卷八四。郭茂倩解引《汉书》曰："诏赐中山靖王子哙及孺子妾冰、未央才人歌诗四篇。"如淳曰："孺子，幼少称孺子。妾，宫人也。"颜师古曰："孺子，王妾之有品号者。妾，王之众妾也。冰，其名。才人，天子内官。"按，此谓以歌诗赐中山王及孺子妾、未央才人等尔，累言之，故云及也。而陆厥作歌，乃谓之中山孺子妾，失之远矣。《艺文志》又曰："临江王及愁思节士歌诗四篇，李夫人及幸贵人歌诗三篇。"亦皆累辞也。今按：《乐府诗集》此题缺"王"字，据《文选》卷二八及《玉台新咏》卷四补。　② 陵阳：即陵阳子明，古代传说中的仙人。《史记・司马相如列传》："使五帝先导兮，反太一而从陵阳。"裴骃集解引《汉书音义》："仙人陵阳子明也。"

其　二

如姬寝卧内，班婕[①]坐同车。洪波[②]陪饮帐，林光宴秦余。岁暮寒飙及，秋水落芙蕖。子瑕矫后驾，安陵泣前鱼。贱妾终已矣[③]，君子定焉如。

① 婕：《乐府诗集》注"一作妾"。　② 洪波：古台名。《韩诗外传》卷七："（赵简子）后与诸大夫饮于洪波之台。"《文选》此篇下有张铣注："洪波，赵简子台也。"

③“贱妾”句：《乐府诗集》注“一作贱妾恩已毕”。

临江王节士歌[①]

陆　厥

木叶下，江波连，秋月照浦云歇山。秋思不可裁，复带秋风来。秋风来已寒，白露惊罗纨，节士慷慨发冲冠。弯弓挂若木，长剑竦云端。

① 此首录自《乐府诗集》卷八四。

苏小小歌[①]

我乘油壁车[②]，郎乘[③]青骢马。何处结同心，西陵松柏下。

① 此首录自《乐府诗集》卷八五。郭茂倩解云，一曰《钱塘苏小小歌》。《乐府广题》曰：“苏小小，钱塘名倡也，盖南齐时人。西陵在钱塘江之西，歌云‘西陵松柏下’是也。”今按：此题《玉台新咏》卷一〇作《钱塘苏小歌》。又，《乐府诗集》称作“古辞”。以苏小小为南齐人，故此首录为齐辞，待考。　② “我乘”句：我，《玉台新咏》作“妾”。油壁车，古代一种车子，多为妇女所乘，因车壁用油涂饰，故名。　③ 乘：《玉台新咏》作“骑”。

白　日　歌[①]

张　融

白日白日，舒天照[②]晖。数穷则尽，盛满而[③]衰。

① 此首录自《乐府诗集》卷八六。郭茂倩解引张融歌序曰：“悬象著明，莫大于日月，而彼日月不能不谢。固知无准，衰为盛之终，盛乃衰之始。故为《白日歌》。”　② 照：《诗纪》卷六二作“昭”。　③ 而：《诗纪》作“则”。

王子年歌(二首)[1]

其 一

欲知其姓草肃肃,谷中最细低头熟,鳞身甲体永兴福。

① 此二首录自《乐府诗集》卷八七。郭茂倩解引《南史》曰:“齐太祖高皇帝讳道成,姓萧氏。未受命时,王子年作此歌。按谷中精细者,稻也,即道也;熟,犹成也。”

其 二

金刀利刃齐刈之[1]。

①《南史》曰:“金刀,劉(刘)字。刈,犹剪也。”言以萧齐代刘宋而有国也。

谣辞

山阴谣[1]

二傅[2]、沈[3]、刘[4],不如一丘。

① 此首录自《乐府诗集》卷八七。郭茂倩解引《南史》曰:“丘仲孚为山阴令,居职甚有声称,而百姓为此谣。前世傅琰父子、沈宪、刘玄明相继宰山阴,并有政绩,言仲孚皆过之也。” ② 二傅:指傅琰、傅翙父子。傅氏三代均曾为山阴令。③ 沈:即沈宪。南朝齐武康(今属浙江)人,字彦璋。仕宋为驾部郎,补乌程令,甚著政绩。以吏能累迁少府卿,后为西阳冠军长史,广陵太守,时称良吏。④ 刘:即刘玄明。南齐临淮人。为山阴令,有吏能,大著名绩。

史歌谣辞

歌辞

齐世昌歌①

齐世昌，四海安乐齐太平。人命长，当结久，千秋万岁皆老寿。

① 此首录自《南齐书·乐志》:《齐世昌》辞:“齐世昌……”右一曲，晋《杯盘歌》。十解，第三解云:“舞杯盘，何翩翩，举坐翻覆寿万年。”干宝云:“太康中有此舞，杯盘翻覆，至危之像。言晋世之士，苟贪饮食，智不及远。”其第一解首句云“晋世宁”，宋改为“宋世宁”。恶其杯盘翻覆，辞不复取。齐改为“齐世昌”。今按:此歌辞显然是由《晋世宁》转化而来。

谣辞

永 明 谣①

白马向城啼，欲得城边草。

① 此首录自《南齐书·五行志》:永明初，百姓歌曰:“白马……”后句间云“陶郎来”。白者金色，马者兵事。三年，妖贼唐寓之起，言唐来劳也。今按:此歌后人解释为唐寓之起义的预言。其实寓之起义不在永明三年，而是永明四年春。

永元童谣①

洋洋千里流，流翣东城头。乌马乌皮袴，三更相告诉。脚跛[2]不得起，误杀老姥子。

① 此首录自《南齐书·五行志》：永元元年，童谣曰："洋洋……"千里流者，江祏也。东城，遥光也。遥光夜举事，垣历生者乌皮裤褶往奔之。跛脚，亦遥光。老姥子，孝字之象，徐孝嗣也。今按：南齐永泰元年(498)齐明帝萧鸾死，遗诏始安王萧遥光、江祏、江祀、刘暄、徐孝嗣、萧坦之六人辅政，时称"六贵"。太子即位不久，遥光与江祏兄弟等谋废自立，事泄，江祏被诛，遥光被斩。 ② 脚跛：指萧遥光，生有躄疾。

永元中童谣[1]

野猪虽嗃嗃，马子空闾渠。不知龙与虎，饮食江南墟。七九六十三，广莫人无余。乌集传舍头，今汝得宽休。但看三八后，摧折景阳楼。

① 此首录自《南齐书·五行志》：永元中，童谣云："野猪……"识者解云，"陈显达属猪，崔慧景属马"，非也。东昏侯属猪，马子未详，梁王属龙，萧颖胄属虎。崔慧景攻台，顿广莫门死，时年六十三。乌集传舍，即所谓"瞻乌爰止，于谁之屋"。三八二十四，起建元元年，至中兴二年，二十四年也。摧折景阳楼，亦高台倾之意也。言天下将去，乃得休息也。

琴曲歌辞

白雪歌[①]

徐孝嗣[②]

风闺晚翻霭,月殿夜凝明。愿君早留[③]眄,无令春草生。

① 此首录自《乐府诗集》卷五七。郭茂倩解引谢希逸《琴论》曰:“刘涓子善鼓琴,制《阳春》、《白雪》曲。《琴集》曰:《白雪》,师旷所作商调曲也。”《唐书·乐志》曰:“《白雪》,周曲也。”张华《博物志》曰:“《白雪》者,太帝使素女鼓五十弦瑟曲名也。”高宗显庆二年,太常言《白雪》琴曲本宜合歌,今依琴中旧曲,以御制《雪诗》为《白雪》歌辞。又古今乐府奏正曲之后,皆别有送声,乃取侍臣许敬宗等和诗以为送声,各十六节。六年二月,吕才造琴歌《白雪》等曲,帝亦制歌辞十六章,皆著于乐府。 ② 徐孝嗣(453—499):南朝齐文学家。字始昌,东海郯(今属山东)人。官至尚书令。爱好文学,器量弘雅,有文集十二卷传于世。 ③ 留:《乐府诗集》注“一作流”。

蔡氏五弄

郭茂倩解引《琴历》曰:“琴曲有《蔡氏五弄》。”《琴集》曰:“《五弄》,《游春》、《渌水》、《幽居》、《坐愁》、《秋思》,并宫调,蔡邕所作也。”《琴书》曰:“邕性沉厚,雅好琴道。嘉平初,入青溪访鬼谷先生。所居山有五曲:一曲制一弄,山之东曲,常有仙人游,故作《游春》;南曲有涧,冬夏常渌,故作《渌水》;中曲即鬼谷先生旧所居也,深邃岑寂,故作《幽居》;北曲高岩,猿鸟所集,感物愁坐,故作《坐愁》;西曲灌水吟秋,故作《秋思》。三年曲成,出示马融,甚异之。”《琴议》曰:“隋炀帝以嵇氏四弄、蔡氏五弄,通谓之九弄。”今按近世作者多因题命辞,无复本意云。

渌水曲[1]

江　奂[2]

塘上蒲欲齐，汀州杜将歇。春心既易荡，春流岂难越？桂楫及晚风，菱江映初月。芳香若可赠，为君步罗袜。

① 此首录自《乐府诗集》卷五九。　② 江奂(生卒年不详)：南朝齐文人。里籍无考。与谢朓为友，《谢朓集》称"江朝请"。其所作《渌水曲》一首附见《谢宣城集》卷二《同赋杂曲名》下，又《乐府诗集》卷五九。此诗逯钦立辑入《先秦汉魏晋南北朝诗》。《隋书·经籍志》有"齐中书郎《江奂集》九卷，并录"，今佚。

杂曲歌辞

白马篇[①](二首)

孔稚珪[②]

其一

骥子跼且鸣,铁阵与云平。汉家嫖姚将,驰突匈奴庭。少年斗猛气,怒发为君征。雄戟摩白日,长剑断流星。早出飞狐塞[③],晚泊楼烦城。虏骑四山合,胡尘千里惊。嘶笳振地响,吹角沸天声。左碎呼韩阵,右破休屠兵。横行绝漠表,饮马瀚海清[④]。陇树枯无色,沙草不常青。勒石燕然道,凯归长安亭。县官知我健,四海谁不倾。但使强胡灭,何须甲第成。当令丈夫志,独为上古英。

① 此二首录自《乐府诗集》卷六三。 ② 孔稚珪(447—501):南朝齐骈文家。字德璋,会稽山阴(今属绍兴)人。萧道成为骠骑大将军时,曾使稚珪为记室参军,与江淹对掌辞笔,迁正员郎、中书郎、尚书左丞。萧道成称帝,建元末,稚珪以父忧去职。齐明帝萧鸾为骠骑大将军时,以稚珪为骠骑长史,辅国将军。稚珪以骈文著称,文多表奏,其《北山移文》最为传诵。 ③ 飞狐塞:要塞名。在今河北涞源北蔚县南。 ④ 清:《乐府诗集》注"一作汀"。

其二[①]

白马金具装,横行辽水旁。问是谁家子,宿卫羽林郎。文犀六属铠,宝剑七星光。山虚弓响彻,地迥角声长。宛河推勇气,陇蜀擅威强。轮台受降虏,高阙翦名王。射熊入飞观,校猎下长杨。英名[②]欺卫、霍,智策蔑平、良。岛夷时失礼,卉服犯边疆。征[③]兵集[④]蓟北,轻骑出渔阳。集军随日晕,挑战逐星芒。阵移龙势[⑤]动,营开虎[6]翼张。冲冠[7]入死地，攘臂越金汤。尘飞战鼓急，风交征旆扬。转斗平华地，追奔扫带方[8]。本持身许国，况复武功彰。会令千载后，流誉满旗常。

①《文苑英华》卷二〇九此首作隋炀帝诗。中华书局本《乐府诗集》校记：诗中多叙征辽事，当以《英华》为正。 ② 名：《文苑英华》注"一作雄"。 ③ 征：《乐府诗集》作"微"，据《文苑英华》改。 ④ 集：《乐府诗集》作"离"，据《文苑英华》改。 ⑤ 势：《文苑英华》注"一作膝"。 ⑥ 虎：《文苑英华》注"一作雁"。 ⑦ 冠：《文苑英华》注"一作寇"。 ⑧ 带方：郡名。带，《汉魏六朝百三名家集》作"鬼"。

齐歌行[1]

陆 厥

黄金徒满籝，不如守章句。雪宫[2]纷多士，稷下岌成覆[3]。同载双连珠[4]，合席悬河注。垂帷五行下，操笔百金赋。华屋大车方，高门驷马驱。玄豹空不食，南山隐云雾。

① 此首录自《乐府诗集》卷六四。 ② 雪宫：战国时齐国离宫名。故址在山东淄博。 ③ 覆：《乐府诗集》卷六四注"一作露"。 ④ 珠：《乐府诗集》卷六四注"一作璧"。

南郡歌[1]

陆 厥

江南可采莲，莲生荷已大。旅雁向南飞，浮云复如盖。望美积风露，疏麻成襟带。双珠惑汉皋，蛾眉迷下蔡。玉齿徒粲然，谁与启含[2]贝。

① 此首录自《乐府诗集》卷七二。 ② 含：《乐府诗集》作"舍"，据《诗纪》卷六二改。

行路难[①]

释宝月[②]

君不见孤雁关外发，酸嘶度扬越。空城客子心肠断，幽闺思妇气欲绝。凝霜夜下拂罗衣，浮云中断开明月。夜夜遥遥徒相思，年年望望情不歇。寄我匣中青铜镜，倩人为君除白发。行路难，行路难，夜闻南城汉使度，使我流泪忆长安。

① 此首录自《乐府诗集》卷七〇。　② 释宝月：《乐府诗集》作“僧宝月”。

神仙篇[①]

王　融

命驾瑶池侧[②]，过息嬴女台。长袖何靡靡，箫管清且哀。璧门凉月举，珠殿秋风回。青鸟骛高羽，王母停玉杯。举手惭为别，千年将复来。

① 此首录自《乐府诗集》卷六四。今按：此首《诗纪》卷五七作《游仙诗》。《游仙诗》共五首，并注“集云应教”。此是第三首。　② 侧：《诗纪》作“隈”，《乐府诗集》注“一作隈”。

少年子[①]

王　融

闻有东方骑，遥见上头[②]人。待君送客返，桂钗当自陈。

① 此首录自《乐府诗集》卷六六。　② 上头：古代女子至十五岁始用簪束发，叫“上头”。

望城行[①]

王 融

金城十二重，云气出表里。万户如不殊，千门反相似。车马若飞龙，长衢无极已。箫鼓相逢迎，信哉佳城市。

① 此首录自《乐府诗集》卷六八。

自君之出矣(二首)[①]

王 融

其一

自君之出矣，芳芎绝瑶卮。思君如形影，寝兴未曾离。

① 此二首录自《乐府诗集》卷六九。今按：此诗《诗纪》卷五七作《奉和代徐》二首，“代徐”指“代徐干”。

其 二

自君之出矣，金炉香不然。思君如明烛，中宵空自煎。

自君之出矣[①]

虞 羲[②]

自君之出矣，杨柳正依依。君去无消息，唯见黄鹤飞。关山多险阻，士马少光辉。流年无止极，君去何时归。

① 此首录自《乐府诗集》卷六九。 ② 虞羲(生卒年不详)：南朝齐文人。字子阳，一说字士光。会稽余姚(今属浙江)人。仕齐时，曾为始安王萧遥光侍郎。入梁为晋安王宝义前军参军。其诗颇有气势。今存诗十三首。

邯郸才人嫁为厮养卒妇[①]

谢 朓

生平宫阁里,出入侍丹墀。开笥方罗縠,窥镜比蛾眉。初别意未解,去久日生悲。憔悴不自识,娇羞余故姿。梦中忽仿佛,犹言承谳私。

① 此首录自《乐府诗集》卷七三。

曲池水[①]

谢 朓

缓步遵莓渚,披衿待蕙风。芙蕖舞轻蒂,苞笋出芳丛。浮云自西北,江海思无穷。乌去能传响,见我绿[②]琴中。

① 此首录自《乐府诗集》卷七五。 ② 绿:《乐府诗集》作"渌",据《谢宣城集》卷二改。

永明乐[①](十首)

谢 朓

其一

帝图闰[②]九有,皇风浮四溟。永明一为乐,《咸池》无复灵。

① 此十首录自《乐府诗集》卷七五。郭茂倩解引《南齐书·乐志》曰:"《永明乐歌》者,竟陵王子良与诸文士造奏之。人为十曲。道人释宝月辞颇美,武帝常被之管弦,而不列于乐官。"按此曲永明中造,故曰永明乐。 ② 闰:《古乐府》卷一〇作"开",《谢宣城诗集》卷二作"润"。

其二

民和礼乐富,世清歌颂徽。鸿名轶卷领,称首迈垂衣。

其 三

朱台郁相望，青槐纷[1]驰道。秋云湛[2]甘露，春风散芝草。

① 纷：《汉魏六朝百三名家集》作“分”。 ② 湛：露浓重的样子。《诗·小雅·湛露》：“湛湛露斯，匪阳不晞。”毛传：“湛湛，露茂盛貌。”

其 四

龙楼[1]日月照，淄馆风云清。储光[2]温似玉，藩度式如琼。

① 龙楼：汉代太子宫门名。后借指太子所居之宫。 ② 储光：谓太子的风采或美德。

其 五

化洽鳀海君，恩变龙庭长。西北骛环裘，东南尽龟象。

其 六

出车长洲苑，选旅朝夕川。络络结云骑，奕奕泛戈船。

其 七

燕驷游京洛，赵服丽有辉。清歌留上客，妙舞送将归。

其 八

实相薄五礼，妙花开六尘。明祥已玉烛，宝瑞亦金轮。

其 九

生蔑苎[1]萝性，身与嘉惠隆。飞缨入华殿，履步出重宫。

① 苎：《乐府诗集》作“苧”，据《汉魏六朝百三名家集》改。

其 十

彩凤鸣朝阳，玄鹤舞清商。瑞此永明曲，千载为金皇①。

① 为金皇:《汉魏六朝百三名家集》作“今为皇”。

江上曲①

谢朓

易阳春草出,踟蹰日已暮。莲叶尚田田,淇水不可渡。愿子淹桂舟,时同千里路。千里既相许,桂舟复容与。江上可采菱,清歌共南楚。

① 此首录自《乐府诗集》卷七七。

王孙游①

谢朓

绿草蔓②如丝,杂树红英发。无论君不归,君归芳已歇。

① 此首录自《乐府诗集》卷七四。郭茂倩解引《楚辞·招隐士》曰:“王孙游兮不归,春草生兮萋萋。”《王孙游》盖出于此。 ② 蔓:《乐府诗集》注“一作梦”。

永明乐①(十首)

王融

其一

玄符昭景历,茂实偶英声。长为南山固,永与朝日明。

① 此十首录自《乐府诗集》卷七五。

其二

灵丘比翼栖,芳林合条起。两代分宪章,一朝会书轨。

其　三

二离[1]金玉相，三衮[2]兰蕙芳。重仪文世子，再奉东平王。

① 二离：喻德行高尚的二人。离，通"螭"。一说为灵鸟，传说中的凤鸟。王逸《楚辞序》吕延济注："离之精为鸾凤，喻君子也。"　② 三衮：即三公。古代中央三种最高官衔的合称。周以太师、太傅、太保为三公；西汉以丞相、太尉、御史大夫为三公；东汉以太尉、司徒、司空为三公。

其　四

空谷返逸骖，阴山响鸣鹤。振玉蹦丹墀，怀芳步青阁。

其　五

崇文晦已明，胶庠[1]杂复整。弱台留折巾，沂川咏芳颖。

① 胶庠：周代学校名。胶为大学，庠为小学。

其　六

空[1]林去喧俗，鹿野出埃霞。香风流梵琯，泽雨散云花。

① 空：《乐府诗集》作"定"，据《古乐府》卷一〇改。

其　七

楚望倾渑涤，日馆仰銮铃。已晞五云发，方照两河清。

其　八

幸哉明盛世，壮矣帝王居。高门夜不柝，饮帐晓长舒。

其　九

总棹金陵渚，方驾玉山阿。轻露炫珠翠，初风摇绮罗。

其　十

西园抽蕙草，北沼掇芳莲。生逢永明乐，死日生之年。

思公子[①]

王　融

春尽风飒飒，兰凋木修修。王孙久为客，思君徒自忧。

① 此首录自《乐府诗集》卷七四。郭茂倩解引《楚辞·九歌》曰："雷填填兮雨冥冥，猿啾啾兮狖夜鸣。风飒飒兮木萧萧，思公子兮徒离忧。"《思公子》盖出于此。

王孙游[①]

王　融

置酒登广殿，开襟望所思。春草行已歇，何事久佳期[②]。

① 此首录自《乐府诗集》卷七四。今按：此题《诗纪》卷五七题下注："《玉台》作《春游》。"《玉台新咏》卷一〇作谢朓《春游》。　②《乐府诗集》注："一本辞同《思公子》。"

阳翟新声[①]

王　融

怀春发下蔡，含笑向阳城。耻为飞雉曲，好作鹍鸡鸣[②]。

① 此首录自《乐府诗集》卷七四。郭茂倩解引《隋书·乐志》曰："西凉乐曲《阳翟新声》、《神白马》之类。皆生于胡戎歌，非汉、魏遗曲也。"今按：此题《隋书》

作《杨泽新声》，当属西凉乐曲。 ② 鹍鸡：鸟名，这里指古曲。《文选·张衡〈南都赋〉》："《寡妇》悲吟，《鹍鸡》哀鸣。"李善注："《寡妇》曲未详，古相和歌有《鹍鸡之曲》。"

秋夜长[①]

王 融

秋夜长，夜长乐未央。舞袖拂花烛，歌声绕凤梁。

① 此首录自《乐府诗集》卷七六。郭茂倩解引魏文帝诗曰："漫漫秋夜长，烈烈北风凉。展转不能寐，披衣起彷徨。彷徨忽已久，白露沾我裳。俯视清水波，仰看明月光。"又曰："草虫鸣何悲，孤雁独南翔。郁郁多悲思，绵绵思故乡。"《秋夜长》其取诸此。

江皋曲[①]

王 融

林断山更续，洲尽江复开。云峰帝乡起，水源桐柏来。

① 此首录自《乐府诗集》卷七七。

法寿乐[①]（十二首）

王 融

歌本处[②]

天长命自短，世促道悠悠。禅衢开远驾，爱海乱轻舟。累尘曾未极，积树岂能筹。情埃何用洗，正水有清流。

① 此十二首录自《乐府诗集》卷七八。今按：此题《诗纪》卷五七作《法乐辞》。 ②《歌本处》：《诗纪》作《歌本起》。

歌灵瑞

百神肃以虔，三灵震且越。常[①]耀掩芳霄，薰风镜兰月[②]。丹荣落[③]玉墀，翠羽文朱阙。皓毳非虚来，交轮岂徒发。

① 常：《诗纪》作“恒”。 ② “薰风”句：《乐府诗集》注“一作微风动兰月”。③ 落：《乐府诗集》注“一作藻”。《诗纪》作“藻”。

歌下生

韶年春已仲，明星夜未央。千祀钟休历，万国会佳[①]祥。金容函[②]夕景，翠鬟佩晨光。表尘维净觉，泛俗乃轮皇。

① 佳：《诗纪》作“嘉”。 ② 函：《诗纪》作“涵”。

歌在宫

袭气变离宫，重析警曾殿。曼响感心神，修容展欢宴。生老终已萦，死病行当荐。方为净国游，岂结危城恋。

歌田游[①]

春木[②]多病夭，秋叶少欣荣。心骸终委灭，亲爱暂平生。长风吹北垄，迅影[③]急东瀛。知三既情竭[④]，得一乃身贞。

① 歌田游：《诗纪》作《歌四游》。 ② 木：《乐府诗集》注“一作枝”。《诗纪》作“枝”。 ③ 影：《诗纪》作“瀑”。 ④ 竭：《乐府诗集》注“一作畅”。《诗纪》作“畅”。

歌出国

飞策辞国门，端仪偃郊树。慈爱徒相思，闺中空怨[①]慕。风[②]隶乖往涂，骏足独归路。举袂谢时人，得道且还顾[③]。

① 怨：《诗纪》作“恋”。 ② 风：《诗纪》作“夙”。 ③ 顾：《诗纪》作“去”。

歌得道

明心弘十力，寂虑安[①]四禅。青禽承逸轨，文镳[②]

镜重川。鹫岩标远胜，鹿野究清玄。不有希世宝，何以导蒙[3]泉。

① 安：《乐府诗集》注“一作通”。 ② 镳：《诗纪》作“骊”。 ③ 蒙：《诗纪》作“濛”。

歌宝树[1]

亭亭宵[2]月流，朏朏晨霜结。川上不徘徊，条间问生[3]灭。灵知湛常然，符应有盈缺。感运复来仪，且厌[4]人间世[5]。

① 歌宝树：《乐府诗集》注“一作双树”。《诗纪》作“双树”。 ② 宵：《诗纪》作“双”。 ③ 问生：《诗纪》作“亟渝”。 ④ 厌：《乐府诗集》作“压”，并注“一作厌”，据《诗纪》改。 ⑤ 世：《乐府诗集》作“泄”，并注“一作世”，据《诗纪》改。

歌贤众

春山玉所府，檀林鸾所栖。引火归炎燧[1]，挹[2]水自青[3]堤。庵园无异辙，衹馆有同跻。比肩非今古，接武岂燕齐。

① 燧：《乐府诗集》作“隧”，据文义改。 ② 挹：《乐府诗集》作“揖”，据《诗纪》改。 ③ 青：《诗纪》作“清”。

歌学徒

昔余轻岁月，兹也重光阴。闺中屏铅黛，阙下挂缨簪。禅悦兼芳旨，法言恋[1]清琴。一异非能辨，宠辱[2]谁为心。

① 恋：《诗纪》注“一作忘”。 ② 宠辱：《乐府诗集》注“一作空有”。

歌供具

峻岸[1]临层穹，迢迢疏远风。腾芳清汉里，响梵高云中。金华纷冉弱，琼树郁青葱。贞心逸净景[2]，邃业嗣天宫。

① 岸：《汉魏六朝百三名家集》作“宇”。 ② 逸净景：《诗纪》作“延净景”，《汉魏六朝百三名家集》作“延净境”，《乐府诗集》于“逸”字下注“一作延”。

歌福应

影响未尝隔，晦明殊复亲。弘慈邈已远，睿后扇高尘。区中禔①景福，宇外沐深仁。万祀留国祚，亿兆庆唐民。

① 禔：《乐府诗集》作“提”，据《诗纪》改。

忧旦吟①

张融

鸣琴当春夜，春夜当鸣琴。羁人不及乐②，何似千里心。

① 此首录自《乐府诗集》卷七六。 ② 不及乐：《乐府诗集》注“一作自不乐”。

邯郸行①

陆厥

赵女擪鸣琴，邯郸纷蹞步。长袖曳三街，兼金轻一顾。有美独临风，佳人在遐路。相思欲褰衽，丛台日已暮。

① 此首录自《乐府诗集》卷七六。郭茂倩解引《通典》曰：“邯郸，战国时赵国所都，自敬侯始都之。有丛台、洪波台在焉。邯，山名；郸，尽也。”《乐府广题》曰：“《邯郸》，舞曲也。”

鼓吹曲辞

芳　树[1]

谢　朓

早玩华池阴，复鼓[2]沧洲枻[3]。旖旎[4]芳若斯，葳蕤纷可继[5]。霜下桂枝销[6]，怨与飞蓬逝[7]。不厕玉盘滋，谁怜终委细[8]。

① 此首录自《乐府诗集》卷一七。　② 鼓：《乐府诗集》作"影"，据《谢宣城集》卷二改。　③ 枻：《乐府诗集》作"泄"，据《谢宣城集》改。　④ 旖旎：《乐府诗集》作"椅柅"，据《谢宣城集》改。　⑤ 继：《乐府诗集》作"结"，据《谢宣城集》改。　⑥ 销：《乐府诗集》作"铺"，据《谢宣城集》改。　⑦ 逝：《乐府诗集》作"折"，据《谢宣城集》改。　⑧ 细：《乐府诗集》作"绝"，据《谢宣城集》改。

有所思[1]

谢　朓

佳期期未归，望望下鸣机。徘徊东陌上，月出行人稀。

① 此首录自《乐府诗集》卷一七。

临高台[1]

谢　朓

千里常思归，登台临绮翼。才见孤鸟还，未辨连山极。四面动春[2]风，朝夜起寒色。谁知[3]倦游者，嗟此故乡忆。

① 此首录自《乐府诗集》卷一八。 ② 春:《诗纪》卷八五作“清”。 ③ 知:《谢宣城集》作“识”,并注“一作念”。

齐随王鼓吹曲[①](十首)

谢 朓

元 会 曲

二仪启昌历,三朝[②]应庆期。珪贽纷成序,鞮译憬来思。分阶艴组练,充庭罗翠旗。觞流白日下,吹溢[③]景云滋。天仪穆藻殿,万宇寿[④]皇基。

① 此十首录自《乐府诗集》卷二〇。郭茂倩解云:“齐永明八年,谢朓奉镇西随王教于荆州道中作:一曰《元会曲》,二曰《郊祀曲》,三曰《钧天曲》,四曰《入朝曲》,五曰《出藩曲》,六曰《校猎曲》,七曰《从戎曲》,八曰《送远曲》,九曰《登山曲》,十曰《泛水曲》。《钧天》已上三曲颂帝功,《校猎》已上三曲颂藩德。” ② 三朝:《乐府诗集》作“三阳”,阳下并注“一作朝”。据注改。三朝,指阴历正月初一。《汉书·孙光传》:“岁之朝曰三朝。”颜师古注:“岁之朝,月之朝,日之朝,故曰三朝。” ③ 溢:《乐府诗集》作“谧”,据《诗纪》卷五八改。 ④ 寿:《乐府诗集》注“一作庆”。

郊 祀 曲

六宗禋祀岳,五畤[①]奠甘泉。整跸游九阙,清箫开八堧。锵锵玉銮动,溶溶金阵[②]旋。郊宫光已属[③],升柴礼既虔。福响灵之集,南岳固斯年。

① 五畤:又称“五畤原”,古址在今陕西凤翔县南。秦汉时为祭祀天帝的处所。 ② 阵:《汉魏六朝百三名家集》作“障”。 ③ 属:《乐府诗集》注“音注”。

钧 天 曲[①]

高宴浩天台,置酒迎风观。笙镛礼百神,钟石动云汉。瑶台[②]琴[③]瑟惊,绮席舞衣散。威凤来参差,玄鹤起凌乱[④]。已庆明庭乐,讵惭[⑤]南风弹。

① 《乐府诗集》题下注:《史记》曰:“赵简子废,五日不知人。居二日半,简子

寤，语大夫曰：'我之帝所甚欢，与百神游于钧天，广乐九奏万舞。'"钧天之命，盖取诸此。 ② 台：《乐府诗集》注"一作堂"。 ③ 琴：《乐府诗集》注"一作宝"。 ④ 起凌乱：《乐府诗集》作"起流乱"，"起"字下注"一作去"。《谢宣城集》卷二作"至凌乱"，据此改"流"为"凌"。 ⑤ 讵惭：《谢宣城集》作"谁想"。

入朝曲

江南佳丽地，金陵帝王州。逶迤带绿水，迢递起朱楼。飞甍夹驰道，垂阳荫御沟。凝笳翼高盖，叠鼓送华辀。献纳云台表，功名良可收。

出藩曲

云披紫微内，分组承明阿。飞艎游极浦①，旌节去关河。眇眇苍山色，沉沉远②水波。铙音巴渝曲，箫管③盛唐歌。夫君迈遗④德，江汉仰清和。

① 极浦：极远的水滨。《楚辞·九歌·湘君》王逸注："极，远也；浦，水涯也。"浦，《乐府诗集》注"一作遡"。 ② 远：《乐府诗集》注"一作寒"。 ③ 管：《诗纪》作"鼓"。 ④ 遗：《诗纪》作"惟"。

校猎曲

凝霜冬十月，杀盛凉飙哀①。原泽旷千里，腾骑纷②往来。平罝望烟合，烈火从风回。殪兽华容浦，张乐荆山台。虞人③昔有谕，明明时戒哉。

① 哀：《乐府诗集》注"一作开"。 ② 纷：《乐府诗集》注"一作络"。 ③ 虞人：古代掌山泽苑囿之官。

从戎曲

选旅辞①辗辕，弭节赴②河源。日起霜戈照，风回连骑翻。红尘朝夜合，黄沙③万里昏。寥戾清笳啭，萧条边马烦。自勉辍耕愿，征役去何言。

① 辞：《乐府诗集》作"乱"，据《诗纪》改。 ② 赴：《乐府诗集》注"一作趋"。 ③ 沙：《乐府诗集》作"河"，据《诗纪》改。

送远曲

北梁辞欢宴，南浦送佳人。方衢控龙马，平路骋朱轮。琼筵妙舞绝，桂席羽觞陈。白云丘陵远，山川时未因。一为清吹激，潺湲伤别巾①。

① 巾：《艺文类聚》卷四二作“神”。

登山曲

天明开秀崿，澜光媚碧堤。风荡飘莺乱①，云行②芳树低。暮春春服美，游驾凌丹梯③。升峤既小鲁，登峦且怅齐。王孙尚游衍，蕙草正萋萋。

① 飘莺乱：《乐府诗集》作“飘莺辞”，又注“一作翻莺行”，据《诗纪》将“辞”改为“乱”。 ② 云行：《乐府诗集》作“云华”，又注“一作飞行”，据《诗纪》将“华”改作“行”。 ③ 凌丹梯：《乐府诗集》于“凌”字下注“一作蹑”，在“丹”字下注“一作石”。

泛水曲

玉露①沾翠叶，金风鸣素枝。罢游平乐苑，泛鹢②昆明池。旌③旗散容裔，箫管④吹参差。日晚厌遵渚，采菱赠清漪。百年如流水，寸心宁共知。

① 露：《乐府诗集》注“一作霜”。 ② 鹢：船头上画有鹢鸟的船。 ③ 旌：《乐府诗集》注“一作羽”。 ④ 管：《乐府诗集》注“一作鼓”。

巫山高①

王　融

想像②巫山高，薄暮阳台曲。烟云③乍舒卷，猿鸟时断续④。彼美如可期，寤言纷在瞩。憮然坐相望⑤，秋风下庭绿。

① 此首录自《乐府诗集》卷一七。 ② 想像：《乐府诗集》注“一作仿佛”。 ③ 云：《玉台新咏》卷四、《汉魏六朝百三名家集》作“霞”。《谢宣城集》卷二附及《艺文类聚》卷四二皆作“华”。 ④ “烟云”二句：《乐府诗集》注“一作烟华乍卷

舒，行芳时断续”。猿鸟，《玉台新咏》作“蘅芳”。 ⑤ 望：《玉台新咏》作“思”。

芳　树[1]

王　融

相望[2]早春日，烟华杂如雾。复此佳丽人，含情结芳树。绮罗已自怜，暄[3]风多有趣。去来徘徊者，佳人不可遇。

① 此首录自《乐府诗集》卷一七。 ② 望：《全齐诗》卷二注“一作思”。③ 暄：《乐府诗集》作“萱”，据《全齐诗》注改。

有所思[1]

王　融

如何有所思，而无相见时。宿昔梦颜色，阶庭寻履綦。高张更何已，引满终自持。欲知忧能老，为视镜中丝。

① 此首录自《乐府诗集》卷一七。

临高台[1]

王　融

游人欲骋望，积步上高台。井莲当夏吐，窗桂逐秋开。花飞低不入，鸟散远时来。还看云栋[2]影，含月共徘徊。

① 此首录自《乐府诗集》卷一八。 ② 栋：《乐府诗集》注“一作阵”。

巫山高[①]

刘 绘[②]

高唐[③]与巫山,参差郁相望。灼烁在云间,氛氲出霞[④]上。散雨收夕台,行云卷晨障[⑤]。出没不易期,婵娟以[⑥]惆怅。

① 此首录自《乐府诗集》卷一七。 ② 刘绘(458—502):南朝齐文学家。字士章,彭城(今徐州)人。曾为镇军长史、骠骑咨议、太子中庶子、征北长史、大司马从事郎中等。其诗多系与谢朓、沈约等人唱和。 ③ 高唐:战国时楚国台观名。在云梦泽中。 ④ 霞:《乐府诗集》注"一作云"。 ⑤ 障:《文苑英华》卷二〇一作"帐",疑为"嶂"。 ⑥ 以:《乐府诗集》作"似",据《诗纪》卷六二改。

有所思[①]

刘 绘

别离安可再,而我[②]更重之。佳人不相见,明月空在帷。共衔满堂酌,独敛向隅眉。中心乱如雪,宁知有所思。

① 此首录自《乐府诗集》卷一七。 ② 而我:《文苑英华》卷二〇二注"一作佳人"。

巫山高[①]

虞 羲

南国多奇山,荆巫独灵异。云雨丽以佳,阳台千里[②]思。勿言可再[③]得,特美君王意。高唐一断绝,光阴不可迟。

① 此首录自《乐府诗集》卷一七。 ② 千里:《文苑英华》卷二〇一作"重怨"。 ③ 可再:《文苑英华》作"再可"。

舞曲歌辞

雅舞

齐前后舞歌（四首）

前舞阶步歌[①]（齐辞）

天挺圣哲，三方维纲。川岳伊宁，七耀重光。茂育万物，众庶咸康。道用潜通，仁施遐扬。德厚坤极，功高昊苍。舞象盛容，德以歌章。八音既节，龙跃凤翔。皇基永树，二仪等长。

① 此首录自《乐府诗集》卷五二。郭茂倩解引《隋书·乐志》曰："近代舞出入皆作乐，谓之阶步，咸用《肆夏》，至梁去之，隋复用焉。即周官所谓乐出入奏钟鼓也。"《古今乐录》曰："何承天云：今舞出乐谓之阶步。蕤宾厢作。寻《仪礼》谯、饮、射三乐，皆云席工于西阶上，大师升自西阶北面东上，相者坐受瑟，乃降笙入，立于县中北面，乃合乐工，歌《鹿鸣》、《四牡》、《周南》。今直谓之阶步，而承天又以为出乐，俱失之矣。"

前舞凯容歌[①]（宋辞）

於赫景命，天鉴是临。乐来伊阳，礼作惟阴。歌自德富，舞由功深。庭列宫县，陛罗瑟琴。翿籥繁会，笙磬谐音。《箫韶》虽古，九奏在今。导志和声，德音孔宣。光我帝基，协灵配乾。仪刑六合，化穆自宣。如彼云汉，为章于天。熙熙万类，陶和当年。击辕中韶，永世弗骞。

① 此首录自《乐府诗集》卷五二。郭茂倩解引《南齐书·乐志》曰："宋前后舞歌二章，齐微改革，多仍旧辞。《宣烈舞》执干戚，用魏武始舞冠服，《凯容舞》执

羽籥，用魏《咸熙舞》冠服。宋以《凯容》继《韶》为文舞，据《韶》为言。《宣烈》即是古之《大武》，今世谚呼为武王伐纣。齐初仍旧，不改宋舞名。其舞人冠服，亦相承用之。"《古今乐录》曰："宋孝武改《前舞》为《凯容》之舞，《后舞》为《宣烈》之舞。何承天《三代乐序》云：'晋《正德》、《大豫舞》，盖出于汉《昭容》、《礼容乐》，然则其声节有古之遗音焉。'晋使郭琼、宋识等造《正德》、《大豫舞》，初不言因革昭业（今按：疑当作《昭容》）等两舞，承天空谓二容，竟自无据。"按《正德》、《大豫》二舞，即出《宣武》、《宣文》、魏《大武》三舞也。《宣武》，魏《昭武舞》也。《宣文》，魏《武始舞》也。魏改《巴渝》为《昭武》，《五行》曰《大武》。今《凯容舞》执籥秉翟，即魏《武始舞》也。《宣烈舞》有矛弩，有干戚。矛弩，汉《巴渝舞》也。干戚，周武舞也。宋世止革其辞与名，不变其舞。舞相传习，至今不改。琼、识所造，正是杂用二舞，以为《大豫》耳。夷蛮之乐，虽陈宗庙，不应杂以周舞也。今按：《乐府诗集》此首下注"宋辞"，列为《齐前后舞歌》四首之二。注明"宋辞"，是沿用了宋辞，无甚改动也。

后舞阶步歌[1]（齐辞）

皇皇我后[2]，绍业盛明。涤拂除秽，宇宙载清。允执中和，以莅苍生。玄化远被，兆世轨形。何以崇德，乃作九成。妍步恂恂，雅曲芬馨。八风清鼓，应以祥祯。泽浩天下，功齐百灵。

① 此首录自《乐府诗集》卷五二。　② 后：指帝王。

后舞凯容歌[1]（宋辞）

假乐圣后，实天诞德。积美自中，王猷四塞。龙飞在天，仪刑万国。钦明惟神，临朝渊默。不言之化，品物咸得。告成于天，铭勋是勒。翼翼厥猷，亹亹其仁。从命创制，因定和神。海外有截，九国无尘。冕旒司契，垂拱临民。乃舞《凯容》，钦若天人。纯嘏孔休，万载弥新。

① 此首录自《乐府诗集》卷五二。今按：此首《乐府诗集》注云"宋辞"，系沿用宋辞也。

杂舞

齐鞞舞曲[①]（三首）

明君辞

明君创洪业，盛德在建元[②]。受命君四海，圣皇[③]应灵乾。五帝继三皇，三皇世所归。圣德应期运，天地不能违。仰之弥已高，犹天不可阶。将复结绳化，静拱天下齐。

① 此三首录自《乐府诗集》卷五四。郭茂倩解引《南齐书·乐志》曰："汉章帝造。《鞞舞歌》云'关东有贤女'，魏明帝代汉曲云'明明魏皇帝'，傅玄代魏曲作晋《洪业篇》云'宣文创洪业，盛德存泰始。圣皇应灵符，受命君四海'。今前四句错综其辞，从'五帝'至'不可阶'六句全玄辞。后二句本云'将复御龙氏，凤皇在庭栖'，又改易焉。" ② 建元：开国之后第一次建立年号。 ③ 圣皇：指齐高帝萧道成。

圣主曲辞

圣主受天命，应期则虞、唐。升旒综万机，端扆驭八方。盈虚自然数，揖让归圣明。北化陵河塞，南威越沧溟。广德齐七政，敷教腾三辰。万宇必承庆，百福咸来臻。圣皇应福始，昌德洞祐先。

明君辞

明君御四海，总鉴尽人灵。仰成恩已洽，竭忠身必荣。圣泽洞三灵，德教被八乡。草木变柯叶，川岳洞嘉祥。愉乐盛明运，舞蹈升太时。微霜永昌命，轨心长欢怡。

齐铎舞歌[1]

黄《云门》[2],唐《咸池》,虞《韶舞》,夏《夏》殷《濩》,列代有五。振铎鸣金,延《太武》。清歌发唱,形为主。声和八音,协律吕。身不虚动,手不徒举,应节合度,周期序。时奏宫角,杂之以徵羽。乐以移风,礼相辅,安有出其所。

① 此首录自《乐府诗集》卷五四。郭茂倩解引《南齐书·乐志》曰:"《铎舞歌》一曲,傅玄辞,以代魏《太和时》,徵羽(今按:《乐府诗集》作'微用之',据《南齐书》改),除'下厌众目,上从钟鼓'二句。" ②《云门》:周六舞之一,用以祭祀天神,相传为黄帝时所制。

齐公莫舞辞[1]

吾不见公莫时,吾何婴公来。婴姥时吾,思君去时。吾何零,子以耶,思君去时,思来婴,吾去时母那何,去吾。

① 此首录自《乐府诗集》卷五四。郭茂倩解引《南齐书·乐志》曰:"晋《公莫舞歌》二十章,章无定句,前是第一解,后是第十九、二十解,杂有三句,并不可晓解。建武初,明帝奏乐至此曲,言是似永明乐,流涕忆世祖云。"今按:此首虽加标点,但内容仍难解。

齐拂舞歌[1](五首)

白 鸠 辞[2]

翩翩白鸠,再[3]飞再鸣。怀我君德,来集君庭。

① 此五首录自《乐府诗集》卷五五。 ② 郭茂倩解云:"晋《白鸠舞歌》七解,齐乐所奏,是最前一解。" ③ 再:《晋拂舞歌》之《白鸠篇》作"载",下一"再"字同此。

济 济 辞[1]

畅飞畅舞[2],气流芳,追念三五,大绮黄。

① 郭茂倩解引《南齐书·乐志》曰:“晋《济济舞歌》六解,齐乐所奏,是最后一解。”按《晋书·乐志》是最前一解,疑《齐书》之误。 ② “畅飞”句:《晋书》作“畅畅飞舞”。

独禄辞[①]

独禄独禄[②],水深泥浊。泥浊尚可,水深杀我。

① 郭茂倩解引《南齐书·乐志》曰:“晋《独鹿歌》六解,齐乐所奏,是最前一解。” ② “独禄”句:《晋拂舞歌》之《独漉篇》作“独漉”。

碣石辞[①]

东临碣石,以观沧海。水河淡淡,山岛竦峙。树木丛生,百草丰茂。秋风萧瑟,洪波涌起。日月之行,若出其中。星汉粲烂,若出其里。幸甚至哉,歌以言[②]志。

① 郭茂倩解引《南齐书·乐志》曰:“晋《碣石舞歌》四章,齐乐所奏,是前一章。” ② 言:《晋拂舞歌》之《碣石篇》作“咏”。

淮南王辞[①]

淮南王,自言尊,百尺高楼与天连。我欲渡河河无梁,愿作[②]双黄鹄,还故乡。

① 郭茂倩解引《南齐书·乐志》曰:“晋《淮南王舞歌》六解,齐乐所奏,前是第一解,后是第五解。 ② 作:《晋拂舞歌》之《淮南王辞》作“化”。

齐白纻辞[①](五首)

王 俭[②]

其 一

阳春白日风花香,趋步明月舞瑶裳。

① 此五首录自《乐府诗集》卷五五。今按:《乐府诗集》此诗末注“右五曲”,即两句一曲。曲,用于歌曲或乐曲,犹支、首。故此诗为同题五首,每首两句。又《乐府诗集》正文阙“辞”字,据其目录补。 ② 王俭(452—489):南朝齐骈文家、学者。字仲宝,祖籍琅琊临沂(今属山东)。宋明帝时,官秘书丞。齐高帝代宋,封俭为南昌县公,迁左仆射,后以本官加太子詹事。齐高帝崩,遗诏以俭为侍中、

尚书令、镇军将军，又领国子祭酒、吏部尚书，改领中书监卒。其少好礼学，尤善《春秋》，今存诗八首，逯钦立辑入《先秦汉魏晋南北朝诗》。

其　二

情发金石媚笙簧，罗袿徐转红袖扬。

其　三

清歌流响绕凤梁，如惊若思凝且翔。

其　四

转眄流精艳辉光，将流将引双雁行。

其　五

欢来何晚意何长，明君驭世永歌昌。

齐世昌辞[①]

齐世昌，四海安乐齐太平。人命长，当结久，千秋万岁皆老寿。

① 此首录自《乐府诗集》卷五六。郭茂倩解引《南齐书·乐志》曰："晋《杯槃舞歌》十解，第三解云：'舞杯槃，何翩翩，举坐翻覆寿万年。'其第一解首句云'晋世宁'，宋改为'宋世宁'，恶其杯槃翻覆，辞不复取。齐改为'齐世昌'，后一解辞同。"《唐书·乐志》曰："梁谓之舞盘伎，唐隶散乐部中。"《隋书·乐志》曰："梁三朝乐第二十一设舞盘伎。"

齐明王歌辞（七首）[①]

王　融

明　王　曲

明王日月照，至乐天地和。幸息《云门》吹，复歇《咸池》歌。桂房[②]金匏悚[③]，瑶轩丝石罗。朱骐步踯躅，玄鹤舞蹉跎。露凝嘉草秀，烟度醴泉波。皇基方万祀，齐民乐如何！

① 此首录自《乐府诗集》卷五六。郭茂倩解云："《齐明王歌辞》七曲，王融应司徒教而作也。一曰《明王曲》，二曰《圣君曲》，三曰《渌水曲》，四曰《采菱曲》，五曰《清楚引》，六曰《长歌引》，七曰《散曲》。"今按：《乐府诗集》此首末注此曲"三解"。《诗纪》卷五七此题下有"应司徒教作"五字。　② 桂房：《诗纪》作"桂序"。　③ 輮：《诗纪》作"转"。

圣君曲[①]

圣君应昌历，景祚启休期。龙楼神睿道，兔园仁义基。海荡万川集，山崖百草滋。盘苗成[②]萃止，渝鞊异来思。清明动离轸，威惠[③]被殊辞。大哉君为后，何羡唐虞时。

①《乐府诗集》此首末注此曲"三解"。　② 成：疑当作"咸"。　③ 惠：《乐府诗集》注"一作怀"。

渌水曲[①]

湛露改寒司，交[②]莺变春旭。琼树落晨红，瑶塘水初渌。日霁沙溆明，风动泉[③]华烛。遵渚泛兰觞，乘漪弄[④]清曲。斗酒千金轻，寸阴百年促。何用尽欢娱，王度式如玉。

①《乐府诗集》此首末注此曲"三解"。　② 交：《乐府诗集》作"文"，据《诗纪》改。　③ 动泉：《诗纪》作"泉动"。　④ 弄：《乐府诗集》注"一作舞"。

采菱曲[①]

炎光销玉殿，凉风吹凤楼。雕辎[②]傃平隰，朱棹泊安流。金华妆翠羽，鹢首画飞[③]舟。荆姬采菱曲，越女江南讴。腾声翻叶静，发[④]响谷云浮。良时时一遇，佳人难再求。

①《乐府诗集》此首末注此曲"三解"。　② 雕辎：《乐府诗集》注"一作青辂"。　③ 飞：《乐府诗集》注"一作龙"。　④ 发：《乐府诗集》注"一作散"。

清楚引[①]

平原数千里，飞观郁岧岧。清月冏将曙，浩露零中宵。转叶渡沙海，别羽自冰辽。四面涌[②]寒色，左右竟严飙。崤渑多榛梗，京索久尘苗。逝将凭神武，奋剑荡遗妖。

①《乐府诗集》此首末注此曲“三解”。　② 涌:《乐府诗集》注“一作通”。

长歌引[①]

周雅[②]听休明，齐德覿升平。紫烟四时合，黄河万里清。翠柳荫通街，朱阙临高城。方毂雷尘起，接袖风云生。酣笑争日夕，丝管互逢迎。徂年无促虑，长歌有余声。

①《乐府诗集》此首末注此曲“三解”。　② 周雅:周代的雅诗。

散　曲[①]

金枝湛明燎，绣幕裂芳然。层闺横绿绮，旷席缅朱缠。楚调《广陵散》，瑟柱秋风弦。轻裾中山丽，长袖邯郸妍。徐歌驻行景，迅节籥[②]浮烟。言愿圣明主，永永万斯年。

①《乐府诗集》此首末注此曲“三解”。　② 籥:《诗纪》卷五七作“瀹”。

散乐府[①]

齐凤皇衔书伎辞

皇齐启运从瑶玑[②]，灵凤衔书集紫微。和乐既洽神所依，超商卷夏耀英辉，永世寿昌声华飞。

① 此首录自《乐府诗集》卷五六。　② 瑶玑:璇玑。北斗七星中的前四颗。泛指北斗。

郊庙歌辞

齐南郊乐歌[①]（十三首）

肃咸乐[②]

谢超宗[③]

夤承宝命，严恭帝绪。奄受敷锡，升中拓宇。亘地称皇，罄天作主。月域来宾，日际奉土。开元首正，礼交乐举。六典联事，九官列序。

① 此十三首录自《乐府诗集》卷二。郭茂倩引《南齐书·乐志》曰："武帝建元二年，有司奏，郊庙雅乐歌辞、太庙登歌用褚渊，余悉用谢超宗所撰，多删颜延之、谢庄辞以为新曲，备改乐名。永明二年，又诏王俭造太庙二室及郊配辞。其南郊乐，群臣出入奏《肃咸之乐》，牲出入奏《引牲之乐》，荐豆呈毛血奏《嘉荐之乐》。凡夕牲歌，并重奏。迎神奏《昭夏之乐》，皇帝入坛东门奏《永至之乐》，升坛奏登歌，初献奏《文德宣烈之乐》，次奏《武德宣烈之乐》，太祖高皇帝配飨奏《高德宣烈之乐》，饮福酒奏《嘉胙之乐》，送神奏《昭夏之乐》，就燎位奏《昭远之乐》，还便殿奏《休成之乐》，重奏。"今按：中华书局本《乐府诗集》校引《南齐书》曰："郊庙雅乐歌辞旧使学士博士撰，搜简采用。"此郊庙雅乐歌辞不是褚渊作，不当与太庙登歌并称"用褚渊"。 ②《乐府诗集》目录注："群臣出入。" ③ 谢超宗（？—约483）：谢灵运之孙。少随父徙岭南。宋元嘉末还。好学有文辞，甚有声誉。入齐为黄门郎，后出为南郡王中军司马，以怨望免官，继赐自尽。

引牲乐[①]

皇乎敬矣，恭事上灵。昭教国祀，肃肃明明。有牲在涤，有洁[②]在俎。以荐王衷，以答神祜。陟配在京，降德在民。奔精望夜，高燎伫晨。

①《乐府诗集》目录注："牲出入。" ② 洁：《乐府诗集》作"絜"。据词义改。

嘉荐乐[1]

我恭我享，惟孟之春。以孝以敬，立我烝民。青坛奄霭，翠幕端凝。嘉俎重荐，兼藉再升。设业设虡，展容玉庭。肇禋配祀，克对上灵。

①《乐府诗集》目录注："荐豆呈毛血。"

昭夏乐[1]

惟圣飨帝，惟孝飨亲。礼行宗祀，敬达郊禋。金枝中树，广乐四陈。月御案节，星驱扶轮。遥兴远驾，曜曜振振。告成大报，受釐元神。

①《乐府诗集》注："送神。"

永至乐[1]

紫坛望灵，翠幕伫神。率天奏贽，罄地来宾。神贶并介，泯祇[2]合祉，恭昭鉴享，肃光孝祀。威蕴四灵，洞曜三光。皇德全被，大礼流昌。

①《乐府诗集》目录注："皇帝入坛东门。" ② 泯祇：中华书局本《乐府诗集》校引《南齐书》作"泯祇"，张元济校勘记："疑'泯祇'当作'氓祇'。"按作"氓祇"与上句"神贶"相对。

登 歌[1]

报惟事天，祭实尊灵。史正嘉兆，神宅崇祯。五畤昭鬯，六宗彝序。介丘望尘，皇轩肃举。

①《乐府诗集》注："升坛。"古代举行祭典、大朝会时，乐师登堂所奏的歌叫登歌。

文德宣烈乐[1]

营泰畤，定天衷。思心绪，谋筮从。田烛[2]置，权火[3]通。大孝昭，国礼融。

①《乐府诗集》目录注："初献。" ② 田烛：古代郊祭时置于田头的火烛。③权火：中华书局本《乐府诗集》校记：毛刻本作"爟火"，"权"是借字。

武德宣烈乐[①]

功烛上宙，德耀中天。风移九域，礼饰八埏。四灵晨炳，五纬宵明，膺历缔运，道茂前声。

①《乐府诗集》目录注："次奏。"

高德宣烈乐[①]

王　俭

飨帝严亲，则天光大。舄奕前古，荣镜无外。日月宣华，卿云流霭。五汉同休，六幽[②]咸泰。

①《乐府诗集》目录注："高帝配飨。"　② 六幽：指天地四方。

嘉胙乐[①]

谢超宗

皂嘉礼，承休锡。盛德符景纬，昌华应帝策。圣蔼耀昌基，融祉晖世历。声正涵月轨，书文腾日迹。宝瑞昭神图，灵贶流瑞液。我皇崇晖祚，重芬冠往籍。

①《乐府诗集》目录注："饮福酒。"

昭夏乐[①]

荐飨洽，礼乐该。神娱展，辰旆回。洞云路，拂璇阶。紫雰蔼，青霄开。眷皇都，顾玉台。留昌德，结圣怀。

①《乐府诗集》目录注："送神。"

昭远乐[①]

天以德降，帝以礼报。牲樽俯陈，柴币仰燎。事展司采，敬达瑄芗。烟贽青昊，震扬紫场。陈馨示策，肃志宗禋[②]。礼非物备，福惟诚陈。

①《乐府诗集》目录注："就燎位。"　② 宗禋：对祖先的祭祀。

休成乐[①]

昭事上祀，飨荐具陈。回銮转翠，拂景翔宸。缀县敷畅，钟石昭融。羽炫深晷，籥暄行风。肆序辍度，肃礼停文。四金[②]耸卫，六驭齐轮。

①《乐府诗集》目录注:“还便殿。” ② 四金:用金属制作的四种乐器,指錞、镯、铙、铎。

齐北郊乐歌[①](六首)

谢超宗

昭夏乐[②]

诏礼崇营,敬飨玄畤[③]。灵正丹帷,月肃紫墀。展荐登华,风县凝锵。神惟戾止,郁葆遥庄。昭望岁芬,环游辰太。穆哉尚礼,横光秉蔼。

① 此六首录自《乐府诗集》卷二。郭茂倩解引《南齐书·乐志》曰:“北郊乐,迎地神奏《昭夏之乐》,升坛奏登歌,初献奏《地德凯容之乐》,次奏《昭德凯容之乐》,送神奏《昭夏之乐》,瘗埋奏《隶幽之乐》,余辞同南郊。”《隋书·乐志》曰:“齐氏承宋,咸用元徽旧式,宗祀朝飨,奏乐俱同。惟增北郊之礼,乃元徽所阙,永明六年之所加也。唯送神之乐,宋孝建二年秋起居注云奏《肆夏》,永明中改奏《昭夏》。” ②《乐府诗集》目录注:“迎神。” ③ 玄畤:古代郊祀北方帝的地方。

登歌[①]

伫灵敬享,禋肃彝文。县动声仪,荐洁牲芬。阴祇以贶,昭司式庆。九服熙度,六农[②]祥正。

①《乐府诗集》目录注:“升坛。” ② 六农:即六谷,谓稌(稻)、黍、稷、粱、麦、苽(菰米)。

地德凯容歌[①]

缮方丘,端国阴。掩珪晷,仰灵心。诏源委,遍丘林。礼献物,乐荐音。

①《乐府诗集》目录注:“初献。”

昭德凯容乐[①]

庆图浚邈,蕴祥秘瑶。伣天[②]炳月。嫔光紫霄。邦化灵懋,闻则风调。俪德方仪,徽载以昭。

①《乐府诗集》目录注:“次奏。” ② 伣天:《诗·大雅·大明》:“大邦有子,

伣天之妹。”意谓大国有一个女儿，好比天的妹子。后以“伣天”借指皇后、公主。

昭夏乐[①]

荐神升，享序楙。淹玉俎，停金奏。宝旆转，旒驾旋。溢素景，郁紫躔。灵心顾，留辰眷。洽外瀛，瑞中县。

①《乐府诗集》目录注：“送神。”

隶幽乐[①]

后皇嘉庆，定祇玄畤。承帝休图，祇敷灵祉。筐幂周序，轩朱凝会。牲币芬坛，精明伫盖。调川瑞昌，警岳祥泰。

①《乐府诗集》目录注：“瘗埋。”

齐明堂乐歌[①]（十五首）

肃咸乐[②]（二首）

谢超宗

其一

彝承孝典，恭事严圣。浃天奉贶，罄壤齐庆。司仪具序，羽容夙章。芬枝扬烈，黼构周张。助宝奠轩，酎珍充庭。璆县凝会，琄朱伫声。先期选礼，肃若有承。祇对灵祉，皇庆昭膺。

① 此十五首录自《乐府诗集》卷二。郭茂倩解引《南齐书·乐志》曰：“武帝建元初，诏谢超宗造明堂夕牲等歌，并采用谢庄辞。宾出入奏《肃咸乐》，牲出入奏《引牲乐》，荐豆呈毛血奏《嘉荐乐》，迎神奏《昭夏乐》，皇帝升明堂奏《登歌》，初献奏《凯容宣烈之乐》，还东壁受福酒奏《嘉胙乐》，送神奏《昭夏乐》，并建元永明中所奏也。其《凯容宣烈乐》、《嘉胙乐》，太庙同用。” ②《乐府诗集》目录注：“宾出入。”今按：此首与下首合起来，与《宋章庙乐舞歌》（十五首）之《肃咸乐》（二首）基本相同，可见是沿用前朝歌辞。

其 二

尊事威仪,辉容昭序。迅恭明神,洁盛牲俎。肃肃严宫,蔼蔼崇基。皇灵降止,百祇具司。戒诚望夜,端烈承朝。依微昭旦,物色轻宵。

引牲乐①

惟诚洁飨,惟孝尊灵。敬芳黍稷,敬涤牺牲。骍茧在豢,载溢载丰。以承宗祀,以肃皇衷。萧芳四举,华火周传。神鉴孔昭,嘉足参牷②。

①《乐府诗集》目录注:“牲出入。”今按:此首与《宋章庙乐舞歌》(十五首)之《引牲乐》基本相同,可见是沿用前朝歌辞。 ② 嘉足参牷:《宋书·乐志》作“嘉是柔牷”。

嘉荐乐①(二首)

其 一

肇禋戒祀,礼容咸举。六典饰文,九司炤序。牲柔既昭,牺刚既陈。恭涤惟清,敬事惟神。加笾再御,兼俎兼荐。节动轩越,声流金县。

①《乐府诗集》目录注:“荐豆呈毛血。”今按:此首与下首合起来,与《宋章庙乐舞歌》(十五首)之《嘉荐乐》基本相同,可见是沿用前朝歌辞。

其 二

奕奕闳幄,亹亹严闱。洁诚夕鉴,端服晨晖。圣灵戾止,翊我皇则。上绥四宇,下洋万国。永言孝飨,孝飨有容。宾僚赞列,肃肃雍雍。

昭夏乐①

地纽谧,乾枢回。华盖动,紫微开。旌蔽日,车若云。驾六气,乘烟煴。烨帝京②,耀天邑。圣祖降,五云集。懋粢盛,洁牲牷。百礼肃,群司虔。皇德远,大孝昌。贯九幽,洞三光。神之安,解玉銮。昌福至,万宇欢。

①《乐府诗集》目录注:"迎神。" ② 京:《乐府诗集》卷二作"景",据同卷前《宋明堂歌·迎神歌》改。

登　歌[①]

雍台辨朔,泽宫[②]选辰。洁火夕炤,明水朝陈。六瑚贲室,八羽华庭。昭事先圣,怀濡上灵。《肆夏》式敬,升歌发德。永固洪基,以绥万国。

①《乐府诗集》目录注:"升明堂。" ② 泽宫:古代习射取士之所。

凯容宣烈乐[①]

醽醴具登,嘉俎咸荐。飨洽诚陈,礼周乐遍。祝辞罢祼,序容辍县。跸动端庭,銮回严殿。神仪驻景,华汉高虚。八灵案卫,三祇[②]解途。翠盖澄耀[③],罼帝凝晨。玉镳[④]息节,金辂怀音。式诚达孝,底心肃感。追凭皇鉴,思承渊范。神锡懋祉,四纬昭明。仰福帝徽,俯齐庶生。

①《乐府诗集》目录注:"初献。"今按:此首与《宋章庙舞歌》(十五首)之《休成乐》基本相同,可见是沿用前朝歌辞。 ② 祇:《乐府诗集》作"代",据《宋书·乐志》改。 ③ 澄耀:《乐府诗集》作"耀澄",据《南齐书·乐志》改。 ④ 镳:《乐府诗集》作"镳",据《南齐书·乐志》改。

青 帝 歌

参映夕,驷昭晨。灵乘震,司青春。雁将向,桐始蕤。和风舞,暄光迟。萌动达,万品亲。润无际,泽无垠。

赤 帝 歌[①]

龙精初见大火中,朱光北至圭景同。帝在在离实司衡,雨水方降木槿荣。庶物盛长咸殷阜,恩泽四溟被九有。

①《乐府诗集》于此首末注有"下逸"二字。《南齐书·乐志》无。

黄帝歌

履艮宅中宇，司绳总四方。裁化遍寒燠，布政司炎凉。至分乘经晷，闭启集恒度。帝晖缉万有，皇灵澄国步。

白帝歌

百川若镜，天地爽且明。云冲气举，盛德在素精。庶类收成，岁功行欲宁。浃地奉渥，罄宇承帝灵。

黑帝歌

岁既暮，日方驰。灵乘坎，德司规。玄云合，晦鸟归[①]。白云繁，亘天涯。晨晷促，夕漏延。太阴极，微阳宣。

① 归:《乐府诗集》作“蹊”，据《艺文类聚》卷四三改。

嘉胙乐

礼荐洽，福祚昌。圣皇膺嘉祐，帝业凝休祥。居极乘景运，宅德瑞中王。澄明临四奥，精华延八乡。洞海同声憓，澈宇丽乾光[①]。灵庆缠世祉，鸿烈永无疆。

① 乾光:日光。喻君王的恩泽。

昭夏乐[①]

蕴礼容，余乐度。灵方留，景欲暮。开九重，肃五达。凤参差，龙已沫。云既动，河既梁。万里照，四空香。神之车，归清都。琼庭寂，玉殿虚。鸿化凝，孝风炽。顾灵心，结皇思。鸿庆遐鬯，嘉荐令芳。翊帝明德，永祚深光。

① 此首作者《乐府诗集》作“谢庄”。谢庄系南朝刘宋时期辞赋家，《乐府诗集》将此首置于“齐明堂乐歌十五首”之内，显然是齐沿用前朝乐歌，并组成其明堂乐歌不可或缺的部分，故依其例仍将此首置于“齐明堂乐歌十五首”之中，为保持体例统一，不再署名“谢庄”，谨作说明。

齐藉田乐歌[①]（二首）

江　淹[②]

迎送神升歌

羽銮从动，金驾时游。教腾义镜，乐缀礼修。率先丹耦[③]，躬遵绿畴。灵之圣之，岁殷泽柔。

① 此二首录自《乐府诗集》卷三。郭茂倩解引《南齐书·乐志》曰："藉田歌，汉章帝元和元年，班固奏用《周颂·载芟》祠先农（今按：《乐府诗集》卷三脱'用'字，《南齐书》误'商'字，据《南齐书》补'用'字，又据《诗·周颂》改'商'字）。晋傅玄作《祀先农先蚕夕牲歌》诗一篇，《迎送神》一篇，《飨社稷先农先圣先蚕歌》诗三篇，辞皆叙田农事。胡道安作《先农飨神诗》一篇，乐府相传旧歌三章。永明四年藉田，诏江淹造歌。淹不依胡傅（今按：《乐府诗集》作'故传'，据《南齐书》改）制《祀先农迎送神升歌》及《飨神歌》二章。"今按：齐永明四年（486），诏江淹作此歌。故此歌为齐辞。　② 江淹（444—505）：南朝宋、齐、梁诗人，辞赋家。字文通，原籍济阳考城（今河南兰考），先世于晋渡江时迁住江南。幼时即有才名，后入始安王刘子真幕，教授五经。建平王刘景慕其名，招入幕下。其恃才傲物，曾被诬下狱。宋时曾任参军。齐时迁中书侍郎，出为建武将军、庐陵内史，还京为尚书左丞兼领国子博士。梁时授散骑常侍。有《恨赋》、《别赋》较驰名。　③ 丹耦：古代行藉田礼用的农具，因涂成赤色，故称。

飨 神 歌

琼斝既饰，绣簋以陈。方燮嘉种，永毓宵民。

齐太庙乐歌[①]（二十一首）

肃 咸 乐[②]

谢超宗

洁诚底孝，孝感禋霜。贪仪式序，肃礼绵张。金华树藻，肃哲腾光。殷殷升奏，严严阶庠。匪椒匪玉，是降是将。懋分神衷，翊祐传昌。

① 此二十一首录自《乐府诗集》卷九。郭茂倩解引《南齐书·乐志》曰："宋

升明中，太祖为齐王，令司马褚渊造太庙登歌二章。建元初，诏谢超宗造庙乐歌诗十六章。永明二年，又诏王俭造太庙二室歌辞。其夕牲、群臣出入奏《肃咸乐》，牲出入奏《引牲乐》，荐豆呈毛血奏《嘉荐乐》，迎神奏《昭夏乐》，皇帝入庙北门奏《永至乐》，太祝祼地奏《登歌》，皇祖广（今按：《乐府诗集》作“庙”，据《南齐书》改）陵丞、太中大夫、淮阴令、皇曾祖即丘令、皇祖太常卿五室，并奏《凯容乐》，皇考宣皇帝室奏《宣德凯容乐》，昭皇后室奏《凯容乐》，皇帝还东壁上福酒奏《永祚乐》，送神奏《肆夏乐》，皇帝诣便殿奏《休成乐》，太祖高皇帝室奏《高德宣烈乐》，穆皇后室奏《穆德凯容乐》，高宗明皇帝室奏《明德凯容乐》。”《古今乐录》曰：“梁何佟之周舍等议，以为《周礼》牲出入奏《昭夏》，而齐氏仍宋仪注，迎神奏《昭夏》，牲出入更奏《引牲乐》，乃以牲牢之乐用接祖宗之灵，宋季之失礼也。”

②《乐府诗集》目录注：“群臣出入。”

引牲乐①

肇祀严灵，恭礼尊国。达敬传②典，结孝陈则。芬涤③既肃，牺牷既整。夆诚流思，端仪选景。肆礼伫夜，绵乐望晨。崇席皇鉴，用飨明神。

①《乐府诗集》目录注：“牲出入。” ②传：《南齐书》作“敷”。 ③芬涤：指祭祀前的斋戒沐浴，然后以牺牲躬朝之。

嘉荐乐①

清思眑眑，闳寝微微。恭言载感，肃若有希。芬俎具陈，嘉荐兼列。凝馨烟扬，分炤星晢②。睿灵式降，协我帝道。上澄五纬，下陶八表。

①《乐府诗集》目录注：“荐豆呈毛血。” ②晢：《乐府诗集》作“哲”。《南齐书》作“晢”，据改。

昭夏乐①

涓辰②选气，展礼恭祇。重闱月洞，层牖烟施。载虚玉鬯，载受金枝。天歌折飨，云舞罄仪。神惟降止，泛景凝羲。帝华永蔼，泯藻方摛。

①《乐府诗集》目录注：“迎神。” ②涓辰：选择吉利的时辰。

永至乐[1]

戏蹊惟则，姬经式序。九司联事，八方承宇。銮迾静陈，缦乐具举。凝旒若慕，倾璜载伫。振振琼卫，穆穆礼容。载蔼皇步，式敷帝踪。

①《乐府诗集》目录注："皇帝入庙门。"

登歌[1]

清明既卷，大孝乃熙。天仪睟怆，皇心俨思。既芬房豆，载洁牷牲。郁祼升礼，锠玉登声。茂对幽严，式奉徽灵。以享以祀，惟感惟诚。

①《乐府诗集》目录注："太祝祼。"

凯容乐[1]

国昭惟茂，帝穆惟崇。登祥纬远，缔世景融。纷纶睿绪，庵蔚王风。明进厥始，浚哲文终。

①《乐府诗集》目录注："广陵丞室。"

凯容乐[1]

琼条夤蔚，琼源浚照。懋矣皇烈，载挺明劭。永言敬思，式恭惟教。休途良乂，荣光有耀。

①《乐府诗集》目录注："太中大夫室。"

凯容乐[1]

严宗正典，崇飨肇禋。九章[2]既饰，三清[3]既陈。昭恭皇祖，承假徽神。贞祐伊协，卿蔼是邻。

①《乐府诗集》目录注："淮阴令室。"　② 九章：古代帝王冕服上的九种图案。　③ 三清：即清酒，亦称"三酒"，即事酒、昔酒、清酒。

凯容乐[1]

肃惟敬祀，洁事参芗。环袨像缀，缅密丝簧。明明烈祖，尚锡龙光。粤《雅》于姬，伊《颂》在商。

①《乐府诗集》目录注："即丘令室。"

凯容乐[①]

神宫懋邺，明寝昌基。德凝羽缀，道哤容辞。假我帝绪，懿我皇维。昭大之载，国齐之祺。

①《乐府诗集》目录注："太常卿室。"

宣德凯容乐[①]

道阙期运，义开藏用。皇矣睿祖，至哉攸纵。循规烈炤，袭矩重芬。德溢轩羲，道懋炎云。

①《乐府诗集》目录注："宣帝室。"

凯容乐[①]

月灵[②]诞庆，云瑞开祥。道茂渊柔，德表徽章。粹训宸中，仪形宙外。容蹈凝华，金羽传蔼。

①《乐府诗集》目录注："昭皇后室。" ② 月灵：月亮的代称，喻皇后、太后。

永祚乐[①]

构宸抗宇，合轸齐文。万灵载溢，百礼以殷。朱弦绕风，翠羽停云。桂樽既涤，瑶俎既薰。升荐惟诚，昭礼惟芬。降祉遥裔，集庆氤氲。

①《乐府诗集》目录此题下注："上福酒。"

肆夏乐[①]

礼既升，乐以愉。昭序溢，幽飨余。人祇哤，敬教敷。神光动，灵驾翔。芬九垓，镜八乡。福无届，祚无疆。

①《乐府诗集》目录注："送神。"

休成乐[①]

睿孝式哤，飨敬爰偏[②]。谛容辍序，佾文静县。辰仪聳跸，霄[③]卫浮銮。旒帝云舒，翠华景搏。恭惟尚烈，休明再缠。国猷[④]远蔼，昌图聿宣。

①《乐府诗集》目录注："诣便殿。" ② 偏：《诗纪》卷六三注"一作遍"。
③ 霄：《南齐书·乐志》作"宵"。 ④ 猷：《乐府诗集》作"献"，据《诗纪》改。

太庙登歌(二首)

褚　渊[1]

其　一

惟王建国,设庙凝灵。月荐流典,时祀晖经。瞻辰[2]僾思,雨露追情。简日筮晷,闳奠升文。金罍渟桂,冲幄舒薰。备僚肃列,驻景开云。

① 褚渊(435—482):南朝宋齐间文人。字彦回,祖籍河南阳翟(今河南禹县)人。初尚宋文帝女,累拜尚书右仆射。美仪貌,善容止,百僚远国使者,皆目送之。宋明帝崩,遗诏以为中书令,与袁粲同心理事。齐高帝即位,封其南康郡公,加尚书令。武帝时改授司空,骠骑将军。有集十五卷,今佚。　② 辰:《乐府诗集》作"宸",据《南齐书·乐志》改。

其　二

至飨攸极,睿孝惇礼。具物咸洁,声香合体。气昭扶幽,眇慕缠远。迎丝惊促,送佾留晚。圣衷践候,节改增怆。妙感崇深,英徽弥亮。

高德宣烈乐[1]

王　俭

悠悠草昧,穆穆经纶。乃文乃武,乃圣乃神。动龛危乱,静比斯民。诞应休命,奄有八寅。握机肇运,光启禹服[2]。义满天渊,礼昭地轴。泽靡不怀,威无不肃。戎夷竭欢,象来致福。偃风裁化,晅日敷祥。信星含曜,秬草流芳。七庙观德,六乐宣章。惟先惟敬,是飨是将。

①《乐府诗集》目录注:"高帝室。"　② 禹服:指中国九州之地。语出《书·仲虺之诰》:"表正万邦,缵禹旧服。"

穆德凯容乐[1]

大姒[2]嫔周,涂山俪禹。我后嗣徽,重规叠矩。肃肃闳宫,翔翔云舞。有飨德馨,无绝终古。

①《乐府诗集》目录注:"穆皇后室。"　② 大姒:亦作"太姒"。有莘氏之女,

周文王妻，武王之母。

明德凯容乐

多难固业，殷忧启圣。帝宗缵武，惟时执竞。起柳献祥，百堵兴咏。义虽祀夏，功符受命。远无不怀，迩无不肃。其仪济济，其容穆穆。赫矣君临，昭哉嗣服。允王惟后，膺此多福。礼以昭事，乐以感灵。八簋陈室，六舞[①]充庭。观德在庙，象德在形。四海来祭，万国咸宁。

① 六舞：六种乐舞。一谓黄帝之《云门》，尧之《咸池》，舜之《大韶》，禹之《大夏》，汤之《大濩》，武王之《大武》；一谓帗舞、羽舞、皇舞、旄舞、干舞、人舞。

齐雩祭乐歌[①]（八首）

谢 朓

迎 神 歌[②]

清明畅，礼乐新。候龙景，练贞辰。阳律亢，阴晷伏。秏下土，荐穜稑[③]。震仪警，王度乾。嗟云汉，望昊天。张盛乐，奏《云舞》。集五精，延帝祖。雩有讽，禜有秩。肓鬯芬，圭瓒瑟。灵之来，帝阍开。车煜燿，吹徘徊。停龙辀，遍观此。冻雨[④]飞，祥风靡。坛可临，尊可歆。对泯[⑤]祉，鉴皇心。

① 此八首录自《乐府诗集》卷三。郭茂倩解引《南齐书·乐志》曰："建武二年，雩祭明堂。谢朓造辞，一依谢庄，唯世祖四言也。"今按：雩祭，古代求雨的祭祀。 ② 此题《乐府诗集》作《迎神歌八解》。 ③ 穜稑：指先种后熟的谷类和后种先熟的谷类。 ④ 冻雨：疑当作"涷雨"。《尔雅·释天》："暴雨谓之涷。" ⑤ 泯：《南齐书·乐志》作"氓"。

歌世祖武皇帝

浚哲维祖，长发其武。帝出自震，重光御宇。七德攸宣，九畴[①]咸叙。静难荆舒，凝威蠡浦。昧旦丕承，夕惕刑政。化壹车书，德馨粢盛。昭星夜景，非云晓庆。衢室成阴，璧水如镜。礼充玉帛，乐被管弦。於铄在咏，陟配于天。自宫徂兆，靡爱牲牷。我将我享，永祚丰年。

① 九畴：传说中天帝赐给禹治理天下的几类大法，即《洛书》。亦泛指治理天下的大法。

歌青帝

营翼日，鸟殷宵。凝冰泮，玄蛰昭。景阳阳，风习习。女夷歌，东皇集。奠[①]春酒，秉青珪。命田祖，渥群黎。

① 奠：《乐府诗集》作"樽"，据《南齐书·乐志》改。

歌赤帝

惟此夏德德恢台，两龙既御炎精来。火景方中南讹秩，靡草云黄含桃实。族云蓊郁温风煽，兴雨祁祁黍苗遍。

歌黄帝

禀火自高明，毓金挺刚克。凉燠资成化，群方载厚德。阳季勾萌达，炎徂溽暑融。商暮百工止，岁极凌阴冲。皇流疏已清，原隰甸已平。咸言祚惟亿，敦民保齐京。

歌白帝

帝悦于兑，执矩固司藏。百川收潦，精景应徂商。嘉树离披，榆关命宾鸟。夜月如霜，秋风方袅袅。商阴肃杀，万宝咸亦遒。劳哉望岁，场功冀可收。

歌黑帝

白日短，玄夜深。招摇转，移太阴。霜钟鸣，冥陵起。星回天，月穷纪。听严风，来不息。望玄云，黝无色。曾冰洌，积羽幽。飞雪[①]至，天山侧。关梁闭，方不巡。合国吹，飨蜡宾。充微阳，究终始。百礼洽，万观臻。

① 雪：《乐府诗集》作“云”，据《南齐书·乐志》改。

送神歌

敬如在，礼将周。神之驾，不少留。蹑龙镳，转金盖。纷上驰，云之外。警七曜，诏八神。排阊阖，渡天津。有渰兴，肤寸积。雨冥冥，又终夕。俾栖粮，惟万箱。皇情畅，景命昌。

燕射歌辞

齐四厢乐歌[①]（二十首）

肆夏乐歌[②]（四首）

其　一

於铄我皇，体仁包元。齐明日月，比量乾坤。陶甄百王，稽则黄轩。讦谟定命，辰告四蕃。

① 此二十首录自《乐府诗集》卷一四。郭茂倩解引《南齐书·乐志》曰："元会大飨四厢乐，齐微改革，多仍宋旧辞。其临轩乐亦奏《肆夏》、《於铄》四章"云。今按：《乐府诗集》目录此题下注："宋辞。"内容基本同《宋四厢乐歌》（二十首），只个别字有出入。又，此目录标为"五首"，实际为五题二十首。　② 此题《乐府诗集》目录注"四章"，今改为"四首"，以下各题同此例。

其　二

将将蕃后，翼翼群僚。盛服待晨，明发来朝。飨以八珍，乐以《九韶》。仰祗天颜，厥猷孔昭。

其　三

《法章》既设，初筵长舒。济济列辟，端委皇除。饮和无盈，威仪有余。温恭在位，敬终如初。

其　四

九功既歌，六代惟时。被德在乐，宣道以诗[①]。穆矣大和，品物咸熙。庆积自远，告成在兹。

① 诗：《乐府诗集》作"时"，据《南齐书》改。

大会行礼歌（二首）

其　一

大哉皇齐，长发其祥。祚隆姬夏，道迈虞唐。德之克明，休有烈光。配天作极，辰居四方。

其　二

皇矣我后，圣德通灵。有命自天，诞授休祯。龙飞紫极，造我齐京。光宅宇宙，赫赫明明。

上寿歌

献寿爵，庆圣皇。灵祚穷二仪，休明等三光。

殿前登歌(三首)

其　一

明明齐国，缉熙皇道。则天垂化，光定天保。天保既定，肆觐万方。礼繁乐富，穆穆皇皇。

其　二

沔彼流水，朝宗天池。洋洋贡职，抑抑威仪。既习威仪，亦闲礼容。一人有则，作孚万邦。

其　三

烝哉我皇，实灵诞圣。履端惟始，对越休庆。如天斯崇，如日斯盛。介兹景福，永固洪命。

食举歌(十首)

其　一

晨羲载焕，万物咸睹。嘉庆三朝，礼乐备举。元正肇始，典章徽明。万方来贺，华夷充庭。多士盈九德，俯仰观玉声。恂恂俯仰，载烂其晖。钟鼓震天区，礼容塞皇闱。思乐穷休庆，福履同所归。

其　二

五玉既献，三帛是荐。尔公尔侯，鸣玉华殿。皇皇圣后，降礼南面。元首纳嘉礼，万邦同钦愿。休哉休哉，君臣熙宴。建五旗，列四县。乐有文，礼无倦。融皇风，穷一变。

其　三

礼至和，感阴阳，德无不柔系[1]休祥。瑞征辟[2]，应嘉钟。舞云[3]凤，跃潜龙。景星见，甘露坠。木连理，禾同穗。玄化洽，仁泽敷。极祯瑞，穷灵符。

① 系：《宋书》作"繁"。　② 征辟：《宋书》作"徽璧"。　③ 云：《宋书》作"灵"。

其　四

怀荒远，绥齐民。荷天祐，靡不宾。靡不宾，长世盛，昭明有融繁嘉庆。繁嘉庆，熙帝载。含气感和，苍生欣戴。三灵协瑞，惟新皇代。

其　五

王道四达，流仁布[1]德。穷理咏乾元，垂训从帝则。灵化侔四时，幽诚通玄默。德泽被八纮，礼章轨万国。

① 布：《乐府诗集》脱，据《宋书》补。

其　六

皇猷缉，咸熙泰。礼仪焕帝庭，要荒服遐外。被发袭缨冕，左衽回衿带。天覆地载，泽流汪涉。声教布濩德光大。

其　七

开元辰，毕来王。奉贡职，朝后皇。鸣珩佩，观典章。乐王庆，[1]悦徽芳。陶盛化，游太康。惟昌明，永克昌。

① 庆：《宋书》作"度"。

其　八

惟建元，德丕显。齐七政，敷五典。彝伦序，洪化阐。王泽流，太平始。树灵祇，恭明祀。介[1]景祚，膺嘉祉。

① 介:《乐府诗集》作“仁”,据《南齐书》改。

其 九

礼有容,乐有仪。金石陈,干羽施。迈《武》、《濩》,均《咸池》。歌《南风》,德永称。文明焕,颂声兴。

其 十

王道纯,德弥淑。宁八表,康九服。导礼让,移风俗。移风俗,永克融。歌盛美,告成功。咏休烈,邈无穷。

第七卷　南朝乐府(三)

相和歌辞

《乐府诗集》中的相和歌辞，分为七类：《相和曲》、《吟叹曲》、《四弦曲》、《平调曲》、《清调曲》、《瑟调曲》、《楚调曲》。另外，还有《相和六引》和《大曲》。一说平调、清调、瑟调三曲，皆属于《清商曲》。

南朝梁相和歌辞辑入《乐府诗集》者约一百五十首，而且七类歌辞具备，又有《相和六引》，实为难得也。

相和六引

郭茂倩解引《古今乐录》曰："张永《技录》相和有四引，一曰箜篌，二曰商引，三曰徵引，四曰羽引。箜篌引歌瑟调，东阿王辞。《门有车马客行》、《置酒篇》并晋宋齐奏之。古有六引，其宫引、角引二曲阙，宋为（今按：毛本作'唯'）箜篌引有辞，三引有歌声，而辞不传。梁具五引，有歌有辞。凡相和，其器有笙、笛、节歌、琴、瑟、琵琶、筝七种。"

宫　引[①]

沈　约[②]

八音资始君五声[③]，兴比和乐感百精。优游律吕被咸英。

① 此首录自《乐府诗集》卷二六。郭茂倩解引《晋书·乐志》曰："五声，宫为君，宫之（今按：《乐府诗集》作'之宫'，据《晋书》改）为言中也。中和之道，无往而不理焉。商为臣，商之为言强也，谓金性之坚强也。角为民，角之为言触也，谓象诸阳气，触物而生也。徵为事，徵之为言止也，言物盛则止也。羽为物，羽之为言舒也，言阳气将复，万物孳育而舒生也。是以闻宫声使人温良而宽大，闻商声使人方廉而好义，闻角声使人恻隐而仁爱，闻徵声使人乐养而好施，闻羽声使人恭

俭而好礼。"《隋书·乐志》曰:"梁有相和五引,三朝第一奏之,陈氏因焉。隋文帝开皇中,改五引为五音。惟迎气于五郊,降神奏之。《月令》所谓'孟春其音角'也。"按古有清角、清徵之流,此则当声为曲,即五音是也。《唐书·乐志》曰:"五郊迎气,各以月律而奏其音。"盖因隋旧制云。 ② 沈约(441—513):南朝梁文学家。字休文,吴兴武康(今属浙江德清)人。历仕宋、齐两代,后助梁武帝登位,为尚书仆射,封建昌县侯,后官至尚书令。与周颙等创四声八病之说,对律诗的形成有一定影响。与谢朓、王融诸人之作,注重声律,时号"永明体"。原有《四声谱》、《齐纪》、《沈约集》等,已佚。明人辑有《沈隐侯集》。 ③ 五声:指宫、商、角、徵、羽五音。

商　引[①]

沈　约

司秋纪兑奏西音,激扬钟石和瑟琴,风流福被乐愔愔。

① 此首录自《乐府诗集》卷二六。今按:题中"引",《乐府诗集》作"音",据《汉魏六朝百三名家集》改。

角　引[①]

沈　约

萌生触发岁在春,《咸池》始奏德尚仁,惉懘以息和且均。

① 此首录自《乐府诗集》卷二六。

徵　引[①]

沈　约

执衡司事宅离方,滔滔夏日火德昌,八音备举乐无疆。

① 此首录自《乐府诗集》卷二六。

羽　引[①]

沈　约

玄英纪运冬冰坼[②]，物为音本和且悦，穷高测深长无绝。

① 此首录自《乐府诗集》卷二六。　② 坼：《乐府诗集》作“折”，据《汉魏六朝百三名家集》改。

宫　引[①]

萧子云[②]

宅中为君声之始，气和而应律生子，四宫既作阴阳理。

① 此首录自《乐府诗集》卷二六。　② 萧子云（487—549）：南朝梁诗人、书法家。字景乔，南兰陵（今属江苏常州）人。通文史，善草隶书。累官至侍中、国子祭酒，领南徐州大中正。侯景之乱，他逃至晋陵，饿死于僧舍。今存诗十七首，见《先秦汉魏晋南北朝诗》。

商　引[①]

萧子云

君臣数九发凉风，三弦夷则白藏通，充谐候管和六同。

① 此首录自《乐府诗集》卷二六。

角　引[①]

萧子云

蛰虫始振音在斯，五声六律旋相为，《韶》继《夏》尽备《咸池》。

① 此首录自《乐府诗集》卷二六。

徵　引[①]

萧子云

朱明在离日长至，候气而动徵为事，六乐成文从之备。

① 此首录自《乐府诗集》卷二六。

羽　引[①]

萧子云

其音为物登玄英，制留循短位浊清，惟皇创则和且平。

① 此首录自《乐府诗集》卷二六。

公无渡河[①]

刘孝威[②]

请公无渡河，河广风威厉。樯偃落金乌，舟倾没犀枻。绀盖空严祀[③]，白马徒牲[④]祭。衔石伤寡心，崩城掩孀袂。剑飞[⑤]犹共水，魂沉理俱逝。君为川后臣[⑥]，妾作姜[⑦]妃娣。

① 此首录自《乐府诗集》卷二六。　② 刘孝威(496—549)：南朝梁文学家。彭城(今江苏徐州)人。刘孝绰弟。官任中庶子兼通事舍人。侯景作乱，孝威逃

出围城，西至安陆而卒。以五言诗见重于时。原有集，已散佚，明人辑有《刘庶子集》。 ③ 祀:《诗纪》卷八八及《汉魏六朝百三名家集》均作“祠”。 ④ 牲:《诗纪》及《汉魏六朝百三名家集》均作“生”。 ⑤ 剑飞:传说楚王命莫邪铸双剑，剑成，莫邪留其雄，而以雌献楚王。雌剑在匣中常悲鸣。南朝鲍照曾咏此传说:“双剑将离别，先在匣中鸣。烟雨交将夕，从此忽分形。雌沉吴江里，雄飞入楚城。”(见《赠故人马子乔》诗) ⑥ 臣:《文苑英华》卷二一〇注“一作神”。 ⑦ 姜:《诗纪》、毛刻本均作“江”。

相和曲

按《古今乐录》所引张永《元嘉正声技录》云，相和曲有十五曲，南朝梁文人拟作有:《江南》、《度关山》、《对酒》、《鸡鸣》、《陌上桑》、《乌生》等，或用古题，或拟新题，皆属相和曲也。

江 南 曲①

柳 恽②

汀洲采白苹，日落江南春。洞庭有归客，潇湘逢故人。故人何③不返，春华复应④晚。不道新知乐，只⑤言行路远。

① 此首录自《乐府诗集》卷二六。今按:此题为张永《元嘉正声技录》相和十五曲之三。 ② 柳恽(465—517):南朝齐梁诗人。字文畅，河东解州(今属山西永济)人。在齐官任相国右司马。入梁官任秘书监、吴兴太守。有文集及《清调论》、《棋品》等，已散佚。今存诗十八首，见《先秦汉魏晋南北朝诗》。 ③ 何:《艺文类聚》卷四二、《文苑英华》卷二一〇均作“久”。 ④ 应:《诗纪》卷七九作“将”。 ⑤ 只:《艺文类聚》作“空”。

度关山[①]

柳恽

长安[②]倡家女，出入燕南垂。惟[③]持德自美，本以容见知。旧闻关山道[④]，何事总金羁。妾心日已乱，秋风鸣细枝。

① 此首录自《乐府诗集》卷二七。今按：此题为张永《元嘉正声技录》相和十五曲之四。 ② 长安：《玉台新咏》卷五、《诗纪》卷七九作"少长"。 ③ 惟：《乐府诗集》作"与"，据《玉台新咏》改。 ④ 道：《玉台新咏》作"远"。

罗敷行[①]

萧子范[②]

城南日半上，微步弄妖姿。含情动燕俗，顾景笑齐眉。不爱柔桑尽，还忆畏蚕饥。春风若有顾，惟愿落花迟。

① 此首录自《乐府诗集》卷二八。今按：此题属《陌上桑》一脉，张永《元嘉正声技录》相和十五曲之十五。 ② 萧子范(486—549)：南朝梁诗人。字景则，南兰陵(今江苏常州)人。南齐永明中封祁阳县侯，天监初降爵为子，迁司徒主簿。丁母忧去职。后累迁司徒主簿、丹阳尹丞、南平王从事中郎。梁简文帝即位，召为光禄大夫。今存诗十首，见《先秦汉魏晋南北朝诗》。

对酒[①]

范云[②]

对酒心自足，故人来共持。方悦罗衿解，谁念发成丝。徇性[③]良为达，求名本自欺。迨君当歌日，及我倾樽时。

① 此首录自《乐府诗集》卷二七。今按：此题为张永《元嘉正声技录》相和十五曲之十。 ② 范云(451—503)：南朝齐梁间诗人。字彦龙，祖籍南乡舞阳(今

属河南泌阳)人。早年在齐竟陵王萧子良幕中,为"竟陵八友"之一。在齐任广州刺史等职,入梁后官侍中、尚书右仆射等职,深得倚重。云为当时文坛领袖,才思敏捷,《诗品》评其诗"清便宛转,如流风回雪"。原有集,已佚。今存诗四十余首。③ 性:《乐府诗集》注"一作往"。

陌上桑①

王　筠②

人传陌上桑,未晓已含光。重重相荫映,软软③自芬芳。秋胡始停马,罗敷未满筐。春蚕朝已伏④,安得久彷徨。

① 此首录自《乐府诗集》卷二八。今按:此题为张永《元嘉正声技录》相和十五曲之十五。　② 王筠(481—549):南朝梁诗人。字元礼,一字德柔,原籍琅琊临沂(今属山东)。王僧虔孙。少年清静好学,擅才名。昭明太子萧统甚爱文学士,王筠以方雅见礼,累官太子詹事。侯景之乱,居宅为盗所攻,筠惊惧坠井死。存世著作经张溥辑为《王詹事集》,在《汉魏六朝百三名家集》中。　③ 软软:《乐府诗集》注"一作软弱"。　④ 伏:《汉魏六朝百三名家集》作"老"。

对　酒①

张　率②

对酒诚可乐,此酒复芳③醇。如华良可贵④,似乳更甘珍。何当留上客,为寄掌中人。金樽清复满,玉碗亟来亲。谁能共迟暮,对酒惜⑤芳辰⑥。君歌尚未罢,却坐避梁尘。

① 此首录自《乐府诗集》卷二七。今按:此题为张永《元嘉正声技录》相和十五曲之十。　② 张率(475—527):南朝齐、梁诗人,骈文家。字士简,吴郡吴(今江苏苏州)人。齐明帝时,授太子舍人,迁尚书殿中郎。入梁,累迁秘书丞、司徒右长史,出为新安太守。今存诗二十多首,多为乐府。　③ 芳:《玉台新

咏》卷六作“能”。 ④ 贵:《文苑英华》卷一九五作“赏”。 ⑤ 惜:《玉台新咏》作“及”。 ⑥ 辰:《乐府诗集》注“一作晨”。

日出东南隅行①

张 率

朝日照屋梁，夕月悬洞房。专遽自称艳，独□②伊览光。虽资自然色，谁能弃薄妆。施著见朱粉，点画示赪黄。含贝开丹吻，如羽发清扬③。金碧既簪珥，绮縠复衣裳。方领备虫彩，曲裙杂鸳鸯。手操独茧绪，唇凝脂燥黄。

① 此首录自《乐府诗集》卷二八。今按:此题属《陌上桑》、《罗敷行》、《艳歌行》一脉。《陌上桑》曰“日出东南隅，照我秦氏楼”，题出于此也。 ② □:各种版本均阙此字。 ③ 清扬:《乐府诗集》作“青阳”，据句意改。

城上乌①

吴 均②

呜呜③城上乌，翩翩尾毕逋。凡生八九子，夜夜啼相呼。质微知虑少，体贱毛衣粗。陛下三万岁，臣至执金吾。

① 此首录自《乐府诗集》卷二八。今按:刘孝威《乌生八九子》云“城上乌，一年生九雏”，以此首句为题。 ② 吴均(469—520):南朝梁文学家。字叔庠，吴兴(今浙江湖州)人。官奉朝请。其文清拔，其诗清新，时称“吴均体”。原有集，已散佚。明人辑有《吴朝请集》，又有小说《续齐谐记》。 ③ 呜呜:《乐府诗集》作“焉焉”，据《古乐府》卷四及《诗纪》卷八一改。

陌上桑[①]

吴　均

袅袅陌上桑，荫陌复垂塘。长条映白日，细叶隐鹂黄。蚕饥妾复思，拭泪且提筐。故人宁如此[②]，离恨煎人肠。

① 此首录自《乐府诗集》卷二八。今按：此题为张永《元嘉正声技录》相和十五曲之十五。　② "故人"句：《乐府诗集》注"一作故人去如此"。

采　桑[①]

吴　均

贱妾思不堪，采桑渭城南。带减连枝绣，发乱凤凰簪。花舞依长薄，蛾飞爱绿潭。无由报君信，流涕向春蚕。

① 此首录自《乐府诗集》卷二八。今按：题属《陌上桑》一脉。此题《文苑英华》卷二〇八作《和萧洗马古意》，《诗纪》卷八二为《古意》七首之四。

江南曲[①]

沈　约

擢歌[②]发江潭，采莲渡湘南，宜[③]须闲隐处，舟浦予自谙。罗衣织成带，堕马碧玉簪。但[④]令舟楫渡，宁计路嵚嵚[⑤]。

① 此首录自《乐府诗集》卷二六。今按：此题为张永《元嘉正声技录》相和十五曲之三。　② 擢歌：即棹歌。古代巴人相互牵手边唱边跳的一种民歌。《后汉书·礼仪志下》："羽林孤儿，巴俞擢歌者六十人为六列。"　③ 宜：《诗纪》卷七二注"一作莫"。　④ 但：《文苑英华》卷二〇一注"一作且"。　⑤ 嵚嵚：《汉魏六朝百三名家集》作"崭嵚"。

日出东南隅行[①]

沈 约

朝日出邯郸,照我丛台端。中有倾城艳,顾景织罗纨。延躯似纤约,遗视若回澜。瑶妆映层绮,金服炫雕栾。幸有同匡好,西仕服秦官。宝剑垂玉贝,汗马饰金鞍。萦场类转雪,逸控似[②]腾鸾。罗衣夕解带,玉钗暮垂冠。

① 此首录自《乐府诗集》卷二八。今按:题属《陌上桑》一脉。古辞《陌上桑》:"日出东南隅,照我秦氏楼",题出于此。 ② 似:《汉魏六朝百三名家集》作"写"。

日出东南隅行[①]

萧子显[②]

大明上迢迢[③],阳城射凌霄。光照窗中妇,绝世同阿娇。明镜盘龙刻,簪羽凤凰雕。逶迤梁家髻,冉弱楚宫腰。轻纨杂重锦,薄縠间飞绡。三六前年暮,四五今年朝。蚕龙拾芳翠[④],桑陌采柔条。出入东城里,上下洛西桥。路[⑤]逢车马客,飞盖动襜轺。单衣鼠毛织,宝剑羊头销。大夫[⑥]疲应对,从[⑦]者辍衔镳。柱间徒脉脉,垣上几翘翘。女本西家宿,君自上宫要。汉马三万匹,夫婿任嫖姚。鞶囊虎头绶,左珥凫卢貂。横吹龙钟管,奏鼓象牙箫。十五张内侍,十八贾[⑧]登朝。皆笑颜郎老,尽讶董公超。

① 此首录自《乐府诗集》卷二八。 ② 萧子显(约487—535):南朝梁史学家、文学家。字景阳,南兰陵(今属江苏常州)人。齐高帝萧道成之孙。累官至吏部尚书、侍中,后出为吴太守。有《后汉书》百卷(今佚)、《南齐书》六〇卷。 ③ 迢迢:《玉台新咏》卷七作"苕苕"。 ④ "蚕龙"句:《玉台新咏》作"蚕园拾芳茧"。蚕龙,毛刻本作"蚕笼"。 ⑤ 路:《乐府诗集》作"忽",据《文苑英华》卷一

九三及《艺文类聚》卷四一改。 ⑥ 大夫:《乐府诗集》作"丈夫",据《文苑英华》及《艺文类聚》改。 ⑦ 从:《玉台新咏》及《艺文类聚》作"御"。 ⑧ 贾:《乐府诗集》作"买",据《艺文类聚》及《文苑英华》改。

江南思(二首)[①]

萧纲[②]

其一

桂楫晚应旋,历岸扣轻舷。紫荷擎钓鲤[③],银筐插短莲。人归浦口[④]暗,那得久回船。

① 此二首录自《乐府诗集》卷二六。今按:此二首,《汉魏六朝百三名家集》第一首作"江南行",第二首作"江南思"。 ② 萧纲(503—551):即梁简文帝。字世缵,南兰陵(今属江苏常州)人。武帝第三子,在位二年,为叛将侯景所杀。为太子时,常与文士徐摛、庾肩吾等作诗歌,文辞靡艳,时称"宫体"。原有集,已佚。明人辑有《梁简文帝集》。 ③ 擎钓鲤:《文苑英华》卷二〇一作"钓鲤鱼"。 ④ 口:《文苑英华》作"已"。

其二

江南有妙妓,时则应璇枢[①]。月晕芦灰缺,秋还悬炭枯。含丹和九转[②],芳树荫三[③]株。何辞天后诮,终是到[④]仙都。

① 璇枢:指北斗星。北斗第一星为枢,第二星为璇。 ② 九转:道教炼丹有一至九转之别,九转为贵。 ③ 三:《诗纪》卷六七及《文苑英华》均作"千"。 ④ 到:《文苑英华》及《诗纪》均作"列"。

度关山[①]

萧纲

关山远可度,远度复难思。直指遮归道,都护总前期。力农争地利,转战逐天时。材官蹶张皆命中,弘农越骑尽搴旗。搴旗远不息，驱虏何穷极。狼居一封难再睹，阏氏永去无容色。锐气且横行，朱旗乱日精。先屠光禄塞，却破夫人城。凯还归[2]旧里，非是炫衒功名。

① 此首录自《乐府诗集》卷二七。今按：此题为张永《元嘉正声技录》相和十五曲之四。 ② 还归：《文苑英华》卷一九八作“归还”。《汉魏六朝百三名家集》作“歌还”。

鸡鸣高树巅[1]

萧 纲

碧玉好名倡，夫婿侍中郎。桃花全覆井，金门半隐堂。时欣一来下，复比双鸳鸯。鸡鸣天尚早，东乌定未光。

① 此首录自《乐府诗集》卷二八。今按：古辞《鸡鸣》：“鸡鸣高树巅，狗吠深宫中。”取首句为题。

采 桑[1]

萧 纲

春色映空来，先发院[2]边梅。细萍重叠长，新花历乱开。连珂往淇上[3]，接幰至丛台。丛台可怜妾，当窗望飞蝶。忌跌行衫领，熨斗成褫褶[4]。寄语采桑伴，讶今春日短。枝高攀不及，叶细笼难满[5]。

① 此首录自《乐府诗集》卷二八。 ② 院：《文苑英华》卷二〇八作“水”。③ “连珂”句：《文苑英华》作“连理傍淇水”。连珂，并辔。 ④ 褫褶：《文苑英华》作“裙褶”，并且句下有“下床着珠珮，捉镜安花镊。薄晚畏蚕饥，竟采春桑叶”四句。 ⑤ 末句下，《文苑英华》有十二句：“年年将使君，历乱遣相闻。欲知琴里意，还赠锦中文。何当照梁日，还作入山云。重门皆已闭，方知客留袂。可怜黄金络，

复以青丝系。必也为人时，谁会畏夫婿。”

鸡 鸣 篇[①]

刘孝威[②]

埘鸡识将曙，长鸣高树巅。啄叶疑彰羽，排花强欲前。意气多惊举，飘扬独无侣。陈思助斗协狸膏，郈昭妬敌安金距。丹山可爱有凤凰，金门飞舞有鸳鸯。何如五德美，岂胜千里翔[③]。

① 此首录自《乐府诗集》卷二八。今按：此题为张永《元嘉正声技录》相和十五曲之十一。 ② 刘孝威：《艺文类聚》卷九一作梁简文帝，《诗纪》卷八八作刘孝威，而卷六七梁简文帝下又收此诗。这里仍依《乐府诗集》。 ③ 翔：《古乐府》卷四作“祥”。

乌生八九子[①]

刘孝威

城上乌，一年生九雏。枝轻巢本狭，风多叶早枯。氄毛不自暖，张翼强相呼。金柝严兮翠楼肃，蜃壁光兮椒泥馥。虞机衡网不得施[②]，鹰[③]鸷隼搏[④]无由逐。永愿共栖曾氏冠，同瑞周王屋。莫啼城上寒，犹贤野间[⑤]宿。羽成翩备各西东，丁年赋命有穷通。不见高飞帝辇侧，远托日轮中[⑥]。尚逢王吉箭，犹婴夏羿[⑦]弓。岂如变彩救燕质，入梦祚昭[⑧]公。留[⑨]声表师退，集幕示营空。灵台已铸像，流苏时候风。

① 此首录自《乐府诗集》卷二八。今按：此题为张永《元嘉正声技录》相和十五曲之十二。古辞《乌生》曰：“乌生八九子，端坐秦氏桂树间。”题出于此也。 ② 施：《乐府诗集》阙，据《诗纪》卷八八补。 ③《乐府诗集》“鹰”字前有“猜”字，疑是前句末“施”的异字，今删。 ④ 搏：《诗纪》及《文苑英华》皆无此字。

⑤ 间:《文苑英华》作“中”。 ⑥ 中:《乐府诗集》注“一作终”。 ⑦ 夏羿:《文苑英华》及《诗纪》皆作“后羿”。 ⑧ 昭:《汉魏六朝百三名家集》及《诗纪》皆注“一作周”。 ⑨ 留:《汉魏六朝百三名家集》及《诗纪》皆作“流”。

度关山[①]

刘 遵[②]

陇树寒色落,塞云朝欲开。谷深鼙易响,路狭幰难回。当知结绶去,非是弃繻来。行人思顾返,道别且徘徊。愿度关山鹤,劳歌立可哀。

① 此首录自《乐府诗集》卷二七。今按:此题为张永《元嘉正声技录》相和十五曲之四。 ② 刘遵(488—535):南朝梁诗人。字孝陵,原籍彭城(今徐州)。少清雅有学行,初为著作郎,累迁晋安王萧纲记室。中大通三年,为太子中庶子,宠遇莫及。大同元年卒。今存诗九首,见《先秦汉魏晋南北朝诗》。

日出东南隅行[①]

徐伯阳[②]

朱城璧日启[③]朱扉,青楼含照本晖晖。远映陌上春桑叶,斜入秦家缃绮衣。罗敷妆粉能佳丽,镜前新梳倭堕髻。圜笼袅袅挂青丝,铁钩冉冉胜丹桂。蚕饥日晚暂生愁,忽逢使君南陌头。五马[④]停珂遣借问,双脸含娇特好羞。妾婿府中轻小吏,即今来往专城里。欲识东方千骑归,霭霭日暮红尘起。

① 此首录自《乐府诗集》卷二八。今按:此题属《陌上桑》一脉。古辞《陌上桑》曰:“日出东南隅,鸡鸣高树巅。”题出于此。 ② 徐伯阳(516—581):南朝梁陈文人。字隐忍,东海(今属山东)人。敏而好学。曾任梁河东王国右常侍。文帝时,为侯安都记室。入陈,又为新安王府咨议参军。今存诗二首。 ③ 启:《乐府诗集》作“起”,据诗意改。 ④ 五马:汉时太守乘坐五匹马车,因借指太守车驾。

城上乌[①]

朱超[②]

朝飞集帝城，犹带夜啼声。近日毛虽暖，闻弦心尚惊。

① 此首录自《乐府诗集》卷二八。　② 朱超（生卒年不详）：南朝梁诗人。里籍无考。《隋书・经籍志》录"梁中书舍人《朱超集》一卷"。《诗纪》谓"朱超、朱超道、朱越，各诗集所载，名多互见，疑是一人之作"。今存超诗有《赠王僧辩》、《别刘孝先》，王、刘皆萧绎部属，则朱超亦当在荆州萧绎幕，江陵陷后，或曾仕后梁。今存诗十七首，皆宫体，见《先秦汉魏晋南北朝诗》。

江南可采莲[①]

刘缓[②]

春初北岸涸，夏月南湖通。卷荷舒欲倚，芙蓉生即红。楫小宜回径，船轻好入丛。钗光逐影乱，衣香随逆风。江南少许地，年年情不穷。

① 此首录自《乐府诗集》卷二六。郭茂倩解云："古《江南》辞曰'江南可采莲'，因以为题云。"　② 刘缓（生卒年不详）：南朝梁诗人。字含度，原籍平原高唐（今属山东章丘北）。刘昭子。少知名，历官湘东王萧绎记室。缓气格高远，风流跌宕，居府中诸文士之首。后迁通直郎，又迁湘东王中录事，随府江州。有集四卷，已佚。今存诗十二首，见《先秦汉魏晋南北朝诗》。

度关山[①]

王训[②]

边庭多警急，羽檄未曾闲。从军出陇坂，驱马度关山。关山恒晻霭，高峰白云外。遥望秦川水，千里长如带。好勇自秦中，意气本豪雄。少年便习战，十四已从戎。昔年经上郡，今岁出云中。辽水深难渡，榆关断未通。折冲[3]凌绝域,流蓬惊未息。胡风朝夜起,平沙不相识。兵法贵先声,军[4]中自有程。逗遛皆赎罪,先登尽一城。都护疲诏吏,将军擅发兵。平卢疑[5]纵火,飞鸱畏犯营。辎[6]重一为卤,金刀何用盟。谁知出塞外,独有汉飞名。

① 此首录自《乐府诗集》卷二七。今按:此题为张永《元嘉正声技录》相和十五曲之四。《乐府诗集》作"梁王训",排在陈张正见之前。 ② 王训(约510—约535):南朝梁诗人。字怀范,小字文殊,原籍琅琊临沂(今属山东)。王俭之孙,王暕之子。初授秘书郎,迁萧统太子舍人,秘书丞。转萧纲太子中庶子,掌管记室。中大通五年(534)后,拜侍中。史称训"文章之类,为后进领袖"。今存诗六首,见《先秦汉魏晋南北朝诗》。 ③ 冲:《乐府诗集》作"衔",据《文苑英华》卷一九八改。 ④ 军:《乐府诗集》作"兵",据《文苑英华》改。 ⑤ 疑:《乐府诗集》作"凝",据《文苑英华》改。 ⑥ 辎:《乐府诗集》作"轻",据《文苑英华》改。

度关山[1]

戴暠[2]

昔听陇头吟[3],平居已流涕。今上[4]关山望,长安树如荠。千里非乡邑,百姓为[5]兄弟。军中大体自相褒,其间得意各分曹。博陵轻侠皆无位,幽州重气本多豪。马衔苜蓿叶,剑宝[6]鹔鹴膏。初征心未习[7],复值雁飞入。山头看月近,草上知风急。笛喝曲难成,笳繁响还涩。武帝初承平,东伐复西征。蓟门海作堑,榆塞冰为城。催令四校出,倚望三边平。箭服朝[8]来动,刀环临阵鸣。将军一百战,都护[9]五千兵。且决雄雌眼前利,谁道功名身后事。丈夫意气本自然,来时辞弟[10]已闻[11]天。但令此身与命在,不持[12]烽火照甘泉。

① 此首录自《乐府诗集》卷二七。今按:此题为张永《元嘉正声技录》相和十

五曲之四。 ② 戴暠:生平籍里不详。《乐府诗集》将其排在梁简文帝萧纲之后、柳恽之前,疑当为梁人待考。 ③ 陇头吟:亦作《陇头》,汉乐府名,横吹曲。④ 上:《古乐府》卷四作“日”。 ⑤ 百姓为:《文苑英华》卷一九八作“四海皆”。⑥ 宝:《乐府诗集》注“一作莹”。《古乐府》作“莹”。 ⑦ 习:《乐府诗集》注“一作息”。 ⑧ 朝:《乐府诗集》作“潮”,据《文苑英华》、《古乐府》改。 ⑨ 护:《文苑英华》作“府”。 ⑩ 弟:《乐府诗集》注“一作第”。《艺文类聚》卷四五及《古乐府》皆作“第”。 ⑪ 闻:《乐府诗集》注“一作开”。 ⑫ 持:《文苑英华》作“交”。

采 桑[①]

姚 翻[②]

雁还高柳北,春归洛水南。日照茱萸领,风摇翡翠簪。桑间视欲暮,闺里遽饥蚕。相思君助取,相望妾那堪。

① 此首录自《乐府诗集》卷二八。 ② 姚翻(生卒年不详):生平里籍无考。《乐府诗集》将其列在梁简文帝后、吴均前,疑当为梁人待考。

采 桑[①]

刘 邈[②]

倡妾不胜愁,结束下青楼。逐伴西城路,相携南陌头。叶尽时移树,枝高乍[③]易钩。丝绳提[④]且脱,金笼写仍收。蚕饥日欲暮,谁为使君留。

① 此首录自《乐府诗集》卷二八。 ② 刘邈(生卒年不详):生平里籍无考。《乐府诗集》卷二八将其列在梁吴均之后、沈君攸之前,疑当为梁人待考。
③ 乍:《乐府诗集》注“一作任”。 ④ 提:《乐府诗集》注“一作挂”。

采 桑①

沈君攸②

南陌落光移,蚕妾畏桑萎。逐便牵低叶,争多避小枝。摘驶笼行满,攀高腕欲疲。看金怯举意,求心自可知。

① 此首录自《乐府诗集》卷二八。 ② 沈君攸(?—573)南朝梁文人。一作君游。吴兴(今属浙江)人。官至散骑常侍。博学有词采,工诗。原有集十三卷,已佚。《全梁诗》辑其诗十首,其中《薄暮动弦歌》已初具七言排律规模。

陌 上 桑①

王台卿②

令月开和景,处处动春心。挂筐须叶满,息惓垂枝阴。

① 此首录自《乐府诗集》卷二八。今按:此题为张永《元嘉正声技录》相和十五曲之十五。 ② 王台卿(生卒年不详):南朝梁诗人。里籍无考。梁南平王世子恪除雍州刺史,宾客有江仲举、蔡薳、王台卿、庾仲容四人,俱被接遇。其诗多与简文帝唱和。今存诗十七首,见《先秦汉魏晋南北朝诗》。

陌 上 桑①

日出秦楼明,条垂露尚盈。蚕饥心自急,开奁妆不成。

① 此首录自《乐府诗集》卷二八。今按:此题为张永《元嘉正声技录》相和十五曲之十五。此首作者《古乐府》卷四作"王筠"。《乐府诗集》作"亡名氏",并将其列在王筠之后,疑为梁辞待考。

吟叹曲

张永《元嘉正声技录》有吟叹四曲：一曰《大雅吟》，二曰《王明君》，三曰《楚妃叹》，四曰《王子乔》。

南朝梁吟叹曲辞，除《大雅吟》外，其他三曲皆备。

明君词[①]

沈约

朝发披香殿[②]，夕济汾阴河。于兹怀九逝[③]，自此钦双蛾。沾妆疑[④]湛露，绕臆状流波。日见奔沙起，稍觉转蓬多。胡风犯肌骨，非直伤绮罗。衔涕试南望，关山郁嵯峨。始作阳春曲，终成苦寒歌。惟有三五夜，明月暂经过。

① 此首录自《乐府诗集》卷二九。今按：此题《文苑英华》卷二〇四作《昭君怨》，同《王明君》，张永《元嘉正声技录》吟叹四曲之二。　② 披香殿：即披香宫，汉宫殿名。　③ 逝：《乐府诗集》作“折”，据《玉台新咏》卷五及《文苑英华》改。　④ 疑：《文苑英华》作“如”。

王子乔[①]

江淹[②]

子乔好轻举，不待炼银丹。控鹤去[③]窈窕，学凤对巑岏。山无一春草，谷有千年兰。云衣下踯躅，龙驾何时还？

① 此首录自《乐府诗集》卷二九。今按：此题《江文通集》作“王太子”。② 江淹一生，经历南朝宋、齐、梁三朝代。《乐府诗集》将其作品《齐藉田乐歌》归入齐乐府，此首《王子乔》，《乐府诗集》作“梁江淹”，故归入梁乐府。两代乐府均

有江淹之作，乃事出有因也。 ③ 去：《艺文类聚》卷七八作“上”。

楚王吟[①]

张 率

章台迎夏日，梦远感春条。风生竹籁响，云垂草绿饶。相看重束素，惟欣争细腰。不惜同从理，但使一闻韶。

① 此首录自《乐府诗集》卷二九。

王昭君[①]

施荣泰[②]

垂罗下椒阁，举袖拂胡尘。唧唧[③]抚心叹，蛾眉误杀人。

① 此首录自《乐府诗集》卷二九。今按：题同《王明君》，张永《元嘉正声技录》吟叹四曲之二。原为汉曲，后人多有拟作。 ② 施荣泰(生卒年不详)：生平事迹无考。《乐府诗集》将其列入梁人。兹依此录入待考。 ③ 唧唧：《文苑英华》卷二〇四作“寂寞”。

明君词[①]

萧 纲

玉艳光瑶质，金钿婉黛红。一去蒲萄观[②]，长别披香宫。秋檐照汉月，愁帐入胡风。妙工[③]偏见诋，无由情恨通。

① 此首录自《乐府诗集》卷二九。今按：此题《文苑英华》卷二〇四作《昭君怨》。同《王明君》。张永《元嘉正声技录》吟叹四曲之二。 ② 蒲萄观：当指“葡萄宫”。汉哀帝时，单于来朝，住在此宫内。《三辅黄图 · 甘泉宫》：“葡萄宫在上

林苑西，汉哀帝元寿二年，单于来朝，以太岁厌胜所，舍之此宫也。”后借指胡人在京师的住处。 ③ 妙工：指画师。

楚妃叹[①]

萧 纲

幽闺情脉脉[②]，漏长宵寂寂。草萤飞夜户，丝虫绕秋壁[③]。薄笑未为欣，微叹还成戚。金簪鬓下垂，玉箸衣前滴。

① 此首录自《乐府诗集》卷二九。今按：此题《艺文类聚》卷四二作《悲楚妃叹》。 ② “幽闺”句：《乐府诗集》作“闺闲漏永永”，据《诗纪》卷六七及《汉魏六朝百三名家集》改。 ③ 壁：《乐府诗集》作“屋”，据《玉台新咏》卷七及《艺文类聚》、《诗纪》改。

明君词[①]

萧 纪[②]

塞外无春色，边城有风霜。谁堪览明镜，持许照红妆。

① 此首录自《乐府诗集》卷二九。今按：此题同《王明君》。张永《元嘉正声技录》吟叹四曲之二。其作者《乐府诗集》作“武陵王纪”，其目录作“梁武陵王纪”。今按：梁武陵王即萧纪。 ② 萧纪(508—553)：南朝梁诗人。字世询，南兰陵(今江苏常州)人。梁武帝第八子，最受宠爱。天监十三年(514)，封武陵郡王。历琅琊、彭城太守，又出为会稽太守。历任侍中、丹阳尹、扬州刺史、益州刺史。侯景乱后，萧纪称帝于蜀，改元天正，帅军东下，后兵败被杀。

昭君叹(二首)[①]

范静妇沈氏[②]

其一

早信丹青巧,重货[③]洛阳师。千金买[④]蝉鬓,百万写蛾眉。

① 此二首录自《乐府诗集》卷二九。今按:此题属《王明君》一脉。张永《元嘉正声技录》吟叹四曲之二。 ② 范静妇沈氏(生卒年不详):生平里籍无考。《乐府诗集》标注为梁人,今依此待考。 ③ 货:《文苑英华》卷二〇四作"赂"。 ④ 买:《文苑英华》作"画"。

其二

今朝犹汉地,明旦入胡关。情寄南云反,思逐北风还[①]。

① "情寄"二句:《玉台新咏》卷一〇作"高堂歌吹远,游子梦中还"。《乐府诗集》注"一作高堂歌吹少,游子梦中还"。

楚妃吟[①]

王筠

窗中曙[②],花早飞,林中明,鸟早归。庭前日,暖春闺,香气亦霏霏。香气漂,当轩清唱调。独顾慕,含怨复含娇。蝶飞兰复熏袅袅[③]。轻风入裾春可游,歌声梁上浮。春游方有乐,沉沉下罗幕。

① 此首录自《乐府诗集》卷二九。 ② 窗中曙:《乐府诗集》此三字脱,中华书局本校据《全梁诗》补。 ③ "蝶飞"句:中华书局本《乐府诗集》校:疑"蝶飞"句上有脱文,《全梁诗》"复"下有"熏"字,兹补。

楚妃曲[①]

吴　均

春装约春黛，如月复如蛾。玉钗照绣领，金薄[②]厕红罗。

① 此首录自《乐府诗集》卷二九。　② 金薄：亦作“金箔”。

王子乔[①]

高允生[②]

仙化非常道，其义出自然。王乔诞神气，白日忽升天。晻暧御云气，飘飖乘长烟。寄想崆峒外，翱翔宇宙间。七月有佳节[③]，控鹤崇崖巅。永与时人别，一去不复旋。

① 此首录自《乐府诗集》卷二九。今按：此题为张永《元嘉正声技录》吟叹四曲之四。王子乔者，周灵王太子晋也。尝游伊、洛之间，道人浮丘公接以上嵩高山，传说后来成仙。见刘向《列仙传》。　② 高允生（生卒年不详）：生平里籍无考。《乐府诗集》将其列在梁江淹之后，暂作梁人待考。　③ 节：《乐府诗集》注“一作期”。

四弦曲

郭茂倩解引《古今乐录》曰：“张永《元嘉正声技录》有《四弦》一曲，《蜀国四弦》是也，居相和之末，三调之首。古有四曲，其《张女四弦》、《李延年四弦》、《严卯四弦》三曲，阙《蜀国四弦》。节家旧有六解，宋歌有五解，今亦阙。”

蜀国弦[①]

萧　纲

铜梁[②]指斜谷，剑道望中区。通星上分野，作固下为都。雅歌因良守，妙舞自巴渝。阳城嬉乐盛[3]，剑骑郁相趋。五妇行难至，百两好游娱。牲祈望帝祀，酒酹蜀侯姝[4]。江妃纳重聘，卓女爱将雏。停弦时系爪，息吹更治[5]朱。脱[6]衫湔锦浪，回扇避阳乌。闻君握节返，贱妾下城隅。

① 此首录自《乐府诗集》卷三〇。今按：《诗纪》卷六七及《汉魏六朝百三名家集》此题《蜀国弦》均作《蜀国弦歌篇十韵》。 ② 铜梁：山名。在四川合川县南。③ 盛：《诗纪》及《玉台新咏》卷七皆作"所"。 ④ 姝：《乐府诗集》作"诛"，据《诗纪》改。 ⑤ 更治：《乐府诗集》作"治唇"，据《诗纪》改。 ⑥ 脱：《玉台新咏》作"春"。

平调曲

郭茂倩解引《古今乐录》曰："王僧虔《大明三年宴乐技录》，平调有七曲：一曰《长歌行》，二曰《短歌行》，三曰《猛虎行》，四曰《君子行》，五曰《燕歌行》，六曰《从军行》，七曰《鞠歌行》。"（见《乐府诗集》卷三〇）

南朝梁文人拟作有《长歌行》、《短歌行》、《君子行》、《燕歌行》、《从军行》旧题，亦有变旧题为新题者，兹依《乐府诗集》所收录入。

长歌行[1]

沈约

连连舟[2]壑改，微微市朝变。来功嗣往迹，莫武徂升彦。局涂顿远策，留欢恨[3]奔箭。拊戚状惊澜，循休拟回电。岁去芳愿违，年来苦心荐。春貌既移红，秋林岂停蒨。一倍茂陵道，宁思柏梁宴。长戢兔园情，永别金华殿。声徽无惑简，丹青有余绚。幽篇且未调，无使长歌倦。

① 此首录自《乐府诗集》卷三〇。 ② 舟：《乐府诗集》作"无"，据《诗纪》卷七二

及《汉魏六朝百三名家集》改。　③ 恨:《乐府诗集》作“限”,据《诗纪》及《汉魏六朝百三名家集》改。

长歌行[①]

沈　约[②]

春隰荑绿柳,寒墀积皓雪。依依往纪盈,霏霏来思结。思结缠岁晏,曾是掩初节。初节曾不掩,浮荣逐弦缺。弦缺更圜[③]合,君[④]荣永沉灭。色随夏莲变,态[⑤]与秋霜耋。道迫无异期,贤愚有同绝。衔恨岂云忘,天道无甄别。功名识所职,竹帛寻摧裂。生外苟难寻,坐为长叹设。

① 此首录自《乐府诗集》卷三〇。　② 沈约:《乐府诗集》脱,据《诗纪》卷七二及《汉魏六朝百三名家集》补。　③ 圜:《诗纪》及《汉魏六朝百三名家集》作“圆”。　④ 君:《乐府诗集》注“一作浮”。　⑤ “态”:《乐府诗集》作“能”,据《诗纪》及《汉魏六朝百三名家集》改。

君子行[①]

沈　约

良御惑燕楚,妙察乱渑淄。堤倾由漏壤[②],垣隙自危基。嚣途或妄践,党义[③]勿轻持。

① 此首录自《乐府诗集》卷三二。　② 壤:《艺文类聚》卷四一作“坏”。③ 党义:《汉魏六朝百三名家集》作“说议”。

从军行[①]

沈　约

惜哉征夫子,忧恨良独多。浮天出鲲海,束马渡交河。云[2]萦九折嶝，风卷万里波。维舟无夕岛，秣骥乏平莎。凌涛富惊沫，援木阙垂萝。红飔[3]鸣叠屿，流云照层阿。玄埃晦朔马，白日照吴戈。寝兴流[4]征怨，寤寐起还歌。晨装岂辍警[5]，夕垒讵淹和。苦哉远征人，悲矣将如何！

① 此首录自《乐府诗集》卷三二。郭茂倩解引《乐府解题》曰："《从军行》皆军旅苦辛之辞。" ② 云：《文苑英华》卷一九九作"雪"。 ③ 飔：《文苑英华》及《汉魏六朝百三名家集》作"飕"。 ④ 流：《文苑英华》作"动"。 ⑤ 警：《乐府诗集》作"惊"，据《汉魏六朝百三名家集》改。

铜雀妓[1]

江　淹

武王去金阁，英威长寂寞。雄剑顿无光，杂佩亦销烁。秋至明月圜[2]，风伤白露落。清夜何湛湛，孤烛映兰幕。抚影怆无从，惟怀忧不薄。瑶色行应罢，红芳几为乐。徒登歌舞台，终成蝼蚁郭。

① 此首录自《乐府诗集》卷三一。今按：题同《铜雀台》。《邺都故事》云，魏武帝遗命诸子，死后葬于邺之西岗上，妾与伎人，皆著铜雀台，台上施床帐，每月朝十五，辄向帐前作伎，子等登台，望西陵墓田。《乐府解题》曰："后人悲其意而为之咏也。" ② 圜：《汉魏六朝百三名家集》作"圆"。

从军行[1]（二首）

江　淹

其　一

樽酒送征人，踟蹰在亲宴。日暮浮云滋，握手泪如霰。悠悠清水川[2]，嘉鲂得所荐。而我在万里，结友不相见。袖中有短书，愿寄双飞燕。

① 此二首录自《乐府诗集》卷三二。今按：中华书局本《乐府诗集》校记，此二首中，第一首为江淹《杂拟》三十首中《拟李都尉从军》，第二首为《古意报袁功曹》。 ② 川：《乐府诗集》作"天"，据《诗纪》卷七六改。

其 二

从军出陇北，长望阴山云。泾渭各异流[①]，恩情于此分。故人赠宝剑，镂以瑶华文。一言凤独立，再说鸾无群。何得晨风起，悠哉凌翠氛。黄鹄去千里，垂涕[②]为报君。

① 异流：《乐府诗集》作"流异"，据《诗纪》卷七五改。 ② 涕：《乐府诗集》注"一作泪"。

短歌行[①]

张 率

君子有酒，小人鼓缶。乃布长筵，式宴亲友。盛壮不留，容华易朽。如彼槁叶，有似过牖。往日莫淹，来期无久。秋风悴林，寒蝉鸣柳。悲自别深，欢由会厚。岂云不乐，与子同寿。我酒既盈，我肴伊阜。短歌是唱，孰知身后。

① 此首录自《乐府诗集》卷三〇。

燕歌行[①]

萧子显

风光迟舞出青苹，兰条翠鸟鸣发春。洛阳梨花落如雪，河边细草细如茵。桐生井底叶交枝，今看无端双燕离。五重飞楼入河汉，九华阁道暗清池。遥看白马津上吏，传道黄龙征戍儿。明月金光徒[②]照妾，浮云玉叶君不知。思君昔去柳依依，至今八月避暑归。明珠蚕茧勉登机[③]，郁金香昒特香衣。洛阳城头鸡欲曙，丞相府中乌未飞。夜梦征人缝狐貉，私怜织妇裁锦绯。吴刀郑绵络[④]，寒闺夜被薄。芳年海上水中凫，日暮寒夜空城雀。

① 此首录自《乐府诗集》卷三二。　②徒：《乐府诗集》注"一作从"。　③ 勉登机：《乐府诗集》作"登勉机"，据《玉台新咏》卷九改。　④ 郑绵络：《乐府诗集》作"郑锦络"，据《玉台新咏》改。郑绵，古代郑地产的丝絮。语本《楚辞·招魂》："秦篝齐缕，郑绵络些。"

从军行[①]

萧子显[②]

左角名王[③]侵汉边，轻薄良家[④]恶少年。纵横向沮泽，凌厉取山田。黄尘不见景，飞蓬恒满天。邀[⑤]功封浞野，窃宠劫祁连。春风春月将进酒，妖姬舞女乱君前。

① 此首录自《乐府诗集》卷三二。　② 萧子显：《文苑英华》卷一九九作"萧子云"。《诗纪》卷八五注："《英华》作萧子云者，非。"　③ 名王：《乐府诗集》卷三二作"明王"，据《艺文类聚》卷四一及《文苑英华》改。　④ 良家：《文苑英华》作"家子"。　⑤ 邀：《乐府诗集》作"边"，据《诗纪》改。

君子行[①]

戴　暠

画野依德星，开鄽对廉水。接越称交让，连树名君子。数非唯二失，升阶无三止。探甑不凝[②]尘，正冠还避李。寄言蘧伯玉，无为嗟独耻。

① 此首录自《乐府诗集》卷三二。　② 凝：《乐府诗集》作"疑"，据《艺文类聚》卷四一改。

从军行[①]

戴暠[②]

长安夜刺闺，胡骑白铜鞮[③]。诏书发陇右，召募取关西。剑悬三尺鞘，铠累[④]七重犀。督军鸣战鼓，巡[⑤]夜数更鼙。侵星出柳塞，际晚入榆溪。秦泾含药鸩[⑥]，晋火逐飞鸡。通泉开地道，望敌竖云梯。阴山日不暮，长城风自凄。弓寒折锦鞬，马冻滑斜蹄。燕旗竿上晚，羌笛管中嘶。登山试下赵，凭轼且平齐。当今[⑦]函谷上，唯见一丸泥。

① 此首录自《乐府诗集》卷三二。 ② 戴暠：《乐府诗集》作“戴嵩”，误。兹依其目录作“戴暠”。 ③ 白铜鞮：亦作“白铜蹄”，南朝梁歌谣名。《隋书·音乐志上》：“初，武帝之在雍镇，有童谣云：‘襄阳白铜蹄，反缚扬州儿。’识者言，白铜蹄谓马也；白，金色也。及义师之兴，实以铁骑，扬州之士，皆面缚，果如谣言。故即位之后更造新声，帝自为之词三曲。” ④ 累：《乐府诗集》作“暴”，据《诗纪》卷九三改。 ⑤ 巡：《乐府诗集》作“遑”，据《诗纪》改。 ⑥ 鸩：《乐府诗集》作“鴆”，据《诗纪》改。 ⑦ 今：《文苑英华》卷一九九作“令”。

从军行[①]

吴均

男儿亦可怜，立功在北边。陈头横却月，马腹带连钱。怀戈发陇坻，乘冻至辽边[②]。微诚君不爱，终自直如弦。

① 此首录自《乐府诗集》卷三二。 ② 边：《诗纪》卷八一作“川”。

从军行[①]

刘孝仪[②]

冠军[③]亲挟[④]射，长平自合围。木落雕弓燥，气秋征马[5]肥。贤王皆屈膝，幕府复申威。何谓从军乐，往返速如飞。

① 此首录自《乐府诗集》卷三二。 ② 刘孝仪(486—550)：本名潜，字子仪，又字孝仪。刘孝绰之弟，原籍彭城(今江苏徐州)。天监五年举秀才，累官尚书殿中郎，补太子洗马。出为阳羡令，擢建康令。大同中为中书郎，历司徒右长史、尚书左丞、御史右丞、临海太守等。后入守都官尚书，出为豫章内史。大宝元年病卒。有集已佚。今按：《乐府诗集》作"刘孝义"，据《诗纪》卷八七改。又，《乐府诗集》目录作"刘孝威"。误。 ③ 冠军：古代将军名号。魏晋南北朝皆设冠军将军。 ④ 挟：《乐府诗集》作"侠"，据《诗纪》改。 ⑤ 马：《诗纪》作"雁"。

铜雀妓[1]

何　逊[2]

秋风木叶落，萧瑟管弦清。望陵歌对酒，向帐舞空城。寂寂檐[3]宇旷，飘飘帷幔轻。曲终相顾起，日暮松柏声。

① 此首录自《乐府诗集》卷三一。题同《铜雀台》。 ② 何逊(约472—约519)：南朝齐、梁诗人，骈文家。何承天曾孙，字仲言，文章与刘孝绰并称，世谓"刘何"，天监中官尚书水部郎。今存诗(包括联句)近一百二十首，多为赠答酬唱、送别伤离、摹写风尘之作，清新自然，可称永明诗体后劲。有《何水部集》。 ③ 檐：《文苑英华》卷二〇四作"庭"。

铜雀妓[1]

刘孝绰[2]

雀台三五日，歌吹似佳期。定对[3]西陵晚，松风飘素帷。危弦断更接[4]，心伤于此时[5]。何言留客袂，翻掩望陵悲。

① 此首录自《乐府诗集》卷三一。题同《铜雀台》。 ② 刘孝绰(481—539)：

南朝梁诗人、骈文家。本名冉，原籍彭城(今江苏徐州)。历官尚书水部郎。曾侍武帝宴，赋诗七篇，帝叹赏，累迁秘书丞。其辞藻为世所宗，有文集数十万言，已佚。明张溥辑有《刘秘书集》。　③定对：《文苑英华》卷二〇四作“况复”。④ 更接：《汉魏六朝百三名家集》作“复续”。　⑤“心伤”句：《汉魏六朝百三名家集》作“妾心伤此时”。

当置酒[①]

萧　纲

置酒宴嘉宾，瞩迥[②]临飞观。绝岭隔天余，长屿横江半。日色花上绮，风光水中乱。三益既葳蕤，四始方葱粲。

① 此首录自《乐府诗集》卷三一。今按：《陆士衡集》卷七亦载此诗，但《诗纪》卷二四陆机诗无此首。　② 迥：《陆士衡集》作“眺”。

双桐生空井[①]

萧　纲[②]

季月对[③]桐井，新枝杂旧株。晚叶藏栖凤，朝花拂曙乌。还看稚子照，银床系[④]辘轳。

① 此首录自《乐府诗集》卷三一。今按：《古今乐录》曰：“《猛虎行》，王僧虔《技录》曰：‘荀录所载，明帝《双桐》一篇，今不传。’”《乐府解题》曰：“晋陆机云‘渴不饮盗泉水’，言从远役，犹耿介不以艰险改节也。又有《双桐生空井》，亦出于此。”据此可知，此题出自魏明帝《双桐》篇。　② 萧纲：《乐府诗集》脱，据《玉台新咏》卷七补。　③ 对：《玉台新咏》作“双”。　④ 系：《玉台新咏》作“牵”。

君子行[①]

萧纲

君子怀琬琰,不使涅尘淄。从容子云阁,寂寞仲舒帷。多谢悠悠子,管窥良可悲。

① 此首录自《乐府诗集》卷三二。

从军行[①](二首)

萧纲

其一

贰师惜善马,楼兰贪汉财。前年出右地,今岁讨[②]轮台。鱼云望旗聚,龙沙随阵开。冰城朝浴铁,地道夜衔枚。将军号令密,天子玺书催。何时反旧里,遥见下机来。

① 此首录自《乐府诗集》卷三二。 ② 讨:《乐府诗集》作"谢",据《诗纪》卷六七、《汉魏六朝百三名家集》改。

其二

云中亭障[①]羽檄惊,甘泉烽火通夜明。贰师将军新筑营,嫖姚校尉初出征。复有山西将,绝世爱[②]雄名。三门应遁甲,五垒学神兵。白云随阵[③]色,苍山答鼓声。迤逦[④]观鹅翼,参差睹雁行。先平小月阵,却灭大宛城。善马还长乐,黄金付水衡[⑤]。小妇赵人能鼓瑟,侍婢初笄解郑声。庭前桃花[⑥]飞已[⑦]合,必应红妆来起迎[⑧]。

① 亭障:《乐府诗集》注"一作障嶂"。 ② 爱:《乐府诗集》注"一作受"。 ③ 阵:《乐府诗集》注"一作旆"。 ④ 迤逦:《玉台新咏》卷九作"逦迤"。 ⑤ 水衡:指汉代水衡都尉、水衡丞,掌皇家上林苑,兼管收税、铸钱。 ⑥ 桃花:《乐府诗集》注"一作柳絮"。 ⑦ 已:《乐府诗集》注"一作欲"。 ⑧ 来起迎:《乐府诗集》注"一作起见迎"。

长歌行[①]

萧 绎[②]

当垆擅旨酒，一卮堪十千。无劳蜀山铸，扶授[③]采金钱。人生行乐尔，何处不留连。朝为洛生咏[④]，夕作据梧眠。忽兹忘物我，优游得自然。

① 此首录自《乐府诗集》卷三〇。 ② 萧绎(508—555)：梁元帝，梁武帝第七子。字世诚。初封湘东王，天正元年，绎即位于江陵。时州郡大半入魏，西魏代梁攻城，绎焚古今图书十四万卷，寻为魏人所杀。绎不好声色，工书善画，著述甚丰，今存《金楼子》辑本。明人辑有《梁元帝集》。 ③ 授：《诗纪》卷七〇作"受"。 ④ 洛生咏：指洛下书生的讽咏声。东晋士大夫多中原旧族，故盛行"洛生咏"。南朝宋刘义庆《世说新语·雅量》："(谢安)望阶趋席，方作洛生咏，讽'浩浩洪流'。"

燕歌行[①]

萧 绎

燕赵佳人本自多，辽东少妇学春歌。黄龙戍北花如锦，玄菟[②]城前[③]月似蛾[④]。如何此时别夫婿，金羁翠毦往交河。还闻入汉去燕营，怨妾愁心[⑤]百恨生。漫漫悠悠天未晓，遥遥夜夜听寒[⑥]更。自从异县同心别，偏恨同时成异节。横波满脸万行啼，翠眉暂[⑦]敛千重结。并海连天合不开，那堪[⑧]春日上春台。唯[⑨]见远舟如落叶，复看遥舸似行杯。沙汀夜鹤啸羁雌，妾心无趣[⑩]坐伤[⑪]离。翻嗟汉使音尘断[⑫]，空伤贱妾燕南垂。

① 此首录自《乐府诗集》卷三二。 ② 玄菟：古郡名，汉武帝时置，辖境相当于我国辽宁东部及朝鲜咸镜道一带。后亦泛指边塞要地。 ③ 前：《汉魏六朝百三名家集》作"中"。 ④ 蛾：《汉魏六朝百三名家集》作"娥"。 ⑤ 愁心：《汉魏六朝百三名家集》作"心中"。 ⑥ 寒：《汉魏六朝百三名家集》作"严"。 ⑦ 暂：《汉魏六朝百三名家集》作"新"。 ⑧ 堪：《汉魏六朝百三名家集》作

“宜”。 ⑨ 唯:《诗纪》卷七〇作“乍”。 ⑩ 趣:《汉魏六朝百三名家集》作“怨”。 ⑪ 伤:《汉魏六朝百三名家集》作“别”。 ⑫ 断:《汉魏六朝百三名家集》作“绝”。

从军行[1]

萧 绎

宝剑饰龙渊[2],长虹画[3]彩旃[4]。山虚和铙管,水静泻[5]楼船。连鸡随火度,燧象带烽然。洞庭晚[6]风急,潇湘夜月圆。荀令多文藻,临戎赋雅篇。

① 此首录自《乐府诗集》卷三二。 ② 渊:《文苑英华》卷一九九作“烟”。 ③ 画:《乐府诗集》作“昼”,据《文苑英华》改。 ④ 旃:《乐府诗集》作“船”,据《文苑英华》改。 ⑤ 静泻:《乐府诗集》作“净写”,据《文苑英华》改。 ⑥ 晚:《文苑英华》作“晓”。

清调曲

王僧虔《大明三年宴乐技录》云,清调曲有六:一《苦寒曲》,二《豫章行》,三《董逃行》,四《相逢狭路间行》,五《塘上行》,六《秋胡行》。

南朝梁文人拟作既有沿用旧题者,亦有衍化新题者,兹按《乐府诗集》收录之。

豫章行[1]

沈 约

燕陆[2]平而远,易河清且驶。一见尘波阻,临途引征思。双剑爱匣同,孤莺悲影异。宴言诚易纂,清[3]歌信难嗣。卧闻夕钟急,坐阅朝光亟。往欢坠壮心,来戚满衰志。殂芳无再馥,沦灰定还炽。夏台尚可忘,荣辱亦奚事。愧微旷士节，徒感鄙生饵。劳哉纳辰和，地远托声寄。

① 此首录自《乐府诗集》卷三四。今按：此题为王僧虔《大明三年宴乐技录》清调六曲之二。 ② 陆：《乐府诗集》作“陵”，据《艺文类聚》卷四一改。 ③ 清：《文苑英华》卷二〇一作“浩”。

相逢狭路间[①]

沈　约

相逢洛阳道，系声流水车。路逢轻薄子，伫立问君家。君家诚易知，易知复易忆。龙马满街衢，飞盖交门侧。大子万户侯，中子飞而食。小子始从官，朝夕温省直。三子俱入门，赫奕多羽翼。若若青组纡，烟烟[②]金珰色。大妇绕梁歌，中妇回文织。小妇独无事，闭户聊且即，绿绮[③]试一弹，玄鹤方鼓翼。

① 此首录自《乐府诗集》卷三十四。今按：此题为王僧虔《大明三年宴乐技录》清调六曲之四。《乐府解题》曰：“古词，文意与《鸡鸣曲》同。” ② 烟烟：疑当作“煌煌”。 ③ 绿绮：古琴名。晋傅玄《琴赋》序：“中世司马相如有绿绮，蔡邕有焦尾，皆名器也。”后以绿绮为古琴别称。

长安有狭斜行[①]

沈　约

青槐金陵陌[②]，丹毂贵游士。方骖万乘臣，炫服千金子。咸阳不足称，临淄孰能拟。

① 此首录自《乐府诗集》卷三十五。题同《相逢狭路间行》。 ② 陌：《乐府诗集》作“柏”，据《艺文类聚》卷四十一改。

三妇艳诗[①]

沈　约

大妇拂玉匣[②]，中妇结珠[③]帷。小妇独无事，对镜理[④]蛾眉。良人且安卧，夜长方自私。

①此首录自《乐府诗集》卷三十五。　② 拂玉匣：《诗纪》卷七十二作“扫玉墀”。《玉台新咏》卷五作“拂玉墀”。　③ 珠：《玉台新咏》作“罗”。　④ 理：《玉台新咏》及《诗纪》作“画”。

江蓠生幽渚[①]

沈　约

泽兰被荒径，孤芳岂自通。幸逢瑶池旷，得与金芝丛。朝承紫台露，夕润渌池风。既美修嫮女，复悦繁华童。夙昔玉霜满，旦暮翠条空。叶飘储胥右，芳歇露寒东。纪化尚盈昃，俗志信颓隆。财殚交易绝，华落爱难终。所惜改欢眄，岂恨逐征蓬。愿回昭阳景，时[②]照长门宫[③]。

① 此首录自《乐府诗集》卷三五。今按：此题《诗纪》卷七二作“塘上行”。沈约此题取自晋陆机《塘上行》首句。此题为王僧虔《大明三年宴乐技录》清调六曲之五。　② 时：《诗纪》作“持”。　③ 长门宫：汉宫名，后妃所居。

长安有狭斜行[①]

萧　衍[②]

洛阳有曲陌，陌曲[③]不通驿。忽遇二少童，扶辔问君宅。我宅邯郸右，易忆复可知。大息组细缊，中息佩陆离。小息尚青绮，总角[④]游南皮。三息俱入门，家臣拜门垂。三息俱升堂，旨酒盈千卮。三息俱入户，户内有光仪。大妇理金翠，中妇事玉觽。小妇独闲暇，调笙游曲池。丈人少徘徊，凤吹方参差。

① 此首录自《乐府诗集》卷三五。题同《相逢狭路间行》。 ② 萧衍(464—549)：梁武帝，南朝梁的创立者。字叔达，南兰陵(今属江苏常州)人。曾任齐雍州刺史，镇守襄阳，乘齐内乱，起兵夺取帝位。长于文学，精乐律，并善书法。原有集，已佚。明人辑有《梁武帝御制集》。 ③ 陌曲：《乐府诗集》作"曲曲"，据《玉台新咏》卷七改。《诗纪》卷六四作"曲陌"。 ④ 角：《玉台新咏》作"丱"，《诗纪》作"辔"。

相逢狭路间[①]

萧 统[②]

京华有曲巷，巷曲[③]不通舆。道逢一侠客，缘路间君居。君居在城北，可寻复易知。朱门间皓壁，刻桷映晨离[④]。阶植若[⑤]华草，光影逐飙移。轻幰委四壁[⑥]，兰膏然百枝。长子饰青紫，中子任以赀。小子始总角，方作啼弄儿。三子俱入门，赫奕盛羽仪。华骝服衡辔，白玉镂羁羁。容止同规矩，宾从尽恭卑。雅郑时间作，孤竹乍参差。云飞离[⑦]水宿，弄吭满青[⑧]池。欢乐无终极，流目岂知疲。门下非毛遂，坐上尽英奇。大妇成贝锦，中妇饰粉绝[⑨]。小妇独无事，理曲步檐垂。丈人暂徙倚，行使流风吹。

① 此首录自《乐府诗集》卷三四。题同《相逢狭路间行》。为王僧虔《大明三年宴乐技录》清调六曲之四。 ② 萧统(501—531)：南朝梁文学家。字德施，南兰陵(今属江苏常州)人。武帝长子，天监元年，立为太子，未及即位而卒。谥昭明，世称"昭明太子"。信佛能文，曾招聚文学之士，编集《文选》三十卷，对后代文学颇有影响。 ③ 巷曲：《乐府诗集》作"曲曲"，据《诗纪》卷六六改。 ④ 离：《昭明太子文集》卷一作"篱"。 ⑤ 若：《诗纪》注"一作苕"。 ⑥ 壁：《诗纪》作"屋"。 ⑦ 飞离：《诗纪》作"翔杂"。 ⑧ 青：《诗纪》作"清"。 ⑨ 饰粉绝：《诗纪》注"一作冶粉施"。

三妇艳诗[①]

萧 统

大妇舞轻巾，中妇拂[②]华茵。小妇独无事，红黛润芳津。良人且高卧，方欲荐梁尘。

① 此首录自《乐府诗集》卷三五。今按：此题《玉台新咏》卷五作《拟三妇》。

② 拂：《玉台新咏》作“扫”。

相逢狭路间[①]

刘 孺[②]

送君追遐路，路狭暧朝雰。三危上蔽日，九折杳连云。枝交幰不见，听静吹才闻。岂伊叹道远，亦乃泣涂分。况兹别亲爱，情念切离群。

① 此首录自《乐府诗集》卷三四。今按：此题为王僧虔《大明三年宴乐技录》清调六曲之四。 ② 刘孺(486—544)：南朝梁文人。字孝稚，原籍彭城(今属江苏徐州)。幼聪敏，七岁能属文。梁天监初，起家中军法曹参军。沈约闻其名，引为主簿，累迁太子舍人、中书郎、太子家令，直至尚书吏部郎。出为晋陵太守，复为吏部尚书。有集已佚。

相逢行[①]

张 率

相逢夕阴街，独趋尚冠里。高门既如一，甲第复相似。凭轼日欲昏，何处访公子？公子之所在，所在良易知。青楼出上路，渐台临曲池。堂上抚流徽，雷樽朝夕施。橘柚分华实，朱火燎金枝。兄弟两三人，冠珮[②]纷陆离。朝从禁中出，车骑并驱驰。金鞍马脑勒，聚观路旁儿。入门一顾望，凫鹄有雄雌。雄雌各数千，相鸣戏羽仪。并在东西立，群次何离离。大妇刺方领，中妇抱婴儿。小妇尚娇稚，端坐吹参差。丈人无遽起，神凤且来仪。

① 此首录自《乐府诗集》卷三四。题同《相逢狭路间行》。 ② 冠珮：冠，《玉台新咏》卷六作“裾”。珮，《乐府诗集》注“一作佩”。

三妇艳诗[①]

王 筠

大妇留芳褥，中妇对华烛。小妇独无事，当轩理清曲。丈人且安卧，艳歌方断续。

① 此首录自《乐府诗集》卷三五。

三妇艳诗[①]

吴 均

大妇弦初切，中妇管方吹。小[②]妇多姿态，含笑逼清卮。佳人勿余及，殷勤妾自知。

① 此首录自《乐府诗集》卷三五。 ② 小：《汉魏六朝百三名家集》作“少”。

三妇艳诗[①]

刘孝绰

大妇缝罗裙，中妇料绣文。唯余最小妇，窈窕舞昭君。丈人慎勿去，听我驻浮云。

① 此首录自《乐府诗集》卷三五。

塘上行苦辛篇[①]

刘孝威

蒲生伊何陈，曲中多苦辛。黄金坐销铄，白玉遂淄磷[②]。裂衣工毁嫡，掩袖切谗新。嫌成迹易已，爱去理难申。秦云犹变色，鲁日尚回轮。妾歌已肠[③]断，君心终未亲。

① 此首录自《乐府诗集》卷三五。　② 淄磷："涅而不淄"与"磨而不磷"的略语。谓染而不黑，磨而不薄。喻操守坚贞。　③ 肠：《乐府诗集》作"唱"，据《汉魏六朝百三名家集》改。

相逢狭路间[①]

刘　遵

春晚驾香车，交轮碍狭斜。所恐惟风入，疑伤步摇花。含羞隐年少，何因问妾家。青楼临上路，相期觉路赊。

① 此首录自《乐府诗集》卷三四。

长安有狭斜行[①]

王　冏[②]

名都驰道傍，华毂乱锵锵。道逢佳丽子，问我居何乡？我家洛川上，甲第遥相望。珠扉玳瑁床，绮席流苏帐。大子执金吾，次子中郎将。小子陪金马，遨游蔑卿相。三子俱休沐，风流郁何壮。三子俱会同，肃雍多礼让。三子俱还室，丝管纷寥亮。大妇裁舞衣，中妇学清唱。小妇窥镜影，弄此朝霞状。佳人且少留，为君绕梁唱。

① 此首录自《乐府诗集》卷三五。题同《相逢狭路间行》。　② 王冏(生卒年

不详）：生平里籍无考。《乐府诗集》将其列在梁庾肩吾之后、徐防之前。《先秦汉魏晋南北朝诗》作为梁人收其诗，并云："南徐州治中。有集三卷。"

长安有狭斜行[①]

徐　防[②]

长安有勾曲，勾勾不通驲，涂逢二绮衣，夹路访君室。君室近霸城，易识复知名。大息登金马，中息谒承明。小息偏爱幸，走马曳长缨。三息俱入门，车服尽雕轻。三息俱上堂，嘉宾四座盈。三息俱入户，室内有光荣。大妇缣始呈，中妇锈初营。小妇多姿媚，红纱映削成。上客且安坐，胡床妾自擎。

① 此首录自《乐府诗集》卷三五。题同《相逢狭路间行》　② 徐防（生卒年不详）：南朝梁诗人。里籍无考。《南史·庾肩吾传》载，萧纲于武帝普通年间在雍州，曾命庾肩吾、刘孝威、徐防等十人抄撰众籍，号"高斋十学士"。中大通二年（530）萧纲奉召入京，防亦随往。今存其诗三首。

长安有狭斜行[①]

庾肩吾[②]

长安曲陌坂[③]，曲曲[④]不容幰。路逢双绮襦，问君居近远。我居临御沟，可识不可[⑤]求。长子登麟阁，次子侍龙楼。少子无高位，聊从金马[⑥]游。三子俱来下，左右若川流。三子俱来入，高轩映彩旒。三子俱来宴，玉柱击清瓯。大妇襞云裘，中妇卷罗帱。少妇多妖艳[⑦]，花钿系石榴。夫君且安坐，欢娱方未周。

① 此首录自《乐府诗集》卷三五。题同《相逢狭路间行》。　② 庾肩吾（487—551）：南朝梁文学家。字子慎，一字慎之。南阳新野（今属河南）人。庾信父。初为晋安王萧纲常侍，与刘孝威等人号称高斋学士，纲立为帝，官度支尚书。

与徐摛皆为宫体诗的代表作家。工书法，著有《书品》。原有集，已佚。明人辑有《庾度支集》。 ③ 曲陌坂：《艺文类聚》卷四一作“有曲陌”。 ④ 曲曲：《艺文类聚》卷四一作“曲陌”。 ⑤ 可：《艺文类聚》作“难”。 ⑥ 金马：《艺文类聚》作“严驾”。 ⑦ 妖艳：《诗纪》卷八〇作“艳冶”。

长安有狭斜行[①]

萧 纲

长安有径涂，径径[②]不通舆。道逢双总丱，扶轮问我居。我居青门北，可忆复易寻[③]。大息搴金勒，中息绾[④]黄银。小息始得意，黄头作弄臣。三息俱人门，雅志[⑤]扬清尘。三息俱上堂，觞肴满四陈。三息俱入户，照耀光容新。大妇舒绮细，中妇拂罗巾。小妇最容冶，映镜学娇嚬。丈人且安坐，清讴出绛唇。

① 此首录自《乐府诗集》卷三五。题同《相逢狭路间行》。 ② 径径：《诗纪》卷六七作“涂迳”。 ③ 寻：《乐府诗集》作“津”。据《诗纪》卷六七改。 ④ 绾：《乐府诗集》作“割”，据《诗纪》改。 ⑤ 志：《汉魏六朝百三名家集》作“意”。

中妇织流黄[①]

萧 纲

翻花满阶砌，愁人独上机。浮云西北起，孔雀东南飞。调丝时绕腕，易镊乍牵衣。鸣梭逐动钏，红妆映落晖。

① 此首录自《乐府诗集》卷三五。今按：古辞《相逢行》、《长安有狭斜行》的后段有大妇、中妇、小妇等辞，此题名即取其后段“中妇织流黄”句。

瑟调曲

王僧虔《大明三年宴乐技录》所列瑟调曲有三十三曲。南朝梁文人拟作颇多涉及，兹按《乐府诗集》所收录入。

却东西门行[①]

沈　约

驱马城西[②]阿，遥眺想京阙。望极烟原尽，地远山河没。摇装非短晨，还歌岂明发。修服怅边羁，瞻途眇乡谒。驰盖转徂龙，回星引奔月。乐去哀境[③]满，悲来壮心歇。岁华委徂貌，年霜移暮发。辰物久侵晏[④]，征思坐沦[⑤]越。清气[⑥]掩行梦，忧原荡瀛渤。一念起关山，千里顾兵[⑦]窟。

① 此首录自《乐府诗集》卷三七。　② 城西：《艺文类聚》卷四一作“西城”。③ 境：《乐府诗集》作“镜”，据《诗纪》卷七二注改。　④ 晏：《汉魏六朝百三名家集》作“寻”。　⑤ 沦：《乐府诗集》作“论”，据《汉魏六朝百三名家集》改。⑥ 气：《汉魏六朝百三名家集》作“氛”。　⑦ 兵：《诗纪》作“丘”。

饮马长城窟行[①]

沈　约

介马渡龙堆，涂萦马屡回。前访昌海驿，杂种寇轮台。旌幕卷烟雨，徒御犯冰埃。

① 此首录自《乐府诗集》卷三八。今按：王僧虔《大明三年宴乐技录》瑟调曲有《饮马行》。此题同《饮马行》。古辞《饮马长城窟行》多言征戍之事。

青青河畔草[①]

沈　约

漠漠[②]床上尘，心中[③]忆故人。故人不可忆，中夜长叹息。叹息想容仪，不言[④]长别离。别离稍已久，空床寄杯酒[5]。

① 此首录自《乐府诗集》卷三八。今按:此题属《饮马长城窟行》一脉。古辞《饮马长城窟行》曰:"青青河畔草,绵绵思远道。"题出于此也。 ② 漠:通"寞"。《汉书·冯奉世传》颜师古注:"漠,无声也。" ③ 心中:《玉台新咏》卷五作"中心"。 ④ 言:《玉台新咏》作"欲"。 ⑤ 杯酒:《乐府诗集》作"酒杯",据《玉台新咏》改。

善哉行[1]

江　淹

置酒坐飞阁,逍遥临华池。神飙自远至,左右芙蓉披。绿竹夹清水,秋兰被幽涯[2]。月出照园中,冠珮相追随。客从南楚来,为我吹参差[3]。渊鱼犹伏浦[4],听者未云疲。高文一何绮,小儒安足为。肃肃广殿阴,雀声愁北林。众宾还城邑,何用[5]慰我心。

① 此首录自《乐府诗集》卷三六。今按:王僧虔《大明三年宴乐技录》瑟调曲有《善哉行》。《乐府解题》曰:"古辞云:'来日大难,口燥唇干。'言人命不可保,当见亲友,且永长年术,与王乔八公游焉。"此题《江文通文集》卷四作《魏文帝游宴丕子桓》。 ② 涯:《乐府诗集》作"崖",据《文选》卷三一改。 ③ 参差:指洞箫,亦名笙。 ④ 浦:《乐府诗集》作"涌",据《文选》改。 ⑤ 用:《文选》作"以"。

青青河畔草[1]

萧　衍

幕幕[2]绣户丝,悠悠怀昔期。昔期久不归,乡国旷音辉[3]。音辉空结迟,半寝觉如至。既寤了无形,与君隔平生。月以云掩光,叶以[4]霜摧老。当途竞自容,莫肯为妾道。

① 此首录自《乐府诗集》卷三八。今按:此题《诗纪》卷六四作"拟青青河畔

草”。 ② 幕幕：中华书局本《乐府诗集》校：“疑作幂幂”。 ③ 辉：《诗纪》作“徽”。 ④ 以：《乐府诗集》作“似”，据《诗纪》改。

雁门太守行[①]

诸 翔[②]

三月杨花合，四月麦秋初。幽州寒食罢，郑国采桑疏。便[③]闻雁门戍[④]，结束事戎车。去岁无霜雪，今年有[⑤]闰余。月如弦上弩，星类水中鱼。戎车攻日逐，燕骑荡康居。大宛归善马，小月送降书。寄语闺中[⑥]妾，忽怨寒床虚。

① 此首录自《乐府诗集》卷三九。 ② 诸翔(约 504—约 548)：字世举，河南阳翟人。梁武帝时，累迁吏部尚书。太清二年，丁母忧，以毁卒，年四十四。今按：此首《艺文类聚》作“梁简文帝”，《诗纪》卷九二作“诸翔”。 ③ 便：《文苑英华》卷一九六作“更”。 ④ 戍：《文苑英华》作“守”。 ⑤ 有：《乐府诗集》作“月”，据《文苑英华》及《诗纪》改。 ⑥ 闺中：《艺文类聚》作“金闺”。

东西门行[①]

刘孝威

广津寒欲歇，联樯密缆收。天高匝近岫，江阔少方舟。饯泪留神眷，离歙切私俦。伫变齐儿俗，当传楚献囚。徒然颁并命，祇恶[②]思如抽。

① 此首录自《乐府诗集》卷三七。郭茂倩解引《古今乐录》曰：“王僧虔《技录》云：《东西门行》，今不歌。”今按：《诗纪》卷八八注“此似应诏饯赠之作”。
② 恶：《诗纪》作“恧”。

蜀道难[①](二首)

刘孝威

其 一

玉垒高无极,铜梁不可攀。双流逆巇[②]道,九坂涩阳关。邓侯束[③]马去[④],王生敛辔还。惧身充叱驭,奉玉若犹悭[⑤]。

① 此二首录自《乐府诗集》卷四〇。今按:此二首《诗纪》卷八八作一首,并注:"《文苑英华辨证》曰:'此篇《文苑》与《类聚》同,惟郭氏《乐府》分前五言、后七言各为一首,中阙六句。'今从《文苑》为一首。"本编从《政府》分作二首。 ② 逆巇:逆,《文苑英华》卷二〇〇作"亦",《艺文类聚》卷四二作"迸"。巇,《乐府诗集》注"一作尕"。 ③ 束:《诗纪》作"策"。 ④ 去:《文苑英华》作"度"。 ⑤ "惧身"二句:《文苑英华》作"敛辔惧身尤,叱驭奉王猷。若恪千金重,谁为万里侯。戏马吞珠界,扬舲擢锦流。沉犀厌怪水,掘镜表灵丘",下接"嵎山"句(即"其二")。

其 二

嵎山[①]金碧有光辉,迁停[②]车马正[③]轻肥。弥思[④]王褒拥节去[⑤],复[⑥]忆相如乘传归。君平子云寂[⑦]不嗣,江汉英灵已信稀[⑧]。

① 嵎山:《文苑英华》作"隅山",《诗纪》作"禹山"。 ② 停:《文苑英华》作"亭"。 ③ 正:《文苑英华》作"尚"。 ④ 思:《文苑英华》作"想"。 ⑤ 去:《文苑英华》作"反"。 ⑥ 复:《文苑英华》作"更"。 ⑦ 寂:《文苑英华》作"閴"。 ⑧ 已信稀:《文苑英华》作"信已衰"。

煌煌京洛行[①]

戴暠

欲知佳丽地,为君陈帝京。由来称侠窟,争利复争名。铸铜门外马,刻石水中鲸。黑龙过饮渭,丹凤俯临城。群公邀郭解,天子问黄琼。诏幸平阳第,骑指伏波营。五侯同拜爵，七贵各垂缨。衣风飘飖起，车尘暗浪生。舞见淮南法，歌闻齐后[2]声。挥金留客坐，馔玉待钟鸣。独有文园客，偏嗟武骑轻。

① 此首录自《乐府诗集》卷三九。《乐府解题》云："梁戴暠'欲知佳丽地'，始则盛称京洛之美，终言君恩歇薄，有怨旷沉沦之叹。" ② 齐后：似当为"齐右"，与上句"淮南"相对。

月重轮行[1]

戴　暠

皇基属明两，副德表重轮。重轮非是晕，桂满自恒春。海珠含更灭[2]，阶蓂翳且新。婕妤比团扇，曹王譬洛神。浮川疑让璧，入户类烧银。从来看顾兔，不曾闻斗麟。北堂岂盈手，西园偏照人。

① 此首录自《乐府诗集》卷四〇。崔豹《古今注》："《日重光》、《月重轮》，群臣为汉明帝作也。明帝为太子，乐人作歌诗四章，以赞太子之德。一曰《日重光》，二曰《月重轮》，三曰《星重辉》，四曰《海重润》。汉末丧乱，后二章亡。旧说云，天子之德，光明如日，规轮如月，众辉如星，沾润如海。太子比德，故云重也。" ② 含更灭：《艺文类聚》卷四二作"全更减"。

陇 西 行[1]

庾肩吾

借问陇西行，何当驱马征。草合前迷路，云浓后暗城。寄语幽闺妾，罗袖勿空萦。

① 此首录自《乐府诗集》卷三七。今按：王僧虔《大明三年宴乐技录》瑟调有《陇西行》。《陇西行》，一曰《步出夏门行》。梁简文帝萧纲有《陇西行》，言征战辛苦，佳人怨思。此篇承此一脉。

青青河畔草[①]

何　逊

春兰已应好，折花望远道。秋夜苦复长，抱枕向空床。吹台下促节，不言于此别。歌筵掩团扇，何时一相见。弦绝犹依轸，叶落裁下枝。即此虽云别，方我未成离。

① 此首录自《乐府诗集》卷三八。

胡无人行[①]

吴　均

剑头利如芒，恒[②]持照眼光。铁骑追骁虏，金羁讨黠羌。高秋八九月，胡地早[③]风霜。男儿不惜死，破胆与君尝。

① 此首录自《乐府诗集》卷四〇。郭茂倩解引《古今乐录》曰："王僧虔《技录》有《胡无人行》，今不歌。"　② 恒：《汉魏六朝百三名家集》作"怕"。　③ 早：《乐府诗集》作"草"，据《汉魏六朝百三名家集》改。

棹歌行[①]

刘孝绰

日暮楚江上，江深风复生。所思竟何在，相望徒盈盈。舟子行催棹，无所唱流声。

① 此首录自《乐府诗集》卷四〇。

棹歌行[①]

阮　研[②]

芙蓉始出水，绿荇叶初鲜。且停《白雪》[③]和，共奏

《激楚》④弦。平生此遭遇，一日当千年。

① 此首录自《乐府诗集》卷四〇。　② 阮研（生卒年不详）：字文几，梁时陈留（今属河南开封）人。官至交州刺史。善书法，其行草出于王羲之。　③《白雪》：即《阳春白雪》，古代楚国歌曲名。　④《激楚》：古代歌舞曲名。《汉书·司马相如传上》："鄢郢缤纷，《激楚》、《结风》。"颜师古注引郭璞曰："《激楚》，歌曲也。"

棹歌行①

王　籍②

扬舲横大江，乘流任荡荡。轻桡莫不息，复逐夜潮上。时见湘水仙，恒闻解佩响。

① 此首录自《乐府诗集》卷四〇。　② 王籍（480—约550）：南朝梁诗人。字文海，琅琊临沂（今属山东）人。七岁能属文，及长好学，博涉有文气。梁天监初，除安成王主簿、尚书之公郎、廷尉正。历余姚、钱塘令。天监末，为湘东王谘议参军。其诗宗谢灵运，今存诗二首。

蒲坂行①

刘　遵

汉使出蒲坂，去去往交河。间谍敢亏对，骖马脱鸣珂。乍作渡泸怨，何辞上陇歌。

① 此首录自《乐府诗集》卷四〇。

胡无人行①

徐　摛②

刻楹登鲁殿，拥絮拭胡妆。犹将汉闺曲，谁忍奏毡房。遥忆甘泉夜，暗泪断人肠。

① 此首录自《乐府诗集》卷四〇。　② 徐摛（471—551）：南朝梁诗人。字士

秀，一字士缋。东海郯(今属山东)人。知遇萧纲，曾与刘孝威、庚肩吾等十人为其抄撰典籍，号“高斋学士”。累官新安太守。侯景攻陷台城，举兵上殿，侍卫奔散，摛独侍立不动，景由是惮摛。简文帝被幽闭，摛不获朝谒，因感气疾而卒。其诗风格秀逸，今存诗五首。

陇西行[①](三首)

萧纲

其一

边秋胡马肥，云[②]中惊寇入。勇气时[③]无侣，轻兵救边急。沙平不见虏，嶂崄还相及。出塞岂成歌，经川未遑汲。乌孙涂更阻，康居路犹涩。月晕抱龙城，星流[④]照马邑。长安路远书不还，宁知征人独伫立。

① 此三首录自《乐府诗集》卷三七。今按：此诗《诗纪》卷六七以第一首为《陇西行》，第二、三首为《泛舟横大江》。 ② 云：《乐府诗集》作“雪”，据《诗纪》改。 ③ 时：《诗纪》作“特”。 ④ 流：《乐府诗集》作“眉”，据《诗纪》改。

其二

陇西四战地，羽檄岁时闻。护羌[①]拥汉节，校尉立元勋。石门留铁骑，冰城息夜军。洗兵逢骤雨，送阵出黄云。沙长无止泊，水脉屡萦分。当思勒彝鼎，无用想罗裙。

① 护羌：“护羌校尉”的简称。西汉始置，职掌西羌事务。东汉沿置，晋时改称凉州刺史。

其三

悠悠悬旆旌，知向陇西行。减灶驱前马，衔枚进后兵。沙飞朝似幕，云起夜疑城。迴山时阻路，绝水极稽程。往年郅支服，今岁单于平。方观[①]凯乐盛，飞盖满西京。

① 观：《诗纪》作“欢”。

泛舟横大江[1]

萧　纲

沧波白日晖，游子出王畿。旁望重山转，前观远帆稀。广水浮云吹，江风引夜衣。旅雁同洲宿，寒凫夹浦飞。行客谁多病，当念早旋归。

① 此首录自《乐府诗集》卷三八。郭茂倩解云，魏文帝《饮马长城窟行》曰："泛舟横大江"，因以为题也。今按：《诗纪》卷六七此题为三首，余二首为"陇西四战地"、"悠悠悬旆旌"，《乐府诗集》已辑入卷三七《陇西行》题下。

上留田行[1]

萧　纲

正月土膏初欲发，天马照耀动农祥。田家斗酒群相劳，为歌长安金凤皇。

① 此首录自《乐府诗集》卷三八。崔豹《古今注》曰："上留田，地名也。人有父母死不字其孤弟者，邻人为其弟作悲歌以风其兄，故曰《上留田》。"

新城安乐宫[1]

萧　纲

遥看云雾中，刻桷映丹红[2]。珠帘通晚[3]日，金华拂夜风。欲知歌[4]管处，来过安乐宫。

① 此首录自《乐府诗集》卷三八。郭茂倩解引《古今乐录》曰："王僧虔《技录》有《新城安乐宫行》，今不歌。"《乐府解题》曰："《新城安乐宫行》，备言雕刻研之美也。"今按：新城，《玉台新咏》卷七及《古乐府》卷五作"新成"。　② 红：《文苑英华》卷一九二作"虹"。　③ 晚：《玉台新咏》及《艺文类聚》卷六二作"晓"。　④ 歌：《玉台新咏》作"声"。

雁门太守行[1](二首)

萧 纲

其 一

轻霜中夜下,黄叶远[2]辞枝。寒苦春难觉,边城秋易知。风急旍[3]旗断,涂长铠马疲。少解孙吴法,家本幽并儿。非关买雁肉,徒劳皇甫规。

① 此二首录自《乐府诗集》卷三九。 ② 远:《文苑英华》卷一九六及《艺文类聚》卷四二均作"晚"。 ③ 旍:同"旌"。《艺文类聚》作"铃",《文苑英华》作"征"。

其 二

陇暮风恒急,关寒霜自浓。枥马夜方饲[1],边衣秋未重。潜师夜接战,略地晓摧锋。悲笳动胡[2]塞,高旗出汉墉。勤劳谢功[3]业,清白报迎逢。非须[4]主人赏,宁期定远封。单于如未系[5],终夜慕前踪。

① 饲:《乐府诗集》作"思",据《文苑英华》改。 ② 胡:《乐府诗集》作"明",据《诗纪》卷六七改。 ③ 功:《乐府诗集》作"公",据《诗纪》改。 ④ 须:《文苑英华》作"颁"。 ⑤ 系:《乐府诗集》作"击",据《文苑英华》改。

艳 歌 行[1](二首)

萧 纲

其 一

凌晨光景丽,倡女凤楼中。前瞻削成小,傍望卷旌空。分妆间[2]浅靥,绕脸傅斜红。张琴未调轸,饮吹不全终。自知心所爱,出入仕秦宫。谁言连尹屈,更是莫敖通。轻轺缀皂盖,飞辔轹云骢。金鞍随系尾,衔琐映缠鬃。戈镂荆山玉,剑饰丹阳铜。左把苏合弹,傍持大屈弓。控弦因鹊血,挽强用牛螉。弋猎多登陇,酣歌每入丰。晖晖隐落日,冉冉还房栊。灯生阳燧火，尘散鲤鱼风。流苏时下帐，象箪复韬筒。雾暗窗前柳，寒疏井上桐。女萝托松际，甘瓜蔓井东。拳拳恃君宠，岁暮望无穷。

① 此二首录自《乐府诗集》卷三九。今按：第一首《玉台新咏》卷七作《艳歌篇》十八韵。第二首《诗纪》卷六七亦作《艳歌篇》。 ② 间：《诗纪》作"开"。

其 二

云楣桂成户，飞栋杏为梁。斜窗通蕊[①]气，细隙引尘光。裁衣魏后尺，汲水淮南床。青骊暮当返[②]，预使罗裙香。

① 蕊：《艺文类聚》卷四二作"药"。 ② 当返：《艺文类聚》作"已及"。

京洛篇[①]

萧 纲

南游偃师县，斜上霸陵东。回瞻龙首堞，遥望德阳宫。重门远照耀，天阁[②]复穹隆。城旁疑复道，树里识松风。黄河[③]入洛水，丹泉绕射熊。夜轮悬素魄，朝光[④]荡碧空。秋霜晓驱雁，春雨暮[⑤]成虹。曲阳造甲第，高安还禁中。刘苍归作相，窦宪出临戎。此时车马合，兹晨冠盖通。谁知[⑥]两京盛，欢宴遂无穷。

① 此首录自《乐府诗集》卷三九。今按：此题《乐府诗集》"同前二首"，即《煌煌京洛行二首》，将此首列为其二，归于鲍照名下，但《鲍参军集》不收，《艺文类聚》卷四二作简文帝诗。《诗纪》卷六七作梁简文帝《京洛篇》，注："《乐府》作《煌煌京洛行》，列鲍照后，逸作者之名，或以为鲍诗，非也。"今按《诗纪》、《艺文类聚》录题，并补作者。 ② 阁：《艺文类聚》作"阙"。 ③ 河：《汉魏六朝百三名家集》作"沙"。 ④ 光：《乐府诗集》作"天"，据《艺文类聚》改。 ⑤ 暮：《乐府诗集》作"暗"，据《艺文类聚》改。 ⑥ 谁知：《艺文类聚》作"惟此"。

蜀道难[1]（二首）

萧纲

其一

建平督邮道，鱼复[2]永安宫，若奏巴渝曲，时当君思中。

① 此首录自《乐府诗集》卷四〇。郭茂倩解引《古今乐录》曰："王僧虔《技录》有《蜀道难行》，今不歌。"《乐府解题》曰："《蜀道难》备言铜梁玉垒之阻，与《蜀国弦》颇同。"《尚书谈录》曰："李白作《蜀道难》，以罪严武。后陆畅谒韦南康皋于蜀郡，感韦之遇，遂反其词作《蜀道易》云：'蜀道易，易于履平地。'"按铜梁玉垒在蜀郡西南，今永康是也。非入蜀道，失之远矣。　② 复：《乐府诗集》作"后"，据《诗纪》卷六七改。

其二

巫山七百里，巴水三回曲。笛声下复高，猿啼断还续。

棹歌行[1]

萧纲

妾家住湘川，菱歌本自便。风生解刺[2]浪，水深能捉船。叶乱由牵荇，丝飘为折莲。溅妆疑薄汗，沾衣似故湔。浣纱流暂浊，汰锦色还鲜。参同赵飞燕，借问李延年。从来入弦管，谁[3]在棹歌前？

① 此首录自《乐府诗集》卷四〇。　② 刺：《艺文类聚》卷四二作"榜"。③ 谁：《诗纪》卷六七作"讵"。

飞来双白鹤[1]

萧绎

紫盖学仙成，能令吴市倾。逐舞随疏节，闻琴应别声。集田遥赴影，隔雾近相鸣。时从洛浦渡，飞向辽东城。

① 此首录自《乐府诗集》卷三九。今按：此题同《飞鹄行》、《艳歌何尝行》。古辞《艳歌何尝行》曰："飞来双白鹤，乃从西北来。"题出于此也。

楚调曲

王僧虔《大明三年宴乐技录》云，楚调曲有《白头吟行》、《泰山吟行》、《梁甫吟行》、《东武琵琶吟行》、《怨诗行》。其器有笙、笛弄、节、琴、筝、琵琶、瑟七种。

南朝梁文人拟作《怨诗行》甚多，兹按《乐府诗集》收录之。

梁甫吟①

沈约

龙驾有驰策，日御不②停阴。星籥亟回变，气化坐盈侵。寒光稍眇眇③，秋塞日沉沉。高窗灰④余火，倾河驾腾参。飙风折暮草，惊竿⑤贯层林。时云霭空远，渊水结清深。奔枢岂易纽，珠⑥庭不可临。怀仁每多意，履顺孰能禁。露清一唯促，缓志且移心。哀⑦歌步《梁甫》，叹绝有遗音。

① 此首录自《乐府诗集》卷四一。郭茂倩曰："按梁甫，山名，在泰山下。《梁甫吟》，盖言人死葬此山，亦葬歌也。又有《泰山梁甫吟》，与此颇同。" ② 不：《汉魏六朝百三名家集》作"无"。 ③ 眇眇：《文苑英华》卷二〇七作"耿耿"。 ④ 灰：《文苑英华》及《诗纪》卷七二皆作"仄"。 ⑤ 竿：《诗纪》作"簳"。 ⑥ 珠：《文苑英华》作"殊"。 ⑦ 哀：《乐府诗集》作"京"，据《诗纪》及《文苑英华》改。

东武吟行[①]

沈 约

天德深且旷，人世贱[②]而浮。东枝才[③]拂景，西鏊已停辀。逝辞金门宠，去饮玉池流。霄辔一[④]永矣，俗累从此休。

① 此首录自《乐府诗集》卷四一。《乐府解题》曰:“鲍照云‘主人且勿喧’，沈约云‘天德深且旷’，伤时移事异，荣华徂谢也。” ② 贱:中华书局本《乐府诗集》校记“疑当作浅”。 ③ 才:《乐府诗集》作“裁”，据《汉魏六朝百三名家集》改。 ④ 一:《艺文类聚》卷四一作“绝”。

怨歌行[①]

沈 约

时屯宁易犯，俗险信难群。坎壈元淑[②]赋，顿挫敬通文。遽沦班姬宠，夙窆贾生坟。短俗同如此，长叹何足云[③]。

① 此首录自《乐府诗集》卷四二。 ② 元淑:中华书局本《乐府诗集》校记“疑当作元叔”，为东汉赵壹字，壹有《刺世疾邪赋》。 ③ 何足云:《艺文类聚》卷四一作“欲何云”。

明月照高楼[①]

萧 衍

圆魄当虚闼，清光流思筵。筵思照孤影，凄怨还自怜。台镜早生尘，匣琴又无弦。悲慕屡伤节，离忧亟华年。君如东扶[②]景，妾似西柳烟。相去既路迥，明晦亦殊悬。愿为铜铁辔，以感长乐前。

① 此首录自《乐府诗集》卷四二。 ② 扶:《玉台新咏》卷七作“榑”。

长门怨①

柳　恽

玉壶夜愔愔，应门重且深。秋风动桂树，流月摇轻阴。绮檐清露溽，网户思虫吟。叹息下兰阁②，含愁奏雅琴。何由鸣晓佩，复得抱宵衾。无复金屋念，岂照长门心。

① 此首录自《乐府诗集》卷四二。郭茂倩解引《汉武帝故事》曰："武帝为胶东王时，长公主嫖有女，欲与王婚，景帝未许。后长主还宫，胶东王数岁，长主抱置膝上，问曰：'儿欲得妇否？'长主指左右长御百余人，皆云'不用'。指其女问曰：'阿娇好否？'笑对曰：'好，若得阿娇作妇，当作金屋贮之。'长主乃苦要帝，遂成婚焉。"《汉书》曰："孝武陈皇后，长公主嫖女也。擅宠骄贵，十余年而无子，闻卫子夫得幸，几死者数焉，元光五年废居长门宫。"《乐府解题》曰："长门怨者，为陈皇后作也。后退居长门宫，愁闷悲思，闻司马相如工文章，奉黄金百斤，令为解愁之辞。相如为作《长门赋》，帝见而伤之，复得亲幸。后人因其赋而为《长门怨》也。"　② 阁：《古乐府》卷五作"阁"。

怨歌行①

江　淹

纨扇如团月，出自机中素。画作秦王女，乘鸾向烟雾。彩色世所重，虽新不代②故。窃悲③凉风至，吹我玉阶树。君子恩未毕，零落委中路。

① 此首录自《乐府诗集》卷四二。今按：此题《诗纪》卷七〇作《杂体》三十首之三《班婕妤咏扇》，《艺文类聚》卷四一作《拟班婕妤咏扇》。　② 代：《艺文类聚》作"似"。　③ 悲：《诗纪》作"愁"。

怨　诗[1]

刘孝威

退宠辞金屋，见谴斥甘泉。枕席秋风起，房栊明月悬。烛避窗中影，香回炉上烟。丹庭斜草径，素壁点苔钱。歌起蒲生曲，乐奏下山弦。新声昔广宴，余杯今自传。王嫱向绝漠，宗女入祁连。雁书犹未返，角马无归年。昭台有[2]媵御，曾坂无弃捐。后薪随复积？前鱼谁复怜。

① 此首录自《乐府诗集》卷四一。　② 有：《乐府诗集》作“省”，据《诗纪》卷八八改。

长门怨[1]

费　昶[2]

向夕千愁起，自悔何嗟及。愁思且归床，罗襦方掩泣。绛树摇风软，黄鸟弄声急。金屋贮娇时，不言君不入。

① 此首录自《乐府诗集》卷四二。今按：此题《玉台新咏》卷六作《长门后怨》。　② 费昶（生卒年不详）：南朝梁诗人。江夏（今属武汉）人。善为乐府，作《鼓吹曲》，为梁武帝萧衍所赏，称其“才意新拔，有足嘉异”。与萧子范、子晖兄弟有诗唱和。官至新田令。今存诗十七首，半属乐府，见《先秦汉魏晋南北朝诗》。

班婕好[1]

刘孝绰

应门寂已闭，非复后庭时。况在青春日，萋萋绿草滋。妾身似秋扇，君恩绝履綦。讵忆游轻辇，徒令[2]贱妾辞。

① 此首录自《乐府诗集》卷四三。　② 徒令：《乐府诗集》作“从今”，据《诗

纪》卷八七注“一作徒令”改。

班婕妤[1]

孔翁归[2]

长门与长信，日暮九重空。雷声听隐隐，车响绝珑珑。恩光随妙舞，团扇逐秋风。铅华谁不慕[3]，人意自难终[4]。

① 此首录自《乐府诗集》卷四三。今按：此题《玉台新咏》卷六作《奉和湘东王教班婕妤》。 ② 孔翁归（生卒年不详）：南朝梁诗人。会稽（今浙江绍兴）人。尝为南平王萧伟记室。今存诗一首。 ③ 慕：《艺文类聚》卷三〇作“见”。 ④ 终：《艺文类聚》作“同”。

班婕妤[1]

何思澄[2]

寂寂长信晚，雀声喧[3]洞房。踟蹰网高阁，驳藓被长廊。虚殿帘帏静，闲阶花蕊香。悠悠[4]视日暮，还复拂空床。

① 此首录自《乐府诗集》卷四三。今按：此题《玉台新咏》卷六作《奉和湘东王教班婕妤》。 ② 何思澄（约 483—约 534）：南朝梁文人。字元静。原籍东海郯（今属山东）。少勤学，工文辞。起家为南康王侍郎，迁治书侍御史，终武陵王录事参军。有集已佚。今存诗三首，风格近宫体。 ③ 喧：《玉台新咏》作“哦”。 ④ 悠悠：《艺文类聚》卷三〇作“愁愁”。

班婕妤[1]

王叔英妻沈氏[2]

日落应门闭，愁思百端生。况复昭阳近，风传歌吹声。宠移终不恨，谗枉太无情。只言争分理，非妒[3]舞腰轻。

① 此首录自《乐府诗集》卷四三。 ② 王叔英妻沈氏:《艺文类聚》卷三〇作“徐悱妻刘氏”。徐悱，南朝梁文人。徐勉次子，刘令娴夫。有《赠内》二首，风华摇曳，可见其伉俪之情。《乐府诗集》此首列在梁何思澄之后，陈阴铿之前，疑为梁辞待考。 ③ 妒:《乐府诗集》作“独”，据《艺文类聚》改。

怨 诗[1]

萧 纲

秋风与白团，本自不相安。新人及故爱，意气岂能宽。黄金肘后铃[2]，白玉案前盘。谁堪空对此，还成无岁寒。

① 此首录自《乐府诗集》卷四一。今按:汉班婕妤有《怨诗行》，后世遂有《怨诗》、《长门怨》等拟作，同属一脉。 ② 钤:《乐府诗集》作“铃”，据《汉魏六朝百三名家集》改。

怨歌行[1]

萧 纲

十五颇有余，日照杏梁初。蛾眉本多嫉，掩鼻特成虚。持此倾城貌，翻为不肖躯。秋风吹海水，寒霜依玉除。月光临户映[2]，荷花依浪舒。望檐悲双翼，窥沼泣王余[3]。苔生履处没，草合行人疏。裂纨伤不尽，归骨恨难祛。早知长信别，不避后园舆。

① 此首录自《乐府诗集》卷四二。 ② 映:《乐府诗集》作“驶”，据《文苑英华》卷二一一改。 ③ 王余:《汉魏六朝百三名家集》作“前鱼”，并注“或作王余，鱼名”。

班婕妤[①]

萧　绎

婕妤初选入，含媚向罗帏。何言飞燕宠，青苔生玉墀。谁知同辇爱，遂作裂纨诗。以兹自伤苦，终无长信悲。

① 此首录自《乐府诗集》卷四三。今按：此题一曰《婕妤怨》。《乐府解题》曰："《婕妤怨》者，为汉成帝班婕妤作也。婕妤，徐令彪之姑，况之女。美而能文，初为帝所宠爱。后幸赵飞燕姊弟，冠于后宫。婕妤自知见薄，乃退居东宫，作赋及纨扇诗以自伤悼。后人伤之而为《婕妤怨》也。"

清商曲辞

清商曲声调比较清越。郭茂倩《乐府诗集》将其分为六类：《吴声歌曲》、《神弦歌》、《西曲歌》、《江南弄》、《上云乐》、《雅歌》。其中保存了大量的南朝民歌。

南朝梁清商曲辞有三类：《吴声歌曲》、《西曲歌》、《江南弄》。

吴声歌曲

据《古今乐录》云，吴声十曲：一曰《子夜》，二曰《上柱》，三曰《凤将雏》，四曰《上声》，五曰《欢闻》，六曰《欢闻变》，七曰《前溪》，八曰《阿子》，九曰《丁督护》，十曰《团扇郎》，并梁所用曲。

《凤将雏》以上三曲，古有歌，自汉至梁不改，已不传。《上声》以下七曲，由南朝梁包明月制舞《前溪》一曲，余并梁王金珠所制也。

另游曲六曲有《子夜四时歌》、《警歌》、《变歌》，并十曲中间游曲也。

子夜四时歌①（七首）

萧 衍

春 歌②

兰叶始满地，梅花已落枝。持此可怜意，摘以寄心知。

① 此七首录自《乐府诗集》卷四四。《唐书·乐志》曰：“《子夜歌》者，晋曲也。晋有女子名子夜，造此声，声过哀苦。”《乐府解题》曰：“后人更为四时行乐之词，谓之《子夜四时歌》。又有《大子夜歌》、《子夜警歌》、《子夜变歌》，皆曲之变也。” ② 春歌：一首，《诗纪》卷六四作“四首”，第一首“阶上香入怀”，第三首“朱日光素冰”，见王金珠《春歌》三首中。第四首“花坞蝶双飞，柳堤鸟百舌。不见佳人来，徒劳心断绝”，《诗纪》注：“《乐府》不载。”

夏　歌[1]（三首）

其　一

江南莲花开，红光覆[2]碧水。色同心复同，藕异心无异。

① 夏歌：三首，《诗纪》卷六四作“四首”，第三首“玉盘著朱李”见王金珠《夏歌》二首中。　② 覆：《乐府诗集》作“复”，据《玉台新咏》卷一〇改。

其　二

闺中花如绣，帘上露如珠。欲知有所思，停织复踟蹰[1]。

① 踟蹰：《玉台新咏》卷一〇作“峙㟪”。

其　三

含桃落花日，黄鸟营飞时。君住马已[1]疲。妾去蚕已[2]饥。

① 已：《乐府诗集》卷四四注“一作欲”。《玉台新咏》卷一〇作“欲”，注“亦作已”。　② 已：《玉台新咏》卷一〇作“欲”，注“亦作已”。

秋　歌（二首）[1]

其　一

绣带合欢结[2]，锦衣连理文。怀情入夜月，含笑出朝云。

① 秋歌：二首，《诗纪》作“四首”，第二首“七彩紫金柱，九华九玉梁。但歌云不去，含吐有余香”，第三首“吹漏未可停，弦断更当续。俱作双丝引，共奏同心曲”，注：“以上二首，《乐府》不载。”今按：第二首见王金珠《子夜变歌》，第三首见王金珠《春歌》三首。　②结：《玉台新咏》卷一〇作“炬”，误。又，此首又见王金珠《冬歌》，首句作“寒闺周黼帐”。

其　二

当信抱梁期，莫听回风音。镜上两入髻[1]，分明无两心。

① “镜上”句：《乐府诗集》卷四四注引《玉台新咏》卷一〇作“镜中两人髻”。

"入"似为"人"之误。

冬　歌[①]

寒闺动黻帐，密筵重锦席。卖眼拂长袖，含笑留上客。

① 冬歌：《诗纪》作"四首"，第二首"别时乌啼户，金晨雪满墀。过此君不返，但想绿鬓衰"，注："《乐府》所载古辞一首，与此小异。"第三首"果欲结金兰"，注："《乐府》作古辞。"第四首"一年漏将尽，万里人未归。君志因有在，妾躯乃无依"，注："《乐府》不载。"

团扇郎[①]

萧　衍[②]

手中白团扇，净如秋团[③]月。清风任动生，娇声任意发[④]。

① 此首录自《乐府诗集》卷四五。《古今乐录》曰："《团扇郎歌》者，晋中书令王珉，捉白团扇与嫂婢谢芳姿有爱，情好甚笃。嫂捶挞婢过苦，王东亭闻而止之。芳姿素善歌，嫂令歌一曲当赦之。应声歌曰：'白团扇，辛苦五流连。是郎眼所见。'珉闻，更问之：'汝歌何遗？'芳姿即改云：'白团扇，憔悴非昔容，羞与郎相见。'后人因而歌之。"　② 萧衍：《乐府诗集》阙，据《玉台新咏》卷一〇及《艺文类聚》卷四三补。　③ 团：《艺文类聚》作"圆"。　④"娇声"句：《玉台新咏》作"娇香承意发"，注"亦作娇声任意发"。《艺文类聚》作"娇香乘意发"。

子夜四时歌[①]（八首）

王金珠[②]

春　歌（三首）

其　一[③]

朱日光素水[④]，黄华[⑤]映白雪。折梅待[⑥]佳人，共迎[⑦]阳春月。

① 此八首录自《乐府诗集》卷四四。 ② 王金珠(生卒年不详):南朝梁乐人。生平里籍无考。《古今乐录》谓吴声十曲,并梁所用曲。其中前三曲,古有歌,自汉至梁不改,今不传。后七曲,内人包明月制舞《前溪》一曲,余并王金珠所制也。据此,王金珠似非内人而为乐署乐工。然《通典》卷一四五《乐典》明记梁世"内人王金珠善歌吴声四曲",则王金珠亦为内人。陆昶《历代名媛诗词》评其作曰:"未详里族,诗有思理,句甚紧峭,声调亦得乐府之遗,妇女中作手也。"《先秦汉魏晋南北朝诗》据《乐府诗集》录其乐府十五首,内八首《玉台新咏》署作梁武帝,一首署作梁孝武帝,当是王金珠所歌而为武帝、孝武帝所作歌辞也。 ③ 此首《玉台新咏》卷一〇作梁武帝诗,《梁武帝集》亦载之。 ④ 水:《玉台新咏》卷一〇作"冰"。 ⑤ 华:《玉台新咏》作"花"。 ⑥ 待:《玉台新咏》作"寄",注"亦作待"。 ⑦ 迎:《玉台新咏》作"待",注"亦作迎"。

其　二

阶上香① 入怀,庭中花照眼。春心郁② 如此,情来不可限。

① 香:《玉台新咏》卷一〇作"歌"。又,此首《玉台新咏》及《艺文类聚》卷四三均作梁武帝诗,《梁武帝集》亦载之。 ② 郁:《梁武帝集》作"一"。《玉台新咏》作"一",注"亦作郁"。

其　三

吹漏① 不可② 停,断弦当更③ 续。俱作双思④ 引,共奏同心曲。

① 漏:《玉台新咏》卷十作"蒲",注:"亦作漏"。 ② 不可:《玉台新咏》作"未可",注:"亦作不可"。又,此首《玉台新咏》作梁武帝诗,《梁武帝集》亦载之。 ③ 当更:《玉台新咏》注"亦作更当"。 ④ 双思:《玉台新咏》作"双丝",注:"亦作双思"。

夏　歌(二首)

其　一

玉盘贮朱李①,金杯盛白酒。本② 欲持自亲③,复恐不甘口。

① 贮朱李:《玉台新咏》卷一〇“贮”作“著”,注:“一作贮”。又此首《玉台新咏》作梁武帝诗,《梁武帝集》载之。 ② 本:《玉台新咏》及《梁武帝集》均作“虽”。 ③ 亲:《玉台新咏》作“新”,注:“一作亲元”。

其 二

垂帘倦烦热,卷幌乘清阴。风吹合欢帐,直动相思琴。

秋 歌(二首)

其 一

叠素兰房中,劳情桂杵侧。朱颜润红粉,香汗光玉色。

其 二

紫茎垂玉露,绿叶落金樱。著锦如言重,衣罗始觉轻。

冬 歌[①]

寒闺周黻帐,锦衣连理文。怀情入夜月,含笑出朝云。

① 冬歌:此首除第一句外,与前梁武帝萧衍《秋歌》第一首同。

子夜变歌[①]

王金珠

七彩紫金柱,九华白玉梁。但歌绕不去,含吐有余香。

① 此首录自《乐府诗集》卷四五。《宋书·乐志》曰:“六变诸曲,皆因事制歌。”《古今乐录》曰:“《子夜变歌》前作持子送,后作欢娱我送。《子夜警歌》无送声,仍作变,故呼为变头,谓六变之首也。”今按:此首《玉台新咏》卷一〇作梁武帝《秋歌》,《梁武帝集》亦载之。

上声歌[①]

王金珠

花色过桃杏，名称重金琼。名歌非《下里》，含笑作《上声》。

① 此首录自《乐府诗集》卷四五。《古今乐录》曰："《上声歌》者，此因上声促柱得名。或用一调，或用无调名，如古歌辞所言，谓哀思之音，不及中和。梁武因之改辞，无复雅句。"今按：此首《玉台新咏》卷一〇作梁武帝诗。

欢闻歌[①]

王金珠

艳艳金楼女，心如玉池莲。持底报郎恩，俱期游梵天[②]。

① 此首录自《乐府诗集》卷四五。《古今乐录》曰："《欢闻歌》者，晋穆帝升平初歌，毕即呼'欢闻不'？以为送声，后因此为曲名。"今按：此首《玉台新咏》卷一〇作梁武帝诗。　② 梵天：《玉台新咏》作"梵天"，注"亦作楚天"。作"楚"者因形近而误。

欢闻变歌[①]

王金珠

南有相思木，合影[②]复同心。游女不可求，谁能识得音[③]。

① 此首录自《乐府诗集》卷四五。郭茂倩解引《古今乐录》曰："欢闻变歌者，晋穆帝升平中，童子辈忽歌于道，曰'阿子闻'，曲终辄云：'阿子汝闻不?，无几而穆帝崩。褚太后哭'阿子汝闻不'，声既凄苦，因以名之。"今按：此首《玉台新咏》卷一〇作梁武帝诗。　② 合影：《玉台新咏》作"含情"。　③ 识得音：《玉台新咏》作"息空阴"，注"亦作识得音"。

丁督护歌[①]

王金珠

黄河流无极，洛阳数千里。辘轲[②]戎旅[③]间，何由见欢子。

① 此首录自《乐府诗集》卷四五。今按：此首《玉台新咏》卷一〇作宋武帝辞。 ② 辘轲：《玉台新咏》作“坎轲”。 ③ 旅：《玉台新咏》作“途”，注“一作旅”。

阿 子 歌[①]

王金珠

可怜双飞凫，飞集野田头。饥食野田草，渴饮清河流。

① 此首录自《乐府诗集》卷四五。郭茂倩解引《宋书·乐志》曰：“《阿子歌》者，亦因升平初歌云‘阿子汝闻不’，后人演其声为《阿子》、《欢闻》二曲。”《乐苑》曰：“嘉兴人养鸭儿，鸭儿既死，因有此歌。未知孰是。”

前 溪 歌[①]

包明月[②]

当曙与未曙，百鸟啼窗前[③]。独眠抱被叹，忆我怀中侬，单情何时双。

① 此首录自《乐府诗集》卷四五。《宋书·乐志》曰：“《前溪歌》者，晋车骑将军沈玩所制。”郗昂《乐府解题》曰：“《前溪》，舞曲也。” ② 包明月（生卒年不详）：南朝梁内府乐使。生平里籍不详。《乐府诗集》卷四四引《古今乐录》，谓吴声曲中《前溪》为明月所制。《乐府诗集》卷四五录此首五句，系民歌体也。 ③ 窗前：疑当作“前窗”，“窗”与“双”字协韵。

西曲歌

《西曲歌》,《古今乐录》称三十四曲,南朝梁所制近十曲。

襄阳蹋铜蹄[1](三首)

沈约

其一

分手[2]桃林岸,望[3]别岘山头。若欲寄音信[4],汉水向东流。

① 此三首录自《乐府诗集》卷四八。郭茂倩解引《隋书·乐志》曰:"梁武帝之在雍镇,有童谣云:'襄阳白铜蹄,反缚扬州儿。'识者言:'白铜蹄,谓金蹄,为马也。白,金色也。'及义师之兴,实以铁骑。扬州之士皆面缚,果如谣言。故即位之后,更造新声,帝自为之词三曲。又令沈约为三曲,以被管弦。"《古今乐录》曰:"襄阳蹋铜蹄者,梁武西下所制也。沈约又作,其和云:'襄阳白铜蹄,圣德应乾来。'天监初,舞十六人,后八人。"今按:《文苑英华》卷二〇一作《白铜蹄歌》,《诗纪》卷六四作《襄阳白铜蹄歌》。 ②手:《文苑英华》卷二〇一作"首"。③ 望:《诗纪》卷七二作"送"。 ④ 音信:《文苑英华》作"书信"。

其二

生长宛水上,从事襄阳城。一朝遇神武,奋翼起先鸣。

其三

蹀鞚飞尘起,左右自生光。男儿得富贵,何必在归乡。

襄阳蹋铜蹄[1](三首)

萧衍

其一

陌头征人去,闺中女下机。含情不能言,送别沾罗衣。

① 此三首录自《乐府诗集》卷四八。

其　二

草树非一香，花叶百种色。寄语故情人，知我心相忆。

其　三

龙马[①]紫金鞍，翠毦白玉羁。照耀双阙下，知是襄阳儿。

① 马：《乐府诗集》作“门”，据《诗纪》改。

杨叛儿[①]

萧　衍

桃花初[②]发红，芳草尚抽绿。南音多有会，偏重叛儿曲。

① 此首录自《乐府诗集》卷四九。《唐书·乐志》曰：“《杨伴儿》，本童谣歌也。齐隆昌时，女巫之子曰杨旻，少时随母入内，及长为何后宠。童谣云：“杨婆儿，共戏来所欢。”语讹，遂成“杨伴儿。”　② 初：《乐府诗集》作“如”，据《汉魏六朝百三名家集》改。

乌栖曲[①]

萧子显

芳树归飞聚俦匹，犹有残光半山日。莫惮褰裳不相求，汉皋游女习风流。

① 此首录自《乐府诗集》卷四八。今按：此题当属《乌夜啼》一脉。《乐府诗集》将二者同列入西曲歌。

乌夜啼[1]

刘孝绰

鹍弦且辍弄，《鹤操》[2]暂停徽。别有啼乌曲，东西相背[3]飞。倡人怨独守，荡子游[4]未归。忽闻生离曲[5]，长[6]夜泣罗衣。

① 此首录自《乐府诗集》卷四七。 ②《鹤操》：指《别鹤操》，乐府琴曲名。此泛指表示别离的琴曲。 ③ 相背：《乐府诗集》注"一作各自"。《艺文类聚》卷四二作"各自"。 ④ 游：《艺文类聚》作"犹"，《汉魏六朝百三名家集》作"殊"。 ⑤ 曲：《艺文类聚》作"唱"。 ⑥ 长：《艺文类聚》作"中"。

白附鸠[1]

吴 均[2]

石头龙尾弯，新亭送客者[3]，酤酒不取钱，郎能饮几许。

① 此首录自《乐府诗集》卷四九。郭茂倩解引《古今乐录》曰："《白附鸠》倚歌，亦曰《白浮鸠》，本拂舞曲也。" ② 吴均：《乐府诗集》阙，据其目录补。 ③ 者：《古乐府》卷七及《诗纪》卷二二均作"渚"。

白浮鸠[1]

吴 均[2]

琅琊白浮鸠，紫翳飘陌[3]头。食饮东莞野，栖宿越王楼。

① 此首录自《乐府诗集》卷四九。 ② 此首《汉魏六朝百三名家集》之《吴朝请集》不载，《诗纪》卷八一吴均诗中有此篇，疑有误，待考。 ③ 陌：《乐府诗集》缺，据《诗纪》卷一八补。

拔　蒲[1](二首)

其　一

青蒲衔紫茸，长叶复从风。与君同舟去，拔蒲五湖中。

① 此二首录自《乐府诗集》卷四九。郭茂倩解引《古今乐录》曰："《拔蒲》，倚歌也。"今按：《乐府诗集》将此二首列于梁吴均之后，未署作者，兹归梁辞待考。

其　二

朝发桂兰渚，昼息桑榆下。与君同拔蒲，竟日不成把。

三 洲 歌[1](三首)

其　一

送欢板桥弯，相待三山头。遥见千幅帆，知是逐风流。

① 此三首录自《乐府诗集》卷四八。郭茂倩解引《唐书·乐志》曰："《三洲》，商人歌也。"《古今乐录》曰："《三洲歌》者，商客数游巴陵三江口往还，因共作此歌。其旧辞云：'啼将别共来。'梁天监十一年，武帝于乐寿殿道义竟留十大德法师设乐，敕人人有问，引经奉答。次问法云：'闻法师善解音律，此歌何如？'法云奉答：'天乐绝妙，非肤浅所闻。愚谓古辞过质，未审可改以不？'敕云：'如法师语音。'法云曰：'应欢会而有别离，啼将别可改为欢将乐，故歌。'歌和云：'三洲断江口，水从窈窕河傍流。欢将乐，共来长相思。'旧舞十六人，梁八人。"今按：《乐府诗集》目录作"无名氏三首"。今依《古今乐录》所言，此歌为梁改旧辞而成，故当归梁辞。

其　二

风流不暂停，三山隐行舟。愿作比目鱼，随欢千里游。

其　三

湘东酃醁酒，广州龙头铛。玉樽金镂碗，与郎双杯行。

攀杨枝[①]

自从别君来，不复着绫罗。画眉不注口，施朱当奈何。

① 此首录自《乐府诗集》卷四九。郭茂倩解引《古今乐录》曰："《攀杨枝》，倚歌也。"《乐苑》曰："《攀杨枝》，梁时作。"今按：《乐府诗集》未署作者。兹依《乐苑》归梁辞。

寻阳乐[①]

鸡[②]亭故侬[③]去，九里新侬还。送一却迎两，无有暂时闲。

① 此首录自《乐府诗集》卷四九。郭茂倩解引《古今乐录》曰："《寻阳乐》，倚歌也。"今按：《乐府诗集》此首未署作者，列在《攀杨枝》后，梁吴均前，当为梁辞待考。　② 鸡：《玉台新咏》卷一〇作"稽"。　③ 侬：《玉台新咏》作"人"，下句"侬"同作"人"。

乌夜啼[①]

萧　纲

绿草庭中望明月，碧玉堂里对金铺。鸣弦拨捩发初异，挑琴欲吹众曲殊。不疑三足朝含影，直言九子夜相呼。羞言独眠枕下泪[②]，托道单栖城上乌。

① 此首录自《乐府诗集》卷四七。　② 泪：《乐府诗集》作"流"，据《汉魏六朝百三名家集》改。

乌栖曲[①]（四首）

萧　纲

其　一

芙蓉作船丝作絴，北斗横天月将落。采莲[②]渡头碍[③]黄河，郎今欲渡畏风波。

① 此四首录自《乐府诗集》卷四八。　② 莲：《玉台新咏》卷九注“一作桑”。③ 碍：《玉台新咏》注“一作拟”。

其　二

浮云似帐月如钩[①]，那能[②]夜夜南陌头。宜城投泊[③]今行熟，停鞍系马[④]暂栖宿。

① 如：《玉台新咏》卷九作“成”。　② 能：《玉台新咏》作“得”。　③ 投泊：《玉台新咏》作“醞酒”。《艺文类聚》卷四二作“投酒”。《杨升庵全集》卷六〇“乐府误字”条：“酘酒，重酿酒也，不知何人妄改作‘投泊’。酘酒熟则有理，投泊岂能熟也。”《北堂书钞》：“宜城九醞酒曰酘酒。”　④ 停鞍系马：《文苑英华》卷二〇六作“莫惜停鞍”。

其　三

青牛丹毂七香车，可怜今夜宿倡家。倡家高树乌欲栖，罗帷翠被[①]任[②]君低。

① 被：《玉台新咏》及《艺文类聚》均作“帐”。　② 任：《文苑英华》作“向”。

其　四

织成屏风金[①]屈膝，朱唇玉面灯前出。相看气息望君怜，谁能含羞不自前。

① 金：《玉台新咏》卷九作“银”。

雍州曲[①]（三首）

萧　纲

南　湖[②]

南湖荇叶浮，复有佳期游。银纶翡翠钩[③]，玉舳芙蓉舟。荷香乱衣麝，桡声送[④]急流。

① 此三首录自《乐府诗集》卷四八。郭茂倩解引《通典》曰："雍州，襄阳也。《禹贡》荆河州之南境，春秋时楚地，魏武始置襄阳郡，晋兼置荆河州。宋文帝割荆州置雍州，号南雍。魏、晋以来，常为重镇，齐梁因之。 ② 南湖：《乐府诗集》阙，据《玉台新咏》卷七及《诗纪》卷六七补。 ③ 钩：《诗纪》作"钓"。 ④ 送：《诗纪》作"随"。

北　渚

岸阴垂柳叶，平江含粉堞[①]。好值城傍人，多逢荡舟妾。绿水溅长袖，浮苔染轻楫。

① 堞：《乐府诗集》作"蝶"，据《玉台新咏》改。

大　堤

宜城断中道，行旅亟[①]留连。出妻工织素，妖姬惯数钱。炊雕留上[②]客，贳酒逐神仙。

① 亟：《乐府诗集》作"极"，据《玉台新咏》及《诗纪》改。 ② 上：《乐府诗集》作"吐"，据《玉台新咏》及《诗纪》改。

乌栖曲[①]（六首）

萧　绎

其　一

幄[②]中清酒[③]马脑钟，裙边杂佩琥珀龙。虚持寄君心不惜，共指三星今何夕？

① 此六首录自《乐府诗集》卷四八。今按：第一首，《玉台新咏》卷九作萧子显诗。第二首，《艺文类聚》卷四二亦作萧子显诗。 ② 幄：《玉台新咏》作"握"。 ③ 清酒：《玉台新咏》作"酒杯"。

其　二

浓黛轻红点花色，还欲令人不相识。金壶夜水讵能多，莫持奢用比悬河。

其 三

沙棠作船桂为楫,夜渡江南采莲叶。复值西施新浣纱,共向[1]江干眺[2]月华。

① 向:《玉台新咏》作"泛"。 ② 眺:《玉台新咏》作"瞻"。

其 四

月华似璧[1]星如佩,流影澄[2]明玉堂内。邯郸九枝[3]朝始成,金卮玉碗[4]共君倾。

① 璧:《玉台新咏》作"碧"。 ② 澄:《玉台新咏》作"灯"。 ③ 枝:《乐府诗集》作"技",据《汉魏六朝百三名家集》改。 ④ 玉碗:《玉台新咏》作"银碗"。

其 五

交龙成锦斗凤纹,芙蓉为带石榴裙。日下城南两相望,月没参横掩罗帐。

其 六

七彩随[1]珠九华玉,蛱蝶为歌明星曲。兰房椒阁夜方开,那知步步香风逐。

① 随:《汉魏六朝百三名家集》作"隋"。

江南弄

《古今乐录》云,梁武帝萧衍改西曲而制《江南上云乐》十四曲,《江南弄》七曲。又沈约作《江南弄》四曲。梁时文人多有仿制。

江 南 弄[1](四首)

沈 约

赵 瑟 曲[2]

邯郸奇弄出文梓,萦弦急调切流徵。玄鹤徘徊白云起。白云起,郁披香。离复合,曲未央。

① 此四首录自《乐府诗集》卷五〇。　② 赵瑟曲：此首《诗纪》卷七二注："《文苑英华》作元帝。今从《乐府》作沈约。"

秦筝曲

罗袖飘缅拂雕桐，促柱高张散轻宫。迎歌度舞遏归风。遏归风，止流月。寿万春，欢无歇。

阳春曲[①]

杨柳垂地燕差池，缄情忍思落容仪。弦伤曲怨心自知。心自知，人不见。动罗裙，拂珠殿。

① 郭茂倩解引刘向《新序·宋玉对楚威王问》曰："客有歌于郢中者，其始曰《下里巴人》，国中属而和者千人。其为《阳陵采薇》，国中属而和者数百人。其为《阳春白雪》，国中属而和者，数十人而已也。引商刻角，杂以流徵，国中属而和者，不过数人。是以其曲弥高，其和弥寡。然则《阳春》所从来亦远矣。"《乐府解题》曰："阳春，伤也。"

朝云曲

阳台氤氲多异色，巫山高高上无极。云来云去长不息[①]。长不息，梦来游。极万世[②]，度千秋。

①"云来"句：《艺文类聚》卷四二作"云来雨去"。长，《诗纪》作"常"，下句"长"字同。　② 极：《艺文类聚》作"经"。

江南弄[①]（七首）

萧　衍

江南弄[②]

众花杂色满上林，舒芳耀绿垂轻阴。连手蹀躞舞春心。舞春心，临岁腴；中人望，独踟蹰。

① 此七首录自《乐府诗集》卷五〇。郭茂倩解引《古今乐录》曰："梁天监十一年冬，武帝改西曲，制《江南上云乐》十四曲，《江南弄》七曲，一曰《江南弄》，二曰《龙笛曲》，三曰《采莲曲》，四曰《凤笛曲》，五曰《采菱曲》，六曰《游女曲》，七曰《朝云曲》。又沈约作四曲：一曰《赵瑟曲》，二曰《秦筝曲》，三曰《阳春曲》，四曰

《朝云曲》,亦谓之《江南弄》云。” ② 江南弄:《古今乐录》曰:“《江南弄》三洲韵。和云:‘阳春路,娉婷出绮罗’”。

龙笛曲[①]

美人绵眇在云堂,雕金镂竹眠玉床。婉爱寥亮绕红[②]梁。绕红梁,流月台;驻狂风,郁徘徊。

① 龙笛曲:郭茂倩解引《古今乐录》曰:“《龙笛曲》,和云:‘江南音,一唱值千金。’马融《长笛赋》曰:‘近世双笛从羌起,羌人伐竹未及已。龙鸣水中不见已,截竹吹之声相似。’然则《龙笛曲》盖因声如龙鸣而名曲。” ② 红:《汉魏六朝百三名家集》作“虹”。下一“红”字亦同。

采莲曲[①]

游戏五湖采莲归,发花田叶芳袭衣。为君艳[②]歌世所希。世所希,有如玉;江南弄,采莲曲。

① 采莲曲:郭茂倩解引《古今乐录》曰:“《采莲曲》,和云:‘采莲渚,窈窕舞佳人。’” ② 艳:《乐府诗集》作“侬”,据《诗纪》卷六四及《汉魏六朝百三名家集》改。

凤笙曲[①]

绿耀尅碧雕琯笙,朱唇玉指学凤鸣。流速参差飞且停。飞且停,在凤楼;弄娇响,闲清讴。

① 凤笙曲:郭茂倩解引《古今乐录》曰:“《凤笙曲》,和云:‘弦吹席,长袖善留客。’”

采菱曲[①]

江南稚女珠腕绳,金翠摇首红颜兴。桂棹容与歌采菱。歌采菱,心未怡;翳罗袖,望所思。

① 采菱曲:郭茂倩解引《古今乐录》曰:“《采菱曲》,和云:‘菱歌女,解佩戏江阳。’”

游女曲[①]

氛氲兰麝体芳滑,容色玉耀眉如月。珠佩婐妮戏金阙。戏金阙,游紫庭;舞飞阁,歌长生。

① 游女曲：郭茂倩解引《古今乐录》曰："《游女曲》，和云：'当年少，歌舞承酒笑。'"

朝云曲[①]

张乐阳台歌上谒，如寝如兴芳晻暧。容光既艳复还没。复还没，望不来；巫山高，心徘徊。

① 朝云曲：郭茂倩解引《古今乐录》曰："《朝云曲》，和云：'徙倚折耀华。'"宋玉《高唐赋序》："楚襄王与宋玉游云梦之台，望高唐之观，独有云气，变化无穷。王问玉曰：'此何气也？'玉曰：'所谓朝云也。'王曰：'何为朝云也？'玉曰：'昔者先王尝游高唐，怠而昼寝，梦见一妇人曰：'妾巫山之女也，为高唐之客。闻君游高唐，愿荐枕席。'王因幸之。去而辞曰：'妾在巫山之阳，高丘之阻，旦为朝云，暮为行雨，朝朝暮暮，阳台之下。'旦朝视之如言，故为立庙，号曰朝云。"郦道元《水经注》曰："巫山者，帝女居焉。宋玉谓帝之季女名曰瑶姬，未行而亡，封于巫山之台。精魂为草，实谓灵芝，所谓巫山之女，高唐之姬也。"《朝云曲》盖取于此。

上云乐[①]（七首）

萧衍

凤台曲[②]

凤台上，两悠悠。云之际，神光朝天极[③]，华盖遏延州。羽衣昱耀，春吹去复留。

① 此首录自《乐府诗集》卷五一。郭茂倩解引《古今乐录》曰："《上云乐》七曲，梁武帝制，以代西曲。一曰《凤台曲》，二曰《桐柏曲》，三曰《方丈曲》，四曰《方诸曲》，五曰《玉龟曲》，六曰《金丹曲》，七曰《金陵曲》。"按《上云乐》又有老胡文康辞，周舍作，或云范云。"《隋书·乐志》曰："梁三朝第四十四，设寺子导、安息、孔雀、凤皇、文鹿、胡舞、登连、上云乐、歌舞伎。"今按：从字数看，此七首以《桐柏》、《方丈》、《玉龟》三首为准，余四首似有脱误。 ② 凤台曲：郭茂倩解引《古今乐录》曰："《凤台曲》，和云：'上云真，乐万春。'" ③ "神光"句：中华书局本《乐府诗集》校云，"神光"下疑脱"稠"字，"朝天极"上疑脱二字。

桐柏曲[①]

桐柏真,升帝宾。戏伊谷,游洛滨。参差列凤管,容与起梁尘。望不可至,徘徊谢时人。

① 桐柏曲:郭茂倩解引《古今乐录》:"《桐柏曲》,和云:'可怀真人游。'"

方丈曲

方丈上,崚层云。挹八玉,御三云。金书发幽会,碧简吐玄门。至道虚凝,冥然共所遵。

方诸曲[①]

方诸上,上云人。业守仁,纵金集瑶池,步光礼玉晨。霞盖容长肃[②],清虚伍列真。

① 方诸曲:郭茂倩解引《古今乐录》曰:"《方诸曲》,三洲韵。和云:'方诸上,可怜欢乐长相思。'" ② 容长肃:中华书局本《乐府诗集》校云,疑是"容裔"之误。

玉龟曲[①]

玉龟山,真长仙。九光耀,五云生。交带要分影,大华冠晨缨。耆[②]如玄罗,出入游太清。

① 玉龟曲:郭茂倩解引《古今乐录》曰:"《玉龟曲》,和云:'可怜游戏来。'" ② 耆:《乐府诗集》注"一作寿"。

金丹曲[①]

紫霜耀,绛雪飞。追以还,转复飞。九真道方微,千年不传,一传裔云衣。

① 金丹曲:郭茂倩解引《古今乐录》曰:"《金丹曲》,和云:'金丹会,可怜乘白云。'"

金陵曲

勾曲仙,长乐游洞天。巡会迹,六门揖,玉板[①]登金门,凤泉[②]回肆,鹭羽降寻云。鹭羽一流,芳芬郁氛氲。

① 玉板:中华书局本《乐府诗集》校云,上疑脱一字。 ② 凤泉:中华书局本

《乐府诗集》校云，下疑脱一字。

采菱曲①

江 淹

秋日心容与，涉水望碧莲。紫菱亦可采，试以缓愁年。参差万叶下，泛漾百流前。高彩隘通壑，香气丽广川。歌出棹女②曲，舞入江南弦。乘鼋非逐俗，驾鲤乃怀仙。众美信如此，无恨在③清泉。

① 此首录自《乐府诗集》卷五一。 ② 棹女：《诗纪》卷七五作“赵女”。 ③ 在：《诗纪》作“出”。

上云乐①

周 舍②

西方老胡，厥名文康。遨游六合，傲诞三皇。西观濛汜，东戏扶桑。南泛大蒙之海，北至无通之乡。昔与若士为友，共弄彭祖扶床。往年暂到昆仑，复值瑶池举觞。周帝迎以上席，王母赠以玉浆。故乃寿如南山，志若金刚。青眼眢眢，白发长长。蛾眉临髭，高鼻垂口。非直能俳，又善饮酒。箫管鸣前，门徒从后。济济翼翼，各有分部。凤皇是老胡家鸡，师子是老胡家狗。陛③下拨乱反正，再朗三光。泽与雨施，化与风翔。觇云候吕，志游大梁。重驷修路，始届帝乡。伏拜金阙，仰瞻玉堂。从者小子，罗列成行。悉知廉节，皆识义方。歌管愔愔，铿鼓锵锵。响震④钧天，声若鹓皇。前却中规矩，进退得宫商。举技无不佳，胡舞最所长。老胡寄箧中，复有奇乐章。赍持数万里，愿以奉圣皇。乃欲次第说，老耄多所忘。但愿明陛下，寿千万岁，欢乐未渠央。

① 此首录自《乐府诗集》卷五一。　② 周舍(469—524)：南朝齐、梁诗人。字昇逸。汝南安成(今属河南)人。周颙之子，齐时任太学博士。入梁，武帝拜为尚书祠部郎，后迁太子右卫率。有文集已佚。今存诗六首。　③ 陛：《乐府诗集》作"阶"，据《诗纪》卷八九改。　④ 震：《诗纪》作"振"。

采莲曲[①](二首)

吴　均[②]

其　一

江南[③]当夏[④]清，桂楫[⑤]逐流萦。初疑京兆剑，复以汉冠名。荷香带风远，莲影向根生。叶卷珠难溜，花舒红易倾[⑥]。日暮凫舟满，归来渡锦城。

① 此二首录自《乐府诗集》卷五〇。　② 吴均：《初学记》卷二七作"梁元帝"，题曰《赋得涉江采芙蓉》。　③ 南：《诗纪》卷八一作"风"。　④ 夏：《诗纪》注"一作夜"。　⑤ 楫：《诗纪》注"一作棹"。　⑥ 倾：《初学记》作"轻"。

其　二

锦带杂花钿，罗衣垂绿川。问子今何去，出采江南莲。辽西三千里，欲寄无因缘。愿君早旋返，及此荷花鲜。

阳春歌[①]

吴　均

紫苔初泛水，连绵浮且没。若欲歌阳春，先歌青楼月。

① 此首录自《乐府诗集》卷五一。

采莲曲①

刘孝威

金桨木兰船，戏采江南莲。莲香隔蒲渡，荷叶满江鲜。房垂易入手，柄曲自临盘。露花时湿钏，风茎乍拂钿。

① 此首录自《乐府诗集》卷五〇。

采莲曲①

朱　超

艳色前后发，缓楫去来迟。看妆碍荷影，洗手畏菱滋。摘除莲上叶，挖出藕中丝。湖里人无限，何日满船时。

① 此首录自《乐府诗集》卷五〇。

采莲曲①

沈君攸

平川映晓②霞，莲舟泛浪华。衣香随岸远，荷影向流斜。度手牵长柄，转楫避疏花。还船不畏满，归路讵嫌赊。

① 此首录自《乐府诗集》卷五〇。　② 晓：《诗纪》卷九三作“晚”。

采菱曲①

陆　罩②

参差杂荇枝，田田竟荷密。转叶任香风，舒花影流日。戏鸟波中荡，游鱼菱下出。不与文王嗜，羞持比萍实。

① 此首录自《乐府诗集》卷五一。 ② 陆罩(约478—?):南朝梁诗人。字洞元,吴郡吴(今江苏苏州)人。陆杲之子。简文帝为太子时,召为记室参军,迁太子中庶子,掌管记,礼遇甚厚。终于光禄卿。今存诗四首,见《先秦汉魏晋南北朝诗》。

采菱曲[①](二首)

江 洪[②]

其 一

风生绿叶聚,波动紫茎开。含花复含实,正待佳人来。

① 此二首录自《乐府诗集》卷五一。 ② 江洪(? —约517):南朝齐、梁诗人。济阳(今属河南)人。梁初任建阳令,因事被杀。原有集二卷,已佚。今存诗近二十首,见《先秦汉魏晋南北朝诗》。

其 二

白日和清风,轻云杂高树。忽然当此时,采菱复相遇。

采菱曲[①]

费 昶

妾家五湖口,采菱五湖侧。玉面不关妆,双眉本翠色。日斜天欲暮,风生浪未息。宛在水中央,空作两相忆。

① 此首录自《乐府诗集》卷五一。

采菱曲[①]

徐 勉[②]

相携及嘉月,采菱渡北渚。微风吹棹歌,日暮相容与。采采不能归，望望方延伫。傥逢遗佩人，预以心相许。

① 此首录自《乐府诗集》卷五一。 ② 徐勉(466—535)：南朝齐梁大臣。字修仁。东海郯(今属山东)人。初为西阳王萧子明侍郎，迁太学博士、尚书殿中郎。入梁授勉中书侍郎、尚书左丞。天监二年，迁给事黄门侍郎、尚书吏部郎。大通年间，授尚书仆射、右光禄大夫。有集已佚，今存诗八首。

梁雅歌[①]（五首）

应王受图曲[②]

应王受图，荷天革命。乐曰功成，礼云治定。恩弘庇臣，念昭率性。乃眷三才，以宣八政。愧无则哲，临渊自镜。或戒面从，永隆福庆。

① 此五首录自《乐府诗集》卷五一。郭茂倩解引《古今乐录》曰："梁有雅歌五曲：一曰《应王受图曲》，二曰《臣道曲》，三曰《积恶篇》，四曰《积善篇》，五曰《宴酒篇》。三朝乐第十五奏之。"今按：梁雅歌，《诗纪》卷九七作《梁雅乐歌》。② 应王受图曲：《乐府诗集》阙，据《诗纪》卷九七补。

臣道曲

孝义相化，礼让为风。当官无媚，嗣民必公。谦谦君子，謇謇匪躬。谅而不讦，和而不同。诫之诫之，去骄思冲。弘兹大雅，是曰至忠。

积恶篇

积恶在人，犹鸩处腹。鸩成形亡，恶积身覆。殷辛再离，温舒五族。责必及嗣，财岂润屋。斯川既往，逝命不复。镜兹余殃，幸修多福。

积善篇

惟德是辅，皇天无亲。抱狱归舜，舍财去邠。豚鱼怀信，行苇留仁。先世有作，余庆方因。鸣玉承家，锡珪于民。连城非重，积善为珍。

宴酒篇

记称成礼，诗咏饱德。卜昼有典，厌夜不忒。彝酒作民，乐饮亏则。腐腹遗丧，濡首亡国。誓彼六马，去兹三惑。占言孔昭，以求温克。

江南弄[①]（三首）

萧　纲[②]

江南曲[③]

枝中水上春并归，长杨扫地桃花飞。清风吹人光照衣。光照衣，景将夕；掷黄金，留上客。

① 此三首录自《乐府诗集》卷五〇。　② 萧纲：《乐府诗集》作“梁昭明太子”，据《艺文类聚》卷四二及《诗纪》卷六七改。《玉台新咏》旧刻称简文帝为皇太子，后人因误为昭明太子。　③ 江南曲：郭茂倩解曰：“和云：‘阳春路，时使佳人度。’”

龙笛曲[①]

金门玉堂临水居，一嚬一笑千万余。游子去还愿莫疏。愿莫疏，意何极；双鸳鸯，两相忆。

① 龙笛曲：郭茂倩解曰：“和云：‘《江南弄》，真能下翔凤。’”

采莲曲[①]

桂楫兰桡浮碧水，江花玉面两相似。莲疏藕折香风起。香风起，白日低；采莲曲，使君迷。

① 采莲曲：郭茂倩解曰：“和云：‘《采莲归》，渌水好沾衣。’”

采莲曲[①]（二首）

萧　纲

其　一

晚日照空矶，采莲承晚晖。风起湖难度，莲多摘未稀。棹动芙蓉落，船移白鹭飞。荷丝傍绕腕，菱角远牵衣。

① 此二首录自《乐府诗集》卷五〇。今按：《汉魏六朝百三名家集》只收第一首“晚日照空矶”，《诗纪》卷六七作二首，于第二首“常闻蕖可爱”加题注：“《莲花赋歌》。”

其　二

常闻蕖可爱，采撷欲为裙。叶滑不留綖，心忙无假薰。千春谁与乐，惟有妾随君。

采菱曲[①]

萧　纲

菱花落复含，桑女罢新蚕。桂棹浮星艇，徘徊莲叶南。

① 此首录自《乐府诗集》卷五一。

采莲曲[①]

萧　绎

碧玉小家女，来嫁汝[②]南王。莲花乱脸色，荷叶杂衣香。因持荐君子，愿袭芙蓉裳。

① 此首录自《乐府诗集》卷五〇。　② 汝：《乐府诗集》作“江”，据《诗纪》卷七〇及《汉魏六朝百三名家集》改。

八

第八卷　南朝乐府（四）

杂歌谣辞

歌辞

河中之水歌[①]

萧　衍[②]

河中之水向东流，洛阳女儿名莫愁。莫愁十三能织绮，十四采桑南陌头[③]，十五嫁为卢郎[④]妇，十六生儿字[⑤]阿侯。卢家兰室桂为梁，中有郁金苏合香。头上金钗十二行，足下丝履五文章。珊瑚挂镜烂生光[⑥]，平头奴子擎[⑦]履箱。人生富贵何所望，恨不早嫁[⑧]东家王。

① 此首录自《乐府诗集》卷八五。　② 萧衍：《艺文类聚》卷四三作“古辞”。③ 南陌头：《艺文类聚》作“东陌头”。　④ 郎：《艺文类聚》作“家”。　⑤ 字：《乐府诗集》作“似”，据《艺文类聚》改。　⑥ 烂生光：《乐府诗集》注“一作生辉光”。⑦ 擎：《艺文类聚》作“提”。　⑧ 早嫁：《艺文类聚》作“嫁与”。

行幸甘泉宫[①]

萧　纲

雉归海水寂，裘来重译通。吉行五十里，随处宿离宫。鼓声恒入地，尘飞上暗空[②]。赦[③]书随豹尾，太史逐相风。铜鸣周国鏺[④]，旗曳楚云虹。幸臣射覆罢，从骑[⑤]新歌终。董桃拜金紫，贤妻侍禁中。不羡神仙侣，排烟逐驾鸿。

①此首录自《乐府诗集》卷八四。　郭茂倩解引《汉书》曰："武帝太始三年正月，行幸甘泉宫。成帝永始四年正月，行幸甘泉。"扬雄《甘泉赋》曰："乃命群僚历吉日，协灵辰，星陈而天行。乘舆登夫凤皇兮而翳华芝，驷苍螭兮六素虬。"刘歆《甘泉宫赋》曰："轶凌（今按：《乐府诗集》作'陵'，据《初学记》卷二四改）阴之地室，过阳谷之秋城。回天门而凤举，蹑黄帝之明庭。冠高山而为居，乘昆仑而为宫。"王褒《甘泉宫颂》曰："甘泉山，天下显敞之名处也。前接大荆，后临北极，左抚仁乡，右望素域。其为宫室也，仍巀嶭而为观，攘抗岸以为阶。览除阁之丽美（今按：《全汉文》卷四二作'靡'），觉堂殿之巍巍。"按刘孝威歌辞云"避暑甘泉宫"，盖与《上之回》同意。　②上暗空：《文苑英华》卷二〇三作"暗上空"。③赦：《文苑英华》作"尚"。　④镃：《乐府诗集》作"旞"。《诗纪》作"镃"，据此改。　⑤骑：《诗纪》注"一作妓"。《汉魏六朝百三名家集》作"使"。

淫预歌[①]

萧　纲[②]

淫预[③]大如袱[④]，瞿塘不可触。金沙浮转多，桂浦忌经过。

①此首录自《乐府诗集》卷八六。今按：郦道元《水经注》曰："白帝山城水门之西，江中有孤石，名淫豫石。"《十道志》曰："淫豫石与城郭门外石潜通，蜀人往烧火伏石则淫预边沸。"《国史补》曰："蜀之三峡，最号峻急，四月五月尤险，故行者歌之。"淫或作滟，预或作豫。　②萧纲：《乐府诗集》简文帝。中华书局本《乐府诗集》校云，《诗纪》，简文帝无此歌。又卷四三列此歌注："《升庵诗话》曰：'此舟人商估刺水行舟之歌，乐府以为梁简文所作，非也。蜀江有瞿唐之患，桂江有桂浦之险；故涉瞿唐者则准滟幞，涉桂浦者则准金沙。'"今按：《古乐府》卷一作"古辞"，亦非简文帝。　③淫预：《古乐府》作"滟滪"。　④袱：《乐府诗集》作"服"，据《古乐府》改。

未央才人歌[①]

庚肩吾

从来守未央，转欲讶春芳。朝风凌日色，夜月夺灯光。相逢傥游豫，暂为卷衣裳。

① 此首录自《乐府诗集》卷八四。

行幸甘泉宫[①]

刘孝威

汉家迎夏毕，避暑甘泉宫。机[②]车鸣里鼓，驷马驾相风。校尉乌丸骑，待制楼烦弓[③]。后旌游五柞，前笳度九嵕。才人豹尾内，御酒属车中。辇回百子阁，扇动七轮风。鸣钟休卫士，披图召后宫。材官促[④]校猎，秋来[⑤]戏射熊。

① 此首录自《乐府诗集》卷八四。 ② 机：《艺文类聚》卷四三作“栈”。 ③ 弓：《乐府诗集》作“宫”，据《艺文类聚》及《文苑英华》卷二〇三改。 ④ 促：《艺文类聚》作“但”，《文苑英华》作“从”。 ⑤ 秋来：《乐府诗集》注“一作凉秋”。

云　歌[①]

王台卿

玉云初度色，金风送影来。全生疑魄暗，半去月时开。欲知无处所，一为上阳台。

① 此首录自《乐府诗集》卷八六。

一　旦　歌[①]

一旦被头痛，避头还着床。自无亲伴侣，谁当给水浆。匍匐入山院，正逢虎与狼。对虎低头啼，垂泪泪千行。

① 此首录自《乐府诗集》卷八六。今按:《乐府诗集》此首未载名氏,将其列在梁王台卿《云歌》之后,梁简文帝《滛豫歌》之前,据归梁辞待考。

淫豫歌[①](二首)

其一

滟预大如马,瞿塘不可下。

① 此二首录自《乐府诗集》卷八六。郭茂倩解引郦道元《水经注》曰:"白帝山城水门之西,江中有孤石,名淫豫石。冬出水(今按:《乐府诗集》作"水冬出",据《水经注》卷三四改)二十余丈,夏则没,亦有裁出焉。江水东径广溪峡(今按:《乐府诗集》作"广峡溪",据《水经注》改),乃三峡之首(今按:《乐府诗集》作"三峡首之",据《水经注》改)也。峡中有瞿塘、黄龛二滩,夏水回复,沿溯所忌。"《十道志》曰:"淫豫石与城郭门外石潜通,蜀人往烧火伏石则淫预边沸。"《国史补》曰:"蜀之三峡,最号峻急,四月五月尤险,故行者歌之。"淫或作滟,预或作豫。今按:此二首《乐府诗集》列于梁王台卿之后,梁简文帝之前,当作梁辞待考。

其二

滟预大如牛,瞿塘不可流[①]。

①《诗纪》卷四三又列另一首,作"淫预大如马,瞿塘不可下。淫预大如象,瞿塘不可上"。

挟琴歌[①]

范静妻沈氏[②]

逶迤起尘唱,宛转绕梁声。调弦可以进,蛾眉画未成。

① 此首录自《乐府诗集》卷八六。今按:此首《乐府诗集》卷六三作《当垆曲》,属"杂曲歌辞"。又,其列于梁简文帝之后,当属梁辞待考。 ② 范静妻沈氏:生卒里籍事迹无考。

鄱阳歌[①]（二首）

其　一

鲜于抄后善恶分，人无横死赖陆君。

① 此二首录自《乐府诗集》卷八六。郭茂倩解引《南史》曰："梁陆襄为鄱阳内史。大同初，郡人鲜于琮结门（今按：《乐府诗集》作'同'，据《南史·陆襄传》改）徒，杀广晋令王筠，有众万余人，将出攻郡。襄先已率人吏修城隍为备。及贼至，破之，生获琮。时邻郡守宰案其党与，皆不得实，或有善人尽室罹祸。唯襄郡枉直无滥，民乃作歌。"今按：陆襄，字师卿，太清初仕至度支尚书。侯景之乱，逃归吴，以忧愤卒。

其　二[①]

陆君政，无怨家。斗既罢，仇共车。

① 郭茂倩解引《南史·陆襄传》曰："有彭、李二家，因忿争相诬告。襄引入内室，不加责诮，但和言解喻之。二人感恩，深自悔咎。乃为设酒食，令其尽欢，酒罢同载而还，因相亲厚。民因歌之。"

雍州歌[①]

江千万，蔡五百，王新车，庾大宅。主人愦愦不如[②]客！

① 此首录自《乐府诗集》卷八六。郭茂倩解引《南史》曰："梁南平王伟子恪，为雍州刺史，年少未闲庶务，委之群下。百姓每通一辞，数处输钱，方得闻彻。宾客有江仲举、蔡薳、王台卿、庾仲容四人，俱被接遇，并有蓄积。民间歌之。后达武帝，帝因接末句云。"　② 不如：中华书局本《乐府诗集》校云，毛本作"不知"。

始兴王歌[①]

始兴王，人之爹。赴人急，如水火，何时复来哺乳我。

① 此首录自《乐府诗集》卷八六。郭茂倩解引《南史》曰:“梁始兴忠武王憺为都督、荆州刺史。时天监初,军旅之后,公私匮乏。憺厉精为政,广辟屯田,减省力役,供其穷困。辞讼者皆立待符教,决于俄顷;曹无留事,下无滞狱。后征还朝,而民歌之。荆土方言谓父为爹,故歌云‘人之爹’也。”

夏侯歌[①]

我之有州,赖彼夏侯。前兄后弟,布政优优。

① 此首录自《乐府诗集》卷八六。郭茂倩解引《梁书》曰:“夏侯夔为豫州刺史,于苍陵立堰,溉田千余顷,境内赖之。夔兄亶先居此任,兄弟并有恩惠,百姓歌之。夔在州七年,远近多亲附。”今按:夏侯夔,字季龙,梁谯(今属安徽)人,大通中历官豫州刺史。性奢豪而好客爱民,时人称之。

百里奚歌[①]

高允生[②]

羁旅入秦庭,始得收显曜。释褐出辎车,卓为千乘道。艳色进华容,繁弦发徵[③]调。居贵易素心,翻然忘久要。装金五羊皮,写情陈所告。岂徒望自伤,念君无定操。

① 此首录自《乐府诗集》卷八三。今按:百里奚,春秋时秦国大夫。百里氏,一说百氏,字里,名奚。原为虞大夫,虞亡时被晋俘去,作为陪嫁之臣送入秦国。后出走到楚,为楚人所执,又被秦穆公以五张牡黑羊皮赎回,用为大夫,称为五羖大夫。与蹇叔、由余等共同帮助穆公建立霸业。　② 高允生(生卒年不详):里籍无考。《乐府诗集》作“梁高允生”,依此收录待考。　③ 徵:《乐府诗集》作“微”,据《诗纪》卷九三改。

谣辞

梁武帝时谣[①]

鹿子开城门,城门鹿子开,当开复未开,使我心徘徊。城中诸少年,逐欢归去来。

① 此首录自《乐府诗集》卷八九。郭茂倩解引《南史》曰:"梁武帝天监元年十一月,立长子统为皇太子。时民间有谣。按'鹿子开'者,反语为来子哭也。后太子果薨。是时长子欢为徐州刺史,以嫡孙次应嗣位,而帝意在晋安王,犹豫未决。及立晋安王为皇太子,而欢止封豫章郡王还任。谣言'心徘徊'者,未定也。'城中诸少年,逐欢归去来'者,复还徐方之象也。"统即昭明太子也。

梁大同中童谣[①]

青丝白马寿阳来。

① 此首录自《乐府诗集》卷八九。郭茂倩解引《隋书·五行志》曰:"梁大同中有童谣。其后侯景破丹阳,乘白马,以青丝为羁勒以应之。"

梁时童谣[①]

宁逢五虎入市,不欲见临贺父子。

① 此首录自《乐府诗集》卷八七。郭茂倩解引《南史》曰:"临贺郡王正德,性凶慝。其后梁室倾覆,既由正德。百姓至闻临贺郡名,亦不欲道,其恶之如是,故有童谣。"今按:萧正德上承武帝,下接简文帝,篡位二年(648—649)。

梁末童谣[①]

可怜巴马子,一日行千里。不见马上郎,但有[②]黄尘起。黄尘污人衣,皂荚相料理。

① 此首录自《乐府诗集》卷八九。郭茂倩解引《南史》曰："梁末有童谣。及王僧辩灭，说者以为僧辩本乘巴马以击侯景。'马上郎'，王字也。'尘'谓陈也。江东谓羖羊角为'皂荚'，隋氏姓杨，杨，羊也。言陈终灭于隋也。"今按：王僧辩，梁人，字君才。曾由魏奔梁，敌御侯景有功。后拥立北齐萧渊明，为陈霸先所杀。

② 但有：《太平御览》卷九六〇作"只见"。

史歌谣辞

谣辞

北方童谣[①]

荆山为上格，浮山为下格，潼沱为激沟，并灌钜野泽。

① 此首录自《梁书·康绚传》：时魏降人王足陈计，求堰淮水以灌寿阳。足引北方童谣曰："荆山为上格……"高祖以为然，使水工陈承伯、材官将军祖暅视地形，咸谓淮内沙土漂轻，不坚实，其功不可就。高祖弗纳，发徐、扬人，率二十户取五丁以筑之。今按：王足引北方童谣劝梁武帝萧衍效法潼沱灌钜野的事，修筑淮水堰以灌魏之寿阳城。此堰历时二年方成，魏军因而溃退。

洛阳童谣[①]

名师大将莫自牢，千兵万马避白袍。

① 此首录自《梁书·陈庆之传》：魏大将军上党王元天穆、王老生、李叔仁又率众四万，攻陷大梁，分遣老生、费穆兵二万，据虎牢，刁宣、刁双入梁、宋，庆之随方掩袭，并皆降款。天穆与十余骑北渡河。高祖复赐手诏称美焉。庆之麾下悉著白袍，所向披靡。先是洛阳童谣曰："名师……"自发铚县至于洛阳十四旬，平三十二城，四十七战，所向无前。

杂曲歌辞

《宋书·乐志》曰:"杂曲者,历代有之,或心志之所存,或情思之所感,或宴游欢乐之所发,或忧愁愤怨之所兴,或叙离别悲伤之怀,或言征战行役之苦,或缘于佛老,或出自夷虏,兼收备载,故总谓之杂曲。"

杂曲名目甚多,作者非一,或因意命题,或拟古叙事,多有创意,《乐府诗集》辑录南朝梁杂曲歌辞凡一〇三首,本编尽皆收入。

阊阖篇[①]

萧 衍

西汉本佳妍,金马望甘泉。卫尉屯兵上,期门晓漏传。犹重河东赋,欲以追神仙。羽骑凌云转,阊阖带空悬。长旗扫月窟,凤迹辗星躔。但使丹砂就,能令亿万年。

① 此首录自《乐府诗集》卷六四。郭茂倩解引张衡《西京赋》曰:"表峣阙于阊阖。"阊阖,天门也。立高阙以象之。薛综云:"紫微宫门名曰阊阖也。"《阊阖篇》盖出于此。

君子有所思行[①]

沈 约

晨策终南首,顾望咸阳川。戚里溯曾阙,甲馆负崇轩。复涂希紫阁,重台拟望仙。巴姬幽兰[②]奏,郑女阳春弦。共矜红颜日,俱忘白发年。寂寥茂陵宅,照曜未央蝉。无以五鼎盛,顾嗤三经玄。

① 此首录自《乐府诗集》卷六一。郭茂倩解引《乐府解题》曰:"《君子有所思

行》，晋陆机云‘命驾登北山’，宋鲍照云‘西上登雀台’，梁沈约云‘晨策终南首’，其旨言雕室丽色，不足为久欢，宴安鸩毒，满盈所宜敬忌，与《君子行》异也。”

② 幽兰：古琴曲名。

白马篇[1]

沈　约

白马紫金鞍，停镳过上兰。寄言狭斜子，讵知陇道难。赤坂途三折，龙堆路九盘。冰生肌里冷，风起骨中寒。功名志所急，日暮不遑餐。长驱[2]入右地，轻举出楼兰。直去已垂涕，宁可望长安。匪期定远封，无羡轻车官。唯见恩义重，岂觉衣裳单。本持躯命答[3]，幸遇身名[4]完。

① 此首录自《乐府诗集》卷六三。　② 驱：《文苑英华》卷二〇九作“驰”。③ 答：《艺文类聚》卷四二作“苦”。　④ 名：《艺文类聚》作“得”。

缓歌行[1]

沈　约

羽人广宵宴，帐集瑶池东。开霞泛彩霭，澄雾迎香风。龙驾出黄苑，帝服起河宫。九疑轥烟雨，三山驭螭鸿。玉銮乃排月，瑶軷信凌空。神行烛玄漠，帝旆委曾虹。箫歌笑嬴女，笙吹悦姬童。琼浆且未洽，羽辔已腾空。息凤曾城曲，灭景清都中。降祐集皇代，委祚溢华嵩。

① 此首录自《乐府诗集》卷六五。

悲哉行[①]

沈　约

旅游媚年春，年春媚游人。徐光旦垂彩，和露晓凝津。时嘤起稚叶，蕙气动初苹。一朝阻旧国，万里隔良辰。

① 此首录自《乐府诗集》卷六二。郭茂倩解引《乐府解题》曰："陆机云'游客芳春林'，谢惠连云'羁人感淑节'，皆言客游感物忧思而作也。"

齐讴行[①]

沈　约

东秦称右地，川隰固夷袒。层峰驾苍云，浊河流素壤。青丘良杳郁，雪宫信疏敞。王佐改殷命，霸功缪周网。

① 此首录自《乐府诗集》卷六四。郭茂倩解引《汉书》曰："汉王至南郑，诸将及士卒皆歌讴思东归。"颜师古曰："讴，齐歌也。谓齐声而歌。或曰齐地之歌。"

妾薄命[①]

刘孝威

去年从越障[②]，今岁殁胡庭。严霜封碣石，惊沙暗井陉。玉篸久落鬓，罗衣长挂屏。浴蚕思漆[③]水，挑[④]桑忆郑垧。寄书朝鲜吏，留钏武安[⑤]亭。勿[⑥]言戎夏隔，但念[⑦]心契冥。不见丰城剑，千祀[⑧]复同形。

① 此首录自《乐府诗集》卷六二。　② 障：《文苑英华》卷二〇七作"嶂"。　③ 漆：《文苑英华》卷二〇七作"沫"。　④ 挑：《诗纪》卷八八作"条"。　⑤ 安：《文苑英华》注"一作章"。　⑥ 勿：《乐府诗集》作"的"，据《文苑英华》改。　⑦ 念：《文苑英华》作"令"。　⑧ 千祀：千年。

斗 鸡 篇[①]

刘孝威

丹鸡翠翼张，妒敌复专场。翅中含芥粉，距外耀金芒。气逾上党烈[②]，名愧下鞲良。祭桥愁魏后，食跖忌齐王。愿赐淮南药，一使云间翔。

① 此首录自《乐府诗集》卷六四。郭茂倩解引《邺都故事》曰："魏明帝大和中，筑斗鸡台。赵王石虎亦以芥羽漆砂，斗鸡于此。" ② 烈：《乐府诗集》作"列"，据《汉魏六朝百三名家集》改。

美 女 篇[①]

萧子显

章丹[②]踅辍舞，巴姬请罢弦。佳人淇洧[③]出[④]，艳赵复倾燕。繁秾既为李，照水亦成莲。朝酤成都酒，暝数河间钱。余光幸未借[⑤]，兰膏空自煎。

① 此首录自《乐府诗集》卷六三。郭茂倩解曰："美女者，以喻君子。言君子有美行，愿得明君而事之。若不遇时，虽见征求，终不屈也。" ② 章丹：《玉台新咏》卷八作"邯郸"。 ③ 淇洧：《文苑英华》卷一九三作"淇浦"，并注"一作洧上"。 ④ 出：《玉台新咏》作"上"。 ⑤ 未借：《文苑英华》注"一作(未)惜，一作许借"。

白 马 篇[①]

徐 悱[②]

研[③]蹄饰镂鞍，飞鞚度河干。少年本上郡，遨游入露寒。剑琢荆山玉，弹把隋珠丸。闻有边烽急，飞候至长安。然诺窃自许，捐躯谅不难。占[④]兵出细柳，转战向楼兰。雄名盛李、霍，壮气勇彭、韩。能令石饮羽，复使发冲冠。要功非汗马，报效乃[⑤]锋端。日没塞云起，风悲胡地寒。西征馘小月，北去脑乌丸。归报明天子，燕然石[6]复刊。

① 此首录自《乐府诗集》卷六三。 ② 徐悱（约494—524）：南朝梁文人。字敬业。原籍东海郯（今山东郯城）。徐勉次子。幼聪敏，善写文章。先为著作佐郎，转太子舍人，掌书记，后迁晋安王萧纲内史。今存诗四首，见《先秦汉魏晋南北朝诗》。 ③ 研：《诗纪》卷八九作"妍"。 ④ 占：《文苑英华》卷二〇九作"召"。 ⑤ 乃：《艺文类聚》卷四二作"有"。 ⑥ 石：《文苑英华》注"一作今"。

神仙篇[1]

戴暠

徒闻石为火，未见坂停丸。暂数盈虚月，长随昼夜澜。辞家试学道，逢师得姓韩[2]。阆山金静室，蓬丘银露坛。安平酝仙酒，渤海转神丹。初飞喜退凤，新学法乘鸾。十芒生月脑，六焰起星肝。流[3]琼播疑俗，信玉类阳官。玄都宴晚集，紫府事朝看。谢手今为别，进怜此俗难。

① 此首录自《乐府诗集》卷六四。 ② 韩：指仙人韩终，也叫韩众。③ 流：《乐府诗集》阙，据《诗纪》卷九三补，又注"一作飞"。

苦热行[1]

任昉[2]

旭旦烟云卷，烈景入东轩。倾光望转蕙，斜日照西垣。既卷蕉[3]梧叶，复倾葵藿根。重簟无冷气，挟石似怀温。霡霂类珠缀，喘吓状雷奔。

① 此首录自《乐府诗集》卷六五。 ② 任昉（460—508）：南朝齐、梁文学家。字彦升，乐安博昌（今山东博兴）人。齐永明末，拜太子步兵校尉，管东宫书记。入梁，为黄门侍郎，迁吏部郎中。出为宁朔将军、新安太守。曾校定秘阁四部之

书，撰《四部目录》。今存诗二十一首。　③ 蕉：《诗纪》卷七八作“焦”。

苦热行①

何逊

昔闻草木焦，今睹②沙石烂。曀曀风愈③静，曈曈日渐旰。习静闷衣巾，读书烦几案。卧思清露浥，坐待明星灿。蝙蝠户间飞，蠛蠓窗中乱。会④无河朔饮，室⑤有临淄汗。遗金自不拾，恶木宁无干⑥，愿以三伏晨，催促九秋换。

① 此首录自《乐府诗集》卷六五。今按：《诗纪》卷八三此题作《苦热》。② 睹：《诗纪》作“窥”。　③ 愈：《诗纪》作“逾”。　④ 会：《汉魏六朝百三名家集》作“实”。　⑤ 室：《汉魏六朝百三名家集》作“空”。　⑥ 干：《诗纪》作“榦”。

白马篇①

王僧孺②

千里生冀北，玉鞘黄金勒。散蹄去无已，摇头意相得。豪气发西山，雄风擅东国。飞鞚出秦陇，长驱绕岷僰。承谟若有神，禀算良不惑。沣汩③河水黄，参差嶂云黑。安能④对儿女，垂帷弄毫墨。兼弱不称雄，后得方为特。此心⑤亦何已，君恩良未塞。不许跨天山，何由报皇德。

① 此首录自《乐府诗集》卷六三。　② 王僧孺（约 463—约 521）：南朝齐梁间诗人，骈文家。原籍东海郯（今山东郯城）。齐明帝时，除尚书议曹郎，出为钱塘令。梁武帝时，为南海太守，迁尚书左丞、御史中丞。善楷隶，好聚书，多至万余卷。今存诗近四十首。　③ 汩：《乐府诗集》作“泊”，据《诗纪》改。　④ 能：《文苑英华》卷二〇九作“得”。　⑤ 此心：《乐府诗集》作“主恩”，据《汉魏六朝百三名家集》改。

妾薄命[①]

萧　纲

名都多丽[②]质，本自恃容姿。荡子行未[③]至，秋胡无定期。玉貌歇红脸[④]，长嚬串[⑤]翠眉。奁境迷朝色，缝针[⑥]脆故丝。本异摇舟咎，何关窃席[⑦]疑。生离谁拊背，溘死讵来[⑧]迟。王[⑨]嫱貌本绝，踉跄入毡帷。卢姬[⑩]嫁日晚，非复少年[⑪]时。转[⑫]山犹可遂[⑬]，乌白望难期[⑭]。妾心独自苦，旁人会见嗤。

① 此首录自《乐府诗集》卷六二。郭茂倩解引《乐府解题》曰："《妾薄命》，曹植云：'日月既逝西藏。'盖恨燕私之欢不久。梁简文帝云：'名都多丽质。'伤良人不返，王嫱远聘，卢姬嫁迟也。"　② 丽：《文苑英华》卷二〇七作"雅"。　③ 未：《艺文类聚》卷四一作"不"。　④ 脸：《艺文类聚》作"缕"。　⑤ 串：《文苑英华》作"惯"。　⑥ 缝针：《文苑英华》作"针缝"。　⑦ 席：《文苑英华》作"虎"。　⑧ 来：《玉台新咏》卷七作"成"。　⑨ 王：《玉台新咏》及《艺文类聚》作"毛"。　⑩ 卢姬：也作"卢女"。汉末曹操宫女，善鼓琴。《乐府诗集》卷七三《卢女曲》题解引《乐府解题》曰："卢女者，魏武帝时宫人也，故将军阴升之姊，七岁入汉宫，善鼓琴，至明帝崩后出嫁，为尹更生妻。"　⑪ 少年：《乐府诗集》注"一作年少"。《玉台新咏》作"好年"。《文苑英华》作"妙年"。　⑫ 转：《玉台新咏》作"传"。　⑬ 遂：《玉台新咏》作"逐"。　⑭ 期：《汉魏六朝百三名家集》作"追"。

当垆曲[①]

萧　纲

十五正团团，流光满上兰。当垆设夜酒，宿客解金鞍。迎来挟琴易，送别唱歌难。欲知心恨急，翻令衣带宽。

① 此首录自《乐府诗集》卷六三。郭茂倩解引《汉书》曰："司马相如与卓文君俱之临邛，尽卖车骑，买酒舍，乃令文君当卢。相如身自著犊鼻裈，与庸保杂作，涤器于市中。"郭璞曰："卢，酒卢也。"颜师古曰："卖酒之处，累土为卢以居酒

瓮。四边隆起，其一面高，形如锻卢，故名卢。”《当垆曲》盖取此也。

美女篇[①]

萧　纲

佳丽尽关情，风流最有名。约黄能效月，裁金巧作星。粉光胜玉靓，衫薄拟蝉轻。密态随流脸，娇歌逐软声[②]。朱颜半已醉，微笑隐香屏。

① 此首录自《乐府诗集》卷六三。　② “娇歌”句：《文苑英华》卷一九三作“余娇逐语声”。

升仙篇[①]

萧　纲

少室堪求道，明光可学仙。丹缯碧琳[②]宇，绿玉黄金篇。云车了无辙，风马讵须鞭。灵桃恒可饵，几回三千年。

① 此首录自《乐府诗集》卷六四。　② 琳：《乐府诗集》作“林”。据《文苑英华》卷一九三改。

采菊篇[①]

萧　纲

月[②]精丽草散秋株，洛阳少[③]妇绝妍姝。相唤[④]提筐采菊珠，朝起露湿沾罗襦。东方千骑从骊驹，岂[⑤]不下山逢故夫。

① 此首录自《乐府诗集》卷六四。　② 月：《文苑英华》卷二〇八作“日”。③ 少：《文苑英华》作“小”。　④ 唤：《乐府诗集》注“一作呼”。　⑤ 岂：《文苑英华》作“更”。

苦热行[①]

萧 纲

六龙骛不息，三伏启炎阳。寝兴烦几案，俯仰倦帏床。滂沱汗似铄，微靡风如汤。洄池愧玉浪，兰殿非含霜。细帘时半卷，轻幌乍横张。云斜花影没，日落荷心香。愿见洪崖井，讵怜河朔觞。

① 此首录自《乐府诗集》卷六五。

吴趋行[①]

萧 绎

水里生葱翅，池心恒欲飞。莲花逐床返，何时乘艒归。

① 此首录自《乐府诗集》卷六四。郭茂倩解引崔豹《古今注》曰："《吴趋行》，吴人以歌其地。陆机《吴趋行》曰：'听我歌吴趋。'趋，步也。"

妾薄命[①]

刘孝胜[②]

冯姜朝汲远，徐吾夜火穷。旧井长逢幕[③]，邻灯欲未通。五逐无来娉，三娶尽凶终。离灾阳禄观，就废昭台宫[④]。乘屯迹虽淑，应戚理恒同。复传苏国妇，故爱在房栊。愁眉歇巧黛，啼妆落艳红。织书凌窦锦，敏诵轶繁弓。离剑行当合，春床勿怨空。

① 此首录自《乐府诗集》卷六二。 ② 刘孝胜(生卒年不详)：南朝梁诗人。原籍彭城(今江苏徐州)。刘孝绰五弟。历官邵陵王萧纶法曹，湘东王萧绎安西记室，尚书左丞。出为信义太守，以公事免。复为尚书右丞，兼散骑常侍。大同三年后，为武陵王萧纪长史、蜀郡太守。侯景之乱，萧纪于蜀中称帝，以孝胜为尚书仆射。承圣二年随萧纪出峡口攻江陵，兵败被执，梁元帝赦之以为司徒右长

史。三年,西魏破江陵,被掳入北而卒。工五言诗,今存诗五首,见《先秦汉魏晋南北朝诗》。 ③ 幕:《诗纪》卷八七作"幂"。幂,罩也。 ④ 昭台宫:汉宫名。汉宣帝时的霍后、成帝时的许后被废,均曾退居昭台宫。

升天行[①]

刘孝胜

尧攀已徒说,汤扪亦妄陈。欲访青云侣,正遇丹丘人。少翁俱仕汉,韩终苦入秦。汾阴观化鼎,瀛洲宴羽人。广成参日月,方朔问星辰。惊祠伐楚树,射药战江神。阊阖皆曾倚,太一岂难亲。赵简犹闻乐,周储固上宾。秦皇多忌害,元朔[②]少宽仁。终无良有以,非关德不邻。

① 此首录自《乐府诗集》卷六三。郭茂倩解引《乐府解题》曰:"《升天行》,曹植云'日月何时留',鲍照云'家世宅关辅'……皆伤人世不永,俗情险艰,当求神仙,翱翔六合之外,与《飞龙》、《仙人》、《远游篇》、《前缓声歌》同意。" ② 元朔:汉武帝年号,此指汉武帝。

登名山行[①]

名山本镇地,迢递上凌霄。云披金涧近,雾起石梁遥。翠微横鸟路,珠树拂星桥。风急清溪晚,霞散赤城朝。寓目幽栖客,驾口寻绮季[②]。迹绝桃源士,忘情漆园吏[③]。沉冥负俗心,疏索凌云意。苍苍耸极天,伏眺尽山川。叠峰如积浪,分崖若斜烟。浅深闻渡雨,轻重听飞泉。采药逢三岛,寻真遇九仙。藏书凡几代,看传已经年。逝[④]将追羽客,千载一来旋。

① 此首录自《乐府诗集》卷六四。今按:此首无作者名。《乐府诗集》列在梁武帝萧衍《阊阖篇》之后,兹归梁辞待考。 ② 绮季:汉初隐士,即绮里季。

③ 漆园吏：战国时庄子曾为官漆园吏，后因以“漆园吏”指庄子。 ④ 逝：同“誓”。

蛱蝶行[①]

李镜远[②]

青春已布泽，微虫应节欢。朝出南园里，暮依华叶端。菱舟追或易，风池渡更难。群飞终不远，还向玉阶兰。

① 此首录自《乐府诗集》卷六一。 ② 李镜远（生卒年不详）：南朝梁诗人。生平里籍无考。《广弘明集》卷三〇及《诗纪》卷八〇录其与萧纲、庾肩吾、王台卿等联句四首，题下注萧纲“时为皇太子”，知镜远为萧纲东宫僚属。今存诗二首。

古别离[①]

江 淹

远与君别者，乃至雁门关。黄云蔽千里，游子何时还。送君如昨日，檐前露已团。不惜蕙草晚，所悲道里寒。君在天一涯[②]，妾身长别离。愿一见颜色，不异琼树枝。兔丝及水萍，所寄终不移。

① 此首录自《乐府诗集》卷七一。郭茂倩解引《楚辞》曰：“悲莫悲兮生别离。”《古诗》曰：“行行重行行，与君生别离。相去万余里，各在天一涯。”后苏武使匈奴，李陵与之诗曰：“良时不可再，离别在须臾。”故后人拟之为《古别离》。梁简文帝又为《生别离》，宋吴迈远有《长别离》，唐李白有《远别离》，亦皆类此。今按：此篇为江淹《杂拟》之一。 ② “君在”句：《江文通文集》卷四作“君行在天涯”。

自君之出矣[①]

范 云

自君之出矣，罗帐咽秋风。思君如蔓草，连延不可穷。

① 此首录自《乐府诗集》卷六九。

少年子[①]

吴均

董生能[②]巧笑，子都[③]信美目。百万市一言，千金买相逐。不道参差菜，谁论窈窕淑。愿言奉[④]绣被，来就越人宿。

① 此首录自《乐府诗集》卷六六。今按：此题《玉台新咏》卷六作《咏少年》。② 能：《玉台新咏》作"惟"。③ 子都：古代美男子名。④ 奉：《玉台新咏》作"捧"。

行路难（四首）[①]

吴均

其一

洞庭水上一株桐，经霜触浪困严风。昔时抽心曜白日，今旦卧死黄沙中。洛阳名工[②]见咨嗟，一翦一刻作琵琶。白璧规心学明月，珊瑚映面作风花。帝王见赏不见忘，提携把握登建章。掩抑摧藏张女弹，殷勤促柱楚明光。年年月月对君王[③]，遥遥夜夜宿未央。未央彩女弃鸣篪，争先拂拭生光仪。茱萸锦衣玉作匣，安念昔日枯树枝。不学衡山南岭桂，至今千载犹未知。

① 此四首录自《乐府诗集》卷七〇。今按：此题《诗纪》卷八一作五首，第四首为"君不见长安客舍门"，《乐府诗集》作为费昶《行路难》二首的第一首。② 工：《乐府诗集》作"士"，据《诗纪》及《玉台新咏》卷九改。③ 王：《诗纪》卷及《玉台新咏》作"子"。

其 二

青琐门外安石榴，连枝接叶夹御沟。金墉城西[①]合欢树，垂条照彩拂凤楼。游侠少年游上路，倾心颠倒相[②]恋慕。摩顶至足买片言，开胸沥胆取一顾。自言家在赵邯郸，翩翩舌杪复剑端。青骊白驳的卢马，金羁绿控[③]紫丝鞶。蹀躞横行不肯进，夜夜汗血至长安。长安城中诸贵[④]臣，争贵儒者[⑤]席上珍。复闻梁王好学问，轻弃剑客如埃尘。吾丘寿王始得意，司马相如适被申。大才大辩尚如此，何况我辈轻薄人。

① 西:《文苑英华》卷二〇〇作“里”。　② 相:《乐府诗集》作“想”,据《文苑英华》改。　③ 控:《文苑英华》作“鞍”。　④ 贵:《文苑英华》作“贤”。　⑤ 儒者:《文苑英华》作“文士”。

其 三

君不见西陵田，从横十字成陌阡。君不见东郊道，荒凉芜没起寒烟。尽是昔日帝王处，歌姬舞女达天曙。今日翩妍[①]少年子，不知华盛落前去。吐心吐气许他人，今旦[②]回惑生犹豫。山中桂树自有枝，心中方寸自相知。何言岁月忽若[③]弛，君之情意与我离。还君玳瑁[④]金雀钗，不忍见此便[⑤]心危。

① 翩妍:《文苑英华》作“翩翩”。　② 旦:《文苑英华》卷二百作“且”。　③ 若:《文苑英华》作“相”。　④ 玳瑁:《文苑英华》作“玉櫜”。　⑤ 便:《诗纪》作“使”。

其 四

君不见上林苑中客，冰罗雾縠象牙席。尽是得意忘言者，探肠见胆无所惜。白酒甜盐甘如乳，绿觞皎镜华如碧。少年持名不肯尝，安知白驹应[①]过隙。博山炉中百和香，郁金苏合及都梁。逶迤好气佳容貌，经过青琐历紫房。已入中山冯后[②]帐，复上皇帝班姬床。班姬失宠颜不开，奉箒供养长信台。日暮耿耿不能寐，秋风切切四面来。玉阶行路生细草，金炉香炭变成灰。得意失意须臾顷③，非君方寸逆所裁。

① 应:《文苑英华》作“如”。 ② 冯后:《玉台新咏》作“阴后”。阴后，指东汉光武帝皇后阴丽华。 ③ 顷:《诗纪》注“一作间”。

长安少年行①

何 逊

长安美少年，羽骑暮连翩。玉羁玛瑙勒②，金络珊瑚鞭。阵云横塞起，赤日下城圆。追兵待都护，烽火望祁连。虎落夜方寝，鱼丽晓复前。平生不可定，空信苍浪天。

① 此首录自《乐府诗集》卷六六。今按:此为《诗纪》卷八三《学古》三首之第一首。 ② “玉羁”句:汉《西京杂记》载:“武帝时，身毒国献连环羁，皆以白玉作之，玛瑙石为勒，白光琉璃为鞍。”

轻 薄 篇①

何 逊

城东②美少年③，重身轻万亿。柘弹随珠④丸，白马黄金饰⑤。长安九逵上，青槐荫道植。毂击晨已喧，肩排暝不息。走狗通⑥西望，牵牛向⑦南直。相期百戏傍，去来三市侧。象床沓绣被，玉盘传绮食。大姊⑧掩扇歌，小妹⑨开帘织。相看独隐笑，见人还敛色。黄鹤⑩悲故群，山枝咏新⑪识。乌飞过客尽，雀聚行龙匿。酌羽方⑫厌厌，此时欢未⑬极。

① 此首录自《乐府诗集》卷六七。今按:此题《诗纪》卷八三作《拟轻薄篇》。 ② 城东:《乐府诗集》注“一作长安”。 ③ 少年:《艺文类聚》卷四二作“年

少”。 ④ 随珠：《诗纪》作“隋珠”。 ⑤ 饰：《诗纪》注“一作勒”。 ⑥ 通：《乐府诗集》作“东”，据《玉台新咏》卷五改。 ⑦ 向：《诗纪》作“亘”。 ⑧ 大姊：《乐府诗集》注“一作娼女”。《诗纪》作“娼女”。 ⑨ 妹：《诗纪》作“妇”。 ⑩ 鹤：《诗纪》作“鹄”。 ⑪ 新：《诗纪》作“初”。 ⑫ 方：《诗纪》作“前”。 ⑬ 未：《文苑英华》卷一九四作“无”。

沧海雀[1]

张　率

大雀与黄口，来自沧海区。清晨啄原粒，日夕依野株。虽忧鸷鸟击，长怀沸鼎虞。况复随时起，翻飞不可初[2]。寄言挟弹子，莫贱随侯珠。

① 此首录自《乐府诗集》卷六八。 ② 初：《诗纪》卷七九作“拘”。

长相思[1]（二首）

张　率

其　一

长相思，久离别，美人之远如雨绝。独延伫，心中结，望云云去远[2]，望鸟鸟飞灭[3]。空望终若斯，珠泪不能雪。

① 此二首录自《乐府诗集》卷六九。 ② 云去远：《玉台新咏》卷九及《艺文类聚》卷四二作“去去远”。 ③ 鸟飞灭：《玉台新咏》及《艺文类聚》作“飞飞灭”。

其　二

长相思，久别离。所思何在苦[1]天垂，郁陶相望不得知。玉阶月夕映罗帷[2]，罗帷风夜吹。长思不能寝，坐望天河移。

① 苦：《玉台新咏》及《艺文类聚》作“若”。 ② 罗帷：《艺文类聚》无“罗帷”二字。《玉台新咏》徐乃昌札记云：“五溪云馆本无‘罗帷’二字。”

结客少年场行[1]

刘孝威

少年本六郡，遨游遍五都。插腰铜匕首，障日锦涂苏[2]。鹜[3]羽装银镝，犀胶饰象弧。近发连双兔，高弯落九乌。边城多警急，节使满郊衢。居延箭箙尽，疏勒井泉枯。正蒙都护接，何由惮险途。千金募恶少，一麾擒骨都[4]。勇余聊蹙鞠，战罢戏[5]投壶。昔为北方[6]将，今为[7]南面孤。邦君行负弩，县令且前驱。

① 此首录自《乐府诗集》卷六六。郭茂倩解引《乐府解题》曰："《结客少年场行》，言轻生重义，慷慨以立功名也。"曹植《结客篇》曰："结客少年场，报怨洛北邙。" ② 涂苏：《文苑英华》卷一九五及《诗纪》卷八八均作"屠苏"。代指古代一种有檐的帽子。 ③ 鹜：《文苑英华》作"鹫"。 ④ 骨都：即骨都侯，汉时匈奴的官名，冒顿单于设置，是单于的辅政近臣。 ⑤ 戏：《文苑英华》作"暂"。⑥ 方：《艺文类聚》卷四一作"边"。 ⑦ 为：《文苑英华》作"成"。

行行游且猎篇[1]

刘孝威

之罘讲射所，上林娱猎场。选徒骄楚客，诏[2]狩夸胡王。罕车已戒道，风乌[3]复启[4]行。佽飞具罾缴[5]，材官命蹶张。高罝掩月兔，劲矢射天狼。蹠地不遑免[6]，排虚岂及翔。日暮钩陈[7]转，风清铙吹扬。归来宴平乐，宁肯滞[8]禽荒。

① 此首录自《乐府诗集》卷六七。今按：此题《文苑英华》卷一九五作《行行且游猎篇》，《艺文类聚》卷四二作《行行游猎篇》。 ② 诏：《诗纪》卷八八作"召"。 ③ 风乌：古代测风向的器具。 ④ 启：《诗纪》作"起"。 ⑤ 罾缴：《汉魏六朝百三名家集》作"矰缴"。一种猎取飞鸟的射具。 ⑥ 免：《诗纪》作"逸"。⑦ 钩陈：亦作"勾陈"。星名，属紫微垣。 ⑧ 滞：《乐府诗集》作"带"，据《诗纪》改。

东飞伯劳歌[①]

刘孝威

双栖翡翠两鸳鸯，巫云洛[②]月乍相望。谁家妖冶折花枝，衫长钏动任风吹[③]。金铺玉锁[④]琉璃扉，花钿宝镜织成衣[⑤]。美人年几可十余，含羞聘[⑥]笑敛风裾。珠丸出弹不可追，空留可怜持与谁。

① 此首录自《乐府诗集》卷六八。今按：此题《玉台新咏》卷九作《拟古应令》。　② 洛：《玉台新咏》作"落"。　③ "衫长"句：《玉台新咏》作"蛾眉曼睇使情移"。　④ 金铺玉琐：《玉台新咏》作"青铺绿琐"。　⑤ "花钿"句：《玉台新咏》作"琼筵玉笥金缕衣"。　⑥ 聘：《玉台新咏》作"转"。

雀乳空井中[①]

刘孝威

远去条支国，心知汉德优[②]。聊栖丞相府，过令黄霸[③]羞。挟子须闲地，空井共寻求。辘轳丝绠绝，桔槔冬藓周。将怜羽翼长，谁[④]辞各背游。

① 此首录自《乐府诗集》卷六八。郭茂倩解引晋傅玄诗曰："鹊巢丘城侧，雀乳空井中。居不附龙凤，常畏蛇与虫。依贤义不恐，近暴自当穷。"《雀乳空井中》盖出于此。　② 优：《诗纪》卷八八作"休"。　③ 黄霸：西汉大臣。宣帝时位至丞相，封建成侯，有政声。　④ 谁：中华书局本《乐府诗集》校云，毛刻本《乐府诗集》作"唯"。

侠 客 篇[①]

王　筠

侠客趋名利，剑气坐相矜。黄金涂鞘尾，白玉饰钩膺。晨驰逸广陌，日暮返平陵。举鞭向赵、李，与君方代兴。

① 此首录自《乐府诗集》卷六七。今按：晋张华有《游侠篇》，《侠客篇》同此。

行路难[①]

王筠

千门皆闭夜何央，百忧俱集断人肠。探揣箱中取刀尺，拂拭机上断流黄。情人逐情虽可恨，复[②]畏边远乏衣裳。已缲一茧催衣缕，复捣百和薰[③]衣香。犹忆去时腰大小，不知今日身短长。裲裆双心共一袜，袙复两边作八撮[④]。襻带虽安不忍缝，开孔裁穿犹未达。胸前却月两相连，本照君心不照天。愿君分明得此意，勿复流荡不如先。含悲含怨判不死，封情忍思待明年。

① 此首录自《乐府诗集》卷七〇。 ② 复：《乐府诗集》作"伤"，据《玉台新咏》卷九改。 ③ 薰：《玉台新咏》作"裛"。 ④ 撮：《玉台新咏》作"褊"。

长相思[①]

萧统

相思无终极，长夜起叹息。徒见貌婵[②]娟，宁知心有忆。寸心无所[③]因，愿附归飞翼。

① 此首录自《乐府诗集》卷六九。 ② 婵：《乐府诗集》注"一作嬗"。 ③ 所：《乐府诗集》作"以"，据《诗纪》卷六六注改。

东飞伯劳歌[①]（二首）

萧纲

其一

翻阶蛱蝶恋花情，容华飞燕相逢迎。谁家总角岐路阴，裁红点翠愁人心。天窗绮井暖[2]徘徊，珠帘玉箧明镜台。可怜年几十三四，工歌巧舞入人意。白日西落杨柳垂，含情弄态两相知。

① 此二首录自《乐府诗集》卷六八。今按：此题《诗纪》卷六七注“一云《绍古歌》”。 ② 暖：《乐府诗集》作“暖”，据《诗纪》改。

其　二

西飞迷雀东羁雉，倡楼秦女乍相值[1]。谁家妖丽邻中止，轻妆薄粉光闾里。网户珠缀曲琼钩，芳茵翠被香气流。少年年几方三六，含娇聚态倾人目。余香落蕊坐相催，可怜绝世谁为媒。

① 值：《乐府诗集》作“随”，据《诗纪》卷六七改。

生别离[1]

萧　纲

离别[2]四弦声，相思双笛引。一去十三年，复无好音信。

① 此首录自《乐府诗集》卷七二。 ② 离别：《诗纪》卷六八作“别离”。

行路难[1]（二首）

费　昶

其　一

君不见长安客舍门，倡家少女名桃根。贫穷夜纺无灯烛，何言一朝奉至尊。至尊离宫百余处，千门万户不知曙。唯闻哑哑城上乌，玉栏金井牵辘轳。丹梁翠柱飞屠[2]苏，香薪桂火炊雕胡[3]。当年翻覆无常定，薄命为女何必[4]粗。

① 此二首录自《乐府诗集》卷七〇。今按：此二首中第一首《艺文类聚》卷三

○作吴均《行路难》五首之第四首，《诗纪》卷八一第一首、《玉台新咏》卷九、《乐府诗集》均作费昶诗。 ② 屠：《诗纪》卷四二作"流"，《乐府诗集》注"一作流"。 ③ 雕胡：指菰米。《乐府诗集》注"一作雕苽"。 ④ 何必：《文苑英华》卷二○○作"必已"。

其 二

君不见人生百年如流电，心中坎壈君不见。我昔初入椒房时，讵减班姬与飞燕。朝逾[1]金梯上凤楼，暮下琼钩息鸾殿。柏台[2]昼夜香，锦帐自飘扬。笙歌膝上吹[3]，琵琶《陌上桑》[4]。过蒙恩所赐，余光曲沾被。既逢阴后不自专，复植程姬有所避。黄河千年始一清，微躯再逢永无议。娥[5]眉偃月徒自妍，傅粉施朱欲谁为。不如天渊水中鸟[6]，双去双归长比翅。

① 逾：《文苑英华》卷二○○作"踏"。 ② 台：《诗纪》作"梁"。 ③ 膝上吹：《诗纪》作"枣下曲"。 ④《陌上桑》：乐府《相和曲》名，又称《艳歌罗敷行》。⑤ 娥：《乐府诗集》注"当作蛾"。 ⑥ 鸟：《文苑英华》作"凫"。

车遥遥[1]

车 斅[2]

车遥遥兮马洋洋，追思君兮不可忘。君安游[3]兮西入秦，愿将微影[4]随君身。君在阴兮影不见，君仰日月[5]妾所愿。

① 此首录自《乐府诗集》卷六九。 ② 车斅(生卒年不详)：此首诗作者，《玉台新咏》卷九及《艺文类聚》卷四二均作"晋傅玄"。兹仍依《乐府诗集》、《诗纪》卷九三作"车斅"。车斅，生平里籍无考，《乐府诗集》作"梁车斅"。 ③ 游：《诗纪》卷九三作"逝"。 ④ 愿将微影：《诗纪》卷二二作"愿为影兮"，《艺文类聚》作"愿微影兮"。 ⑤ 仰日月：《玉台新咏》卷九及《诗纪》卷二二作"依光兮"。

晨风行[①]

范静妻沈氏

理楫令舟人，停舻息旅薄河津。念君劬劳冒风尘，临路挥袂泪沾巾。飙流劲润[②]逝若飞，山高帆急绝音徽。留子句句[③]独言归，中心茕茕将依谁。风弥叶落永离索，神往形返情错漠。循带易缓愁难却，心之忧矣叵销铄。

① 此首录自《乐府诗集》卷六八。　② 润：中华书局本《乐府诗集》校云，疑是“阔”字之误。　③ 句句：中华书局本《乐府诗集》校云，疑为“踽踽”之误。

荆州乐[①]

宗　夬[②]

迢递楼雉悬，参差台观杂。城阙自相望，云霞纷飒沓。

① 此首录自《乐府诗集》卷七二。郭茂倩解云：《荆州乐》盖出于清商曲江陵乐，荆州即江陵也。有纪南城，在江陵县东。梁简文帝《荆州歌》云“纪城南里望朝云，雉飞麦熟妾思君”是也。又有《纪南歌》，亦出于此。　② 宗夬（456—504）：南朝齐、梁间文人。字明敭。原籍南阳（今属河南），世居江陵（今属湖北）。宗炳孙。齐时，曾为临川王常侍、骠骑行参军，又在随王萧子隆荆州刺史府，奉命与谢朓、庾於陵抄撰群籍。梁时，为东海太守，征为太子右卫率，迁五兵尚书。今存诗五首。

晨风行[①]

王　循[②]

雾开九曲渎，风起千金堤。岸回分野径，林际成牛蹊。凫随落潮去，日傍绮霞低。望日[③]轻舟隐，瑟瑟远寒凄。还眺小平急，宴语方难齐。

① 此首录自《乐府诗集》卷六八。郭茂倩解云，《晨风》，本秦诗也。《晨风》

诗曰："鴥彼晨风，郁彼北林。"传曰："鴥，疾飞貌。晨风，鹯也。言穆公招贤人，贤人往之，疾如晨风之入北林也。"又曰："如何如何，忘我实多。""盖刺康公忘穆公之业，而弃其贤臣焉。"《益部耆旧传》曰："后汉杨终，徙于北地望松县，而母于蜀物故。终自伤被罪充边，乃作《晨风》之诗以舒其愤也。"若王循"雾开九曲渎"，沈氏"理楫令舟人"，但歌晨朝之风尔。 ② 王循（生卒年不详）：生平里籍无考。《乐府诗集》作"梁王循"。 ③日：《古乐府》卷一〇作"目"。

邯郸歌[①]

萧 衍

回顾灞陵上，北指邯郸道。短衣妾不伤，南山为君老。

① 此首录自《乐府诗集》卷七六。

秦王卷衣[①]

吴 均

咸阳春草芳，秦帝[②]卷衣裳。玉检[③]茱萸匣，金泥苏合香。初芳薰复帐，余辉耀玉[④]床。当须早[⑤]朝罢，持此赠华阳[⑥]。

① 此首录自《乐府诗集》卷七三。郭茂倩解引《乐府解题》曰："《秦王卷衣》，言咸阳春景及宫阙之美。秦王卷衣，以赠所欢也。"唐李白有《秦女卷衣》。 ② 秦帝：《玉台新咏》注"一作秦女"。 ③ 玉检：玉牒书的封篋。 ④ 玉：《文苑英华》卷二二作"宝"。 ⑤ 早：《乐府诗集》卷七三作"宴"，据《文苑英华》注"又作早"改。 ⑥ 华阳：《乐府诗集》作"龙阳"，据《文苑英华》改。《玉台新咏》注引《史记·吕不韦传》："安国君有所甚爱姬立以为正夫人，号曰华阳夫人。"

送归曲[①]

吴 均

送子独南归,揽衣空闵默。关山昼欲暗,河冰夜向塞。燕至他人乡,雁去还谁国。寄子两行书,分明达济北。

① 此首录自《乐府诗集》卷七七。

城上麻[①]

吴 均

麻生满城头,麻叶落城沟。麻茎左右披,沟水东西流。少年感恩命,奉剑事西周。但令直心尽,何用返封侯。

① 此首录自《乐府诗集》卷七七。

夹 树[①]

吴 均

桂树夹长歧[②],复值清风吹。氛氲揉芳叶,连绵交密枝。能迎春露点,不逐秋风移。愿君长惠爱,当使岁寒知。

① 此首录自《乐府诗集》卷七七。 ② 歧:《诗纪》卷八一作"陂"。

妾安所居[①]

吴 均

贱妾先有宠,蛾眉进不迟。一从西北丽,无复城南期。何因[②]暂艳逸,岂为乏妍姿。徒有黄昏望,宁遇青楼时。惟惜应门掩,方余永巷悲。匡床终不共,何由横自私[3]。

① 此首录自《乐府诗集》卷七四。　② 因:《诗纪》卷八一注“一作用”。③ 私:《乐府诗集》作“思”,据《诗纪》改。

携手曲[1]

吴　均

艳裔阳之春,携手清洛滨。鸡鸣上林苑,薄暮小平津。长裾藻[2]白日,广袖带芳尘。故交一如此,新知讵忆人。

① 此首录自《乐府诗集》卷七六。　② 藻:《艺文类聚》卷四二作“扫”。

大垂手[1]

吴　均[2]

垂手忽迢迢[3],飞燕掌中娇。罗衫[4]恣风引,轻带任情摇。讵似长沙地,促舞不回腰。

① 此首录自《乐府诗集》卷七六。郭茂倩解引《乐府解题》曰:“《大垂手》、《小垂手》,皆言舞而垂其手也。”隋江总《病妇行》曰“夫婿府中趋,谁能大垂手”是也。又《独摇手》亦与此同。　② 吴均:《玉台新咏》卷七作梁简文帝《赋乐府得大垂手》。　③ 迢迢:《玉台新咏》作“苕苕”。　④ 衫:《玉台新咏》作“衣”。

小垂手[1]

吴　均

舞女出西秦,蹑影舞阳春。且复小垂手,广袖拂红尘。折腰应两笛,顿足转双巾。蛾眉与曼[2]脸,见此空愁人。

① 此首录自《乐府诗集》卷七六。　② 曼:《乐府诗集》作“慢”,据《诗纪》卷

八一改。

起夜来[1]

柳恽

城南断兵[2]骑，阁道覆青埃。露华光翠网，月影入兰台。洞房且莫掩，应门或复开。飒飒秋桂响，非[3]君起夜来。

① 此首录自《乐府诗集》卷七五。郭茂倩解引《乐府解题》曰："《起夜来》，其辞意犹念畴昔思君之来也。"唐聂夷中又有《起夜半》。 ② 兵：《诗纪》卷七九作"车"。 ③ 非：《古乐府》卷一〇作"悲"。

独不见[1]

柳恽

别岛望云[2]台，天渊临水殿。芳草生未积，春花落如霰。出从张公子，还过赵飞燕。奉帚长信宫，谁知独不见。

① 此首录自《乐府诗集》卷七五。郭茂倩解引《乐府解题》曰："《独不见》，伤思而不得见也。" ② 云：《玉台新咏》卷五作"风"。

芳林篇[1]

柳恽

芳林晔兮发朱荣，时既晚兮随风零。随风零兮返无期，安得阳华遗所思。

① 此首录自《乐府诗集》卷七七。

乐未央[1]

沈　约

亿舜日，万尧年。咏《湛露》[2]，歌《采莲》[3]。愿杂百和气，宛转金炉前。

① 此首录自《乐府诗集》卷七四。　② 《湛露》：《诗・小雅》篇名。　③ 《采莲》：即《采莲曲》，乐府清商曲名，辞本于《江南曲》："江南可采莲，莲叶何田田。"

夜夜曲[1]（二首）

沈　约

其　一

北斗阑干去，夜夜心独伤。月辉横射枕，灯光半隐床。

① 此二首录自《乐府诗集》卷七六。郭茂倩解云：《夜夜曲》，梁沈约所作也。梁《乐府解题》曰："《夜夜曲》，伤独处也。"今按：此首《玉台新咏》卷一〇作梁简文帝诗。

其　二

河汉纵复[1]横，北斗横复直。星汉空如此，宁知心有[2]忆。孤灯暧不明，寒机晓犹[3]织。零泪向谁道，鸡鸣徒叹息。

① 复：《玉台新咏》卷五作"且"。　② 有：《艺文类聚》卷四二作"所"。③ 晓犹：《艺文类聚》作"犹更"。

永明乐[1]

沈　约

联翩贵游子，侈靡千金客。华毂起飞尘，珠履竞长陌。

① 此首录自《乐府诗集》卷七五。

携手曲[①]

沈　约

舍辔下雕辂，更衣奉玉床。斜[②]簪映秋水，开镜比春妆。所畏红颜促，君恩不可长。鹓[③]冠且容裔，岂吝桂枝亡。

① 此首录自《乐府诗集》卷七六。郭茂倩解云：《携手曲》，梁沈约所制也。《乐府解题》曰：“《携手曲》，言携手行乐，恐芳时不留，君恩将歇也。”　② 斜：《乐府诗集》作“联”，据《玉台新咏》卷五改。　③ 鹓：《乐府诗集》作“鸡”，据吴兆宜注本《玉台新咏》卷五改。

半渡溪[①]

刘孝威

本厕偏伍伴，一战殄凶渠。制赐文犀节，驿报紫泥书。入营陈御盖，还家乘紫车。皇恩空以重[②]，丹心恨不纾。渡泸且不畏，凌溪嗟有余。

① 此首录自《乐府诗集》卷七四。郭茂倩解引《乐府解题》曰：“《半渡溪》，言战而半涉溪水见迫，所言皆岭南地里，与《武溪深》相类。”梁元帝又有《半路溪》，则言相逢隔溪，已识行步，辞旨与此全殊。　② 空以重：《乐府诗集》注“一作知已重”。

爱妾换马[①]

刘孝威

骢马出楼兰，一步九盘桓。小史赎金络，良工送玉鞍。龙骖来甚易，乌孙去实难。麟胶妾犹有，请为急弦弹。

① 此首录自《乐府诗集》卷七三。

武溪深行[①]

刘孝胜

武溪深不测，水安舟复轻。暂侣庄生钓，还滞鄂君行。棹歌争后发，谍鼓逐前征。秦上山川险，黔中木石并[②]。林壑秋籁急，猿哀夜月明。澄源本千仞，回峰忽万萦。昭潭让无底，太华推削成。日落野通气，目极怅余情。下流曾不浊，长迈寂无声。羞学沧浪水，濯足复濯缨。

① 此首录自《乐府诗集》卷七四。郭茂倩解云，一曰《武陵深行》。崔豹《古今注》曰："《武溪深》，马援南征之所作也。援门生爰寄生善吹笛，援作歌，令寄生吹笛以和之，名曰《武溪深》。"今按：崔豹《古今注·音乐》载马援所作《武溪深》，其曲曰："滔滔武溪一何深，鸟飞不度，兽不能临，嗟哉武溪多毒淫！" ② 木石并：《诗纪》卷八七注"一作水石清"。

寒夜怨[①]

陶弘景[②]

夜云生，夜鸿惊，凄切嘹唳伤夜情。空山霜满高烟平，铅华沉照帐孤明。寒日[③]微，寒风紧。愁心绝，愁泪尽。情人不胜怨，思来谁能忍。

① 此首录自《乐府诗集》卷七六。郭茂倩解引《乐府解题》曰："晋陆机《独寒吟》云：'雪夜远思君，寒窗独不寐'，但叙相思之意尔。"陶弘景有《寒夜怨》，梁简文帝有《独处愁》，亦皆类此。今按：《乐府诗集》此首作者作"宋"陶弘景，据《诗纪》卷八九改。 ② 陶弘景(456—536)：南朝齐梁时期医学家、文人、学者。字通明，丹阳秣陵(今属南京)人。仕齐拜左卫殿中将军。入梁，隐居句曲山(茅山)，武帝礼聘不出，但朝廷大事辄就咨询，时人称为"山中宰相"。工草隶，行书尤妙。曾整理《神农本草经》，编成《本草经集注》七卷，又著有《陶氏效验方》、《药总诀》等。存诗七首。 ③ 日：当作"月"。

清　凉①

张　率

登台待初景，帐殿蔼余晨。罗帷夕风济，清气尚波人。长簟凉可仰，平莞温未亲。幸愿同枕席，为君横自陈。

① 此首录自《乐府诗集》卷七四。

南征曲①

萧子显

棹歌来扬②女，操舟惊越人。图蛟怯水伯，照鹢竦江神。

① 此首录自《乐府诗集》卷七四。　② 扬：《乐府诗集》作“杨”，据《全梁诗》改。

陵云台①

谢　举②

绮甍悬桂栋，隐暧傍乔柯。势高凌玉井，临回度金波。易觉凉风至，早飞秋雁过。高台相思曲，望远骚人歌。幸属③此迢递，知承云雾④多。

① 此首录自《乐府诗集》卷七五。郭茂倩解引《魏志》曰：“文帝黄初元年十二月，初营洛阳宫。戊午，幸洛阳。二年，筑陵云台。”刘义庆《世说》曰：“陵云台，楼观精巧，先秤众木轻重，然后构造，无锱铢相负揭。台高峻，恒随风动摇。”杨龙骧《洛阳记》曰：“陵云台高二十三丈，登之见孟津也。”　② 谢举（479—548）：南朝梁诗人。字言扬，原籍陈郡阳夏（今河南太康）。谢庄孙，幼好学，与兄谢览齐名，深得江淹赞许。起家秘书郎，累迁吏部尚书、晋陵太守。今存诗一首。　③ 属：《乐府诗集》注“一作瞩”。　④ 云雾：《文苑英华》卷一九二作“寒露”。

上　林[1]

萧　统

千金骋枭骑，万斥[2]流水车，争游上林苑[3]，高盖逗春华。

① 此首录自《乐府诗集》卷七七。　② 斥：《乐府诗集》作“斤”，《全梁诗》作“折”，据《诗纪》卷六六改。　③ 苑：《全唐诗》作“里”。

茱萸女[1]

萧　纲

茱萸生狭斜，结子复衔花。遇逢纤手摘，滥得映铅华。杂与鬟簪插，偶逐鬓钿斜。东西争赠玉，纵横来问家。不无夫婿马，空驻使君车。

① 此首录自《乐府诗集》卷七三。

爱妾换马[1]

萧　纲

功名幸多种，何事苦生离。谁言似白玉，定是愧青骊。必取匣中钏，回作饰金羁。真成恨不已，愿得路傍儿[2]。

① 此首录自《乐府诗集》卷七三。郭茂倩解引《乐府解题》曰：“《爱妾换马》，旧说淮南王所作，疑淮南王即刘安也。”古辞今不传。今按：《玉台新咏》引李冗《独异志》：“魏曹璋，性倜傥，偶逢骏马，爱之，其主所惜也。璋曰：‘予有美妾可换，惟君所选。’马主因指一妓，璋遂换之。马号曰‘白鹘’，后因猎，献于文帝。”　② 路旁儿：《艺文类聚》引《风俗通》曰：“杀君马者，路旁儿也。”

枣下何纂纂[1]

萧　纲

垂花临碧涧，结翠依丹笭。非直入游宫，兼期植灵苑。落日芳春暮，游人歌吹晚。弱刺引罗衣，朱实凌还幰。且欢洛浦词，无羡安期远。

① 此首录自《乐府诗集》卷七四。郭茂倩解引《古咄喈歌》曰："枣下何攒攒，荣华各有时。枣欲初赤时，人从四边来。枣适今日赐，谁当仰视之。"潘安仁《笙赋》曰："咏园桃之夭夭，歌枣下之纂纂。歌曰：枣下纂纂，朱实离离。宛其死（今按：《文选》卷一八作"落"）矣，化为枯枝。"纂纂，枣花也。枣之纂纂盛貌，实之离离将衰，言荣谢之各有时也。

金　乐　歌[1]

萧　纲

槐香欲覆井，杨柳正藏鸦。山炉当[2]无比，玉构火窗[3]赊。床头辟绳结，镜上领巾斜。铁镬[4]种粱子，铜枢生枣[5]花。开门抛水柱[6]，城按[7]特言家。

① 此首录自《乐府诗集》卷七四。今按：此题《文苑英华》卷一九三注："金，一作会。"《诗纪》卷七〇梁元帝《歌曲名诗》注："《乐府》作《金乐歌》。"　② 当：《乐府诗集》注"一作好"。　③ 窗：《乐府诗集》作"聪"，据《诗纪》卷六七改。《文苑英华》又作"牒"。　④ 镬：《乐府诗集》作"钟"，据《诗纪》改。　⑤ 枣：《乐府诗集》作"秦"，据《诗纪》改。《文苑英华》注"一作枣"。　⑥ 柱：《文苑英华》作"枕"，《乐府诗集》注"一作信"。　⑦ 按：《文苑英华》作"控"。

夜　夜　曲[1]

萧　纲

霭霭夜中霜，何关[2]向晓光。枕啼常带粉，身眠不著床。兰膏尽更益，薰炉灭复香。但问愁多少，便知夜短长。

① 此首录自《乐府诗集》卷七六。今按：此首《玉台新咏》卷七作《拟沈隐侯夜夜曲》。 ② 何关：《乐府诗集》作“河开”，据《玉台新咏》改。

独处愁[①]

萧 纲

独处恒多怨，开幕试临风。弹棋镜奁上，傅粉高楼中。自君征马去，音信不曾通。只恐金屏掩，明年已复空。

① 此首录自《乐府诗集》卷七六。郭茂倩解引司马相如《美人赋》曰：“芳香郁烈，黼帐高张。有女独处，婉然在床。乃歌曰：‘独处室兮廓无依，思佳人兮情伤悲。’”《独处愁》盖取诸此。今按：《诗纪》卷六七作《独处怨》。

春江行[①]

萧 纲

客行祇念路，相争[②]渡京口。谁知堤上人，拭泪空摇手。

① 此首录自《乐府诗集》卷七七。郭茂倩解引唐郭元振曰：“《春江》，巴女曲也。”今按：《玉台新咏》卷一〇作《春江曲》。 ② 争：《玉台新咏》作“将”。

桃花曲[①]

萧 纲

但使新花艳，得间美人簪。何须论后实，怨结子瑕心。

① 此首录自《乐府诗集》卷七七。

树中草[1]

萧纲

幸有青袍色,聊因翠幄凋。虽间珊瑚蒂,非是合欢条。

① 此首录自《乐府诗集》卷七七。

半路溪[1]

萧绎

相逢半路溪,隔溪犹不渡。望望判知是,翩翩识行步。摘赠兰泽芳,欲表同心句。先将[2]动旧情,恐君疑妾妒。

① 此首录自《乐府诗集》卷七四。 ② 将:《乐府诗集》注"一作持"。

金乐歌[1]

萧绎

啼乌怨别偶,曙鸟忆谁[2]家。石阙题书字,金灯飘落花。东方晓星没,西山晚日斜。縠衫回广袖,团扇掩轻纱。暂借青骢马,来送黄牛车。

① 此首录自《乐府诗集》卷七四。 ② 谁:《文苑英华》卷一九三作"离"。

爱妾换马[1]

庾肩吾

渥水[2]出腾驹,湘川实应图。来从西北道,去逐东南隅。琴声悲玉匣,山路泣蘼芜。似鹿将含笑,千金会不俱。

① 此首录自《乐府诗集》卷七三。 ② 渥水:即渥洼水,在今甘肃安西县境,

传说中产神马之地。

杂　曲[1]（二首）

王　筠

其　一

乌[2]还夜已逼，虫飞晓尚赊。桂月徒留影，兰灯[3]空结花。

① 此二首录自《乐府诗集》卷七七。　② 乌：《乐府诗集》注"一作乌"。③ 灯：《乐府诗集》作"台"，据《文苑英华》卷二一一改。

其　二

可怜洛城东，芳树摇春风。丹霞映白日，细雨带轻虹。

发白马[1]

费　昶

家本楼烦俗，召募羽林儿。怖羌角抵戏，习战昆明池。弓弢不复挽，剑衣恒露铍。一辞豹尾内，长别属车垂。白马今虽发，黄河未结澌。寄言闺中妇，逢春心勿移。

① 此首录自《乐府诗集》卷七四。郭茂倩解引《通典》曰："白马，春秋时卫国曹邑有黎阳津，一曰白马津。郦生云'守白马之津'是也。"《发白马》，言征戍而发兵于此也。

思公子[1]

费　昶

公子才气饶，凌云自飘飘。东出斗鸡道，西登饮马桥。夕宴银为烛，朝燔桂作焦。虞卿亦何命，穷极苦无聊。

① 此首录自《乐府诗集》卷七四。

遥夜吟[①]

宗　夬

遥夜复遥夜，遥夜忧未歇。坐对风动帷，卧见云间[②]月。

① 此首录自《乐府诗集》卷七六。　② 间：疑作“开”。

迎客曲[①]

徐　勉

丝管列，舞席陈，含声未奏待嘉宾。罗丝管，舒舞席，敛袖嘿唇迎上客。

① 此首录自《乐府诗集》卷七七。

送客曲[①]

徐　勉

袖缤纷，声委咽，余曲未终高驾别。爵无算，景已流，空纡长袖客不留。

① 此首录自《乐府诗集》卷七七。

金乐歌[①]

房　篆[②]

前溪流碧水，后渚映青天。登山临宝镜，开窗对绮钱。玉颜光粉色[③]，罗袖拂金钿。春风散轻蝶，明月映新莲。摘花竞时侣，催柏[④]及芳年。

① 此首录自《乐府诗集》卷七四。 ② 房篆（生卒年不详）：生平里籍无考。《乐府诗集》将其诗列在梁元帝萧绎之后，沈约之前，当归南朝梁待考。 ③ 光粉色：《文苑英华》卷一九三作“耀光彩”。 ④ 柏：《乐府诗集》卷七四作“指”，据《文苑英华》改。

济黄河[①]

谢微[②]

积阴晦平陆，凄风结暮序。朝辞金谷戍[③]，夕逗黄河渚。赤兔徒聊翩，青凫讵容与。泪甚声难发，悲多袖未举。虚薄谬君恩，方嗟别宛、许。

① 此首录自《乐府诗集》卷七四。 ② 谢微（生卒年不详）：《南史》及《乐府诗集》作谢微，《梁书》作谢徵。字玄度。《先秦汉魏晋南北朝诗》云，谢微，陈郡阳夏人，初为安成王法曹，累迁中书鸿胪卿舍人。后出为豫章王长史、南兰陵太守。大同二年卒，年三十七。王籍集其文为二十卷。 ③ 戍：《诗纪》卷九一注“一作树”。

沐浴子[①]

澡身经兰汜，濯发傃芳洲。折荣聊踯躅，攀桂且淹留。

① 此首录自《乐府诗集》卷七四。今按：此首《诗纪》卷一三〇列入“乐府失载名氏”。《乐府诗集》此题下作者署“无名氏”，列在李白之后。《乐府遗声》游侠二十一曲有《沐浴子》。又《李白集校注》王琦注云：“胡震亨曰：《沐浴子》，梁陈间曲也。”据此归梁辞待考。

短　箫[1]

张　嵊[2]

促柱弦始繁,短箫吹初亮。舞袖拂长席,钟音由簴扬。已落檐瓦间,复绕梁尘上。时属清夏阴,恩晖亦非望。

① 此首录自《乐府诗集》卷七四。　② 张嵊(488—549):南朝梁文士。字四山,吴郡吴(今江苏苏州)人。张谡子,刘孝绰妹夫。起家秘书郎,累迁太子舍人、洗马,后为湘东王萧绎长史、寻阳太守。中大同元年,入为太府卿,寻迁吴兴太守。侯景之乱,嵊固守拒景将侯子鉴,被执。太清三年,不屈而死。今存诗一首。

伍子胥[1]

鲍　机[2]

忠孝诚无报,感义本投身。日暮江波急,谁怜渔丈人。楚墓悲犹[3]在,吴门恨[4]未申。

① 此首录自《乐府诗集》卷七四。　② 鲍机(生卒年不详):南朝齐、梁文人。字景玄。原籍东海(今属山东郯城)。齐时举为春陵令。入梁为太常丞、尚书郎。累迁治书侍御史。今存诗二首。　③ 犹:《乐府诗集》注"一作空"。　④ 恨:《乐府诗集》注"一作怨"。

建兴苑[1]

纪少瑜[2]

丹陵抱天邑,紫渊更上林。银台悬百仞,玉树起千寻。水流冠盖影,风扬歌吹音。踟蹰怜拾翠,顾步惜遗簪。日落庭光转,方幰屡移阴。愿言乐未极,不道爱黄金。

① 此首录自《乐府诗集》卷七五。今按:此题《诗纪》卷九二作《游建兴苑》。② 纪少瑜(生卒年不详):南朝梁诗人。字幼场,丹阳秣陵(今属江苏南京)人。

早孤，有志节。年十三能属文，尝梦陆倕授以青镂管笔，其文因此遒进。曾任武陵王萧纪参军。今存诗五首，风格近宫体。

采荷调[①]

江从简[②]

欲持荷作柱，荷弱不胜梁。欲持荷作镜，荷暗本无光。

① 此首录自《乐府诗集》卷七五。郭茂倩解引《乐府广题》曰："梁太尉从事中郎江从简，年十七，有才思。为《采荷调》以刺何敬容。敬容览之，不觉嗟赏，爱其巧丽。敬容时为宰相。"今按：此题《诗纪》卷九〇作《采莲讽》。 ② 江从简（约518—约549）：南朝梁文人。原籍济阳考城（今属河南）。江革第三子，少有文情，官太尉从事中郎。侯景之乱，为任约所害。今存诗一首。

薄暮动弦歌[①]

沈君攸

柳谷向夕沉余日，蕙楼临砌徙斜光。金户半入蘩林影，兰径时移落蕊香。丝绳玉壶传绮席，秦筝赵瑟响高堂。舞裙拂履喧珠珮，歌响出扇绕尘梁。云边[②]雪飞弦柱促，留宾但须罗袖长。日暮歌钟恒不倦，处处行乐为时康。

① 此首录自《乐府诗集》卷七四。 ② 边：当作"起"。参见《文选·西京赋》。

羽觞飞上苑[①]

沈君攸

上路薄晚风尘合，禁苑初春气色华。石径断丝阑蔓草，山流细沫拥浮花[②]。鱼文熠爚含余日，鹤盖低昂照落霞。隔树银鞍喧宝马，分衢玉轪动香车。车马处处尽成阴，班荆促席对芳林。藤杯屡动情乃畅，翠樽引满趣弥深。山阳倒载非难得，宜城醇醞促须斟。半醉骊歌应可奏，上客莫虑掷黄金。

① 此首录自《乐府诗集》卷七四。郭茂倩解引《楚辞》曰："瑶浆蜜勺实羽觞。"张衡《西京赋》曰："促中堂之狭（今按：《文选》卷二作"陿"）坐，羽觞行而无算。"羽觞，谓杯上缀羽以速饮。《汉书音义》曰"羽觞，作生爵形"是也。 ② 浮花：《诗纪》卷九三注"外编作浮槎"。

桂楫泛河中[①]

沈君攸

黄河曲渚[②]通千里，浊水分流引八川。仙查逐源终未极，苏亭[③]遗迹尚难迁。眇眇云根侵远树，苍苍水气杂[④]遥天。波影杂霞无定色，湍文触岸不成圆。赤马青龙[⑤]交出浦，飞云盖海远凌烟。莲舟渡沙转不碍，桂楫距浪弱难前。风急金乌翅自转，汀长锦缆影微悬。榜人欲歌先扣枻，津吏犹醉强持船。河堤极望今如此，行杯落叶讵虚传。

① 此首录自《乐府诗集》卷七四。 ② 渚：《全梁诗》作"注"。 ③ 苏亭：《乐府诗集》注"一作汉帝"。 ④ 杂：《乐府诗集》注"一作合"。 ⑤ 龙：《乐府诗集》注"一作骊"。

映水曲[①]

范静妻沈氏

轻鬓学浮云，双蛾拟初月。水澄正落钗，萍开理垂发。

① 此首录自《乐府诗集》卷七七。

登楼曲[①]

范静妻沈氏

凭高川陆近，望远阡陌多。相思隔重岭，相忆限[②]长河。

① 此首录自《乐府诗集》卷七七。　② 限：《古乐府》卷一〇作“恨”，注“一作限”。

越城曲[①]

别怨[②]凄歌响，离啼湿舞衣。愿假《乌栖曲》[③]，翻从南向飞。

① 此首录自《乐府诗集》卷七七。今按：《乐府诗集》此首未载作者，列于梁范静妻沈氏之后，梁徐勉之前，当归梁辞待考。　② 怨：《玉台新咏》卷一〇注“一作远”。　③《乌栖曲》：乐府曲名。

琴曲歌辞

古琴曲有五曲、九引、十二操。梁元帝萧绎《纂要》云,古琴曲有畅、有操、有引、有弄。《琴论》曰:“和乐而作,命之曰畅,言达则兼济天下而美畅其道也。忧愁而作,命之曰操,言穷则独善其身而不失其操也。引者,进德修业,申达之名也。弄者,情性和畅,宽泰之名也。”

南朝梁之琴曲歌辞,凡二十七首,均录自《乐府诗集》也。

湘夫人[①]

沈 约

潇湘风已息,沅澧复安流。扬蛾一含睇,娃娟好且修。捐玦置澧浦,解珮寄中洲。

① 此首录自《乐府诗集》卷五七。

贞女引[①]

沈 约

贞心信无矫,傍邻也见疑。轻生本非惜,贱躯良足悲。传芳托嘉树,弦歌寄好词。

① 此首录自《乐府诗集》卷五八。郭茂倩解引《琴操》曰:“鲁次室女作《贞女引》。”

雉朝飞操[①]

吴 均

二月雉朝飞,横行傍垄归。斜看水外翟,侧听岭南翚。躞蹀恒欲战，耿耿恃强威。当令君见赏，何辞碎锦衣！

① 此首录自《乐府诗集》卷五七。扬雄《琴清英》曰："《雉朝飞操》，卫女傅母之所作也。卫侯女嫁于齐太子，中道闻太子死，问傅母曰：'何如？'傅母曰：'且往当丧。'丧毕不肯归，终之以死。傅母悔之，取女所自操琴，于冢上鼓之。忽二雉俱出墓中，傅母抚雉曰：'女果为雉耶？'言未毕，俱飞而起，忽然不见。傅母悲痛，援琴作操，故曰《雉朝飞》。"崔豹《古今注》曰："《雉朝飞》者，犊沐子所作也。齐宣王时，处士泯宣，年五十无妻。出薪于野，见雉雄雌相随而飞，意动心悲，乃仰天叹大圣在上，恩及草木鸟兽，而我独不获。因援琴而歌，以明自伤。其声中绝。"

别鹤[①]

吴均

别鹤寻故侣，联翩辽海间。单栖孟津水，惊唳陇头山。

① 此首录自《乐府诗集》卷五八。

渡易水[①]

吴均

杂虏客来齐，时余在角抵[②]。扬鞭渡易水，直至龙城西。日昏笳乱动，天曙马争嘶。不能通瀚海，无面见三齐。

① 此首录自《乐府诗集》卷五八。今按：《诗纪》卷八一注"一作《荆轲歌》"。
② 抵：《全梁诗》作"觝"。

思归引[①]

刘孝威

胡地凭良马，怀骄负汉恩。甘泉烽火入，回中[②]宫室燔。锦车劳远驾，绣衣疲屡奔。贰师已丧律，都尉亦销[③]魂。龙堆求援急，狐塞请先屯。枥下驱[④]双骏，腰边带[⑤]两鞬。乘障[⑥]无期限，思归[⑦]安可论[⑧]？

① 此首录自《乐府诗集》卷五八。郭茂倩解引《琴操》曰："卫有贤女，邵王闻其贤而请聘之，未至而王薨。太子曰：'吾闻齐桓公得卫姬而霸，今卫女贤，欲留之。'大夫曰：'不可。若贤必不我听，若听必不贤，不可取也。'太子遂留之，果不听。拘于深宫，思归不得，遂援琴而作歌，曲终，缢而死。"晋石崇《思归引序》曰："崇少有大志，晚节更乐放逸。因览乐篇有《思归引》，古曲有弦无歌，乃作乐辞。"《乐府解题》曰："若梁刘孝威'胡地凭良马'，备言思归之状而已。" ② 回中：秦宫名。汉文帝时匈奴从萧关入，烧毁此宫。 ③ 销：《乐府诗集》此字阙，据《古乐府》及毛刻本补。 ④ 驱：《艺文类聚》卷四二作"严"。 ⑤ 带：《艺文类聚》作"垂"。 ⑥ 障：《艺文类聚》作"嶂"。 ⑦ 思归：《艺文类聚》作"归思"。 ⑧ 论：旧校云"一作言"。《艺文类聚》亦作"言"。

走马引[①]

张　率

良马龙为友，玉珂金作羁。驰骛[②]宛与洛，半骤复半驰。倏忽而千里，光景不及移。九方惜未见，薛公宁所知。敛辔且归去，吾畏路傍儿。

① 此首录自《乐府诗集》卷五八。郭茂倩解云，一曰《天马引》。崔豹《古今注》曰："《走马引》，樗里牧恭所作也。为父报怨，杀人而亡，匿于山之下。有天马夜降，围其室而鸣，觉闻其声，以为追吏，奔而亡去。明旦视之，乃天马迹也。因惕然大悟曰：'岂吾所处之将危乎？'遂荷粮而逃，入于沂泽中，援琴而鼓之，为天马之声，故曰《走马引》也。" ② 驰骛：《乐府诗集》注"一作相去"。

湘夫人[①]

王僧孺

桂栋承薛帷，眇眇川之湄。白苹徒可望，绿芷竟空滋。日暮思公子，衔意嘿无辞。

① 此首录自《乐府诗集》卷五七。

白雪歌[①]

朱孝廉[②]

凝云没霄汉，从风飞且散。联翩避幽谷，徘徊依井干。既兴楚客谣，亦动周王叹。所恨轻寒早，不迨阳春[③]旦。

① 此首录自《乐府诗集》卷五七。 ② 朱孝廉(生卒年不详)：生平里籍无考。《乐府诗集》作"梁朱孝廉"。 ③ 阳春：《乐府诗集》注"一作春光"。

霹雳引[①]

萧纲

来从东海上，发自南山阳。时闻连鼓响，乍散投壶光。飞车走四瑞，绕电发时祥。令去于斯表，杀来永传芳。

① 此首录自《乐府诗集》卷五七。郭茂倩解引谢希逸《琴论》曰："夏禹作《霹雳引》。"《乐府题解》曰："楚商梁游于雷泽，霹雳下，乃援琴而作之，名《霹雳引》。"未知孰是。

雉朝飞操[①]

萧纲

晨光照麦畿，平野度春翚。避鹰时耸角，妒[②]垄或[3]斜飞。少年从远役，有恨意多违。不如随荡子，罗袂拂臣衣。

① 此首录自《乐府诗集》卷五七。 ② 妒：《乐府诗集》作“姑”，据《诗纪》卷六七改。 ③ 或：《乐府诗集》注“一作忽”。

双燕离[1]

萧 纲

双燕有雄雌，照日两差池。衔花落北户，逐蝶上南枝。桂栋本曾宿，虹梁早自窥。愿得长如此，无令双燕离。

① 此首录自《乐府诗集》卷五八。郭茂倩解引《琴集》曰：“《独处吟》、《流澌咽》、《双燕离》、《处女吟》四曲，其词俱亡。”《琴历》曰：“河间新歌二十一章，此其四曲也。”今按：《诗纪》卷六七作《双燕诗》。

贞女引[1]

萧 纲

借问怀春台，百尺凌云雾。北有岁寒松，南临女贞树。庭花对帷满，隙月依枝度。但使明妾心，无嗟坐迟暮。

① 此首录自《乐府诗集》卷五八。郭茂倩解引《琴操》曰：“鲁次室女作《贞女引》。

别 鹤[1]

萧 纲

接翮同发燕，孤飞独向楚。值雪已迷群，惊风复失侣。

① 此首录自《乐府诗集》卷五八。

龙丘引[①]

萧　纲

龙丘一回首，楚路苍无极。水照弄珠影，云吐阳台色。浦狭村烟度，洲长归鸟息。游荡逐春心，空怜无羽翼。

① 此首录自《乐府诗集》卷五八。郭茂倩解云，一曰《楚引》。《琴操》曰："《楚引》者，楚游子龙丘高所作也。龙丘高出游三年，思归故乡，望楚而长叹，故曰《楚引》。"

双燕离[①]

沈君攸

双燕双飞，双情想思。容色已改，故心不衰。双入幕，双出帷。秋风去，春风归。幕上危，双燕离。衔羽一别涕泗垂，夜夜孤飞谁相知。左回右顾还相慕，翩翩桂水不忍渡，悬目挂心思越路。萦郁摧折意不泄，愿作镜鸾相对绝[②]。

① 此首录自《乐府诗集》卷五八。　② 镜鸾相对绝：《乐府诗集》注"一作孤鸾对镜绝，武本愿作镜鸾相对绝"。《诗纪》卷九三注"一作孤鸾镜中绝 "。

昭君怨[①]

王叔英妻刘氏[②]

一生竟何定？万事最[③]难保。丹青失旧仪[④]，玉匣[⑤]成秋草。想妾[⑥]辞关泪，至今犹未燥。汉使汝[⑦]南还[⑧]，殷勤为人道。

① 此首录自《乐府诗集》卷五九。今按:《玉台新咏》卷八题作《和昭君怨》。

② 王叔英妻刘氏(生卒年不详):南朝梁女文学家,刘孝绰之妹。其名未详,《乐府诗集》卷四三《班婕好》又作"王叔英妻沈氏",未知孰是,待考。 ③ 最:《玉台新咏》及《文苑英华》卷二〇四作"良"。 ④"丹青"句:指画工毛延寿等故意把王嫱画丑,致令不得召幸。仪,《玉台新咏》作"图"。 ⑤ 玉匣:《全梁诗》作"匣玉"。注云:"石崇《王昭君词》'昔为匣中玉,今为粪上英',则'玉匣'为误。" ⑥ 妾:《玉台新咏》作"接"。 ⑦ 汝:《全梁诗》注"疑为漢字之误"。 ⑧ 还:《全梁诗》注"一作来"。

蔡氏五弄

渌 水 曲[①]

吴 均

香暖金堤满,湛淡春塘溢。已送行台花,复倒高楼日。

① 此首录自《乐府诗集》卷五九。

渌 水 曲[①](二首)

江 洪[②]

其 一

尘容[③]不忍饰,临池客未归[④]。谁能别[⑤]渌水,全取[⑥]浣罗衣。

① 此二首录自《乐府诗集》卷五九。 ② 江洪(生卒年不详):约梁武帝时人,生平里籍不详。尝为建阳令,有文集二卷,载《隋书·经籍志》。 ③ 容:《艺文类聚》卷四二作"客"。 ④ 客未归:《艺文类聚》及《玉台新咏》卷一〇作"思客归"。 ⑤ 能别:《艺文类聚》作"知取",《玉台新咏》作"能取"。 ⑥ 全取:《玉台新咏》及《艺文类聚》并作"无趣"。

其 二

潺湲复皎洁，轻鲜自可[①]悦。横使有情禽，照影遂孤绝。

① 自可：《艺文类聚》作“尚可”。

胡笳曲[①]

陶弘景

负扆飞天历，与夺徒纷纭。百年三[②]五代，终是甲辰君。

① 此首录自《乐府诗集》卷五九。　② 三：《文苑英华》卷二一一作“四”。

胡笳曲[①]（二首）

江 洪

其 一

藏器欲逢[②]时，年来不相让。红颜征戍儿，白首边城将。

① 此二首录自《乐府诗集》卷五九。　② 逢：《文苑英华》卷二一一及《艺文类聚》卷四二并作“邀”。

其 二

落日惨无光，临河独饮马。飕飔[①]夕风高，联翩飞雁[②]下。

① 飕飔：《文苑英华》作“飕飑”，《艺文类聚》作“瑟飑”。　② 飞雁：《艺文类聚》作“雁飞”。

秋 风[①]（三首）

江 洪

其 一

先[②]拂连云台，罢入迎风殿。已折池中荷，复驱[③]檐里燕。

① 此三首录自《乐府诗集》卷六〇。今按：《艺文类聚》卷四二作《秋风曲》。② 先：《艺文类聚》作“光”。 ③ 驱：《艺文类聚》作“驰”。

其 二

北牖风摧[①]树，南篱寒蛩吟。庭中无限月，思妇夜鸣砧。

① 摧：《乐府诗集》作“催”，据《玉台新咏》卷一〇改。

其 三

孀妇悲[①]四时，况在秋闺内。凄叶留晚蝉[②]，虚庭吐寒菜[③]。

① 孀妇悲：《玉台新咏》作“孀居憎”。 ② 留晚蝉：《玉台新咏》作“流晚晖”。③ 菜：《玉台新咏》注“一作采”。

绿 竹[①]

吴 均

婵娟鄣绮殿，绕弱拂春漪。何当逢采拾？为君笙与篪。

① 此首录自《乐府诗集》卷六〇。

鼓吹曲辞

南朝梁乐府之鼓吹曲辞，收入《乐府诗集》者，凡四十四首，本编皆录之。

梁鼓吹曲[①]（十二首）

木纪谢[②]

沈约

木纪谢，火[③]运昌。炳南陆，耀炎光。民去癸，鼎归梁。鲛鱼出，庆云翔。韃五帝，轶三王。德无外，化溥将。仁荡荡，义汤汤。浸金石，达昊苍。横四海，被八荒。舞干戚，垂衣裳。对天眷，坐岩廊。胤有锡，祚无疆。风教远，礼容盛。感人神，宣舞咏。降繁祉，延嘉庆。

① 此十二首录自《乐府诗集》卷二〇。郭茂倩解引《隋书·乐志》曰："梁高祖制鼓吹新歌十二曲：一曰《木纪谢》，二曰《贤首山》，三曰《桐柏山》，四曰《道亡》，五曰《忱威》，六曰《汉东流》，七曰《鹤楼峻》，八曰《昏主恣淫慝》，九曰《石首局》，十曰《期运集》，十一曰《於穆》，十二曰《惟大梁》。" ② 木纪谢：郭茂倩解引《隋书·乐志》曰："汉第一曲《朱鹭》，改为《木纪谢》，言齐谢梁升也。" ③ 火：《乐府诗集》注"一作炎"。

贤首山[①]

沈约

贤首山，险而峻。乘岘凭，临胡阵。骋奇谋[②]，奋卒徒。断白马，塞飞狐。殪日逐，歼骨都。刃谷蠡，馘林胡。草既润，原亦涂。轮无反，幕有乌。扫残孽，震戎逋。扬凯奏，展欢酺。咏《杕杜》[3]，旋京吴。

① 郭茂倩解引《隋书·乐志》曰："汉第二曲《思悲翁》，改为《贤首山》，言武帝破魏军于司部，肇王迹也。" ② 谋：《乐府诗集》注"一作谟"。 ③ 杕杜：《诗经》篇名。

桐柏山[1]

沈 约

桐柏山，淮之首。肇基帝迹，遂光区有。大[2]震边关，殪獯丑。农既劝，民惟阜。穗充庭，稼盈亩。迨嘉辰，荐芳糗。纳寒场，为春酒。昭景福，介眉寿。天斯长，地斯久。化无极，功无朽。

① 郭茂倩解引《隋书·乐志》曰："汉第三曲《艾如张》，改为《桐柏山》，言武帝牧司，王业弥章也。" ② 大：《艺文类聚》卷四二无"大"字。

道 亡[1]

沈 约

道亡数极归永元，悠悠兆庶尽含冤。沉河莫极皆无安，赴海谁授矫龙翰。自樊汉，仙波流水清且澜，救此倒悬拯涂炭。誓师刘旅赫灵断，率兹八百驱十乱。登我圣明由[2]多难，长夜杳冥忽云旦。

① 郭茂倩解引《隋书·乐志》曰："汉第四曲《上之回》，改为《道亡》，言东昏丧道，义师起樊、邓也。" ② 由：《诗纪》卷九六作"去"。

伉 威[1]

沈 约

伉威授律命苍兕[2]，言薄加湖灌秋水。回澜沛汩[3]泛增雉，争河投岸掬盈指。犯刃婴戈洞流矢，资此威[4]烈齐文轨。

① 郭茂倩解引《隋书·乐志》曰："汉第五曲《拥离》，改为《伉威》，言破加湖，元勋建也。"今按：伉，《艺文类聚》卷四二作"抗"。 ② 兕：《乐府诗集》作"光"，并注"一作鬼"，据《诗纪》卷九六改。 ③ 汩：《乐府诗集》作"泊"，据《诗纪》改。 ④ 威：《乐府诗集》注"一作盛"。

汉东流[1]

沈 约

汉东流，江之汭。逆徒蜂聚，旌旗纷蔽。仰震威灵，乘高骋锐。至仁解网，穷鸟入怀。因此龙跃，言登泰阶。

① 郭茂倩解引《隋书·乐志》曰："汉第六曲《战城南》，改为《汉东流》，言义师克鲁山城也。"

鹤楼峻[1]

沈 约

鹤楼峻，连翠微。因岩设险池永归，唇亡齿惧薄言震。耀灵威，凶众稽颡，天不能违。金汤无所用，功烈长巍巍。

① 郭茂倩解引《隋书·乐志》曰："汉第七曲《巫山高》，改为《鹤楼峻》，言平郢城，兵威无敌也。"

昏主恣淫慝[1]

沈　约

昏主恣淫慝，皆曰自昌盛。上仁矜亿兆，誓师为请命。既齐丹浦战，又符甲子辰。龛难伐有罪，伐罪吊斯民。悠悠万姓[2]，于此睹阳春。

① 郭茂倩解引《隋书·乐志》曰："汉第八曲《上陵》，改为《昏主恣淫慝》，言东昏政乱，武帝起义，平九江、姑熟，大破朱雀，伐罪吊民也。"　② 万姓：《艺文类聚》卷四二作"万姓民"。

石首局[1]

沈　约

石首局，北墉墐。新堞严，东垒峻。共表里，遥相镇。矢未飞，鼓方振。竞衔璧，并舆榇。酒池扰，象廓震。同伐谋，兼善陈。阑应和，扫煨烬。翦庶恶，靡余胤。

① 郭茂倩解引《隋书·乐志》曰："汉第九曲《将进酒》，改为《石首局》，言义师平京城，仍废昏定大事也。"

期运集[1]

沈　约

期运集，惟皇膺[2]宝符。龙跃清汉渚，凤起方[3]城隅。讴歌共适夏，狱讼两违朱。二仪启佳[4]祚，千载犹旦暮。舞蹈流帝功，金玉[5]昭王度。

① 郭茂倩解引《隋书·乐志》曰："汉第十曲《有所思》，改为《期运集》，言武帝膺箓受禅，德盛化远也。"　② 膺：《乐府诗集》注"一作应"。　③ 方：《乐府诗集》注"一作南"。　④ 佳：《乐府诗集》注"一作嘉"。　⑤ 玉：《乐府诗集》注"一作石"。

於 穆[1]

沈 约

於穆君臣，君臣和以肃。关王道，定天保，乐均灵囿，宴同在镐。前庭[2]悬鼓钟，左右列笙镛。缨佩俯仰，有则备礼容。翔振鹭，骋群龙。隆周何足拟，远与唐比踪。

① 郭茂倩解引《隋书·乐志》曰："汉第十一曲《芳树》，改为《於穆》，言大梁阐运，君臣和乐，休祚方远也。" ② 前庭：《乐府诗集》注"一作庭前"。

惟大梁[1]

沈 约

惟大梁开运，受箓膺[2]图。君八极[3]，冠[4]带被五都。四海并和会，排阙[5]疑[6]塞无异涂。

① 郭茂倩解引《隋书·乐志》曰："汉第十二曲《上邪》，改为《惟大梁》，言梁德广运，仁化洽也。" ② 膺：《乐府诗集》注"一作应"。 ③ 君八极：《乐府诗集》注"一作天冠八极"。 ④ 冠：《乐府诗集》注"一本无冠字"。 ⑤ 阙：《乐府诗集》作"开"，据毛刻本《乐府诗集》改。 ⑥ 疑：当作欵。

汉饶歌

芳 树[1]

沈 约

发萼九华隈，开跗寒路[2]侧。氤氲[3]非一香，参差多异色。宿昔寒飙举，摧残不可识。霜雪交横至，对之长叹息。

① 此首录自《乐府诗集》卷一七。 ② 寒路：《汉魏六朝百三名家集》作"寒露"。《艺文类聚》卷四二及《文苑英华》卷二〇八注作"露寒"。 ③ 氤氲：《汉魏六朝百三名家集》作"氛氲"。

有所思[①]

沈　约

西征登陇首，东望不见家。关树抽紫叶，塞草发青牙。昆明当欲满，蒲萄应作花。垂泪对汉使，因书寄狭邪。

① 此首录自《乐府诗集》卷一七。

临高台[①]

沈　约

高台不可望[②]，望远使人愁。连山无断绝[③]，河水复悠悠。所思暧[④]何在？洛阳南陌头。可望不可至[⑤]，何用解人忧。

① 此首录自《乐府诗集》卷一八。　② 不可望：《艺文类聚》卷四二作“不望远”。　③ 绝：《乐府诗集》作“续”，据《文苑英华》卷二一〇及《汉魏六朝百三名家集》改。　④ 暧：《文苑英华》作“竟”。《汉魏六朝百三名家集》作“亮”。　⑤ 至：《文苑英华》作“见”。

钓　竿[①]

沈　约

桂舟既容与，绿浦复回纡。轻丝动弱芰，微楫起单凫。扣舷忘日暮，卒岁以为娱。

① 此首录自《乐府诗集》卷一八。

芳　树[①]

萧　衍

绿树始摇芳，芳生非一叶。一叶度春风，芳芳自相接。杂色[2]乱参差，众花纷重叠。重叠不可思，思此谁能惬。

① 此首录自《乐府诗集》卷一七。 ② 杂色：《乐府诗集》作“色杂”，据《全梁诗》卷六改。

有所思[1]

萧　衍

谁言生离久，适意[2]与君别。衣上芳犹在，握里书未灭。腰中双绮带，梦为同心结。常恐所思露，瑶华未忍折。

① 此首录自《乐府诗集》卷一七。 ② 意：《全梁诗》卷一注：“以文意推之，当作忆。”

朱　鹭[1]

王僧孺

因风弄玉水，映日上金堤。犹持畏罗缴，未得异凫鹥。闻君爱白雉，兼因重碧鸡。未能声似凤，聊变色如珪。愿识昆明路，乘流饮复栖。

① 此首录自《乐府诗集》卷一六。

有所思[1]

王僧孺

夜风吹熠燿，朝光照昔耶[2]。几销蘼芜叶，空落蒲桃花。不堪长织素，谁能独浣沙。光阴复何极，望促反成赊。知君自荡子，奈妾亦倡家。

① 此首录自《乐府诗集》卷一七。 ② 昔耶：《文苑英华》卷二○二作“辟

邪”,并注“一作昔耶,瓦松也”。昔耶,亦作“昔邪”,生长在墙垣上的苔类。

巫山高[①]

范云

巫山高不极,白日隐光晖。霭霭朝云去,溟溟暮雨归。岩悬兽无迹,林暗鸟疑[②]飞。枕席竟谁荐,相望空[③]依依。

① 此首录自《乐府诗集》卷一七。 ② 疑:《诗纪》卷七七注“一作惊”。③ 空:《诗纪》注“一作徒”。

战城南[①]

吴均

蹀躞青骊马,往战城南畿。五历鱼丽阵,三入九重围。名慴武安将,血汙秦王衣。为君意气重,无功终不归。

① 此首录自《乐府诗集》卷一六。

有所思[①]

吴均

薄暮有所思,终持泪煎骨。春风惊我心,秋露[②]伤君发。

① 此首录自《乐府诗集》卷一七。 ② 露:《汉魏六朝百三名家集》作“霜”。

雉子斑[①]

吴　均

可怜雉子斑，群飞集野甸。文章始陆离，意气已惊狷。幽并游侠子，直心亦如箭。死节[②]报君恩，谁能孤恩眄。

① 此首录自《乐府诗集》卷一八。　② 死节：《文苑英华》卷二〇六作“生死”。又，《乐府诗集》注“一作以死报君恩”。

有所思[①]

庾肩吾

佳期竟[②]不归，春日[③]坐芳菲。拂匣看离扇[④]，开箱见别衣。井梧[⑤]生未合，宫槐卷复稀。不及衔泥燕，从来相逐飞。

① 此首录自《乐府诗集》卷一七。　② 竟：《文苑英华》卷二〇二作“杳”。《乐府诗集》注“一作杳”。　③ 日：《文苑英华》作“物”。　④ 扇：《诗纪》卷八〇作“镜”。　⑤ 梧：《文苑英华》作“桐”。

钓竿篇[①]

刘孝绰

钓舟画采鹢，渔[②]子服冰纨。金辖茱萸网，银钩翡翠竿。敛桡[③]随水脉，急桨[④]渡江湍。湍长自不辞，前浦有佳期。船交棹[⑤]影合，浦深鱼出迟。荷根时触饵，菱芒乍罥丝。莲渡[⑥]江南手，衣渝京兆眉。垂竿自来[⑦]乐，谁能为太师。

① 此首录自《乐府诗集》卷一八。今按：此题《乐府诗集》作“钓竿”，据《诗纪》卷八七、《文苑英华》卷二一〇改。　② 渔：《乐府诗集》作“鱼”，据《文苑英华》及《诗纪》改。　③ 敛桡：《文苑英华》作“促棹”。　④ 桨：《文苑英华》作

"艇"。 ⑤ 棹:《文苑英华》作"桡"。 ⑥ 渡:《诗纪》作"度"。 ⑦ 来:《文苑英华》作"有"。

巫山高[1]

王 泰[2]

迢递巫山竦,远天新霁时。树交凉去远,草合影开迟。谷深流响咽,峡近猿声悲。只言云雨状,自有神仙期。

① 此首录自《乐府诗集》卷一七。 ② 王泰(约480—约524):南朝梁诗人。字仲通,原籍琅琊临沂(今属山东)。王僧虔孙。梁武帝时,为秘书丞,迁中书侍郎,与王筠齐名。累官吏部尚书。今存诗一首。

远 期[1]

张 率

远期终不归,节物坐将[2]变。白露怆单衫[3],秋风息团扇。谁能久离别,他乡且异县。浮云蔽重山,相望何时[4]见。寄言远期[5]者,空闺泪如霰。

① 此首录自《乐府诗集》卷一八。 ② 将:《乐府诗集》注"一作迁"。 ③ 怆单衫:《玉台新咏》卷六作"湿单衣"。 ④ 何时:《艺文类聚》卷四二作"不可"。 ⑤ 期:《艺文类聚》及《玉台新咏》皆作"行"。

玄 云[1]

张 率

坏阵压峨垒,遮窗暗思扉。映日斜生海,跨树似鹏飞。梦山妾已去,落靥何由归。

① 此首录自《乐府诗集》卷一八。

芳 树[1]

丘 迟[2]

芳叶已漠漠，嘉实复离离。发景傍云屋，凝晖覆华池。轻蜂掇浮颖，弱鸟隐深枝。一朝容色茂，千春长不移。

① 此首录自《乐府诗集》卷一七。 ② 丘迟(464—508)：南朝梁诗人、骈文家。字希范，吴兴乌程(今属浙江湖州)人。梁武帝时，授散骑侍郎，迁中书侍郎。明张溥辑有《丘司空集》，录入《汉魏六朝百三名家集》。

将进酒[1]

萧 统

洛阳轻薄子，长安游侠儿。宜城溢渠[2]碗，中山浮羽卮。

① 此首录自《乐府诗集》卷一七。 ② 渠：《文苑英华》卷一九五作"璖"。

有所思[1]

萧 统[2]

公子[3]远于[4]隔，乃在天一方。望望江山阻，悠悠道路长。别前秋叶落，别后春花芳。雷叹一声[5]响，雨泪忽成行。怅望情无极，倾心还[6]自伤。

① 此首录自《乐府诗集》卷一七。 ② 萧统：《玉台新咏》卷八作庾肩吾。 ③ 公子：《汉魏六朝百三名家集》注"一作佳人"。 ④ 远于：《文苑英华》卷二〇二作"路远"。 ⑤ 声：《文苑英华》作"流"。 ⑥ 倾心还：《文苑英华》作"引领心"。

钓竿[①]

戴暠[②]

试持玄者钓,暂罢池阳猎。翠羽饰长纶,蕖花装小艓[③]。钩[④]利断莼丝,帆[⑤]举牵菱叶。聊载前鱼童,还[⑥]看后舟妾。

① 此首录自《乐府诗集》卷一八。 ② 戴暠:《诗纪》卷九三注"《英华》作刘孝威,今从《乐府》"。 ③ 艓:《乐府诗集》作"缧",据《诗纪》及《文苑英华》卷二一〇改。 ④ 钩:《乐府诗集》作"钜",据《诗纪》及《文苑英华》改。 ⑤ 帆:《乐府诗集》作"汎",据《诗纪》及《文苑英华》改。 ⑥ 还:《乐府诗集》作"过",据《诗纪》及《文苑英华》改。

有所思[①]

王筠

丹墀生细草,紫殿纳轻阴。暧暧巫山远,悠悠湘水深。徒歌鹿卢剑,空贻玳瑁簪。望君终不见,屑泪且长[②]吟。

① 此首录自《乐府诗集》卷一七。 ② 长:《文苑英华》卷二〇二作"微"。《乐府诗集》注"一作微"。

远期[①]

庾成师[②]

忆别春花飞,已见秋叶稀。泪粉羞明镜,愁带减宽衣。得书言未反[③],梦见道应归。坐使红颜歇,独掩青楼扉。

① 此首录自《乐府诗集》卷一八。今按:此首作者《乐府诗集》未标属朝代,列于梁张率《远期》之后,兹归梁辞待考。 ② 庾成师(生卒年不详):生平里籍无考。 ③ 反:《乐府诗集》作"及",据《艺文类聚》卷四二改。

巫山高[1]

费　昶

巫山光欲晚[2]，阳台色依依。彼美岩之曲，宁知心是非。朝云触石起，暮雨润罗衣。愿解千金佩，请逐大王归。

① 此首录自《乐府诗集》卷一七。　② 晚：《乐府诗集》注"一作晓"。

芳　树[1]

费　昶

幸被夕风吹，屡得朝光照。枝偃[2]疑欲舞，花开似含笑。长夜路悠悠，所思不可召。行人早旋返，贱妾犹年少[3]。

① 此首录自《乐府诗集》卷一七。　② 偃：《文苑英华》卷二〇八作"低"。《乐府诗集》注"一作低"。　③ 犹年少：《乐府诗集》注"一作年犹少"。

有所思[1]

费　昶

上林乌[2]欲栖[3]，长门日行[4]暮。有思郁不见[5]，空想丹墀步。帘动意君来，雷声似车度。北方佳丽子，窈窕能回顾。夫君自迷惑，非为妾心妒。

① 此首录自《乐府诗集》卷一七。　② 乌：《诗纪》卷九二作"乌"。　③ 栖：《乐府诗集》作"飞"，据《诗纪》改。　④ 行：《乐府诗集》注"一作将"。　⑤ 见：《文苑英华》卷二〇二作"已"。

朱鹭[①]

裴宪伯[②]

秋来惧寒劲，岁去畏冰坚。群飞向葭下，奋羽欲南迁。暂戏龙池侧，时往凤楼前。所叹恩光歇，不得久联翩。

① 此首录自《乐府诗集》卷一六。 ② 裴宪伯(生卒年不详)：生平里籍无考。《乐府诗集》将其《朱鹭》一首列于梁王僧孺之后，陈后主之前，当为梁辞待考。

上之回[①]

萧纲

前旆拂回中，后车临[②]桂宫。轻丝驻[③]云罕，春色绕川风。桃林方灼灼，柳路日曈曈。笳声骇胡骑，清磬詟山戎。微臣今拜手，愿帝永无穷。

① 此首录自《乐府诗集》卷一六。 ② 临：《乐府诗集》作“隅”，据《诗纪》卷六七改。 ③ 驻：《乐府诗集》作“临”，据《诗纪》改。

有所思[①]

萧纲

昔未离长信，金翠奉乘舆。何言人事异，夙昔故恩疏。寂寞锦筵静，玲珑玉殿虚。掩闺泣团扇，罗幌咏蘼芜。

① 此首录自《乐府诗集》卷一七。

临高台[①]

萧　纲[②]

高台半行云，望望高不极[③]。草树无参差，山河同一色。仿佛洛阳道，道远难别[④]识。玉阶故情人，情来共[⑤]相忆。

① 此首录自《乐府诗集》卷一八。　② 萧纲：《玉台新咏》及《汉魏六朝百三名家集》皆作梁武帝萧衍。　③ 高不极：《文苑英华》卷二一〇作“不可极”。　④ 别：《文苑英华》作“可”。　⑤ 共：《文苑英华》作“苦”。

芳　树[①]

萧　绎

芬芳君子树，交柯御宿园。桂影含秋月[②]，桃色染春源[③]。落英逐风聚，轻香带蕊翻。丛枝临北阁，灌木隐南轩。交让良宜重，成蹊何用言。

① 此首录自《乐府诗集》卷一七。　② 月：《文苑英华》卷二〇八作“色”，并注“一作随秋月”。　③ “桂影”二句：《乐府诗集》注“一作桂影含秋色，桃花染春源”。桃色，《文苑英华》作“桃花”。

巫山高[①]

萧　绎

巫山高不穷，迥出荆门中。滩声下溅石，猿鸣上逐风。树杂山如画，林暗涧疑空。无因谢神女，一为出房栊。

① 此首录自《乐府诗集》卷一七。

横吹曲辞

南朝梁乐府之横吹曲辞,《乐府诗集》收录者为两组歌辞,一是《汉横吹曲》,系梁人拟作;二是《梁鼓角横吹曲》。

汉横吹曲

郭茂倩引《乐府解题》曰:“汉横吹曲,二十八解,李延年造。魏、晋已来,惟传十曲:一曰《黄鹄》,二曰《陇头》,三曰《出关》,四曰《入关》,五曰《出塞》,六曰《入塞》,七曰《折杨柳》,八曰《黄覃子》,九曰《赤之扬》,十曰《望行人》。后又有《关山月》、《洛阳道》、《长安道》、《梅花落》、《紫骝马》、《骢马》、《雨雪》、《刘生》八曲,合十八曲。”

今按:《乐苑》卷一二接“合十八曲”之后有如下文字:“其辞并亡,惟《出塞》一曲,诸本载云古辞,今列诸家拟者于后。”故以下所辑录之汉横吹曲皆为诸家拟作也。

洛阳道[①]

沈约

洛阳大道中,佳丽实无比。燕裙傍日开,赵带随风靡。领上蒲桃绣,腰中合欢绮。佳人殊未来,薄暮空徙倚。

① 此首录自《乐府诗集》卷二三。

入关[①]

吴均

羽檄起边庭,烽火乱如萤。是时张博望[②],夜赴交河城。马头要落日,剑尾掣流星。君恩未得报,何论身命倾。

① 此首录自《乐府诗集》卷二一。 ② 张博望：指汉代张骞，功封博望侯。

梅花落[①]

吴　均

隆[②]冬十二月，寒风西北吹。独有梅花落，飘荡不依枝。流连逐霜彩，散漫下冰澌。何当与春日，共映芙蓉池。

① 此首录自《乐府诗集》卷二四。 ② 隆：《乐府诗集》作"终"，据《汉魏六朝百三名家集》改。

陇头水[①]

刘孝威

从军戍陇头，陇水带沙流。时观胡骑饮，常为汉国羞。衅妻成两剑，杀子祀双钩[②]。顿取楼兰颈[③]，就解郅支裘。勿令如李广[④]，功遂不封侯[⑤]。

① 此首录自《乐府诗集》卷二一。 ② "杀子"句：钩，一种似剑而弯曲的兵器。《吴越春秋》卷四记："（阖闾）复命于国中，作金钩，曰：'能为善钩者赏之百金。'""有人贪王之重赏也，杀其二子，以血衅金，遂成二钩，献于阖闾。" ③ "顿取"句：《文苑英华》卷一九八作"将顿楼兰膝"。 ④ 李广：《文苑英华》作"李牧"。《乐府诗集》注"一作李牧"。 ⑤ "功遂"句：《文苑英华》作"功名遂不酬"。《诗纪》卷二五及《汉魏六朝百三名家集》均作"功多遂不酬"。

骢　马[①]

刘孝威

十五宦期门，二十屯边徼。犀羁玉镂鞍，宝刀金错鞘。一随骢马驱，分受青蝇吊。且令都护知，愿被将军照。誓使毡衣乡，扫地无遗噍。

① 此首录自《乐府诗集》卷二四。

骢马驱[①]

刘孝威

翩翩骢马驱，横行复斜趋。先救辽城危，后拂燕山雾。风伤易水湄，日入陇西树。未得报君恩，联翩终不住。

① 此首录自《乐府诗集》卷二四。

洛阳道[①]

车 敳

洛阳道八达，洛阳城九重。重关如隐起，双阙似芙蓉。王孙重行乐，公子好游从。别有倾人处，佳丽夜相逢。

① 此首录自《乐府诗集》卷二三。

陇头水[①]

车 敳

陇头征人别，陇水流声咽。只为识君恩，甘心从苦节。雪冻弓弦断，风鼓旗竿折。独有孤雄剑，龙泉[②]字不灭。

① 此首录自《乐府诗集》卷二一。 ② 龙泉：古代宝剑名，亦名龙渊剑。

骢　马[1]

车　斆

骢马镂金鞍，柘弹落金丸。意欲䟺𧽼走，先作野游盘。平明发下蔡，日中过上兰。路远行须疾，非是畏人看。

① 此首录自《乐府诗集》卷二四。郭茂倩解云："一曰《骢马驱》，皆言关塞征役之事。"

长安道[1]

庾肩吾

桂宫延[2]复道，黄山[3]开广路。远听平陵[4]钟，遥识新丰树。合殿生光彩，离宫起烟雾。日落歌吹回[5]，尘飞车马度。

① 此首录自《乐府诗集》卷二三。今按：此题《艺文类聚》卷四二作"长安路"。　② 延：《汉魏六朝百三名家集》作"连"。　③ 黄山：汉宫名。汉惠帝建。汉·扬雄《〈羽猎赋〉序》："北绕黄山，滨渭而东……"李善注："《汉书》曰：'槐里有黄山之宫。'"　④ 平陵：西汉五陵之一，为昭帝陵寝。　⑤ 歌吹回：《艺文类聚》作"唱歌还"。

洛阳道[1]

庾肩吾

徼道临河曲，层城[2]傍洛川。金门才出柳，桐井半含泉。日起罘罳外，车回双阙前。潘生时未返，遥心徒眷然。

① 此首录自《乐府诗集》卷二三。　② 层城：《乐府诗集》作"曾成"，据《诗纪》卷八〇改。

出 塞[①]

刘孝标[②]

蓟门秋气清,飞将出长城。绝漠冲风急,交河夜月明。陷敌拟金鼓,摧锋扬旆旌。去去无终极,日暮动边声。

① 此首录自《乐府诗集》卷二一。 ② 刘孝标(462—521):南朝梁学者、文学家。名峻字孝标,以字行。平原(今属山东)人。先有出仕经历,后讲学东阳紫岩山。曾注《世说新语》,为世所重,明人辑有《刘户曹集》。

折杨柳[①]

刘 邈

高楼十载别,杨柳濯丝枝。摘叶惊开驶,攀条恨久离。年年阻音息,月月减容仪。春来谁不望?相思君自知。

① 此首录自《乐府诗集》卷二二。

折杨柳[①]

萧 纲[②]

杨柳乱成丝,攀折上春时。叶密鸟飞碍,风轻花落迟。城高短箫发,林空画角悲。曲中无别[③]意,并是为[④]相思。

① 此首录自《乐府诗集》卷二二。 ② 萧纲:《乐府诗集》作"柳恽"。据《玉台新咏》卷七及《文苑英华》卷二〇八改。《诗纪》卷六七注:"《乐府》作柳恽者非。" ③ 无别:《乐府诗集》作"别无",据《诗纪》改。 ④ 是为:《玉台新咏》卷七作"为久"。

洛阳道①

萧 纲

洛阳佳丽所，大道满春光。游童时② 挟弹，蚕妾始提筐。金鞍照龙马，罗袂拂春桑。玉车争晓③ 入，潘果溢高箱。

① 此首录自《乐府诗集》卷二三。 ② 时：《诗纪》卷六七及《汉魏六朝百三名家集》均作“初”。《乐府诗集》亦注“一作初”。 ③ 晓：《文苑英华》卷一九二及《汉魏六朝百三名家集》作“晚”。

长安道①

萧 纲

神皋开陇右，陆海实西秦。金槌抵长乐②，复道向宜春。落花依度幰，垂柳拂行人③。金、张及许、史④，夜夜尚留宾。

① 此首录自《乐府诗集》卷二三。 ② “金槌”句：《文苑英华》卷一九二作“椎轮抵赤县”。金槌，《乐府诗集》注“一作椎轮”。 ③ 人：《诗纪》卷六七及《汉魏六朝百三名家集》均作“轮”。 ④ 金、张及许、史：西汉金日磾、张安世、许伯、史高四家。《汉书·盖宽饶传》：“（盖宽饶）上无许、史之属，下无金、张之托。”颜师古注引应劭曰：“许伯，宣帝皇后父。史高，宣帝外家。金，金日磾。张，张安世也。此四家属无不听。”颜氏曰：“许氏、史氏有外属之恩。金氏、张氏自托于近狎也。”

紫骝马①

萧 纲

贱妾朝下机，正值② 良人归。青丝悬玉镫，朱汗染香衣。骤急珂弥③ 响，蹀多尘乱飞。雕菰④ 幸可荐，故心君莫违⑤。

① 此首录自《乐府诗集》卷二四。郭茂倩解引《古今乐录》曰:"《紫骝马》古辞云:'十五从军征,八十始得归。道逢乡里人,家中有阿谁?'又梁曲曰:'独柯不成树,独树不成林。念郎(今按:《乐府诗集》作"娘",据卷二十五《紫骝马歌》改)锦裲裆,恒长不忘心。'盖从军久戍,怀归而作也。" ② 值:《乐府诗集》注"一作遇"。③ 珂弥:《玉台新咏》卷七作"珍珂"。 ④ 雕菰:《玉台新咏》作"雕胡"。 ⑤ "故心"句:《乐府诗集》注"一作故人心莫违"。

陇头水[①]

萧　绎

衔悲别陇头,关路漫悠悠。故乡迷远近,征人分去留。沙飞晓[②]成幕,海气旦[③]如楼。欲识秦川处,陇水向东流。

① 此首录自《乐府诗集》卷二一。 ② 晓:《汉魏六朝百三名家集》作"晚"。③ 旦:《文苑英华》卷一九八及《汉魏六朝百三名家集》均作"夜"。

关山月[①]

萧　绎

朝望清波道,夜上白登台。月中含[②]桂树,流影自徘徊。寒沙逐风起,春花犯[③]雪开。夜长无与晤,衣单谁为裁。

① 此首录自《乐府诗集》卷二三。郭茂倩引《乐府解题》曰:"《关山月》,伤离别也。"古《木兰诗》曰:"万里赴戎机,关山度若飞。朔气传金柝,寒光照铁衣。"按相和曲有《度关山》,亦类此也。今按:此题《诗纪》卷七〇注"一作《伤别离》"。② 含:《汉魏六朝百三名家集》作"有"。 ③ 犯:《汉魏六朝百三名家集》作"向"。

折杨柳[①]

萧 绎

巫山[②]巫峡长，垂柳复垂杨。同心且同折，故人怀故乡。山似莲花艳，流如明月光。寒夜猿声彻，游子泪沾裳。

① 此首录自《乐府诗集》卷二二。郭茂倩解引《唐书·乐志》曰："梁乐府有胡吹歌云：'上马不捉鞭，反拗杨柳枝。下马吹横笛，愁杀行客儿。'此歌辞元出北国，即鼓角横吹曲《折杨柳枝》是也。"《宋书·五行志》曰："晋太康末，京洛为折杨柳之歌，其曲有兵革苦辛之辞。"按古乐府又有《小折杨柳》，相和大曲有《折杨柳行》，清商四曲有《月节折杨柳歌》十三曲，与此不同。 ② 巫山：《乐府诗集》作"山高"，据《诗纪》卷七〇及《汉魏六朝百三名家集》改。

洛阳道[①]

萧 绎

洛阳开大道，城北达城西。青槐随幔拂，绿柳逐风低。玉珂鸣战马，金爪斗场鸡。桑萎日行暮，多逢秦氏[②]妻。

① 此首录自《乐府诗集》卷二三。 ② 逢秦氏：《乐府诗集》作"途秦女"，据《诗纪》卷七〇改。

长安道[①]

萧 绎

西接长楸道，南望小平津。飞甍临绮翼，轻轩影画轮。雕鞍承赭汗，槐路起红尘。燕姬杂赵女，淹留重上春。

① 此首录自《乐府诗集》卷二三。

刘 生[①]

萧 绎

任侠有刘生，然诺重西京。扶风好惊坐，长安恒借名。榴花聊[②]夜饮，竹叶解朝酲。结交李都尉，遨游佳丽城。

① 此首录自《乐府诗集》卷二四。郭茂倩解引《乐府解题》曰："刘生不知何代人，齐梁已来为《刘生》辞者，皆称其任侠豪放，周游五陵三秦之地。或云抱剑专征，为符节官所未详也。"按《古今乐录》曰："梁鼓角横吹曲，有《东平刘生歌》，疑即此《刘生》也。" ② 榴花聊：《汉魏六朝百三名家集》作"菊花连"。

紫骝马[①]

萧 绎

长安美少年，金络锦[②]连钱[③]。宛转青丝鞚，照耀珊瑚鞭[④]。

① 此首录自《乐府诗集》卷二四。 ② 锦：《诗纪》卷七〇及《汉魏六朝百三名家集》均作"铁"。 ③ 连钱：马名，即连钱骢。 ④ "照耀"句后，《文苑英华》卷二〇九、《诗纪》卷七〇、《汉魏六朝百三名家集》有："依槐复依柳，蹬蹀复随前。方逐幽并去，西北共连翩。"

骢马驱[①]

萧 绎

朔方寒气重，胡关饶苦雾。白雪昼凝山，黄云宿埋树。连翩行役子，终朝征马驱。试上金微山，还看玉关路。

① 此首录自《乐府诗集》卷二四。

梁鼓角横吹曲（六十七首）

郭茂倩解引《古今乐录》曰："梁鼓角横吹曲有《企喻》、《琅琊王》、《钜鹿公主》、《紫骝马》、《黄淡思》、《地驱乐》、《雀劳利》、《慕容垂》、《陇头流水》等歌三十六曲。二十五曲有歌有声，十一曲有歌。是时乐府胡吹旧曲有《大白净皇太子》、《小白净皇太子》、《雍台》、《擒台》、《胡遵》、《利羓女》、《淳于王》、《捉搦》、《东平刘生》、《单迪历》、《鲁爽》、《半和企喻》、《比敦》、《胡度来》十四曲。三曲有歌，十一曲亡。又有《隔谷》、《地驱乐》、《紫骝马》、《折杨柳》、《幽州马客吟》、《慕容家自鲁企由谷》、《陇头》、《魏高阳王乐人》等歌二十七曲，合前三曲，凡三十曲，总六十六曲。"江淹《横吹赋》云："奏《白台》之二曲，起《关山》之一引。采菱谢而自罢，绿水惭而不进。"则《白台》、《关山》又是三曲。按歌辞有《木兰》一曲，不知起于何代也。

今按：萧涤非认为，所谓《梁鼓角横吹曲》者，实皆北歌，非梁歌也。盖北歌先后输入于梁、陈，故智匠作《乐录》时，因题《梁鼓角横吹曲》（见《汉魏六朝乐府文学史》）。歌是北歌，而保存者则南人也。本书暂列于梁待考。又，此组歌辞《乐府诗集》目录作"六十六首"，实际为"六十七首"。所表之"曲"，即"首"也，仍留原貌。

企喻歌辞（四曲）①

男儿欲作健，结伴不须多。鹞子经天飞，群雀两向波。

放马大泽中，草好马著膘。牌子铁裲裆，铉② 铧鹳③ 尾条。

前行看后行，齐著铁裲裆。前头看后头，齐著铁铉铧。

男儿可怜虫，出门怀死忧。尸丧狭谷中，白骨无人收。

① 此四曲录自《乐府诗集》卷二五。郭茂倩解引《古今乐录》曰："《企喻歌》四

曲，或云后又有二句'头毛堕落魄，飞扬百草头'。最后'男儿可怜虫'一曲是符融诗，本云'深山解谷口，把（今按：当作"白"）骨无人收'。"按《企喻》本北歌，《唐书·乐志》曰："北狄乐其可知者鲜卑、吐谷浑、部落稽三国，皆马上乐也。后魏乐府始有北歌，即所谓《真人代歌》是也。大都（今按：《旧唐书》作'代都'）时，命掖庭宫女晨夕职（今按：《旧唐书》作'歌'）之。周、隋世与西凉乐杂奏。今存者五十三章，其名可解者六章，《慕容可汗》、《吐谷浑》、《部落稽》、《钜鹿公主》、《白净皇太子》、《企喻》也。其不可解者，咸多'可汗'之辞。北虏之俗呼主为可汗。吐谷浑又慕容别种，知此歌是燕、魏之际鲜卑歌也。其词虏音，竟不可晓。梁胡吹（今按：《旧唐书》作'乐府鼓吹'）又有《大白净皇太子》、《小白净皇太子》、《企喻》等曲。隋鼓吹有《白净皇太子曲》，与北歌校之，其音皆异。"又有《半和企喻》、《北敦》，盖曲之变也。今按：《乐府诗集》注"四曲，曲四解"。兹将四曲连排，一并校注。后同此例。
② 铉：《乐府诗集》作"钲"，据《旧唐书》改。　③ 鹳：《古乐府》卷三作"鹤"。

琅琊王歌辞（八曲）[1]

新买五尺刀，悬著中梁柱。一日三摩挲[2]，剧于十五女。

琅琊复琅琊，琅琊大道王。阳春二三月，单衫绣裲裆。

东山看西水，水流盘石间。公死姥更嫁，孤儿甚可怜。

琅琊复琅琊，琅琊大道王。鹿鸣思长草，愁人思故乡。

长安十二门，光门最妍雅。渭水从垄来，浮游渭桥下。

琅琊复琅琊，女郎大道王。孟阳三四月，移铺逐阴凉。

客行依主人，愿得主人强。猛虎依深山，愿得松柏长。

恗马高缠鬃，遥知身是龙。谁能骑此马，唯有广平公。

① 此八曲录自《乐府诗集》卷二五。郭茂倩解引《古今乐录》曰："琅琊王歌八曲，或云'阴凉'下又有二句云：'盛冬十一月，就女觅冻浆。'最后云：'谁能骑此马，唯有广平公。'"按《晋书·载记》："广平公，姚弼兴之子，泓之弟也。"今按："姚弼兴之子"，"弼"字疑衍。又，《乐府诗集》注"八曲，曲四解"。 ② 挲：《乐府诗集》作"娑"，据《古乐府》卷三改。

钜鹿公主歌辞（三曲）①

官家出游雷大鼓，细乘犊车开后户。
车前女子年十五，手弹琵琶玉节舞。
钜鹿公主殷照女，皇帝陛下万几主。

① 此三曲录自《乐府诗集》卷二五。郭茂倩解引《唐书·乐志》曰："梁有《钜鹿公主歌》，似是姚苌时歌，其词华音，与北（今按：《古乐府》卷三作'此'）歌不同。"今按：《乐府诗集》注"三曲，曲四解"。

紫骝马歌辞（六曲）①

烧火烧野田，野鸭飞上天。童男娶寡妇，壮女笑杀人。

高高山头树，风吹叶落去。一去数千里，何当还故处。

十五从军征，八十始得归。道逢乡里人，家中有阿谁？

遥看是君家，松柏冢累累。兔从狗窦入，雉从梁上飞。

中庭生旅谷，井上生旅葵。舂谷持作饭，采葵持作羹。

羹饭一时熟，不知饴阿谁？出门东向看，泪落沾我衣。

① 此六曲录自《乐府诗集》卷二五。郭茂倩解引《古今乐录》曰："'十五从军征'以下是古诗。"今按：《乐府诗集》注"六曲，曲四解"。

紫骝马歌[①]

独柯不成树，独树不成林。念郎锦裲裆，恒长不忘心。

① 此首录自《乐府诗集》卷二五。郭茂倩解引《古今乐录》曰："与前曲不同。"今按：《乐府诗集》注"一曲"。

黄淡思歌辞（四曲）[①]

归归黄淡思，逐郎还去来。归归黄淡百，逐郎何处索？

心中不能言，腹[②]作车轮旋。与郎相知时，但恐傍人闻。

江外何郁拂，龙洲[③]广州出[④]。象牙作帆樯，绿丝作帏绛。

绿丝何葳蕤，逐郎归去来。

① 此四曲录自《乐府诗集》卷二五。郭茂倩解引《古今乐录》："思，音相思之思。按李延年造《横吹曲》二十八解，有《黄覃子》，不知与此同否？"今按：《乐府诗集》注"四曲，曲四解"。 ② 腹：《乐府诗集》作"复"，据《古乐府》卷三改。 ③ 洲：疑当作"舟"。 ④ 出：毛刻本注"一作去"。

地驱歌乐辞（四曲）[①]

青青黄黄，雀石颓唐。槌杀野牛，押杀野羊。

驱羊入谷，自羊在前。老女不嫁，蹋地唤天。

侧侧力力，念君无极。枕郎左臂，随郎转侧。

摩捋郎须，看郎颜色。郎不念女，不可与力。

① 此四曲录自《乐府诗集》卷二五。郭茂倩解引《古今乐录》曰："'侧侧力力'以下八句，是今歌有此曲。最后云'不可与力'，或云'各自努力'。"今按：《乐府诗集》注"四曲，曲四解"。

地驱乐歌[①]

月明光光星[②]欲堕，欲来不来早语我。

① 此曲录自《乐府诗集》卷二五。郭茂倩解引《古今乐录》曰："与前曲不同。"今按：《乐府诗集》注"一曲"。 ② 星：《古乐府》卷三作"露"。

雀劳利歌辞[①]

雨雪霏霏，雀劳利，长觜饱满，短觜饥。

① 此曲录自《乐府诗集》卷二五。今按：《乐府诗集》注"一曲，曲四解"。

慕容垂歌辞（三曲）[①]

慕容攀墙视，吴军无边岸。我身分自当，枉杀墙外汉。

慕容愁愦愦，烧香作佛会。愿作墙里燕，高飞出墙外。

慕容出墙望，吴军无边岸。咄我臣诸佐，此事可惋叹。

① 此三曲录自《乐府诗集》卷二五。郭茂倩解引《晋书·载记》曰："幕容本名軼，寻以谶记乃去夬，以垂为名。幕容隽僭号，封垂为吴王，徙镇信都，太元八

年自称燕王。”今按：《乐府诗集》注“三曲，曲四解”。

陇头流水歌辞(三曲)[①]

陇头流水，流离西[②]下。念吾一身，飘然[③]旷野。

西上陇阪，羊肠九回。山高谷深，不觉脚酸。

手攀弱枝，足逾弱泥。

① 此三曲录自《乐府诗集》卷二五。郭茂倩解引《古今乐录》曰：“乐府有此歌曲，解多于此。”今按：《诗纪》卷九六“解多于此”后有：“《辛氏三秦记》曰：‘陇渭西关，其陂九回，上有清水，四注流下，俗歌云。’”此辞末，《乐府诗集》注：“三曲，曲四解。” ② 西：疑当作“四”。 ③ 然：《乐府诗集》阙，据《诗纪》卷九六及《古乐府》卷三补。

隔谷歌(二曲)[①]

兄在城中弟在外，弓无弦，箭无括。食粮乏尽若为活？救我来，救我来。

兄为俘虏受困辱，骨露力疲食不足。弟为官吏马食粟，何惜钱刀来我赎。

① 此二曲录自《乐府诗集》卷二五。郭茂倩解引《古今乐录》曰：“前云无辞，乐工有辞如此。”今按：《乐府诗集》注“一(当为‘二’)曲”。

淳于王歌[①](二曲)

肃肃河中育，育熟须含黄。独坐空房中，思我百媚郎。

百媚在城中，千媚在中央。但使心相念，高城何所妨。

① 此二曲录自《乐府诗集》卷二五。今按：《乐府诗集》注“二曲”。

东平刘生歌[①]

东平刘生安东子，树木稀，屋里无人看阿谁？

① 此曲录自《乐府诗集》卷二五。今按：《乐府诗集》注"一曲"。

捉搦歌（四曲）[①]

粟谷难舂付石臼，弊衣难护付巧妇。男儿千凶饱人手，老女不嫁只生口。

谁家女子能行步，反著夹禅后裙露。天生男女共一处，愿得两个成翁妪。

华阴山头百丈井，下有流水彻骨冷。可怜女子能照影，不见其余见斜领。

黄桑柘屐蒲子履，中央有丝[②]两头系。小时怜母大怜婿，何不早嫁论家计。

① 此四曲录自《乐府诗集》卷二五。今按：《乐府诗集》注"四曲"。　② 丝：《乐府诗集》作"系"，据《古乐府》卷三及《诗纪》卷九六改。

折杨柳歌辞（五曲）[①]

上马不捉鞭，反折杨柳枝。蹀座吹长笛，愁杀行客儿。

腹中愁不乐，愿作郎马鞭。出入擐郎臂，蹀座郎膝边。

放马两泉泽，忘不著连羁。担鞍逐马走，何得见[②]马骑？

遥看孟津河，杨柳郁婆娑。我是虏家儿，不解汉儿歌。

健儿须快马，快马须健儿。跶跋黄尘下，然后别雄雌。

① 此五曲录自《乐府诗集》卷二五。今按:《乐府诗集》注"五曲,曲四解"。

② 得见:《乐府诗集》作"见得",据毛刻本改。

折杨柳枝歌(四曲)[①]

上马不捉鞭,反拗杨柳枝。下马吹长笛[②],愁杀行客儿。

门前一株枣,岁岁不知老。阿婆不嫁女,那得孙儿抱。

敕敕何力力,女子临窗织。不闻机杼声,只闻女叹息。

问女何所思,问女何所忆。阿婆许嫁女,今年无消息。

① 此四曲录自《乐府诗集》卷二五。今按:《乐府诗集》注"四曲,曲四解"。

② 长笛:《乐府诗集》卷二二《折杨柳》序引此辞作"横笛"。

幽州马客吟歌辞(五曲)[①]

快[②]马常苦瘦,剿儿常苦贫。黄禾起羸马,有钱始作人。

荧荧帐中烛,烛灭不久停。盛时不作乐,春花不重生。

南山自言高,只与北山齐。女儿自言好,故入郎君怀。

郎著紫袴褶,女著彩夹裙。男女共燕游,黄花生后园。

黄花郁金色,绿蛇衔珠丹。辞谢床上女,还我十指环。

① 此五曲录自《乐府诗集》卷二五。今按:《乐府诗集》注“五曲,曲四解”。② 快:《诗纪》卷九六作“快”。

慕容家自鲁企由谷歌[①]

郎在十[②]重楼,女在九重阁。郎非黄鹞子,那得云中雀。

① 此曲录自《乐府诗集》卷二五。今按:《乐府诗集》作《慕容家自鲁企谷由歌》,据《诗纪》卷九六改。又,《乐府诗集》注“一曲四解”。 ② 十:《乐府诗集》作“千,”据《诗纪》改。

陇头歌辞(三曲)[①]

陇头流水,流离山下。念吾一身,飘然旷野。

朝发欣城,暮宿陇头。寒不能语,舌卷入喉。

陇头流水,鸣声幽咽。遥望秦川,心肝断绝。

① 此三曲录自《乐府诗集》卷二五。今按:《乐府诗集》注“三曲,曲四解”。

高阳乐人歌(二曲)[①]

可怜白鼻䯄,相将入酒家。无钱但共饮,画地作交赊。

何处䗶觞来?两颊色如火。自有桃花容,莫言人劝我。

① 此二曲录自《乐府诗集》卷二五。郭茂倩解引《古今乐录》曰:“魏高阳王乐人所作也,又有《白鼻䯄》,盖出于此。”今按:《乐府诗集》注“二曲,曲四解”。

梁鼓角横吹曲

雍　台[1]

萧　衍

日落登雍台，佳人殊未来。绮窗莲花掩，网户琉璃开。

芊茸临紫桂，蔓延交青苔。月没光阴尽，望子独悠哉。

① 此首录自《乐府诗集》卷二五。

雍　台[1]

吴　均

雍台十二楼，楼楼郁相望。陇西飞狐口，白日尽无光。

① 此首录自《乐府诗集》卷二五。

舞曲歌辞

南朝梁乐府之舞曲歌辞，《乐府诗集》收录者，凡三十二首，其中三十首系杂舞之鞞、铎、拂舞歌，以及白纻舞辞。

雅舞

梁大壮大观舞歌（二首）[①]

沈　约

大壮舞歌[②]

高高在上，实爱斯人。眷求圣德，大拯彝伦。率土方燎，如火在薪。慄慄黔首，暮不及晨。朱光启耀，兆发穹旻。我皇郁起，龙跃汉津。言届牧野，电激雷震。阙巩之甲，彭濮之人。或貔或武，漂杵浮轮。我邦虽旧，其命惟新。六伐乃止，七德必陈。君临万国，遂抚八夤[③]。

① 此二首录自《乐府诗集》卷五二。郭茂倩解引《隋书·乐志》曰："梁初犹用《凯容》、《宣烈》之舞，武帝定乐，以武舞为《大壮舞》，文舞为《大观舞》。二郊明堂太庙三朝同用。"《古今乐录》曰："梁改《宣烈》为《大壮》，即周《武舞》也。改《凯容》为《大观》，即舜《韶舞》也。陈以《凯容》乐舞用之郊庙，而《大壮》、《大观》犹同梁舞，所谓祠用宋曲，宴准梁乐，盖取人神不杂也。"　② 大壮舞歌：郭茂倩解引《隋书·乐志》曰："《大壮舞》取《易·彖》云：'大壮，大者壮也，正大而天地之情可见也。'"《古今乐录》曰："《大壮》、《大观》二舞，以大为名。《老子》云：'域中有四大。'《论语》云：'惟天为大。'今制《大壮》、《大观》之名，亦因斯而立义焉。"　③ 夤：《乐府诗集》作"寅"，据《隋书·乐志》改。

大观舞歌[①]

皇矣帝烈，大哉兴圣。奄有四方，受天明命。居上不怠，临下惟敬。举无愆则，动无失正。物从其本，人遂其性。昭播九功，肃齐八柄[②]。宽以惠下，德以为政。三趾晨仪，重轮夕映。栈壑忘阻，梯山匪夐。如日有恒，与天无竟。载陈金石，式流舞咏。《咸》、《英》、《韶》、《夏》[③]，于兹比盛。

① 郭茂倩解引《隋书·乐志》曰："《大观舞》取《易·彖》曰：'大观在上。观天之神道而四时不忒也。'"　② 八柄：古代帝王统驭臣下的八种手段，即爵、禄、予、置、生、夺、废、诛。　③《咸》、《英》句：《咸》，又名《大咸》、《咸池》，尧乐。《英》，《六英》，帝喾之乐。《韶》，舜乐。《夏》，《大夏》，禹乐。

杂舞

梁鞞舞歌[①]（七首）

沈　约[②]

其　一

大梁七百始，天监三元初。圣功澄宇县，帝德总车书。熙熙亿兆臣，其志皆欢愉。

① 此七首录自《乐府诗集》卷五四。郭茂倩解引《隋书·乐志》曰："梁三朝乐第十设《鼙舞》。"《唐书·乐志》曰："《明君》，本汉世《鞞舞曲》。梁武帝时改其辞以歌君德。"今按：此《诗纪》卷九七及《汉魏六朝百三名家集》皆作《明之君》六首，将第四首"治兵战六兽"与第五首"望就逾轩、项"合为一首。又，《乐府诗集》目录此题下注"《明之君》"。　② 沈约：《诗纪》注"《乐府》失名，考目录作沈约。"

其　二

刑措甫自今，隆平亦肇兹。神武超楚、汉，安用道郊、岐。百拜奄来宅，执玉咸在斯。象天则地，体无为。

其　三

礼缉民用扰，乐谐风自移。舜琴中已绝，尧衣今复垂。象天则地，体无为。

其　四

治兵战六兽，为邦命九官。灵蛇及瑞羽，分素复衔丹。

其　五

望就逾轩、顼，铿锵掩《咸》、《濩》。九尾扰成群，八象鸣相顾。象天则地，化云布。

其　六

有为臣所执，司契君之道。运行乃四时，无言信苍昊。宸居体冲寂，忘怀定天保。

其　七

至德同自然，裁成侔玄造。珍祥委天贶，灵物开地宝。窈窕降青琴，参差秀朱草。

梁鞞舞歌[1]（三首）

周　舍

明之君

赫矣明之君，我皇迈前古。机灵通日月，圣敬缔区宇。淮海无横波，文轨同一土。乐哉太平世，当歌复当舞。

① 此三首录自《乐府诗集》卷五四。

明主曲

圣主应图箓，天下咸所归。端扆临赤县，宸居法紫微。遐方奉正朔，外户辟重扉。我君延万寿，福祚长巍巍。

明君曲[1]

明君班五瑞[2]，就日朝百王。充庭植鹭羽，钧天奏清商。本支同中岳，良臣安四方。盛明普日月，兆民乐未央。

①《乐府诗集》诗题阙，据其目录补。　② 五瑞：古代诸侯作符信用的五种玉。《书·舜典》孔颖达疏："《周礼·典瑞》云：'公执桓圭，侯执信圭，伯执躬圭，子执谷璧，男执蒲璧。'是圭璧为五等之瑞。诸侯执之以为王者瑞信，故称瑞也。"

梁铎舞曲[1]

周　舍

《云门》且莫奏，《咸池》且莫歌。我后兴至德，乐颂发中和。白云汾[2]已隆，万舞郁骈罗。功成圣有作，黄、唐何足多。

① 此首录自《乐府诗集》卷五四。　② 汾：《诗纪》卷九七作"纷"。

梁拂舞歌[1]

翩翩白鸠，再[2]飞再鸣。怀我君德，来集君庭。暧暧鸣球，或丹或黄。乐我君恩，振羽来翔。

① 此首录自《乐府诗集》卷五五。郭茂倩解引《古今乐录》曰："梁三朝乐第十九，设《拂舞》。"　② 再：疑当作"载"。后一"再"同。

拂舞歌[1]（二首）

临碣石

沈　约

碣石送返潮，登罘礼朝日。溟涨无端倪，山岛互崇崪。骥老心未穷，酬恩岂终毕。

① 此二首录自《乐府诗集》卷五五。

小临海

刘孝威

碣石望山海，留连降尊极。秦帝枉钩陈，汉家增礼秩[①]。石桥终不成，桑田竟难测。蜃气远生楼，鲛人近潜织。空劳帝女填，讵动波神色。

① 礼秩：《乐府诗集》作“礼饰”，据《全梁诗》改。

梁白纻辞[①]（二首）

萧　衍

其　一

朱丝玉柱罗象筵，飞琯[②]促节舞少年。短歌流目未肯前，含笑一转私自[③]怜。

① 此二首录自《乐府诗集》卷五五。郭茂倩解引《古今乐录》曰：“梁三朝乐第二十，设《巾舞》，并《白纻》，盖《巾舞》以《白纻》四解送也。”　② 琯：《文苑英华》卷一九三作“管”。　③ 私自：《文苑英华》作“自知”。

其　二[①]

纤腰袅袅不任衣，娇怨独立特为谁？赴曲君前未忍归，上声急调中心飞。

① 此首《文苑英华》卷一九三同梁沈约《四时白纻歌》之《夏白纻》“朱光灼烁照佳人”合为一首。“朱光”四句列前，“纤腰”四句列后。

白纻舞辞

白纻歌[①]（九首）

张　率

其　一

歌儿流唱声欲清，舞女趁节体自轻。歌舞并妙会人情，调[②]弦度曲婉盈盈，扬蛾为态谁目成。

① 此九首录自《乐府诗集》卷五五。 ② 调：《乐府诗集》作“依”，据《诗纪》卷七九注“一作调”改。

其 二

妙声屡唱轻体飞，流津染面散芳菲。俱动齐息不相违，令彼嘉客澹忘归，时久玩夜明星稀。

其 三

日暮搴门望所思，风吹庭树月入帷。凉阴既满草虫悲，谁能离别长夜时。流叹不寝泪如丝，与君之别终何知[①]。

① 知：《诗纪》卷七九注“一作如”。

其 四

秋风萧[①]条露垂叶，空闺光尽坐愁妾。独向长夜[②]泪承睫，山高水深[③]路难涉，望君光景何时接。

① 萧：《乐府诗集》注“一作鸣”。 ② 独向长夜：《诗纪》卷七九注“独问长安”。 ③ 深：《乐府诗集》作“照”，据《诗纪》卷七九改。

其 五

遥夜方远时既寒，秋风萧瑟白露团。佳期不待岁欲阑，念此迟暮独无欢，鸣弦流管增长叹。

其 六

夜寒湛湛夜未央，华灯空烂[①]月悬光。从风衣起发芬香，为君起舞幸不忘。

① 烂：《乐府诗集》作“兰”，《诗纪》卷七九作“烂”，疑当为“烂”，据改。

其 七

列坐华筵纷羽爵，清曲未终月将落。歌舞及时酒常酌，无令朝露坐销铄。

其 八

愁来[①]夜迟犹叹息，抚枕思君终反仄[②]。金翠钗环稍不饰，雾縠流黄不能织。但坐空闺思何极，欲以短书寄飞翼。

① 来：《乐府诗集》注“一作多”。 ② 反仄：《诗纪》卷七九作“反侧”。

其 九

遥夜忘寐起长叹，但望云中双飞翰。明月入牖风吹幔，终夜悠悠坐申旦。谁能知我心中乱，终然有怀岁方晏。

四时白纻歌[①]（五首）

沈 约

春白纻

兰叶参差桃半红，飞芳舞縠戏春风。如娇如怨状不同，含笑流眄满堂中[②]。翡翠群飞飞不息，愿在云间长比翼。佩服瑶草驻容色，舜日尧年欢无极[③]。

① 此五首录自《乐府诗集》卷五六。郭茂倩解引《古今乐录》曰：“沈约云：‘《白纻》五章，敕臣约造。武帝造后两句。’” ② “如娇”二句：《玉台新咏》卷九阙。状，《古乐府》卷八作“貌”。 ③ “佩服”二句：《玉台新咏》卷九阙。瑶草，《艺文类聚》卷四三作“堇草”。

夏白纻[①]

朱光灼烁照佳人，含情送[②]意遥相亲。嫣然宛[③]转乱心神，非子之故欲谁因。翡翠群飞飞不息，愿在云间长比翼。佩服瑶草驻容色，舜日尧年欢无极。

①《文苑英华》卷一九三将此首前四句与萧衍《梁白纻辞》（二首）之二合为一首。 ② 送：《文苑英华》作“远”。 ③ 宛：《文苑英华》作“一”。

秋白纻

白露欲凝草已黄，金瑺玉柱响洞房。双心一意[①]俱徊翔，吐情寄君君莫忘。翡翠群飞飞不息，愿在云间长比翼。佩服瑶草驻容色，舜日尧年欢无极。

① 意:《玉台新咏》卷九作“影”。

冬白纻

寒闺昼寝[1]罗幌垂,婉容丽心长[2]相知。双去双还誓不移,长袖拂面为君施。翡翠群飞飞不息,愿在云间长比翼。佩服瑶草驻容色,舜日尧年欢无极。

① 寝:《艺文类聚》卷四三作“密”。 ② 心长:《艺文类聚》作“色心”。

夜白纻

秦筝齐瑟燕赵女,一朝得意心相许。明月如规方袭予,夜长未央歌《白纻》。翡翠群飞飞不息,愿在云间长比翼。佩服瑶草驻容色,舜日尧年欢无极。

郊庙歌辞

南朝梁乐府之郊庙歌辞,《乐府诗集》收入者,凡二十九首,其中二十七首为沈约所制。

梁雅乐歌[①](十一首)

沈 约

皇 雅[②](三首)

其 一

帝德实广运,车书靡不宾。执瑁朝群后,垂旒御百神。八荒重译至,万国婉来亲。

① 此十一首录自《乐府诗集》卷三。郭茂倩解引《隋书·乐志》曰:"梁初,郊禋宗庙及三朝之乐,并用宋、齐元徽、永明仪注,唯改《嘉祚》为《永祚》,又去《永至之乐》。何佟之、周舍议:按《周礼》,王出入奏《王夏》,大祭祀与朝会同用。而汉制,皇帝在庙奏《永至》,朝会别奏《皇夏》。二乐有异,于礼为乖。乃除《永至》,还用《皇夏》。盖秦汉已来称皇,故变《王夏》为《皇夏》也。乃武帝定国乐,并以'雅'为称,取《诗序》云:'言天下之事,形四方之风,谓之雅。雅者,正也。'《论语》云:'仲尼自卫反鲁,然后乐正,《雅》、《颂》各得其所。'故曰雅止乎十二,则天数也。乃去(今按:《乐府诗集》作'至',据《隋书·音乐志》改)阶步之乐,增撤食之雅焉。众官出入,奏《俊雅》,皇帝出入奏《皇雅》,皇太子出入奏《胤雅》,王公出入奏《寅雅》,上寿酒奏《介雅》,食举奏《需雅》,撤撰奏《雍雅》,牲出入奏《涤雅》,荐毛血奏《牷雅》,降神及迎送奏《諴雅》,皇帝饮福酒奏《献雅》,燎埋奏《禋雅》,其辞并沈约所制。普通中,荐蔬之后,改诸雅歌,敕萧子云制辞。既无牲牢,遂省《涤雅》、《牷雅》云。" ② 皇雅:郭茂倩解引《隋书·乐志》曰:"皇帝出入奏《皇雅》,取《诗·大雅》云:'皇矣上帝,临下有赫'也。二郊、太庙同用。"

其 二

华盖拂紫微，勾陈绕太一。容裔被缇组，参差罗罕毕。星回照以烂，天行徐且谧。

其 三

清跸朝万宇，端冕临正阳。青绚黄金繶，衮衣文绣裳。既散华虫采，复流日月光。

涤 雅[①]

将修盛礼，其仪孔炽。有腯斯牲，国门是置。不黎不瘠，靡訾靡忌。呈肌献体，永言昭事。俯休皇德，仰绥灵志。百福具膺，嘉祥允洎。骏奔伊在，庆覃遐嗣。

① 郭茂倩解引《隋书·乐志》曰："牲出入奏《涤雅》，取《礼记·郊特牲》云'帝牛必在涤三月'也。二郊、明堂、太庙同用。"

牷 雅[①]

反本兴敬，复古昭诚。礼容宿设，祀事孔明。华俎待献，崇碑丽牲。充哉茧握，肃矣簪缨。其膋既启，我豆既盈。庖丁游刃，葛卢验声。多祉攸集，景福来并。

① 郭茂倩解引《隋书·乐志》曰："荐毛血奏《牷雅》，取《春秋左氏传》云'牲牷肥腯'也。二郊、明堂、太庙同用。"

諴 雅[①]（三首）

其 一

怀忽慌，瞻浩荡，尽諴洁，致虔想。出杳冥，降[②]无象。皇情肃，具僚仰。人礼盛，神途敞。僾明灵，申敬飨。感苍极，洞玄壤。

① 郭茂倩解引《隋书·乐志》曰："降神及迎送神奏《諴雅》，取《尚书·大禹谟》云'至諴感神'也。南郊降神用'怀忽慌'，北郊迎神用'地德溥'，二郊、明堂、太庙送神同用'我有明德'。"今按：諴，和，和洽也。　② 降：《乐府诗集》作"隆"，

据《隋书·乐志》改。

其　二

地德溥，昆丘峻。扬羽翟，鼓应朄。出尊祇，展诚信。招海渎，罗岳镇。惟福祉，咸昭晋。

其　三

我有明德，馨非稷黍。牲玉孔备，嘉荐惟旅。金悬宿设，和乐具举。礼达幽明，敬行樽俎。鼓钟云送，遐福是与。

献　雅[①]

神宫肃肃，天仪穆穆。礼献既同，膺此厘福。我有馨明，无愧史祝。

① 郭茂倩解引《隋书·乐志》曰："皇帝饮福酒奏《献雅》，取《少牢馈食礼》云：'祝酌授尸。主人拜受爵。'《礼记·祭统》云：'尸饮五，君洗玉爵献卿。'今之饮福酒，亦古献爵之义也。二郊、明堂、太庙同用。"

禋　雅[①]（二首）

其　一

紫宫昭焕，太一微玄。降临下土，尊高上天。载陈珪璧，式备牲牷。云孤清引，栒虡高悬。俯昭象物，仰致高烟。肃彼灵祉，咸达皇虔。

① 郭茂倩解引《隋书·乐志》曰："燎埋奏《禋雅》，取《周礼·大宗伯》云'以禋祀祀昊天上帝'，《书》曰'禋于六宗'也。就燎用'紫宫昭焕'，就埋用'盛乐斯举'。"

其　二

盛乐斯举，协徵调宫。灵飨庆洽，祉积化融。八变有序，三献已终。坎牲瘗玉，酬德报功。振垂成吕，投壤生风。道无虚致，事由感通。於皇盛烈，比祚华、嵩。

梁南郊登歌[①]（二首）

沈　约

其　一

暾既明，礼告成。惟圣祖，主上灵。爵已献，罍又盈。息羽籥，展歌声。僾如在，结皇情。

① 此二首录自《乐府诗集》卷三。郭茂倩解云，登歌者，祭祀燕飨堂上所奏之歌也。《礼记·明堂位》曰："升歌《清庙》，下管象《武》。"《仲尼燕居》曰："入门而金作，示情也；升歌《清庙》，示德也；下而管象，示事也。是故古之君子，不必亲相与言也，以礼乐以相示。"《郊特牲》曰："奠酬而工歌，发德也。歌者在上，匏竹在下，贵人声也。"《周礼·大师》职曰："大祭祀，帅瞽登歌，令奏击拊。"《小师》曰："大祭祀，登歌击拊。"《尚书大传》曰："古者帝王升歌《清庙》，大琴练弦达越，大瑟朱弦达越。以韦为鼓，不以竽瑟之声乱人声。《清庙》升歌，歌先人之功烈德泽。苟在庙中尝（今按：《乐府诗集》作'当'，据《尚书大传·皋繇谟》改）见文王者，愀然如复见文王。故《书》曰：'戛击、鸣球、搏拊、琴瑟以咏，祖考来格。'此之谓也。"按登歌各颂祖宗之功烈，去钟撤竽以明至德，所以传云其歌之呼也。曰："於穆清庙。"於者，叹之也。穆者，敬之也。清者，欲其在位者遍闻之也。《隋书·乐志》曰："《大戴》云：'《清庙》之歌，悬一磬而尚搏拊。'在汉之世，独奏登歌。近代以来，始用丝竹。旧三朝设乐，皆有登歌。梁武以为登歌者，颂祖宗功业，非元日所奏，于是去之。后以其说非通，复用于嘉庆。后周登歌，备钟磬琴瑟，阶上设笙管。隋亦因之，合于《仪礼》荷瑟升歌，及笙人立于阶下，间歌合乐，是燕饮之事也。祀神宴会通行之。若大祀临轩，陈于坛之上。若册拜王公，设宫悬，不用登歌。释奠则唯用登歌而不设悬。梁南北郊、宗庙、皇帝初献及明堂，遍歌五帝，并奏登歌。"

其　二

礼容盛，樽俎列。玄酒陈，陶匏设。献清旨，致虔洁。王既升，乐已阕。降苍昊，垂芳烈。

梁北郊登歌[1]（二首）

沈　约

其　一

方坛既坎，地祇已出。盛典弗愆，群望咸秩。乃升乃献，敬成礼卒。灵降无兆，神飨载谧。允矣嘉祚，其升如日。

① 此二首录自《乐府诗集》卷三。

其　二

至哉坤元，实惟厚载。躬兹奠飨，诚交显晦。或升或降，摇珠动佩。德表成物，庆流皇代。纯嘏不愆，祺福是赉。

梁明堂登歌[1]（五首）

沈　约

歌青帝

帝居在震，龙德司春。开元布泽，含和尚仁。群居既散，岁云阳止。饬农分地，人粒惟始。雕梁绣栱，丹楹玉墀。灵威以降，百福来绥。

① 此五首录自《乐府诗集》卷三。

歌赤帝

炎光在离，火为威德。执礼昭训，持衡受则。靡草既凋，温风以至。嘉荐惟旅，时羞孔备。齐醍在堂，笙镛在下。匪惟七百，无绝终始。

歌黄帝

郁彼中坛，含灵阐化。回环气象，轮无辍驾。布德焉在，四序将收。音宫数五，饭稷骖駵[1]。宅屏居中，旁临外宇。升为帝尊，降为神主。

① 駵：同“骝”。

歌白帝

神在秋方,帝居西皓。允兹金德,裁成万宝。鸿来雀化,参见火邪。幕无玄鸟,菊有黄华。载列笙磬,式陈彝俎。灵罔常怀,惟德是与。

歌黑帝

德盛乎水,玄冥纪节。阴降阳腾,气凝象闭。司智莅坎,驾铁衣玄。祁寒坼地,晷度回天。悠悠四海,骏奔奉职。祚我无疆,永隆人极。

梁宗庙登歌[①](七首)

沈约

其一

功高礼洽,道尊乐备。三献具举,百司在位。诚敬罔乮,幽明同致。茫茫亿兆,无思不遂。盖之如天,容之如地。

① 此七首录自《乐府诗集》卷九。

其二

殷兆玉筐,周始邠王。於赫文祖,基我大梁。肇土七十,奄有四方。帝轩百祀,人思未忘。永言圣烈,祚我无疆。

其三

有夏多罪,殷人涂炭。四海倒悬,十室思乱。自天命我,歼凶殄难。既跃乃飞,言登天汉。爰飨爰祀,福禄攸赞。

其四

牺象既饰,罍俎斯具。我郁载馨,黄流乃注。峨峨卿士,骏奔是务。佩上鸣阶,缨还拂树。悠悠亿兆,天临日煦。

其　五

猗与至德，光被黔首。铸镕苍昊，甄陶区有。肃恭三献，对扬万寿。比屋可封，含生无咎。匪徒七百，天长地久。

其　六

有命自天，於皇后帝。悠悠四海，莫不来祭。繁祉具膺，八神耸卫。福至有兆，庆来无际。播此余休，于彼荒裔。

其　七

祀典昭洁，我礼莫违。八簋充室，六龙解骓。神宫肃肃，灵寝微微。嘉荐既飨，景福攸归。至德光被，洪祚载辉。

梁小庙乐歌[①]（二首）

舞　歌

閟宫肃肃，清庙济济。於穆夫人，固天攸启。祚我梁德，膺斯盛礼。文榥达响，重檐丹陛。饰我俎彝，洁我粢盛。躬事奠飨，推尊尽敬。悠悠万国，具承兹庆。大孝追远，兆庶攸咏。

① 此二首录自《乐府诗集》卷九。郭茂倩解引《隋书·礼仪志》曰："梁又有小庙，太祖太夫人庙也。非嫡，故别立庙。皇帝每祭太庙讫，诣小庙，亦以一太牢，如太庙礼。"

登　歌

光流者远，礼贵弥申。嘉飨云备，盛典必陈。追养自本，立爱惟亲。皇情乃慕，帝服来尊。驾齐六辔，旗耀三辰。感兹霜露，事彼冬春。以斯孝德，永被烝民。

燕射歌辞

梁三朝雅乐歌[①](三十八首)

俊　雅[②](三首)

沈　约

其　一

设官分职,髦俊攸俟。髦俊伊何?贵德尚齿。唐乂咸事,周宁多士。区区卫国,犹赖君子。汉之得人,帝猷乃理。

① 此三十八首录自《乐府诗集》卷一四。　② 俊雅:郭茂倩解引《隋书·乐志》曰:"众官出入奏《俊雅》,取《礼记·王制》云:'司徒选士之秀者升之学,曰俊士也。'二郊、太庙、明堂,三朝同用焉。"

其　二

开我八袭,辟我九重。珩佩流响,缨绂有容。衮衣前迈,列辟云从。义兼东序,事美西雍。分阶等肃,异列齐恭。

其　三

重列北上,分庭异陛。百司扬职,九宾相礼。齐、宋舅甥,鲁、卫兄弟。思皇蔼蔼,群龙济济。我有嘉宾,实惟恺悌。

俊　雅[①](三首)

萧子云

其　一

惟王建国,辨方正位。於赫有梁,向明而治。知人则哲,聪明文思。思皇多士,俊乂咸事。弗惟其官,惟人乃备。

① 此三首录自《乐府诗集》卷一四。

其　二

训迪庶工，位以德序。恭己而治，垂旒当宁。或以言扬，或以事举。春朝秋覲，圭币惟旅。翼翼鄷、郇，峨峨齐、楚。

其　三

客入金奏，宾至县兴。威仪有则，是降是升。百辟卿士，元首是承。左右秩秩，终敬且矜。彝伦攸序，王猷以凝。

胤　雅[①]

沈　约

自昔殷代，哲王迭有。降及周成，惟器是守。上天乃眷，大梁既受。灼灼重明，仰承元首。体乾作贰，命服斯九。置保置师，居前居后。前星比耀，克隆万寿。

① 此首录自《乐府诗集》卷一四。郭茂倩解引《隋书·乐志》曰："皇太子出入奏《胤雅》，取《诗》'君子万年，永锡祚胤'也。三朝用之。"

胤　雅[①]

萧子云

天下为家，大梁受命。眷求一德，惟烈无竞。仪刑哲王，元良诞庆。灼灼明两，作离承圣。英华外发，温文成性。立师立保，左右惟政。休有烈光，前星比盛。

① 此首录自《乐府诗集》卷一四。

寅　雅[①]

沈　约

礼莫违，乐具举。延藩辟，朝帝所。执桓蒲，列齐、莒。垂衮毳，纷容与。升有仪，降有序。齐簪绂，忘笑语。始矜严，终酣醑。

① 此首录自《乐府诗集》卷一四。郭茂倩解引《隋书·乐志》曰:"王公出入奏《寅雅》,取《尚书》、《周官》云'贰公弘化,寅亮天地'也。三朝用之。"

寅　雅[1]

萧子云

车同轨,行同伦。来万国,相九宾。延群后,朝荩臣。礼时行,乐日新。拟夷则,奏雅寅。衮衣曜,玉帛陈。仪抑抑,皇恂恂。

① 此首录自《乐府诗集》卷一四。

介　雅[1](三首)

沈　约

其　一

百福四象初,万寿三元始。拜献惟衮职,同心协卿士。北极永无穷,南山何足拟。

① 此三首录自《乐府诗集》卷一四。郭茂倩解引《隋书·乐志》曰:"上寿酒奏《介雅》,取《诗·大雅》云'君子万年,介尔景福'也。三朝用之。"

其　二

寿随百礼洽,庆与三朝升。惟皇集繁祉,景福互相仍。申锡永无遗,穰简必来应。

其　三

百味既含馨,六饮莫能尚。玉罍信湛湛,金卮颇摇漾。敬举发天和,祥祉流嘉贶。

介　雅[1](三首)

萧子云

其　一

明君创洪业,大同登颂声。开元洽百礼,来仪奏九成。申锡南山祚,赫赫复明明。

① 此三首录自《乐府诗集》卷一四。

其　二

三朝礼乐和，百福随春酒。玉樽湛而献，聪明作元后。安乐享延年，无疆臣拜手。

其　三

四气新元旦，万寿初今朝。趋拜齐衮玉，钟石变箫、韶。日升等皇运，洪基邈且遥。

需　雅[①]（八首）

沈　约

其　一

实体平心待和味，庶羞百品多为贵。或鼎或鬵宣九沸，楚桂胡盐芼芳卉。加笾列俎雕且蔚。

① 此八首录自《乐府诗集》卷一四。郭茂倩解引《隋书·乐志》曰："食举奏《需雅》，取《易·象》曰：'云上于天，需，君子以饮食宴乐'也。三朝用之。"

其　二

五味九变兼六和，令芳甘旨庶且多。三危之露九期禾，圆案方丈粲星罗。皇举斯乐同山河。

其　三

九州上腴非一族，玄芝碧树寿华木。终朝采之不盈掬，用拂腥膻和九谷。既甘且饫致遐福。

其　四

人欲所大味为先，兴和尽敬咸在旃。碧鳞朱尾献嘉鲜，红毛绿翼坠轻翾。臣拜稽首万斯年。

其　五

击钟以俟惟大国，况乃御天流至德。侑食斯举扬盛则，其礼不愆仪不忒。风猷所被深且塞。

其　六

膳夫奉职献芳滋，不麛不夭咸以时。调甘适苦别渑淄，其德不爽受福厘。于焉逸豫永无期。

其　七

备味斯飨惟至圣，咸降人神礼为盛。或风或雅流歌咏，负鼎言归启殷命。悠悠四海同兹庆。

其　八

道我六穗罗八珍，洪鼎自爨匪芳薪。荆包海物必来陈，滑甘滫瀡味和神。以斯至德被无垠。

需　雅[①]（八首）

萧子云

其　一

农用八政食为元，播时百谷民所天。禘尝郊社尽洁虔，谳飨馈食礼节宣。九功惟序登颂弦。

① 此八首录自《乐府诗集》卷一四。

其　二

感物而动物靡遂，大羹不和有遗味。非极口腹而行气，节之民心杀攸贵，宁为礼本饔与饩。

其　三

始诸饮食物之初，设卦观象受以需。蒸民乃粒有牲刍，自卫反鲁删《诗》、《书》。弋不射宿杀已袪。

其　四

在昔哲王观民志，庶羞百品因时备。为善不同同归治，蔬膳菲食化始至。率物以躬行尊位。

其　五

《雅》[①]有《泂酌》[②]《风》[③]《采苹》[④]，蕰藻之菜非八珍。涧溪沼沚贵先民，明信之德感人神。譬诸禴祭[⑤]在西邻。

①《雅》：《诗经》六义之一。　②《泂酌》：《诗·大雅》篇名。　③《风》：《诗经》六义之一。　④《采苹》：《诗·召南》篇名。　⑤ 禴祭：古代祭名。

其　六

行苇之微犹勿[①]践，宁惟血气无身剪。圣人之心微而显，千里之应出言善，况遂豚鱼革前典。

① 勿：《乐府诗集》作“物”，据《诗纪》卷九五改。

其　七

春酸夏苦各有宜，筐筥锜釜备糗酏。逡巡揖让诏司仪，卑高制节明等差，君臣之序正在斯。

其　八

日月光华风四塞，规飨有序仪不忒。匪天私梁乃佑德，光被四表自南北，长世缀旒为下国。

雍　雅[①]（三首）

沈　约

其　一

明明在上，其仪有序。终事靡谐，收铏撤俎。乃升乃降，和乐备举。天德莫违，人谋是与。敬行礼达，兹焉谦语。

① 此三首录自《乐府诗集》卷一四。郭茂倩解引《隋书·乐志》曰：“撤馔奏《雍雅》，取《礼记·仲尼燕居》云‘大飨客出以《雍》撤’也。三朝用之。”

其　二

我馂惟阜，我肴孔庶。嘉味既充，食旨斯饫。属厌无爽，冲和在御。击壤齐欢，怀生等豫。蒸庶乃粒，实[①]由仁恕。

① 实：《乐府诗集》作“宴”，据《隋书》改。

其　三

百司警列，皇在在陛。既饫且酳，卒食成礼。其容穆穆，其仪济济。凡百庶僚，莫不恺悌。奄有万国，抑由天启。

雍　雅[1](三首)

萧子云

其　一

穆穆天子,时惟圣敬。济济群公,恭为德柄。为撤有典,膳夫是命。礼行禘尝,义光朝聘。神飨其德,民洽其庆。

① 此三首录自《乐府诗集》卷一四。

其　二

尚有和羹,既戒且平。亦有其馂,亦惟克明。其馂惟旅,其酳惟成。百礼斯洽,三宥已行。明哉元首,遹骏其声。

其　三

戒食有章,卒食惟序。庭鸣金奏,凯收篴管。客出以《雍》,撤以振羽。离磬乃作,和钟备举。济济威仪,喤喤簨虡。